Gert Billing
Die Nacht in Little Sanssouci

Gert Billing

Die Nacht in Little Sanssouci

Roman

verlag am park

ISBN 3-89793-027-7

Typographie: edition ost
Druck: sdz Dresden

Die Deutsche Bibliothek – CIP-Einheitsaufnahme
Billing, Gert : Die Nacht in Little Sanssouci :Roman /
Gert Billing. – Berlin : Verlag am Park, 2001
ISBN 3-89793-027-7

1

Der Körper auf dem Futon bewegte sich im Schlaf. Eine weibliche Stimme murmelte: Berlin ... Brandenburger Tor ... Puccini ...

Mit einem schwachen Seufzer öffnete sich die Tür. Aus dem Flur schnellte das Licht durch das nächtliche Halbdunkel des Raums, sekundenkurz, so daß auch ein scharfer Beobachter nur mit Mühe den nackten Mädchenkörper auf dem Bett wahrgenommen hätte.

Rasch trat der kleine Mann ein und verharrte an der wieder geschlossenen Tür. Dann durchquerte er lautlos das teppichbelegte, weitgestreckte Zimmer, wobei er mit der Sicherheit des Ortskundigen der Zierschale mit Baudhinien in der Mitte auswich. Er stolperte über ein Hindernis, einen Schuh, und verfing sich mit dem Fuß in verstreuten Kleidungsstücken.

Er blieb stehen und horchte. Vorsichtig tappte er weiter, stieg über den zweiten Joggingschuh und eine Gitarre und verhielt vor dem Bambusrahmen der breiten Liegestatt.

Die junge Frau schlief abgewandt mit angewinkelten Knien. Hell hob sich die Haut von der schwarzen Seide des zerwühlten Bettzeugs ab. Dicke Strähnen dunkler Haare verdeckten das Gesicht und ließen den Körper kopflos erscheinen.

Am Bett beugte sich der Mann über sie und sog den Geruch der Haare ein. Sie bewegte die Schulter und flüsterte verworren. Aus kantonesischen Lauten hoben sich deutsche

Wörter heraus, ... Brandenburger Tor ..., vernahm der Lauschende, ... Oper unter den Lindenbäumen ...

Sarkastisch verzog der Alte das Gesicht. Das Mädchen rollte sich auf die andere Seite und streckte ein Bein aus, das eine für Chinesinnen ungewöhnliche Länge aufwies. Die Träumende atmete leicht und entspannt. Der linke Arm war über den Rand des Lagers gerutscht, die Leuchtziffern der Plastikuhr am Handgelenk zeigten ein paar Minuten nach Mitternacht.

Abrupt kehrte sich der Mann ab und ging rasch zum offenen Badezimmer. Er trat ein und schloß die Tür, ehe er das Licht einschaltete. Pantoffeln, zerknüllte Handtücher, Flakons, Lippenstifte, verschütteter Puder, Nagellack, Kämme und Bürsten, überall waren Utensilien verstreut. Auf dem Rand der muschelförmigen Jaccuzziwanne lagen Bücher. Obenauf ein deutsches Opernbuch mit aufgeweichtem Schutzumschlag, die abgebildeten drei Tenöre schon in Auflösung begriffen.

Das Gesicht des alten Mannes im eleganten grauen Zweireiher fältelte sich zum Spinnennetz, er kicherte abschätzig. Suchend tat er sich um, inspizierte Regale und Fächer, lüpfte Dessous und Sportsocken und entdeckte schließlich unter einem Haufen feuchter Duschlaken den gesuchten Gegenstand, ein altmodisches Köfferchen aus Saffianleder. Er klappte den Deckel auf, hob die mit kosmetischem Krimskrams gefüllten Einsätze heraus und klaubte vom Boden des Behältnisses eine schwarze Plastikschachtel. Er öffnete sie, warf einen Blick auf die darin liegende Videokassette. Er steckte die Schachtel ein, ging aus dem Badezimmer, durchquerte wieder geräuschlos den Schlafraum und verließ die Villa.

Stunden später, am Ende der Nacht, kam er zurück. Er deponierte die Videokassette wieder im Saffiankoffer und schob ihn an die alte Stelle im Bad.

Die junge Frau in dem großen Zimmer schlief noch. Die Decke verhüllte ihren Körper. Die schwarzen Haare bedeckten das Gesicht, nur Nase und Lippen lugten heraus. Der alte Chinese wandte sich zur verglasten Frontseite des Raums. Er bemühte sich nicht mehr, leise zu sein. Das nächtliche Dunkel wich einer grauen Morgendämmerung. Obwohl das Zimmer angenehm klimatisiert war, rieb sich der Mann fröstelnd die Hände. Er drückte einen Fußschalter, und die Glasfläche öffnete sich in der Mitte.

Der kleine Mann trat hinaus auf die Freiterrasse und blickte über die Brüstung. Darunter senkte sich der Hang des Victoria-Peaks in Wellen von Seidelbast, Jasmin und Rhododendron. Aus dem grünen, gelb und purpurn gesprenkelten Dickicht leuchteten die weißen Würfel der Villen an der Harlech und Lugard Road.

Tief unten erwachte ein Fabelwesen. Die Morgensonne, die rechts über East Dragon Island und dem Tat Hong Channel aufstieg, kitzelte den monumentalen Drachen wach. Hongkongs gezackter Rücken erglühte. Die stählernen Spitzen der Wolkenkratzer schleuderten Blitze. Die gläsernen Kathedralen der Banken flammten auf und verdoppelten im Spiegelbild die eigene Unersetzlichkeit.

Im Gewirr der Hongkonger Straßen und Gassen bildeten sich Rinnsale von Menschen, anschwellend zu Bächen, Flüssen, Strömen. Sie fluteten über Brücken, stürzten in U-Bahnschächte oder quollen heraus, überfüllten die Trottoirs zum Ocean Terminal, zu Kaufhäusern, Verwaltungsblöcken, Werkstätten und Werften.

Vom Queen's Pier legte ein Tragflügelboot ab, tastete sich durch die Hafenbucht vorbei an Dschunken, Trawlern und hölzernen Hausbooten, in deren Takelwerk die letzten Gaslampen gelöscht wurden. Die Decks vollgestopft mit Pendlern, machte an der Südmole von Kowloon eine weißgrüne Dieselfähre der Star Ferry Company los und tuckerte hinüber zum zentralen Kai der Insel Hongkong.

«Guten Morgen, Sir.«

Die junge Chinesin trat aus dem Zimmer auf die Terrasse. Sie trug ein ärmelloses weißes Hemd, die schwarzen Haare hingen bis auf den Bund der verwaschenen Jeans. »Verzeihen Sie, daß ich erst jetzt erwacht bin. Ich hoffe, der Aufenthalt in Deutschland war wieder von angenehmer Art.« Sie blieb hinter dem Chef stehen und verbeugte sich mehrmals.

Tief sog der kleine Mann die Morgenluft ein. Er streckte den Arm aus und zeigte auf das weite Panorama der Stadt und des Meeres zu seinen Füßen.

«Rieche erst mal, früh riecht es am stärksten. Salz und Tang der See, Dieselöl, der Firnis in den Dschunkenwerften – ich schnuppere alles heraus, sogar den Entenkot – Blumen und Räucherstäbchen, der Rauch der Begräbnisfeuer, der Bohnenquark in den Teehäusern, die Garküchen, die Krebsscherensuppe, oh, und der gebackene Garupa mit Auberginen, ein Geschenk der feinsinnigen Geister.«

Er setzte sich auf den Rohrstuhl an der Brüstung, wobei er die Bügelfalte der Hose glattzog. »In der Reisetasche im Flur ist ein Päckchen aus Zeitungspapier. Bring es her.«

Die junge Frau verbeugte sich und verschwand im Zimmer. Als sie zurückkam, hatte der Chef einen Zigarillo entzündet, dessen Aroma er sorgfältig abschmeckte. Das

Mädchen legte auf den Verandatisch ein Päckchen aus Zeitungspapier, gebunden mit einer roten Schnur.

«Es ist für dich bestimmt«, sagte der Alte.

Sie löste die Kordel, entfernte Lage um Lage der zerknitterten Blätter und wickelte ein Etui heraus. Sie öffnete es und entnahm eine Armbanduhr. Sie begutachtete das Wertstück, ihre Zungenspitze lugte hervor und schien sich an der Schätzung zu beteiligen. Sie hielt die Uhr hoch, ein Sonnenstrahl stieß weißblaues Licht heraus.

»Platin und Diamanten. Verliere sie nicht.«

«Sie beschämen mich, Sir. Eine Kostbarkeit für die unwürdige Dienerin, die Ihre Ankunft verschläft und Sie in nachlässigem Aufzug empfängt.«

Der kleine Mann wischte die Worte samt der begleitenden Verbeugung beiseite.

»Laß das. Du bist keine Blume, so rede auch nicht wie eine. In Deutschland spricht man nüchtern. Was hier Sitte ist, macht uns dort lächerlich. Und was das Mitgebrachte betrifft, meine Teuerste – das zweite Geschenk ist das Einwickelpapier. Ja, schau hin, ich meine die Zeitungen, die Geistesgaben aus der deutschen Hauptstadt: Berliner Zeitung, Neues Deutschland, Morgenpost und so weiter. Du sollst dich einlesen, damit du auf Berlin vorbereitet bist.«

Der Mann hatte Kantonesisch gesprochen, bei den letzten Sätzen wechselte er ins Deutsche. Auch die junge Chinesin ging vom heimischen Idiom in die deutsche Sprache über.

»Sir, ich lese jede Woche den Spiegel. Und mit Niklas spreche ich sowieso nur deutsch. I'm fit for Germany, manchmal träume ich sogar schon deutsch. Mein Deutsch ist bestimmt so gut wie das der deutschen Presse.«

»Darauf bilde dir nichts ein, manchen Journalisten dort ist die Muttersprache eine Fremdsprache. Und wenn du über Berlin redest, dann achte darauf, daß Brandenburger Tor zweierlei bedeuten kann: ein Bauwerk oder einen Einwohner.«

Keckernd stand er auf. Er nahm das Handgelenk des Mädchens, streifte die Plastikuhr ab und warf sie über die Terrassenbrüstung in die Gartenbüsche. Er legte ihr die Platinuhr an. Sie hob die Hand und ließ den demantenen Besatz blitzen.

»Das Geschenk ist sehr schön, Sir. Danke.«

»Neben deinem Gesicht ist es nur Staub, ein Nichts«, sagte der alte Mann leise.

Die junge Frau ergriff seine Hand und legte sie auf ihre Brust. Sie standen beide still, bis der Mann seine Hand schroff wegzog. Er trat an die Brüstung und rief:

»Bei allen Göttern, ich liebe Hongkong! Aber nun ist die herrliche Kommunistische Partei der Obergott. Wir müssen fort, da beißt die Maus, wie man in Deutschland sagt, keinen Faden ab.«

»Wie ist es in Berlin? Niklas ist zu lange von dort weg, er kennt keine Neuigkeiten. Er sagt, ich soll mich überraschen lassen.« Sie war neben den Chef getreten, beide blickten auf die pulsierende Hafenstadt und auf die weiten Türkisflächen der See.

»Vor allem ist es kalt, brr!« Der kleine Chinese schüttelte sich. »Acht Grad Celsius im Frühling hält man dort für eine Temperatur, die angeblich menschliches Leben ermöglicht. Berlin stinkt, dem Kaff fehlt der Seewind. Es riecht nach Müll und Benzin, nach Katze und Hund, nach türkischem Hammel und deutschem Sauerkraut. Sie fressen etwas, das sie Hackepeter nennen, rohes Fleisch! Das Einzige, was nicht stinkt, ist ihr Geld.«

»Wir holen uns die Mark! Und später den Euro«, rief das Mädchen übermütig. »Mit Geld bist du ein Drache, ohne Geld ein Wurm. Old Germany, wir kommen!«

Sie schrie es den Berghang hinunter, wild und herausfordernd, als läge zu ihren Füßen schon die Spree und nicht das Südchinesische Meer mit der Insel Hongkong. Sie hüpfte, ließ die Arme kreisen, bog den Rumpf, so daß die lange Mähne die Terrasse fegte. Sprang hoch, drehte eine Pirouette, glitt auf den Fliesen aus und landete auf dem Hinterteil.

Ihr ernüchtertes Gesicht erheiterte den Chef, er platzte los, schwenkte schadenfroh den qualmenden Zigarillo.

Sie sprang auf und zischte: »Ich werde mit dem Rolls durch diese Brandenburger Tortür fahren, als Herrin, der die Deutschen Respekt erweisen müssen!«

Noch immer kichernd, blies der Chef den Rauch aus und sprach hüstelnd:

»Mit einem pinkfarbenen Rolls Royce über die Baustellen von Berlin – kindisches Schaf, hast du Stroh im Kopf. Wir wären Dorfgespräch, das dient nicht dem Geschäft. Nein, wir bleiben bescheiden, ein Mercedes genügt. Unsere Autos hier werden verkauft, wie alles andere: die Kameras, die Scheinwerfer, das ganze technische Equipment, natürlich auch die Villa. Du kannst die Angebote vorbereiten, vielleicht nimmt uns das staatliche Fernsehen etwas ab. Höchstpreise werden wir kaum erzielen, beim Geschäft sind Kommunisten so gierig wie Kapitalisten.«

»Es fällt schwer auszuwandern, Sir. China ist unsere Heimat.« Der kleine Mann trat dicht heran und sah ihr ins Gesicht. Sie senkte den Kopf, aber er befahl:

»Sieh mich an, Helen. Du hast die schwerste Entscheidung deines Lebens vor dir. Du springst ins Wasser und weißt nicht, was unter der Oberfläche lauert. Bei mir ist es anders. Durch meine Mutter bin ich ein halber Deutscher, ich habe viele Jahre dort gelebt, ich weiß, was mich erwartet. Auch Niklas weiß es. Aber für dich wird alles fremd sein. Noch kannst du es dir überlegen. Auch wenn jetzt hier in Hongkong die rote Fahne weht, du mußt nicht auswandern. Die meisten bleiben und haben sich mit den neuen Herren arrangiert. Warum auch nicht, auch die Kommunisten sind Chinesen, Hongkong bleibt chinesisch, unter jedem Regime. Du bist jung, gut ausgebildet, bestimmt könntest du eine Stellung beim Staatsfunk bekommen. Oder du gehst nach Taiwan, zum Privatsender, ich könnte für dich …«

»Nein, Sir, nein!« platzte das Mädchen dazwischen und warf die langen Zotteln trotzig zurück. »Ich komme mit Ihnen, das habe ich hundertmal gesagt. Verzeihen Sie. Ich stehe zur Verfügung, Sir, wenn Sie mich haben wollen. Ich werde Tag und Nacht arbeiten, ich werde alles für Sie tun.«

»Wirklich, Helen? Würdest du auch lügen für mich und betrügen? Würdest du für mich ein Verbrechen begehen?« Die Miene des alten Mannes entgleiste. Zwischen blassen Altmännerlippen traten die Zähne hervor, ein ausgeprägtes Gebiß, drohend gebleckt.

Befremdet wich das Mädchen zurück vor dem plötzlich unvertrauten Gesicht. Das sich schon wieder entspannte und zurückfiel in die harmlose Miene des ältlichen Wohltäters.

»Nur keine Angst«, sagte er belustigt und tätschelte ihre Wange. »Unser Verbrechen wird wie hier darin bestehen, daß wir Filme für das Fernsehen drehen. Noch kommt man dafür nicht vor Gericht. Aber, halt, einen Mord kann ich dir nicht ersparen. Du mußt die Trauer töten, die Trauer über den Abschied von Hongkong, von China. Das Heimweh könnte dich zerstören. Bekämpfe es vom ersten Tag an, sonst wirst du in der Fremde verdorren.«

Die junge Frau verbeugte sich. »Wann werden wir abreisen?«

Schon bald werde das sein, versicherte der kleine Mann und fing an, sie wegen der Unordnung in ihrem Zimmer zu necken. Er rate ihr, schon mit dem Packen anzufangen, sie werde Monate brauchen, um das Chaos zu ordnen. Ihre Laufschuhe solle sie mitnehmen, in Berlin gebe es einen Stadtwald, einen grünen Forst, darum heiße er Grunewald, da könne sie joggen. Auch ihre Gitarren und das Keyboard solle sie nicht vergessen und besonders den Saffiankoffer, das Beauty-case, obwohl er sich frage, wozu eine Schönheit wie sie die Mittelchen brauche.

Sie schwatzten wieder kantonesisch, das Mädchen zwitscherte schlagfertig zurück. Der alte Mann gab sich heiter, nur im Mundwinkel hing noch eine Spur der Bösartigkeit, die vorhin ein kleines Erschrecken ausgelöst hatte.

2

Kolk starrte in das runde schwarze Loch, und was er sah, bot keinen Anlaß für Zuversicht. Träge kroch die Revolverkugel aus der Mündung und schwebte mit der bedächtigen Rotation einer Raumkapsel auf ihn zu. Hinter dem brünierten Lauf ein zweites, größeres Loch, der Mund des Schützen, schief offenstehend.

Kolk wußte, daß er einmal mehr den Traum durchlitt, der ihn seit dem Anschlag im vorigen Monat heimsuchte. Eine Tötung, die er überstehen würde. Zum ersten Mal dachte er, daß es besser wäre, die wiederkehrende Peinigung zu beenden und gar nicht mehr aufzuwachen.

Sogar im Alptraum ist der Überlebenswille stärker. Kolk wollte die Hand heben, um das Geschoß abzuwehren, mit zentnerschweren Fingern bekam er sie nicht hoch. Das Projektil schlug in die Nasenwurzel ein, die Augäpfel glitschten aus den Höhlen und sahen von außen zu, wie der Schädel zerbarst, wie die enthemmten Schläfenlappen gleich Elefantenohren wedelten, während die Revolverkugel weiterschwebte und sich in die Wand neben dem Bild Friedrich des Großen eingrub.

Schon glitt das zweite Projektil schmatzend aus dem Lauf. Verzweifelt mühte sich Kolk zu erwachen. Mann, das mußte zu schaffen sein, innerhalb des Traums war er ja wach! Er mußte die Augen aufkriegen, damit er nicht mehr in die Vision stierte, sondern ins vertraute Zimmer zurückfand. Aber die Lider versagten den Dienst, wie Gullydeckel lagen sie auf den Augen und rührten sich nicht. Der Stirnlappen hüpfte noch einmal hoch und legte sich fallend als feuchtes Fleischtuch über Nase und Mund. Er rang nach Luft, wieder glaubte er zu ersticken. Das war kein Traum mehr, er japste in brutaler Atemnot und schlug um sich.

Aufstöhnend fuhr er in letzter Sekunde im Bett hoch und stützte sich sitzend mit den Händen ab. In sich hinein schlang er den Sauerstoff, bis die Lunge die Aufnahme verweigerte und die Schubumkehr einleitete. Atmen war wundervoll, ein Genuß, dem nichts anderes gleichkam.

Aber warum war es dunkel? Im Zimmer war es stets hell, tags sowieso und nachts aufgehellt durch die Straßenbeleuchtung, deren Schein durch die vorhanglosen Fenster fiel. Warum blieb jetzt alles schwarz? Er konnte die Lider bewegen, die Augen standen eindeutig offen – wieso sahen sie nichts? Ging der Alptraum weiter, fraß er sich in die Realität hinein, hat der Kerl mich blindgeschossen?

So flüsterte Kolk, wobei ihm etwas zwischen die Lippen geriet. Zugreifend bekam er Stoff zu fassen, zog ihn beiseite. Sonnenhelle flutete ihn an, blinzelnd orientierte er sich und stellte fest, daß er Wäsche in der Hand hielt, einen grünen Damenslip.

Heilige Jungfrau, stieß er laut hervor und ließ sich zurück auf das Kopfkissen fallen.

Ein Summen näherte sich, wurde zum Dröhnen, wuchs an zum Rumpeln eines Erdbebens. Auch ohne Blick auf die Uhr wußte er, daß es kurz nach acht war, Abflug der Boeing vom nahen Flughafen Berlin-Tegel nach Bangkok. Am spannendsten war es bei Ostwind. Die Maschinen orgelten dann gegen die normale Betriebsrichtung über Reinickendorf hinweg. Die alten Mietshäuser ächzten empört, und Kolk fragte sich, ob die scheppernden Fenster diesmal den Wirbelschleppen des Schalldrucks standhalten würden.

Bangkok, Thailand, überlegte Kolk, das wär was. Palmenstrand. Weißer Sand, benetzt von plätschernden Wellen. Durch die blaue Lagune rennt eine Horde braunhäutiger Mädchen. Sie lassen die Bikinis über ihren Köpfen kreisen und rufen guttural Hasso! Hasso! Irgendwie klingt es vielversprechend.

Kolk rekelte sich noch einmal und tastete ins benachbarte Bettzeug. Der Platz war noch warm, aber leer. Kolk war enttäuscht, dann erleichtert. Energisch warf er die Decke zurück, schwang sich aus dem Bett. Er stieß leere Weinflaschen um und trat in den vollen Aschenbecher. Er polkte Korkfilter zwischen den Zehen hervor, streifte Shorts und T-Shirt über und öffnete die Fensterflügel.

Aus dem Zimmer ging er hinüber ins Bad und trat vor den Spiegel. Mit Lippenstift stand geschrieben: *Was denkst du jetzt von mir? Ewig Deine Babsy.*

Er fing an, sich zu rasieren. Manchmal klingelte es in seinem Gehör. Das ging auf Babsys Konto. Um den Hals und an den Armen trug sie die sibirischen Goldreserven, die sie auch im Bett nicht ablegte. Der rhythmische Tinnitus würde ihn tagsüber begleiten.

Kolk zog die Haut straff und schnitt sich mit der Sicherheitsklinge ins Kinn. Mit dem Handtuch tupfte er das Blut ab, rieb dann die fettige Botschaft vom Spiegel. Er musterte sein Konterfei. Was sein Gesicht betraf, so war Kolk nie dessen Fan gewesen. Affenhaft niedrige Stirn und ein Kopfpelz, dessen störrische Wirbel sich keinem Kamm fügten. Unschöne Details jüngeren Datums kamen hinzu: Nase, Mund und

Wange von Schlägen geschwollen, ein Riß in der Augenbraue, nun auch noch der Schnitt am Kinn.

Kolk warf das fleckige Handtuch in den Mülleimer und ließ den Damenslip folgen, dazu die Weinflaschen und den Inhalt des Aschenbechers. Er nahm ein Paar Halbschuhe zur Hand und zögerte. Er hatte sie nach dem Fall der Berliner Mauer gekauft, ein Sonderangebot im Kaufhaus von C&A, Wendebotten, schmiegsam und jetzt gut eingelaufen. Mittlerweile waren sie abgenutzt, Steinchen mogelten sich durch die löchrigen Sohlen.

Mit dem klappernden Eimer verließ er die Wohnung und stieg die Treppe hinab.

Im Hausflur zögerte er. Seit dem Anschlag im vergangenen Monat hatte er sich vorgenommen, stets die Waffe mitzuführen. Zu dicht hatte er die Pistole des anderen vor sich gehabt, zentimeternah hatte der Tod an ihm vorbeigespuckt. Aber es widerstrebte ihm, ständig ein Kilo Metall am Körper zu schleppen. Immerhin hätte er die Schlägerei vorgestern abend vermeiden können, vor einem Schießeisen wären die beiden Männer davongelaufen.

Kolk drückte die Haustür auf und trat hinaus auf den Bürgersteig. Regengüsse hatten gestern die Leute erschauern lassen, heute verschmolz der Himmel mit der Sonnenscheibe zu einem weißen Baldachin, aus dem die Hitze senkrecht in die Häuserschluchten troff.

Sichernd äugte Kolk nach links und rechts. Aber es war kaum anzunehmen, daß sich ein Angreifer den Vormittag in einer von Passanten und Autos belebten Straße aussuchen würde.

Neben der Tür prangte an der Hauswand die Messingplatte mit der Gravierung DETEKTEI HASSO VON KOLK.

Mit dem Hemdzipfel rieb Kolk das Schild blank. Er wollte seinen Weg fortsetzen, in halber Drehung stieß er mit dem Mülleimer gegen die Beine eines Fußgängers.

Das barsche »Passen Sie auf, Mensch!« kam aus dem Munde des Polizeibeamten Junghähnel. Breit stand er vor dem Täter und musterte ihn wie einen Wurm auf dem Teller. Sie kannten einander von verschiedenen Fällen, mit denen Kolk als Detektiv zu tun hatte und bei denen auch die Polizei tätig wurde. Der Ordnungshüter hatte angedeutet, daß ihm Schnüffler mißfielen, zumal solche, die aus dem östlichen in den westlichen Teil der Stadt übergesiedelt waren. Kolk hatte gesagt, er hätte nichts dagegen, wenn der Revierbeamte den umgekehrten Weg ginge. Seitdem hatte jener den gewissen Blick.

»Verzeihung, Herr Junghähnel«, sagte Kolk und ging weiter zum Abstellplatz der Müllcontainer.

Ein Zuruf erschallte: »Kikeriki! Kikeriki!« Kolk sah zwei Halbwüchsige in einer Toreinfahrt verschwinden. Er drehte sich um zu dem Uniformträger Junghähnel, der stehengeblieben war und auf den Detektiv wie auf den Verursacher des Hahnenschreis starrte.

Unschuldsvoll hob Kolk die Arme und setzte den Weg zur betonierten Standfläche der Müllcontainer fort. Angelangt leerte er den Eimer in den Behälter. Er schlenderte zum Haus zurück, als ihm einfiel, daß er versäumt hatte, den ausrangierten Schuhen die Einlagen zu entnehmen. Sie waren maßgefertigt, die Krankenkasse gewährte nicht so oft Ersatz.

Er machte kehrt und ging wieder zum Stellplatz. Der Deckel des Containers war nach hinten gekippt, über der Öffnung schwirrten Wespen. Am Boden waren Tüten geplatzt, der Inhalt lag verstreut. Die Insekten wimmelten über grünlichen

Pflaumenkuchen. Daneben lugte aus dem Unrat ein Schaft von Kolks Schuh, inzwischen gefüllt mit Sprottenköpfen.

Auch vorgebeugt und mit gestrecktem Arm konnte er den Boden nicht erreichen. Er mußte hineinsteigen. Um ihn summten die Wespen, es erforderte Selbstbeherrschung, nicht nach ihnen zu schlagen. Im Kasten stehend, beugte er langsam die Knie.

Von außen klopfte jemand an die Blechwand. Kolk richtete sich wieder auf. Eine knöcherne Hand streckte sich ihm entgegen, mit einem Fünfmarkstück. Die Dame war jenseits der siebzig, auf ihrem Kopf lagen die letzten Haare zu Röllchen geordnet.

»Ein Obolus«, sagte sie streng. »Essen Sie keine Reste aus dem Abfall, das ist ungesund. Kaufen Sie sich was Reelles, aber keinen Schnaps. Und lassen Sie Ihr Gesicht versorgen, Sie sehen zum Fürchten aus.«

Kolk nickte dankend, steckte die Münze ein und tauchte wieder hinab. Er zog einen Schuh hervor und warf ihn nach draußen. Er suchte nach dem zweiten, schob Joghurtbecher, verknotete Kondome, faulige Kartoffeln und anonym Ekliges beiseite. Obgleich er sich langsam bewegte, wurden die Wespen nervös. Unter Gurkenschalen entdeckte er den zweiten Schuh und schleuderte ihn hinaus. Er richtete sich auf und prallte mit dem Schädel gegen den Eisendeckel, der über ihm polternd zufiel.

Die Füße glitschten weg, Gesicht und Knie stießen gegen die Blechwand, schief stürzte er in den Unrat. Sein Kopf dröhnte, der Gestank verschlug ihm den Atem. In jäher Finsternis ohne Fluchtweg prallten die Wespen im Blindflug an Wände und gegen den Mithäftling. Kolk rappelte sich auf. Zu gebückter Haltung gezwungen, stemmte er die Schultern gegen den Deckel, half mit den Handflächen nach. Wie stark er auch drückte, der Verschluß bewegte sich nicht.

Ihm brach kalter Schweiß aus. Auf nackter Haut brannten die ersten Stiche. Sollte er an das Blech hämmern, um Hilfe rufen? Die Wespen würden ausflippen, sie könnten ihn zu Tode stechen. Trüber Abend am Stadtrand. Aus der Klappe des Müllfahrzeugs fällt mit dem Unrat ein giftverquollener Leib, rollt schlenkernd die Halde hinab. Ratten huschen heran, auf den Sterbenden senkt sich ein Schwarm Krähen.

Neue Stiche trafen Kolks zerboxtes Gesicht. Er legte die Hände davor, Wespen liefen über die Finger. Gleich würde er die Nerven verlieren, würde schreien und um sich schlagen. Durch den Kopf schoß ihm Vaters Parole: Don't panick. Der Vater hatte die Regel aus der New Yorker Fahrschule mitgebracht, hatte sie dem Sohn eingetrichtert als Maxime fürs Leben in jeder Gesellschaft und nicht nur bei Verkehrsunfällen. Don't panick, Hasso, mein Kleiner, hör auf deinen Dad, wenigstens once in life, don't panick.

Verdammt, wie war vorhin der Containerdeckel zugefallen? Von links nach rechts oder rechts links? Aha. Folglich würde nur ein Trottel versuchen, den Deckel, wie vorhin Kolk, nach links aufzudrücken. Er legte die Hände an das Blech und schob gegenläufig, nach rechts. Lächerlich leicht schwang das Stahldach beiseite. Von frohen Insekten umschwärmt, richtete er sich auf und stieg aus dem Kasten.

Die Schuhe lagen auf dem Betonboden. Er schüttelte Reste von Müll heraus, entnahm die Einlagen, warf die Schuhe wieder in den Container und ging mit dem Eimer zur Straße zurück und zum Haus.

Er trat in den Hausflur und schloß den Briefkasten auf. Ein Schatten fiel neben ihn, er wurde an Genick und Oberarm gepackt und gegen die Kante des Kastens gestoßen. Der Mülleimer rutschte ihm aus der Hand, rollte über den Boden.

»Ruhig, Freundchen, keine Panik«, sagte Junghähnels Stimme. »Hände flach an die Wand und keinen Mucks!«

Kolk drehte den Kopf und blickte in eine Miene von freudigem Ordnungswillen.

»Was soll das, was wollen Sie?« Er wollte sich entziehen, doch der Beamte drückte ihn eisern an die Wand.

»Nur keine Aufregung. Sie sind vorläufig festgenommen. Ich teile Ihnen den Grund mit: Verdacht auf eine Straftat, Verstümmelung, Körperverletzung. Gegenüber der Polizei müssen Sie keine Aussage machen. Beine breit!«

Neben Kolks Gesicht erschien eine Faust. Sie gehörte der alten Dame, die ihm das Fünfmarkstück gegeben hatte.

»Jawohl, das ist der Mann«, verkündete sie triumphierend. »Das hat er aus dem Behälter geholt.«

Sie öffnete die Hand und bog die Zierkante eines Spitzentüchleins zurück. Auf dem Stoff lag ein Finger, wachsfarben. Am durchtrennten Unterglied hafteten Spuren getrockneten Bluts.

Verständnislos sah Kolk auf das tote Stück. Es wirkte echt.

»So kann man sich in einem Menschen täuschen!« Empört schüttelte die alte Frau die Haarröllchen. »Ich hielt Sie für arm, aber anständig. Und wie Sie riechen. Warum waschen Sie sich nicht!«

Der Polizeibeamte hatte begonnen, Kolks Körper abzutasten. »Haben Sie eine Waffe bei sich?«

»Und ob, zwischen den Beinen.

Junghähnel fingerte weiter und meinte, das sei kein Spaß. »Ich hatte Sie gebeten: Beine auseinander.« Das Knie des Beamten stieß von hinten grob gegen Kolks Schenkel.

»Hoppsa«, flötete Kolk, »danke ergebenst, Herr Kontaktbereichsfeldwebel. Endlich wächst zusammen, was nicht zusammengehört.«

Als Antwort rammte das Knie des schweren Mannes gegen Kolks Steißbein. Das tat weh.

»Kikeriki«, rief Kolk.

Das Knie traf ihn erneut, nadelspitz zuckte der Schmerz durch die Beckenpartie.

»Kikeriki!« krähte Kolk und drehte sich aus dem Haltegriff seitab.

Die amtliche Kniescheibe knallte gegen die Wand. Junghähnel würgte ein dumpfes Huh heraus und knickte ein.

»Schöne Scheibe, nicht wahr?« Kolk tänzelte und lockerte Arme und Schultern. Jeder Mensch braucht eine Aufgabe. Er fühlte sich ausgeruht und hatte Lust, an dem fortgeschrittenen Vormittag endlich etwas Nützliches zu leisten. Der Inhaber des Gewaltmonopols schien dafür ein brauchbarer Partner, ausgestattet mit Bizeps, die stramm die Kurzärmel des Uniformhemds füllten. Auch der Leib zeugte von auskömmlicher Verpflegung in der Revierkantine.

»Ich protestiere«, warnte Kolk, »Sie haben Ihre Mütze nicht auf. Das ist aber Vorschrift im Dienst, drum heißt sie Dienstmütze und nicht Schlafmütze. Wenn Sie sie absetzen wollen, müssen Sie den Bürger um Erlaubnis fragen. Ja, ich kenne meine Rechte.«

Junghähnel hatte sich erholt und hinkte wuchtig auf den Gesprächspartner zu.

In die Tiefe des Hausflurs ausweichend, rief Kolk:

»Ohne Jux jetzt: Vor einer Zeugin unterrichte ich Sie, daß ich des Boxens mächtig bin. Ich bewege mich doppelt so schnell wie ein Übergewicht aus der kommunalen Trachtengruppe. Greifen Sie mich noch mal an, mache ich davon in Notwehr Gebrauch!«

»Und ich bin Maxe Schmeling«, knurrte Junghähnel. »Du Ostgroßschnauze, ich zeig dir gleich, was zusammengehört!«

Mit geballten Fäusten stampfte er vorwärts. Rückwärts tänzelnd, stolperte Kolk über den Mülleimer und schlug langhin. Liegend versetzte er dem Eimer einen Tritt, so daß er gegen die Beine des anderen flog. Junghähnel stieß ihn weg und walzte weiter. Kolk sprang auf. Nein, dachte er, njet, es kommt nicht in Frage, die Treppe hinauf zu flüchten. Jeder Rückzug hat einmal ein Ende, hier und jetzt mußte die deutsche Frage entschieden werden.

Geheul einer Sirene schlug in den Flur, erstarb aufjaulend vor dem Haus. Gebremster Gummi quietschte am Bordstein, Autotüren krachten. Das sonneflirrende Rechteck der Haustür verdunkelte sich, drei Männer stürzten herein, vornweg Hauptkommissar Schmidt, der Junghähnel zurief: »Ein Finger, im Müll? Dein Gerät schnarrt, hab ich richtig gehört: ein einzelner Finger?«

Der Polizeibeamte nickte und zeigte auf die kleine alte Dame, die, unversehens von fünf Männern erwartungsvoll betrachtet, aufwuchs zu großer Haltung. Schweigend, auf offener Hand, wies sie den scheußlichen Fund vor, während ihre Rechte mit gichtknotigem Zeigefinger nemesishaft auf Kolk deutete.

3

Auch eine Stunde später zeigte sich die alte Dame noch energiegeladen. Die Hitze im Dienstzimmer der Polizeidirektion schien ihr nichts auszumachen, sie redete ohne Punkt und Komma und bot dem geduldigen Kommissar kaum Gelegenheit für Einwürfe.

Verbrecher, dozierte sie, kehrten häufig an den Tatort zurück, um Spuren zu verwischen. Sei das der Polizei bekannt? Sie habe gesehen, wie dieser Mann im Müll wühlte und den Finger auswarf, vermutlich aus Sorge, daß ihn jemand im Container entdecken und Alarm schlagen könnte. Sie habe den Deckel zugeworfen und sei nach dem dicken Schupo gelaufen, Verzeihung, dem starken Herrn neben dem Täter.

Sei ihre Mühe umsonst gewesen? »Warum trägt der gefährliche Mensch keine Handschlösser?« fragte sie aufgebracht und rückte ein Stück von dem Stuhl ab, auf dem Kolk saß und still zuhörte.

Kommissar Schmidt und der Beamte Junghähnel redeten beschwichtigend auf die alte Dame ein. Sie entgegnete gereizt, heutzutage lasse die Polizei Verdächtige zu früh frei, ganz zu schweigen von abgeurteilten Tätern, die bei geringen Strafen noch Erlaß bekämen und wieder auf die Bevölkerung losgelassen würden.

Kolk trank den letzten Schluck dünnen Kaffee aus dem Plastikbecher. Er zwinkerte der Brünetten zu, die das Protokoll aufnahm. Der Blusenstoff an der Achselhöhle war feucht, ihr Mund stand offen, auch die Beine standen nicht vorschriftsmäßig. Kolk zwinkerte noch einmal. Sie nahm es auf, ihr Mund schloß sich abweisend, die Beine vergaß sie.

»Habt ihr ein kaltes Bier hier?« fragte Kolk

»Das ist eine Behörde und keine Kneipe, Herr Kalk«, entgegnete Junghähnel. »Tut uns leid, daß wir Ihnen nicht Ihr gewohntes Milieu bieten können.«

Schmidt war es gelungen, die alte Dame hinaus zu komplimentieren. »Ohne die Mithilfe der Bürger wären wir verloren«, sagte er und tupfte die Stirn ab.

»Herr Hauptkommissar«, sagte Kolk in offiziellem Ton, »ich muß mich beschweren. Herr Junghähnel nennt mich Kalk, obwohl er meinen Namen kennt: Kolk, von Kolk. Er beleidigt mich vorsätzlich.«

»Oho, 'tschuldigung.« Der Polizist verbeugte sich. »Wir sind an Umgang mit Vons und Zus nicht so gewöhnt. Sie sehn ja auch nicht grade adlig aus, eher wie aus der Abfalltonne. Sagen Sie mal, wie kommen Sie als Ostler überhaupt zum Von? Die echten Vons sind damals aus der Zone abgehaun. Ihr Titel kommt mir spanisch vor. Vielleicht sollten wir das mal genauer unter die Lupe nehmen ...«

»Ach, Jottchen«, erwiderte Kolk und ging in den blasiert näselnden Tonfall über, mit dem in Volksstücken Aristokraten charakterisiert werden. »Schauns, Herr Gendarm, im Grunde haben wir Adligen nix gegen den Plebs, es muß ja auch Leutchen geben, die arbeiten. Auf unseren Gütern in Pommern hätten wir Sie als Knecht im Bullenstall beschäftigt, vorher hätt' Sie unser Veterinär auf Hirnschwamm untersucht, Herr Dunghähnchen.«

Ruckartig erhob sich der vierschrötige Mann, gewillt, den im Hausflur unterbrochenen Zwist zu Ende zu bringen.

Mit einem warnenden »Bodo!« trat Kommissar Schmidt dazwischen und bugsierte den zornschnaubenden Kollegen ins Nebenzimmer.

Wenig später verließen der Kommissar und Kolk das Dienstgebäude durch die Tür zum Hof. Während sie an den aufgereihten Einsatzfahrzeugen entlangliefen, erklärte Schmidt, der Beamte Bodo Junghähnel sei sein Schwager.

»Sie Glückspilz.«

Niemand könne sich seinen Namen aussuchen, konterte Schmidt. Eines Mannes Namen zu verunglimpfen zeuge von schlechten Manieren. Kolk erwiderte, damit befinde er sich in guter Gesellschaft.

Der Kommissar stutzte. »Wie bitte?«

»Thomas Mann hat den Dirigenten Furtwängler *Furchtwängler* genannt, weil der sich in Hitlers System fügte. Und wie war das mit Albert Einstein? Der hat sich in der Weimarer Zeit mit einem Physiker rumgestritten, einem Antisemiten: Johannes Stark. Einstein nannte ihn öffentlich *Fortissimo*. Soll damals ein großer Erfolg gewesen sein.«

Sie gingen weiter und wichen einem Jüngling in Badehose aus, der einen Lkw mit dem Wasserschlauch abspritzte.

Schmidt meinte, da falle ihm auch was ein. »Wir hatten auf dem Lehrgang eine Kollegin. Großartige Figur, aber leider unnahbar, so von oben herab. Brigitte. Wie nannten sie Fregatte, dann auch Frigitte. Was aber nicht stimmte.«

An der abgeteilten Parkzone für die Privatautos der Beamten fragte er, wo Kolk abgesetzt werden wolle. Sie stiegen in den Audi des Kommissars. Der Wagen kurvte vom Hof in die Nebengasse und schwenkte in den Verkehrsstrom der Hauptstraße ein.

Schmidt wollte wissen, ob die Anspielung auf Güter in Pommern ein Scherz gewesen sei. Kolk habe doch erst nach dem Krieg das Licht der Welt erblickt.

»Meine Eltern und die Großeltern«, sagte Kolk. »Eine Latifundie bei DeutschKrone, auch noch ein paar andere Sachen. Mein Vater zitiert gern Hoffmann von Fallersleben: *Und von den Gütern ihrer Lieben ist ihnen nur ein Von geblieben.* Ich will die Güter natürlich wiederhaben: Rückgabe vor Entschädigung. Ich plane den Einmarsch. Die Detektei ist nur ein Vorwand, so konnte ich mir legal eine Waffe beschaffen.«

Kolk bog den Innenspiegel herunter und betrachtete sein verhunztes Gesicht. Er fing den belustigten Blick des Kommissars auf und knurrte: »Sagen Sie lieber nichts.«

»Ich sag ja nichts«, sagte Schmidt. Er schaltete herunter und bremste. Sie verharrten im Stau. Das Telefon piepte. Schmidt nahm den Hörer ab. Er hatte seine Frau an der Strippe, besprochen wurde die Gestaltung des Abendessens. Der Kommissar sagte geduldig: »Ja, Biggi. Mit grünem Pfeffer, goldrichtig, Biggi.« Und das Gespräch liebevoll beendend: »Ich fahre Auto, Brigitte, neben mir horcht einer, ich muß Schluß machen.«

Kolk stieß einen Pfiff aus und fragte, ob es sich bei Schmidts Frau etwa um die Brigitte vom Lehrgang ...

»Halten Sie bloß die Klappe«, sagte Schmidt. Kolk betastete sein geschwollenes Gesicht. »Kleiner Kampf, vorgestern abend. Zwei Kerle. Vermutlich Freunde von einem Fensterputzer, den ich observiert hatte. Seine Firma für Gebäudereinigung hatte mich engagiert. Die übliche Masche: hat sich krankschreiben lassen, ich hab ihn bei der Schwarzarbeit gefilmt. Irgendwie haben die meinen Namen rausgekriegt.«

»Haben Sie Anzeige erstattet?«

»Ach was, der Fall ist erledigt. Nebenbei, die beiden sehen auch so aus wie ich.« Kolk wollte schmunzeln und endete in einer schmerzhaften Grimasse.

Bei solchen Sachen könne man zum Krüppel werden oder draufgehen, meinte Schmidt. »Schon bei dem Anschlag vorigen Monat waren Sie in Lebensgefahr. Wozu besitzen Sie eigentlich einen Revolver?«

»Ich bin kein Freund von Waffen. Soll ich ständig wie ein Soldat rumlaufen.« Kolk ließ das Feuerzeug aufflammen und zündete sich eine Zigarette an. »Verdammt, wir sind nicht im Krieg.«

»Sind Sie sicher?« Schmidts mageres Gesicht mit den Kerben um den Mund blieb ernst. Er schaltete hoch, der Wagen rollte ein Stück voran und blieb wieder stehen.

»Wir hatten schon Arme, Beine, Rümpfe.« Der Kommissar griff über die Schultern und begann seinen verspannten Hals zu kneten. Er ächzte. »Hände natürlich auch, aber im Stück, bis jetzt nicht fingerweise. Leichenteile auf Dachböden, in Autos, in Kühlschränken, in Gärten, in der Kanalisation, ja, auch in Mülltonnen. Einmal einen Fuß in einer Mikrowelle. Wir hatten auch Köpfe, manchmal ohne Gebiß, oder das Gesicht war weg. Damit der Erkennungsdienst was zu tun hat.«

Die Autoschlange kroch weiter, wurde schneller, eine Weile ging es zügig voran.

»Vielleicht wurde der Mann gefoltert?«

»Nee, glaub ich nicht. Folter ergibt meistens Brandwunden oder Quetschungen. Der Finger ist glatt abgetrennt. Mit einer Zange oder Heckenschere. Sieht eher aus wie … wie eine Bestrafung. Ja, so wie man Dieben in einigen arabischen Gegenden die Hand abhackt.«

»Herr Schmidt, Sie haben einen schönen Beruf«, sagte Kolk und warf die Kippe aus dem Fenster.

»Sie auch, Herr von Kolk. Da wollte ich Sie was fragen. Sie erzählten, daß Sie früher Lehrer waren, in Ostberlin. Vom Lehrer im Osten zum Detektiv im Westen ... recht ungewöhnliche Laufbahn. Ich meine, Sie könnten heute Beamter sein, wie ich. Warum haben Sie ...«

»Wir sind gleich da«, unterbrach Kolk. »Halten Sie vor der Ecke, an dem Lokal.«

»Ah ja, die Tauchstation, ich kenne die Kneipe. Dann tauchen Sie mal nicht zu tief ein.«

Kolk stieg aus. Er beugte sich zum offenen Wagenfenster und sagte: »Heinickeweg, das ist an der Jungfernheide. Nummer hundertzwo. Seifert oder Siefert oder so ähnlich. Fernsehgeräte, Videorecorder, Hi-Fi-Anlagen. Soll alles aus Einbrüchen stammen. Es könnte auch sein, daß Sie über ein Lager mit Kinderpornos stolpern.«

»Danke für den Tip. Woher haben Sie ihn?«

»Das geht Sie auch diesmal einen feuchten Kehricht an. Genauso wie mein Vorleben.«

Im Schankraum war es kühl, leer und laut. Von der Decke glotzte der Hai auf das Fernsehgerät in der Ecke.

Kolk kam herein und rief nach hinten zur offenen Küchentür: »He, Dorle, Flosse! Ich bin's, Hasso.«

An der Theke zapfte er ein Glas Bier, leerte es zügig und füllte es neu. Er hob die gläserne Stürze und nahm zwei Matjessemmeln vom Teller. Mit dem nächsten Bier setzte er sich an das Messinggeländer des Tresens. Er war einem Schiffsrumpf nachempfunden, mit einer Platte aus falschem Marmor.

Hinter dem Tresen prunkte ausladend das Flaschenregal, gekrönt von einem Konvoi von Buddelschiffen.

Neben dem Regal hing ein Wandbild, auf dem ein Viermaster namens Victory im Sturm durch Wogenberge krängte. Flankiert wurde das Gemälde von Kajütleuchten aus Messing. Die Lampen an der Decke ähnelten Quallen. An den Wänden waren Fischernetze gespannt, bestückt mit Muscheln und getrockneten Seesternen.

Aus dem Hintergrund kam die Wirtin Dorle mit einer Tasse Kaffee und einer Zigarette. Sie dämpfte die Lautstärke des Apparats und setzte sich zu Kolk.

Gemeinsam schauten sie auf den Bildschirm, wo ein schockfarbener Drache augenrollend das Haupt schüttelte. Dämonisch wand sich der lange Leib, befördert von tausendfüßlerhaft hampelnden Menschenbeinen. Instrumente trommelten, klapperten, quäkten, das Getöse füllte die Straßenschlucht in der Hafenstadt Hongkong. Unzählige Gaffer wogten in der Enge, und der Lindwurm bohrte in die Biomasse wie in frische Atzung.

»So'n Haufen Leute, über 'ne Milliarde«, sagte Dorle. »Trinken Chinesen eigentlich Bier, oder nur Tee?«

»Bier«, sagte Kolk kauend, »davon sind sie so gelb.«

»Wenn die auch noch in die Europäische Union reinwolln'.«

Kolk warf ein, China liege in Asien.

»Na und. Die Türkei ist auch asiatisch, trotzdem strömen die zu uns.«

»Junge Damen würde ich immer reinlassen«, sagte Kolk, »alle Hübschen bis zu deinem Jahrgang.«

»Mit deiner Visage würde dich nicht mal eine Siebzigjährige nehmen. Immer bist du zerkloppt, dein wahres Gesicht kenn ich gar nicht.«

Die Wirtin strich über Kolks zerschundene Wange und stand auf, weil Gäste eingetreten waren, ein Paar mit einem kleinen Jungen. Sie begrüßte die Leute und nahm die Bestellung auf.

Der Knabe war vorn geblieben und beguckte die maritime Ausstattung. Das Ungeheuer an der Decke hatte es ihm angetan.

»Ist das eine Puppe, oder war der mal lebendig?« fragte er.

»Fass ihn doch mal an.« Kolk packte ihn um die Hüften und hob ihn hoch. Scheu strich der Junge über die rauhe Fischhaut. Das Monster pendelte, Kolk stieß einen Haiknurrlaut aus, der Kleine zappelte und strebte zum sicheren Boden.

»Vielleicht setz ich ihn wieder ins Wasser«, sagte Kolk. »Kann sein, daß er wieder munter wird und losschwimmt. Natürlich nur im Ozean, mit reichlich Salz drin.«

Der Kleine lächelte und schüttelte überlegen den Kopf.

»Und dann schnappt er dich!« Haimäßig prustend paddelte Kolk mit gebleckten Zähnen auf den Jungen zu. Der juchzte und rannte um die Tische, verfolgt von Kolk. Im Hintergrund rief die Mutter: »Heinrich, bitte lass den Herrn in Ruhe und setz dich zu uns!«

Aus dem Küchenraum kam Dorles Mann mit einem Tablett Lachssandwiches. Kolk grüßte »Na endlich!« und griff sich eins davon. Der Wirt muffelte ein paar Worte und ging daran, das frische Angebot auf dem Tresen einzuordnen.

An Flosse, dem Kneipier, war alles krumm geraten, Nase, Arme und Beine, sogar ein Ohr hing wie bei einem Hund. Sie hatten sich im nahen Seniorenboxklub Comeback kennengelernt, zu dem Kolk wechselte, als nach der deutschen Vereinigung nicht nur die Schwimmvereine baden gingen. Im

Comeback, dem Ableger eines größeren Klubs, hielten ältere Semester ihre Erinnerungen frisch. Der Präsident, über fünfzig, traf noch den Sandsack, an kleineren Zielen schlug er vorbei.

Den Neuzugang hatten die Mitglieder mit der Jovialität aufgenommen, die man armen Verwandten schuldet. Der Präsident verkündete, durch den Beitritt des Ostkameraden erhalte der alte Klubname Comeback einen übers Sportive hinausweisenden nationalen Akzent. Kolk gab sich bescheiden und verschwieg, daß er in der abtrünnigen Provinz früher obere Positionen im Mittelgewicht und dann halbschwer gehalten hatte. Beim Sparring hüpfte er sittsam herum wie die anderen Herrschaften, die keine Bäume mehr ausreißen wollten. Nur bei internen Turnieren wurde hart geboxt, inbrünstig draufgehauen, sei es aus Verzweiflung über die entschwundene Jugend oder in dem Bestreben, eine heimliche Hackordnung im Klub zu aktualisieren.

Den alten Kämpen mochte Kolk nicht vorführen, daß ihnen ein sorgfältig ausgebildeter Amateur mit mehr als zwanzig Knockoutsiegen gegenüberstand, ein Pugilist, der auch nach der aktiven Ringzeit im Osten nicht nur die Werke der marxistischen Klassiker gestemmt hatte. Östliche Überlegenheit hätte nicht ins aktuelle Weltbild gepaßt. Den Turnieren im Gym wich er aus; zu seiner Erklärung, er habe im Osten zu wenig Bananen und andere Kraftnahrung gehabt, nickten die Westsenioren verständnisinnig.

Lieber übte er Seilspringen, Schattenboxen oder ließ den Punchingball flattern. Oder er vollzog ein mildes Sparring mit Flosse, der ihm von Anbeginn ohne joviales Getue begegnet war. Der Wirt, wie Kolk ein Stück über die vierzig hinaus, hielt sich körperlich in Form, um Streitigkeiten in der Kneipe auch dann schlichten zu können, wenn Argumente nicht mehr durch den Bierdunst drangen. Dazu kam es selten, Flosses krumme Nase und das geknickte Ohr dämpften vorauseilend trunkenen Übermut.

Flosse war eine Frohnatur. Sein Traumberuf war ihm versagt geblieben, er wurde nicht Seemann, nur seekrank, sobald er ein Schiff betrat, auch wenn es nur ankerte. Er lernte Koch und eröffnete später das Berliner Lokal mit dem hafenstädtischem Flair. Flosses Freundlichkeit und immergute Laune entsprangen einem harmoniebedürftigen Gemüt und unterschieden ihn von Leuten, die nur freundlich tun, wenn dabei Gewinn herausspringt. Heute aber war er mißgestimmt, wie ihn Kolk noch nicht erlebt hatte.

»Kommst du abends zum Training?« fragte er und stopfte den Rest der Lachssemmel in den Mund. »Aber hau mir nicht aufs Gesicht, dort bin ich schon bedient worden.« Er tänzelte und stupste dem Wirt spielerisch an den Bauch. Das sollte ein kleines Scheingefecht auslösen, wie sie es manchmal abends im vollbesetzten Lokal vorführten. Die Gäste goutierten die Demonstration einer Sportart, die, aus rätselhaften Gründen, wieder populär geworden war. Nur Dorle nörgelte dagegen an, sie weigerte sich, Fausthiebe als Unterhaltung zu betrachten.

Die gelegentlichen Scheinkämpfe abends im Lokal vor den Gästen bestärkten sie in der Ansicht, daß Männer in geschlossene Anstalten gehören. Flosse meinte dann, so eine sei schon die Ehe. Immerhin floß im Lokal kein Blut, und die Gäste hatten ihren Spaß. Wer lustig ist, ißt und trinkt mehr. Flosse pflegte das Scharmützel mit einer Darbietung des legendären Muhammed-Ali-Shuffle abzuschließen, seine krummen Glieder wirbelten über die Schiffsplanken der

Kneipe, so daß sich Kolk unter dem Beifall des Publikums geschlagen gab.

Diesmal ging der Wirt auf das Angebot für eine freundschaftliche Knufferei nicht ein. Trüb und stumm kehrte er sich ab und schlurfte zurück zum Küchenraum.

»Hast du schlecht geschlafen«, rief Kolk, »was ist los mit dir?«

Er wandte sich an Dorle, die den Gästen Getränke gebracht hatte und wieder nach hinten verschwinden wollte. »Was hat dein Alter, habt ihr zwei Zoff miteinander?«

»Alles in Butter«, sagte Dorle, »jeder hat mal miese Laune. Sagen Sie mal, Herr Detektiv, was lungern Sie hier herum, haben Sie nichts zu tun? Klär ein bißchen Korruption auf oder ein paar Morde. Geh arbeiten, die Hauptstadt braucht dich.«

Kolk gab ihr einen Kuß auf die Wange und wandte sich zur Tür. Dorle hatte leichthin geredet, betont unbeschwert, eine Nuance über glaubhafte Munterkeit hinaus. Aber vielleicht bildete er sich das nur ein, und mit den beiden war alles wie sonst.

4

Nach Hause zurückgekehrt, ging Kolk in die Küche. Matjes und Lachs in seinem Magen verlangten nach Wasser, er versorgte sie. Dann gab er Eiswürfel in ein Glas, darauf zwei Fingerbreit Gin, darüber einen Schwapp Tonicwater. Er lauschte dem Knistern der Würfel und ging über den Flur in die Büroräume, die, getrennt durch eine Zwischentür, als Sekretariat und als Arbeitszimmer dienten.

Vom gerahmten Foto auf dem Schreibtisch lächelte ihm Inge zu. Kolk hob das Glas und entbot ihr wie stets den ersten Schluck.

Er setzte sich an den Schreibtisch und drückte die Taste des Anrufbeantworters. Herr Dr. Kreutz meldete sich und teilte in Antwort auf das Mahnschreiben bedauernd mit, daß er beharren müsse, die Rechnung von 4789 Mark inklusive Mehrwertsteuer nicht zu begleichen, weil, wie schon verlautbart, die Observationsberichte nicht den Erwartungen entsprochen hatten.

Danach kam Babsy zu Wort. Mit schelmischer Kinderstimme fragte sie, ob er den Slip gefunden habe. Wenn sie ihn abhole, dürfe Onkel Hasso ihn ihr anziehen.

Danach war das Band so leer, wie ein Tonträger nur sein kann, wenn einer Detektei die Klienten fehlen.

Kolk nahm das Glas, in dem der Gin in zarten Nebeln wallte. Er hielt es mit ausgestrecktem Arm. Na schön, die

Hand schwankt. Das ist bei jedem so. Ein Mensch ist kein Roboter, jede Hand zittert ein bißchen.

Im Drehsessel herumschwingend, setzte Kolk den CD-Player in Gang. Die Gregorianischen Gesänge begannen zu rauschen. Kolk lauschte. Er hatte gelesen, daß hörbare Klassik nervöse Menschen beruhigt, den Ärger besänftigt, die Sorgen wegmusiziert. Er hatte das Gerät und einen Satz Scheiben gekauft, fünf Mark pro Stück in einer Ramschbude am Fußballplatz. Schon mehrmals hatte er das katholische Sedativ probiert, bis jetzt ohne Erfolg.

Er streckte die Hand mit dem Ginglas aus – immer noch schwankte sie, sogar stärker. Das kam, weil er sich über die feisten Mönche ärgerte, die er vor sich sah, wie sie trällernd durch den Klostergarten zogen. Die Kutten hatten gut singen, sie wußten nichts von Mieterhöhung,Vollkasko und Dr. Kreutz.

Kolk stellte die Platte ab und holte aus der Schublade das Meßgerät für den Blutdruck. Hemdsärmel hochkrempeln, Manschette um den Oberarm zurren. Startknopf drücken, mit dem Gummiball Luft einpumpen. Begleitet von einem Piepsen, sprangen die absinkenden Werte im Display hin und her.

Jemand klopfte an die Tür.

»Komm rein«, rief Kolk. »Aber ich sag dir gleich, daß ich den Schlüpfer in den Mü ...« Er verstummte, denn nicht Babsy stand im Türrahmen, sondern eine fremde junge Frau.

»Guten Tag. Verzeihen Sie, die Außentür war offen.«

»Das ist ein Büro, Besucher sind willkommen. Nehmen Sie bitte Platz. Ich will nur rasch die Messung ...«

»Nein, lassen Sie sich nicht stören. Ich hätte anrufen sollen. Aber da ich gerade in der Nähe war – Herr von Kolk, nicht wahr? Ich komme auf Ihre Annonce hin. Sie suchen jemand zur Mitarbeit in Ihrer Detektei. Erlauben Sie, daß ich mich vorstelle ...«

»Ach so, wegen der Anzeige.« Kolk war enttäuscht und mühte sich nicht, es zu verbergen.

»Ist die Stellung schon vergeben?« Die junge Frau war stehen geblieben, und Kolk vermied es, sie zum Sitzen aufzufordern.

»Viel zu niedrig.« Die Zahl vom Gerät ablesend, runzelte er die Stirn. »Diastolisch gesehen bin ich schon tot.«

Lebhaft warf die Besucherin ein, das müsse nichts bedeuten. »Die Werte können schwanken, sie sind auch in den Körperteilen verschieden. Im Fuß zum Beispiel ist der systolische Druck oft doppelt so hoch wie im Arm, wegen der Höhendifferenz zum Herzen. Ich war mit einem Kardiologen befreundet. Messen Sie einfach noch mal. Nun ja, falls die Stellung schon anderweitig ...«

»Nein, ist sie nicht«, sagte Kolk. »Aber da wäre ...«

»Super, dann habe ich eine Chance.« Die junge Frau nahm auf dem Sessel vor dem Schreibtisch Platz und legte ihre Ledertasche züchtig auf den Schoß. »Mein Name ist Sieverdingbeck, Emmanuella Sieverdingbeck.« Sie reichte eine Visitenkarte über den Tisch. »Aber Emma genügt. Ich habe auch Telefon, falls nachts was anfällt. Ich nehme an, daß ein Detektiv zu jeder Zeit zur Verfügung ...«

Während sie redete, straffte Kolk die Manschette für eine zweite Messung und musterte die Besucherin genauer. Die brünetten Haare schlicht nach hinten gestrichen. Sparsam geschminkt. Der schwarze Rock und die weiße Rüschenbluse mochten in der Periode Adenauer schick gewesen sein und die Kassenbrille in der Ära Ulbricht. Die Person wollte älter erscheinen, als sie war. Sie sprach mit fester Stimme und hielt sich stiftgerade auf der Sitzkante, bestrebt, die Zweifaltigkeit auszustrahlen, die Arbeitgeber an den Nehmern lieben: Kompetenz und Belastbarkeit. Vor Kolk saßen geschätzte hundertzehn Pfund Schaffenskraft und versuchten, ihn hinters Licht zu führen.

»Sie kommen auf meine Annonce hin«, sagte Kolk, »mithin sind Sie des Lesens kundig. Da müßte Ihnen klar sein, daß ich einen Mitarbeiter suche, der ...«

»... der Karate- und Menschenkenntnis besitzt. Das fand ich ja so cool. Ich habe beides. Entschuldigung, ich wollte Sie nicht unterbrechen ...«

Großmütig hob Kolk den freien Arm und setzte fort: »Gesucht wird jemand zwischen dreißig und vierzig. Auch wenn Sie in Omas Bluse auftreten – Sie sind höchstens Mitte zwanzig. Wann wollen Sie Menschenkenntnis erworben haben?«

»Je älter an Jahren, desto mehr Menschenkenntnis – läuft das so?« Die Person nahm die Hornbrille ab, und es schien, daß sie jetzt besser sah. »Dann wäre eine Hundertjährige ideal für Sie. Verzeihen Sie meine Offenheit.«

»In der Anzeige steht, daß ich einen Mann suche«, schnappte Kolk. Er fing an, sich zu ärgern. »Sind Sie ein Mann?«

Bescheiden den Kopf senkend, erklärte die junge Frau, sie sei von einer Bekannten spät auf die Annonce gelenkt worden. »Darum nehme ich an, daß sich schon Bewerber gemeldet haben, Männer. Davon gibt's ja mehr als genug. Aber Sie sagten, Sie haben die Stelle noch nicht vergeben. «

»Stimmt. Weil kein Bewerber die Eignung hatte.«

»Kein Mann war geeignet. Wäre es nicht angemessen, daß nun das andere Geschlecht eine Chance erhält?« Sie stand auf. »Bitte, wenn Sie erlauben ...«

Sie knöpfte die Wirtschaftswunderbluse auf und streifte sie mit einem Schlängler ab, der den Rock mit fallen ließ. Darunter trug sie nur ein pflaumenfarbenes Ding, das, wie Kolk sich erinnerte, *Body* genannt wird. Knapp geschnitten, bestand es nur aus der Zentralabdeckung und ein paar Stoffstreifen, die die Illusion zusammenhielten.

Mehr noch als der Vorgang der Entkleidung überraschte Kolk das Resultat. Zum Vorschein kam ein Körper, der teilweise einem Jüngling zu gehören schien, einem, der in Klubs für Bodybuilding zu Hause war. Die Figur spreizte die Beine, drehte sich in den Hüften, hob und senkte die sehnigen Arme. Anatomisch beispielhafte Muskelstränge spielten unter der glänzenden, leicht gebräunten Haut. Waren die Muskeln auch maskulin modelliert, so blieb das Gesamtbild dennoch weiblich. Auch die Brust war eindeutig feminin, wenngleich ihr Maß keine Anzeige in der Berliner Zeitung gerechtfertigt hätte.

Kolk trank einen Schluck und räkelte sich im Sessel. Vertraut rieselte der Gin durch alle Glieder und summte in den Schläfen. Die Wespenstiche waren vergessen, die Wunden im Gesicht juckten kaum noch. Der verkorkste Vormittag nahm eine erfreuliche Wendung.

Die kernigen Schultern wippten und gaben es weiter an einen Busen, der stützfrei auskam. Gemessen hob sich ein Bein, wurde waagerecht gestreckt, der Fuß gespitzt. Gebannt verfolgte Kolk die tätowierte Libelle, die auf dem Oberschenkel der Arbeitslosen Flugübungen machte. Seine Hand drückte noch immer den Gummiball und pumpte die Manschette für die Messung weiter auf. Stiche im Oberarm ließen ihn zucken. Rasch drückte er den Ablaßknopf, zischend entwich komprimierte Luft.

Bis über die Schulter hob das Mädchen das rechte Bein, winkelte es an und streckte es demonstrativ langsam aus. »Das geht auch fix, möchten Sie es sehen?«

In den träge schwingenden Körper fuhr Strom. Arme, Beine, Hüften, Hände, Füße zuckten, hieben, schnellten, hämmerten hin und her und verwirbelten zu einer Orgie von Schlägen und Stößen. Schleierhaft war, wie die Person dabei reden konnte.

»Ellbogenschlag mit Hüftdrehung, Fingerspitzenstoß zum Solarplexus, Finalknaller zum Kehlkopf. Der zerknackt wie ein Hühnerei, das ist lebensgefährlich, da muß man aufpassen.«

Kolk blinzelte. Das Gewirbel machte ihn schwindlig, er versuchte, im Auge des Zyklons, dem Dreieck zwischen den Schenkeln, einen Ruhepunkt zu finden.

»Wie Sie sehen können, hab ich mich auch mit Shaolin-Kempo-Kungfu befaßt, ich war mit einem Karatelehrer befreundet. Habe auch Jeet Kune Do und Wing Tsun geübt. Natürlich auch wegen Bruce Lee, schade, daß er tot ist. Besonders geil find ich seine niedrigen Tritte, die sind bei Kontakt auf der Straße am besten.«

Den Blick von der bewegten Frau lösend, schaute Kolk auf das Meßgerät. Der Blutdruck stieg an.

»Und hier, der Seitwärtstritt, die Ferse trifft ins Ziel. Und Seitfußstoß in die Kniekehle. Oder das: aus der Pferdesitzstellung ein Handflächenaufwärtsblock und ein Vertikalhandkick zum Kopf des Gegners. Und gleich dran die Hammerfaust zu den Hoden, am besten zweimal.«

»Logisch«, sagte Kolk, »bitte machen Sie weiter.«

Aber das enthemmte Geschöpf stand nun still. Stirn und die kurze gerade Nase waren mit Schweißtröpfchen bedeckt, auch die Libelle auf dem Schenkel nahm ein Bad.

»Ich verabscheue Prügeleien«, sagte Kolk, »wenn's brenzlich wird, laufe ich weg.«

»Offenbar nicht schnell genug. Verzeihung, Herr von Kolk, ich sehe ja, daß Sie was abgekriegt haben. Ich bin sehr gut. Ich glaube, ich könnte Ihnen nützlich sein.«

Um die Feststellung zu unterstreichen, schoß das Karatebein vor, die metallverzierte Spitze des Schuhs traf den Stoffrucksack am Kleiderständer neben der Tür. Es klirrte dumpf, der Sackboden färbte sich dunkel und fing an zu tropfen.

»Nanu, hab ich was kaputtgemacht?«

»Nur meine Reserveflasche Gin, Sonderangebot bei Aldi für achtzehnsiebenundneunzig.«

»Oh, tut mir sehr leid. Ich bezahle das gleich ... oder Sie ziehen es vom ersten Gehalt ab.«

»Nein, Teure, Sie irren. Es wird überhaupt kein erstes Gehalt ...«

Kolk stockte, denn hinter der Karatespezialistin war ein Mann aufgetaucht. Mit einem freundlichen »Hallo!« blieb er im Türrahmen stehen und schaute den Inhaber neugierig an.

Für einen Augenblick war Kolk verlegen. Er hockte am Tisch, mit einer Manschette um den Arm, einem Gummiball in der Hand, und vor ihm stand ein beinahe nacktes, heftig atmendes Mädchen. Für einen Detektiv, der Klienten gewinnen will, war die Szene kaum geschäftsfördernd.

»Einen schönen guten Tag«, sagte Kolk, an der Manschette nestelnd. »Bitte entschuldigen Sie, ich stehe gleich zur Verfügung.«

Der Fremde mochte über vierzig sein, in Kolks Alter. Mit Sonnenbrille und Dreitagebart sah er verheerend attraktiv aus. Die sportliche Figur steckte in einem hellen Leinenanzug, in den die Seidenkrawatte einen Farbtupfer setzte. Der Besucher deutete eine Verbeugung an und nickte der jungen Frau zu.

Sie errötete und senkte den Blick auf ihre Füße, um die sich eine Pfütze sammelte. Der Gin vom Kleiderständer hatte sich ausgebreitet und erfüllte den Raum mit einem Duft nach Wacholder.

Der Mann hob die Nase. »Das riecht wie in einer Matrosenkneipe. Gin? Ja, das Lieblingsgetränk englischer Matrosen. Daran ist das britische Weltreich zugrunde gegangen, Hongkong hat es nun auch erwischt.«

Kolk horchte auf: Die Stimme – hatte er den Tonfall schon gehört, kannte er das bärtige Gesicht hinter den dunklen Gläsern?

»Du hast dich nicht verändert«, sagte der Fremde. »Immer noch hinter jedem Schlüpfer her. Seid ihr fertig, hast du sie schon bezahlt?«

»Was erlauben Sie sich!« Die junge Frau machte einen Schritt und holte zum Schlag aus. Der Mann fing den Arm und bog ihn auf den Rücken.

»He, aufhören!« rief Kolk. »Lassen Sie sie los. Wer sind Sie, was soll das Theater?«

Aufspringend blieb er am Schlauch hängen und riß das Gerät vom Schreibtisch.

»Bleib, wo du bist.«

Der Fremde hob die Stimme nicht, die Rangelei schien ihn sogar zu belustigen.

Kolk griff nach der Schublade, in der er die Waffe verwahrte.

»Bleib ruhig, Hasso, das haben wir gleich«, sagte der Mann, und es war die Nennung des Vornamens, die Kolk bannte.

Das Mädchen im Haltegriff setzte einen Tritt gegen die Beine des Fremden an, doch er bog ihren Arm höher, so daß sie aufschrie.

»Loslassen!«

Kolk riß den Revolver aus dem Schreibtisch und richtete ihn auf den Angreifer. Mit gestrecktem Arm stand er ihm gegenüber. Die Waffe schwankte, jeder konnte es sehen.

Der Besucher lächelte. »Du verletzt dich noch selber«, sagte er, »und ich habe dann den Ärger.« Er griff in die Tasche des Jacketts und brachte Geldscheine hervor.

»Für dich, Pussy, Schmerzensgeld, hundert Dollar.«

Er schob die Banknoten am Bauch des Mädchens unter den Stoff. Mit der anderen Hand packte er die Zappelnde wie eine Katze am Genick, stieß sie ins Nebenzimmer und schloß die Tür. Er bückte sich, raffte Bluse und Rock auf, öffnete noch einmal die Tür und warf die Sachen hinüber. Ein Fuß trat knapp an ihm vorbei. Der Mann drückte die Tür zu und lehnte sich dagegen. Gegen das Holz krachten dumpfe Schläge, es waren einige Ausdrücke zu hören, die von jungen Damen selten benutzt werden.

Kolk hatte sich von der Manschette des Meßgeräts befreit und kam hinter dem Tisch hervor.

»Sie verlassen mein Büro, sofort!«

Der Besucher griff nach dem gerahmten Foto auf dem Tisch. Er nahm die Sonnengläser ab. »Inge«, sagte er. Und noch einmal, nur diesen Namen.

Niklas! Der Blitz des Erkennens ließ Kolk erstarren. Niklas. Er ist es. Der trunkene Dunst pfiff aus Kolks Schädel. Ins Vakuum schossen Splitter der Erinnerung, überschlugen sich, brachten ihn durcheinander ganz und gar. Bemüht, die Verwirrung zu verbergen, wandte er sich ab. Zeit, um Fassung zu gewinnen. Er machte ein paar Schritte, setzte sich aufs Fensterbrett, wollte sich souverän ans Kreuz lehnen. Fast wäre er hinausgefallen, er konnte sich eben noch am offenen Flügel halten.

»Wie geht es Inge, seid ihr verheiratet? Oder geschieden? Das wäre mir verständlich, ich meine, wenn ich dich so anschaue ...«

»Was willst du«, unterbrach ihn Kolk, wieder gefaßt. Er trat an den Tisch und riß dem anderen das Bild aus der Hand.

»Was soll man schon wollen in einer Detektei. Es gibt einen Auftrag für dich. Frau von Rühle hat dich empfohlen, die Filmproduzentin. Sie hat mit meinem Chef geschäftlich zu tun. Sie hat dich als Schnüffler empfohlen, und er hat mich geschickt. Aber ich hätte dich sowieso besucht. Ich möchte wissen, wie es Inge geht. Wo steckt sie, was macht sie?«

»Von mir erfährst du nicht mal die Uhrzeit.« Kolk stellte das Bild an den alten Platz zurück. »Zwischen uns gibt es nichts zu besprechen, ich möchte, daß du verschwindest.«

Ein verstecktes Läuten. Der Besucher zog das Telefon aus der Tasche und meldete sich. Er hörte zu und antwortete in einer Sprache, die Kolk als Japanisch, Chinesisch, jedenfalls asiatisch einstufte. Er sammelte das zerbrochene Meßgerät vom Boden auf.

Niklas beendete das Kauderwelsch am Telefon und wandte sich wieder dem anderen zu. »Der Auftrag ist eilig. Du sollst ein Gepäckstück beschaffen, es wurde auf dem Flughafen gestohlen. Ein Beauty-case, eine Box, ein Koffer für kosmetische Sachen, Parfüm, Schminkzeug und ähnliches.«

»Ah, du schminkst dich. Drum habe ich dich nicht gleich erkannt, hab dich für eine Schwuchtel vom Ballett gehalten.«

»Hast du mal in den Spiegel geschaut?« Der Dreitagebart zuckte verächtlich. »Ein Make-up würde dir gut tun, auch ein Eau de toilette. Vorher solltest du duschen, mit Seife. Pardon, bleiben wir beim Geschäftlichen.«

In sachlichen Ton übergehend, teilte er mit, der Vorfall habe sich vor ein paar Tagen ereignet, in Tegel. Bestohlen wurde eine junge Dame, die aus Hongkong gekommen war. Um etwas zu kaufen, habe sie das Beauty-case am Zeitungsstand abgestellt, für einen Moment nur – und weg war der Koffer.

»Warum kommt sie nicht selber?«

»Sie arbeitet, sie hat keine Zeit.« Der Besucher sah auf die Uhr. »Willst du den Auftrag oder nicht?«

»Nicht von dir. Die Frau müßte schon herkommen.«

»Im Erfolgsfall winkt eine Prämie. Du machst den Eindruck, als könntest du eine Finanzspritze gebrauchen.« Niklas Demps klopfte auf die Brieftasche im Jackett.

Kolk wiederholte, die Dame müsse persönlich vorstellig werden. Zufrieden registrierte er, daß bei dem anderen Gereiztheit aufkeimte. »Die Frau kann mich auch anrufen, dann suche ich sie auf. Aber mit dir verhandle ich nicht.«

Der Besucher zuckte die Achseln und wandte sich ab. »Es gibt genug Detektive in der Stadt. Dann kriegt den Auftrag ein anderer.« Schon an der Tür drehte er sich noch einmal um. »Ich möchte mit Inge reden. Ich kann mir nicht vorstellen, daß sie hier mit dir haust. Wo finde ich sie?«

»Leck mich.«

Demps ging hinaus. Kolk blieb stehen, er zitterte, die Wut nagelte ihn fest. Was bildet sich der Kerl ein. Oh, ihm nachstürzen, auf ihn einschlagen, bis er als wimmerndes Bündel auf dem Boden liegt. So wie ich damals lag und fast verreckt bin. Nein, nimm dich zusammen, behalt einen klaren Kopf. Mehr als zwanzig Jahre, die Vergangenheit ist tot, aufregen lohnt nicht. Falsch, die Vergangenheit lebt. Eine ordentliche deutsche Feindschaft kennt kein Verfallsdatum. Ich hasse ihn, er haßt mich. Warum hat er mir ein Angebot gemacht. Daran muß etwas faul sein, sehr faul ...

Das Telefon ertönte. Froh über das Geläut – ein Klient! – nahm Kolk den Hörer ab und meldete sich mit dem sonoren Ernst, der die Bonität des Gewerbes ausdrückt. Durch die Leitung imitierte Babsy eine Kinderstimme und kiekste, daß sie in einer Stunde vorbeikomme, um ihr Höschen zu holen, das der böse alte Wolf ihr geraubt habe.

»Der Wolf ist tot«, knurrte Kolk und legte auf. Er trat ans Fenster und sah auf die Straße.

Niklas Demps überquerte die Fahrbahn und ging zu einem schwarzen Benz älterer Bauart. Am Wagen stand ein Mann, dick, riesig, ein asiatischer Koloß. Er öffnete den Schlag. Niklas Demps stieg ein. Der Riese schob sich auf den Fahrersitz. Der Wagen rollte davon.

Im Bad warf Kolk die Kleidung ab und trat unter die Dusche. Erschauernd genoß er die zerspritzende Kälte. Puh, die einfachen Genüsse sind die besten.

Die Säuberung spülte den Besuch mit ins Abwasser. Was kümmert mich ein Niklas Demps. Das Schwein war mal mein bester Freund, zum Totlachen. Errare humanum est. Er sieht noch gut aus.

Kolk fiel die Geschichtslehrerin an der alten Penne ein, strenge Blockflöte, die den Oberschüler Demps manchmal verträumt anstarrte, so daß sie den roten Faden in der Arbeiterbewegung verlor.

Kolk grinste, und während er sich abseifte, pfiff er ein paar Takte Yellow Submarine. Als er die Kabine verließ, hörte er ein Poltern. Er schlang das Badetuch um die Hüften und glitt in den Korridor. Er zog den Tonfa aus dem Ständer für Regenschirme und trat, den Kampfstock vorhaltend, in die offene Zimmertür.

Vor dem Aquarium stand das Karatemädchen Emma und hob das Gefäß mit dem Trockenfutter vom Boden auf. Kolks barsche Frage, was sie hier suche, beantwortete sie mit der Gegenfrage, wie die wunderhübschen Fische hießen. Geschwind redete sie weiter:

»Die sehen hungrig aus, ich gebe ihnen was, wenn Sie einverstanden sind. Mein Vater hatte auch mal welche, Guppys und Segelflosser, machen viel Arbeit. Soll ich die Scheiben vom Aquarium putzen? Haben Sie den gemeinen Kerl rausgeworfen? Ich hätte ihn flachgelegt, aber ich war mir nicht sicher, ob Sie das ...«

Kolk trat heran und legte ihr die Hand fest auf den Mund. Sie verstummte und sah ihn mit großen Augen an. Er zog die Hand weg und sagte:

»Kois, sie heißen Kois, japanische Zierkarpfen. Es sind Fischkinder. Wenn sie größer werden – mein Becken ist zu klein – gebe ich sie einem Kollegen. Es sind liebe Kinder. Wenn ich sie mit Käsebröckchen füttere, knabbern sie an meinem Finger. Ich streichle sie. Wenn ich hereinkomme, stellen sie sich in Reih und Glied auf und begrüßen mich. Sie quasseln nicht, sie gehn mir nicht auf die Nerven. Merken Sie, was ich damit andeuten will?«

Das Mädchen nickte und hauchte: »Absolut, Chef.«

»Das freut mich. Und jetzt hören Sie zu, Frau ...?«

»Emma. Ohne Frau, nur Emma.«

»Nun gut, Emma. Ich bin nicht Ihr Chef und werde den hohen Rang nie erklimmen. Haben Sie das verstanden? Ich wünsche Ihnen ehrlich alles Gute. Und damit: Auf Wiedersehen, ich meine, leben Sie wohl.«

Kolk ging zum Kleiderschrank. Er nahm Unterwäsche, eine Hose und ein Polohemd heraus. Es war nicht ganz frisch, aber die anderen waren es auch nicht.

»Für einen Mann von Ihrem Alter haben Sie eine gute Figur.« Das verstreute Trockenfutter aufsammelnd, kauerte sie am Boden und blickte respektvoll auf Kolks Frottiertuch.

»Lassen Sie das. Sie wissen gar nicht, wie alt ich bin.«

»Ich schätze so Anfang dreißig?«

Die schamlose Untertreibung verdiente keine Antwort, auch wenn der Herr das nicht ungern vernimmt. Kolk klappte die Schranktür als Sichtschutz herum und kleidete sich an. Über die Schranktür hinweg sah er, wie die Person die Wohnstätte musterte. Das zerwühlte Bettsofa, der Vorleger mit Brandflecken. Auf dem Tisch fleckige Gläser und der Rest einer Pizza. Ein verrutschter Haufen Zeitschriften, die *Neue Juristische Wochenschrift* neben dem *Playboy*. Käme er zu Geld, würde er ihn abonnieren.

Emma hatte begonnen, sich wortreich zu entschuldigen. Sie habe warten müssen, weil ihre Tasche noch im Büro liege. Auch müsse sie die zerschlagene Flasche bezahlen. Dabei wiederholte sie, die annoncierte Stellung sei maßgeschneidert für Emma Sieverdingbeck, und Herr von Kolk werde seine Wahl nicht bereuen.

Kolk knöpfte die Hose zu und kam hinter der Schranktür hervor. Väterlich nahm er Emmas Hand und ging mit ihr hinüber ins Büro. Er zeigte auf die Wand zwischen dem Ölbild und dem Aktenregal.

»Was sehen Sie da?« Die Antwort kam schnell und voll Stolz.

»Flötenkonzert Friedrich des Großen in Sanssouci. Der Maler heißt Adolph von Menzel. Auch adlig wie Sie, Herr von Kolk. Der Schinken in der Nationalgalerie ist viel größer, aber das Teil hier ist auch super.«

Erwartungsvoll blickte sie zu Kolk auf, als wäre es an der Zeit, nach bestandenem Bildungstest den Einstellungsvertrag vorzulegen.

Kolk erklärte, daß nicht das Gemälde gemeint sei. »Neben dem Rahmen, rechts, die verputzte Stelle in der Wand. Dort hat eine Kugel eingeschlagen. Sie war für mich bestimmt.«

Respektvoll betrachtete die Person das Loch und sagte:

»Sie brauchen mich.«

Du brauchst eine Lektion, du sollst sie haben. Kolk hob die Tasche auf, die neben dem Regal lag, und drückte sie der Besucherin in die Hand. »Hätten Sie ein wenig Zeit für mich?«

»Ja! Aber ja doch, jede Menge!«

»Fein. Ich möchte Ihnen etwas zeigen. Kommen Sie. Ich habe noch ein Tröpfchen Gin im Blut, deshalb wäre es eine Gefälligkeit, wenn Sie die Steuerung des Automobils übernehmen könnten.«

Der betonfarbene Volkswagen schnellte aus der Parklücke und stob los, noch ehe Kolk den Gurt geklickt hatte. Die junge Frau trieb das Vehikel flott voran, sie überholte andere Autos und schnitt sie elegant.

Die Seitenfenster standen offen, feuchtheiß wirbelte der Fahrtwind herein. Das Mädchen hatte den schwarzen Rock hochgeschoben, die nackten Beine tanzten im ruckenden Takt des Verkehrs auf den Pedalen. Auf dem Oberschenkel turnte die Libelle fleißig mit. Kolk beschloß, seine Abneigung gegen das Tätowieren aufzugeben, ein reifer Mensch sollte den Kontakt zur Jugend bewahren.

»Ein Freund hatte einen Mitsubishi Sigma Dreitausend«, sagte das Mädchen. »Bin viel damit rumgejoggt. Dreilitersechszylinder, vierundzwanzig Ventile, maximales Drehmoment von zwohundertfünfzig Newtonmeter bei dreitausend Umdrehungen. Pfeift seidenweich ab, fast wie ein Achtzylinder. Elektronisch gesteuerte Trace Control und Slip Control.«

»Slip Control ist extrem wichtig«, sagte Kolk und dachte an Babsy, die jetzt unten ohne vor seiner Wohnungstür stand.

»Ist nicht mehr der schnellste, Ihr Wagen«, sagte Emma. »Für die Stadt, na gut. Aber wenn's hart auf hart geht, Verfolgungsjagd auf der Autobahn, kriegen Sie da nicht Probleme?«

Umständlich begann Kolk zu erläutern, daß es sich um eine Spezialausführung für Kriminalpolizei und Verfassungsschutz handele. Auch Detekteien dürften den Wagentyp erwerben. Mit zuschaltbarem Turbolader, imstande, das Auto katapultig zu beschleunigen. Gepanzerte Türen, kugelfeste Verglasung sowieso. Und Spritzdüsen für Öl, um verfolgende Autos in den Straßengraben zu schleudern.

Die Nachbarin schlug auf die Hupe und sagte munter: »Okay, Mister Bond, dann lassen wir noch die kleinen Raketen einbauen, und unser Team ist reif fürs große Geschäft.«

Am hochragenden Neubau der Charité fanden sie nach mehrmaliger Umkreisung einen Stellplatz. Kolk stieg aus und nahm vom Rücksitz die Konfektschachtel und Blumen, die er unterwegs gekauft hatte.

Mit der Begleiterin betrat er den Zentralturm. Sie durchquerten die von Menschen wimmelnde Vorhalle und zwängten sich in eine Fahrstuhlkabine, wo eine tatarische Großfamilie in einen Wortwechsel verwickelt war. Das Ruckeln des Lifts wurde bei Kolk von den Hüften zweier betuchter Matronen abgefedert. Emma hatte vier Halbwüchsige um sich und wurde mit dem Rücken gegen einen kleinen Chrustschow gepreßt, der den Kopf hoch erhoben trug, weil sein Hals in einem Plastikring steckte.

Kolk und Emma verließen den Fahrstuhl und gingen den Korridor entlang. In dem Zimmer, das sie betraten, waren zwei Betten leer. Im dritten am Fenster lag eine Frau und schlief. Der Hals dick verbunden, die Schulter und der linke Arm waren eingegipst. Der mollige rechte Arm lag auf der Decke. In den getönten Löckchen war der graue Haaransatz sichtbar.

Kolk setzte sich auf den Bettrand und legte den Strauß und die Schachtel ans Fußende. Er umfaßte die Wangen der Frau und küßte sie auf die Nasenspitze. Sie erwachte. »Ach, Chef«, sagte sie schwach.

Kolk ergriff ihre Hand, streichelte sie und sagte sanft: »Evi, es tut mir so leid. Ich müßte hier liegen, nicht Sie.«

»Mir geht es schon besser, machen Sie sich keine Sorgen.« Der trübe Blick der Frau belebte sich. »Schön, daß Sie mich besuchen, aber Sie müssen nicht so oft kommen. Oh, Ihr Gesicht, gab es wieder einen Überfall?« Das stamme vom Boxtraining, sagte Kolk beruhigend, und Evi fragte: »Sicher haben Sie viel zu tun, es gehen doch genügend Aufträge ein?«

»Alles bestens, toi, toi, ich kann nicht klagen.« Kolk klopfte an den Bettrahmen. »Aber Sie fehlen mir an allen Ecken und Enden. Sie sollten mich lästern hören, wenn ich mich mit dem Computer herumschlage.«

»Haben Sie immer noch niemanden gefunden? Sie brauchen Hilfe, allein ist die Arbeit nicht zu schaffen.«

Kolks Begleiterin hatte das Zimmer noch einmal verlassen. Sie kam mit einer Vase zurück und versorgte die Blumen. Kolk stellte die Frauen einander vor und erklärte, daß die junge Kollegin auf die Stellung reflektiere.

Überrascht musterte die Patientin im Krankenbett die Bewerberin. Dann schaute sie zu Kolk, und ihr Blick verriet, daß sie begriff, warum der Chef die Kandidatin mitgebracht hatte. Frau Evi wählte eine Praline aus der Schachtel, die Kolk geöffnet hatte, und hob nach der Kostprobe an, der jungen Frau zu erzählen, was sich im Vormonat an jenem schrecklichen Nachmittag im Büro zugetragen hatte.

Ein Klient stürzte herein, ein Herr Pfarrer, der Fotos in Händen hielt, die Kolk von dessen Tochter gemacht und ihm übergeben hatte. Die Aufnahmen belegten, daß das gute Kind in Hamburgs feinem Club *Thanks Heaven* am Jungfernstieg nicht christlich die Arme breitete, sondern die Beine. Zwei Tage vorher hatte der Klient die Fotos entgegengenommen, die Rechnung für die Observierung hatte er bar bezahlt. Als er ging, habe der Mann Haltung bewahrt, sagte Evi, natürlich sei er bestürzt und traurig gewesen, was zu verstehen sei, wer habe schon gern eine Hure in einer heiligen Familie.

»Aber dann muß der durchgedreht sein«, sagte Frau Evi, an die Stirn tippend. »Der stürmt zwei Tage später wieder rein und schreit: Die Fotos sind gefälscht, das ist nicht meine Tochter, ihr seid Diener des Satans! Und auf einmal hat der eine Pistole in der Hand. Ich weiß nicht, wo die Kirche ihre Waffen kauft, aber für Geld kriegt man ja heute alles. Der zielt also auf den Chef, ich gehe dazwischen, peng-peng, mich erwischt es an der Schulter und am Hals. Die Schlagader war verletzt, mußte genäht werden, sechs Stiche. Na, schönen Dank, mit mir nicht noch mal.«

Die Kandidatin Emma hatte aufmerksam zugehört. Sie fragte, welche Strafe der Täter erhalten habe.

Evi im Bett machte eine wegwerfende Geste. »Abgemurkst hat er sich, der Herr Pastor, als ob er nicht wüßte, daß die Kirche das verbietet. Hat sich die Pistole ans Ohr gesetzt, da hatte er ein Hörgerät drin, so eine Rentnerkirsche. Da hat er reingeschossen, na, das muß gescheppert haben. Und das Blut lief aus dem Loch raus, ich dachte nicht, daß in 'nem Kopf so viel drin ist. Dazu noch meins aus dem Hals – ich sag Ihnen, das Rote Meer war 'ne Pfütze dagegen.«

»Genug, Evi, das reicht«, sagte Kolk. »Sie dürfen noch nicht so lange reden, das strengt zu sehr an. Danke für den ausführlichen Bericht, er war sicher aufschlußreich für die junge Kollegin.«

»Hören Sie auf mich«, sagte die Frau im Bett, »machen Sie einen Bogen um jede Detektei. Suchen Sie sich was ohne Waffen, was Friedliches. Ich habe gern für Herrn von Kolk gearbeitet, es wurde ja auch nicht jeden Tag geschossen. Aber heute weiß ich, daß Frauen in dem Gewerbe nichts verloren haben. Das ist nur was für Männer ... hm, eigentlich auch nicht ... Nehmen Sie meinen Rat ernst, sonst liegen Sie eines Tages auch hier ...«

Mit einem Schwarm schwatzender Medizinstudenten verließen Kolk und seine Begleiterin das Gebäude und gingen zur Parkzeile.

Blut mache ihr nichts aus, sagte Emma, sie habe im Schlachthof ausgeholfen, da gewöhne man sich dran. Die gute Frau Evi sei bestimmt eine tüchtige Bürokraft, aber eben nur ein nettes Muttchen. »Ich will nicht renommieren, wirklich nicht, aber an mir wäre der Kirchenvater nicht vorbeigekommen. Geben Sie mir die Stellung, und Sie werden es nicht bereuen.«

Entschieden schüttelte Kolk den Kopf. »Die eine verletzte Frau ist schon eine zuviel. Ich bedaure, daß Sie das nicht begreifen wollen. Ich fahre jetzt selbst, möchten Sie mitfahren, wo kann ich Sie absetzen?«

Kolks Ärmel fassend, sagte die Person, sie brauche eine Chance. »Lassen Sie mich nicht hängen. Machen Sie einen Versuch mit mir, mit einem befristeten Vertrag, erst mal für ein paar Monate. Über das Gehalt werden wir uns einig.«

Kolk öffnete die Autotür. Er wies auf sein Gesicht und sagte:

»Möchten Sie so aussehn? He, Mädchen, Sie sind jung, Sie finden eine Stellung, die Ihnen Spaß macht.«

Kolk stieg ein und wollte die Tür zuklappen. Emma hielt den Fensterholm fest. »Bitte, ich will bei Ihnen arbeiten«, wiederholte sie.

»Jetzt langt es!« Kolk zog die Tür heran und hätte beinahe ihre Hand eingeklemmt. »Teufel noch mal, ich habe nein gesagt. Sie sind ja schlimmer als 'ne Tube Pattex.«

»Aber ich war gut genug, Sie herzufahren!« keifte das Mädchen los. »Das Taxigeld wollten Sie sparen und mir auf die Titten glotzen!«

»Da gibt es nicht viel zu sehn.«

»Aufgegeilt haben Sie sich, an meinen Schenkeln, Sie versoffner alter Sack! Ich kenne Ihre schmutzige Phantasie. Typisch Arbeitgeber, ihr seid doch alle scharf auf Kalbfleisch.«

»Moment, das verbitte ich mir!«

»Ihren blöden Job können Sie sich sonstwohin stecken, ich pfeife drauf!« Die Metallspitze ihres Schuhs knallte gegen die Autotür. Hochaufgerichtet ging die junge Frau davon.

»Den Lack bezahlen Sie!« schrie Kolk. Der weißhaarige Medizinmann mit gepunkteter Fliege, der das benachbarte Auto aufschloß, blickte verschreckt herüber. Kolk drohte ihm mit der Faust, warf den Gang ein und preschte davon.

5

Am nächsten Morgen erwachte er vom Donnern eines Flugzeugs, das gewillt schien, den Weg durch das Zimmer zu nehmen. Er sprang aus dem Bett und riß die Fenster auf, um die Scheiben vor dem Luftdruck zu retten. Aus der Sonne anschwebend, röhrte die Turbopropkiste auf ihn zu, torkelnd in Böen aus heißem Wind.

Kolk flüchtete ins Bad und versuchte sich zu rasieren, ohne dabei in die Schwellungen zu schneiden. Mit einem arktisch temperierten Glas Gin Tonic ging er hinüber ins Büro und bestellte telefonisch beim Hong Kong Palast Wan-Tan, Sukizaki und Krupuk.

Kaum hatte er aufgelegt, klingelte der Apparat. Am anderen Ende meldete sich Frau von Rühle. Als Produzentin von Fernsehserien hieß sie in der Branche das Rührei. Kolk fand, daß ihre metallische Stimme eher an einen Tatort gemahnte. Konspirativ gedämpft klirrte sie durch die Muschel:

Ich fliege heute abend nach München zur Bavaria und werde erst übermorgen zurück sein. Es könnte sein, daß er das ausnutzen wird. Darum: grünes Licht ab morgen früh. Action! Ich will klare Beweise. Vermasseln Sie es nicht.

Kolk legte auf. Ein Honorar winkte. Noch war die Arbeit nicht geleistet, aber das Winken war nicht zu übersehen und bot guten Grund, noch einen Schluck zu genehmigen. Aus dem Fotorahmen schaute ihn Inge an. Sie war achtzehn Jahre. Kolk nahm noch einen Schluck und wurde auch achtzehn.

Guten Morgen, mein Schatz, sagte er. Freue dich, es steht Geld ins Haus. Das wird auch Zeit, die Miete ist fällig, höhere Gebühren für Benzin, für Strom, da freut sich der Öko und der Bürger wundert sich.

Kolk hob die Hand und klopfte an die Stirn. Immer häufiger ertappte er sich, daß er mit dem Bild redete. Es antwortete manchmal. Nüchterne Leute würden seinen Zustand als Delirium bezeichnen. Sie hatten keine Ahnung. Wozu macht man Fotos, wenn sie stumm bleiben. Nur wenn sie sprechen, sind sie gelungen. Inge auf dem Foto lächelte. Ihre Augen gaben eine Antwort auf die mörderische Frage, ob das Dasein einen Sinn hat.

Es klopfte. Ein Chinesenjunge in Jeans und Schlabbershirt kam mit einem Beutel herein.

»Morjen, Frühlingsrolle«, grüßte Kolk. »Hast du auch den Reispamps nicht vergessen.«

Der Bengel blieb stehen. Die Jettaugen unter den struppigen kurzen Haaren funkelten den Mann hinter dem Schreibtisch an. »Was erlauben Sie sich, wie nennen Sie mich!«

»Na, Mister Chopsuey, sei nicht gleich eingeschnappt Hier, den Rest kannst du behalten.« Kolk nahm einen Zehner und einen Zwanzigmarkschein aus der Schublade, knüllte sie zusammen und warf den Ball dem Lieferservice zu.

Der Bote fing ihn nicht auf. Er trat an den Schreibtisch und sagte hell in geschliffenem Deutsch:

»Herr Demps richtete mir aus, daß ich als Klientin selbst zu Ihnen kommen sollte. Mein Koffer, der auf dem Flughafen gestohlen wurde. Sie sollten sich darum kümmern. Jetzt verzichte ich. Mit einem Rassisten möchte ich nichts zu tun haben.«

Der Junge wandte sich ab und ging zur Tür.

Kolk stutzte – hatte er überhaupt einen Bengel vor sich? Das war heutzutage häufig eine offene Frage. »He, warte!« rief er. »Bist du ... sind Sie ein Mädchen?«

Die Tauchstation war dicht besetzt wie stets zur Dämmerstunde. Durch Rauchschwaden schwamm der Hai an der Decke und glotzte auf die essenden, trinkenden, schwatzenden Geschöpfe. Hinter der Theke zapfte Dorle eilig Bier. Kolk nahm die Gläser und stellte sie aufs Tablett. Zwischendurch trank er eins aus. Die verrenkte Kinnlade knackte, Kolk drückte die Hand dagegen.

»Zahnschmerzen?« fragte die Wirtin.

An den neuen Verletzungen sei Flosse schuld, schimpfte Kolk. »Beim Training im Ring langt der plötzlich hin. Was ist mit deinem Alten los? Er soll seine schlechte Laune nicht an mir auslassen. So heilt mein Gesicht nie. Wenn er mich noch mal haut, kann er was erleben.«

Dorle meinte, er solle sich keinen Zwang antun. Sie stellte noch vier Gläser aufs Tablett und kommandierte: »Halt dich ran, die Gäste warten.«

Kolk nahm das Tablett und verteilte die Biertulpen an den Tischen. Die grüne Schürze flügelte beim Laufen hinderlich um die Beine. »Ich hatte gebeten, du sollst die Schürze kürzen«, knurrte er bei der Rückkehr an die Theke.

»Du siehst gut damit aus, die Schürze lenkt von deiner Visage ab.«

Sie stellte Bier und Korn aufs Tablett und schob Kolk ein Glas zu. »Trink, mein Süßer, aber dann überspring eins. Ist besser, wenn erst die Gäste blau sind und danach das Personal. Ja, und schmeiß die Zicke da raus. Wir wolln hier keine Werbung, das nervt die Gäste.«

Sie zeigte zum vorderen Raum, wo eine junge Frau mit Zetteln in der Hand von Tisch zu Tisch wanderte.

Obwohl Kolk nur die Rückseite sah, erkannte er sie wieder. Die Person Emma trug nicht mehr die Omaklamotten, sie hatte ein kurzärmliges Safarihemd und Khakishorts an. Sie wechselte zum Tisch eines älteren Paares und begann auf die Leute einzureden.

Mit wenigen Schritten war Kolk bei ihr. »Einen Moment, bitte!« Er griff sie am Arm und sagte sarkastisch: »So trifft man sich wieder, was für ein Zufall. Und gleich wieder werden wir getrennt. Die Wirtin will nicht, daß Reklamezeug verteilt wird. Verschwinden Sie, und zwar dalli, sonst muß ich Sie vor die Tür setzen.«

Der ältere Herr am Tisch mischte sich ein.

»Mal sachte, Herr Ober! Ist Ihnen bekannt, wofür sich die junge Dame engagiert?«

Das sei nebensächlich, entgegnete Kolk, dem Inhaber sei überlassen, wie er mit Werbung umgehe.

»Mörder«, sagte die ältere Frau am Tisch. »Totschläger. Schreibtischtäter.«

»Was, wie bitte?« Irritiert blickte Kolk auf das erzürnte Paar und auf Emma. Als ginge sie die Sache nichts an, betrachtete sie den Hai an der Decke.

»Sie haben wohl noch nie etwas von Vier Pfoten gehört?« Mit einer Mischung aus Verachtung und Mitleid musterte der alte Herr den beschürzten Ignoranten. »Naturewatch, Care for the Wild, Elefriends – nie davon gehört, alles böhmische Dörfer?«

»Läßt es Sie gleichgültig«, hakte die Frau ein, »wenn immer noch Elefanten und Leoparden für Trophäen getötet werden? Wenn Wilderer den schwarzen Kaiman lebend häuten? Ist es human, Flughunde auf Mauritius abzuknallen oder Murmeltiere in Österreich, nur zum sportlichen Vergnügen!«

Und die Person Emma warf ein: »Zwergwalpenisse als Potenzmittel, nein und nochmals nein.«

Inzwischen hatte der alte Herr ein Formular ausgefüllt und reichte es der Artenschützerin.

»Manchmal sind junge Leute klüger als die älteren. Weiter so, mein Kind.«

»Im Namen der bedrohten Tierwelt ein herzliches Dankeschön.« Emma deutete einen Knicks an. »Sie können Spenden bis hundert Mark von der Steuer absetzen.«

Den Senioren eine beglückte Miene schenkend, steckte das Mädchen das unterschriebene Papier in ihre Tasche. Sie nahm von Kolks Tablett eine Biertulpe und wandte sich zur Nische neben der offenen Lokaltür.

Kolk folgte ihr und blieb vor dem Tisch stehen, hinter dem sie sich verschanzte. »Ich habe nichts gegen Elefanten«, sagte er, »solange sie mir nicht auf die Zehen treten. Aber die Wirtin kann ziemlich ruppig werden. Machen Sie keinen Ärger, ziehn Sie Leine.«

Das Mädchen blickte mitfühlend zu Kolk auf.

»Sie müssen als Detektiv kellnern, und ich muß auch von was leben. Weil Sie mir eine menschliche Anstellung verweigern, arbeite ich für die Tiere. Jetzt habe ich Pause. Ich bin ein zahlender Gast und kann hier sitzen, solange ich will. Bringen Sie mir zum Bier eine Bulette. Nur einen Tupfer Senf, mittelscharf, wenn's geht Ostsenf, aus Bautzen. Und eine Schrippe, keine von gestern. Und alles ein bißchen dalli, wenn ich bitten darf.« Sie schnippte mit den Fingern und streckte die nackten Beine aus, die in monströsen Präriebotten steckten.

»Bulette, Brötchen«, wiederholte Kolk, »über Großaufträge freut sich die Küche.«

Er war abgelenkt und unterbrach das Geplänkel. Schon zuvor hatte er bemerkt, daß Flosse mit zwei Gästen an einem Tisch im Hintergrund saß. An Flosse war vieles krumm, aber der Rücken war stets gerade. Er ging aufrecht, als wollte er Säbelbeine, verbogene Nase und Schlappohr wettmachen. Er war, in aller Einfachheit, ein Mann mit Haltung.

Nun hatte sich das verändert. Gebeugt hing der Wirt auf dem Stuhl und schaute zu Boden. Die beiden Gäste am Tisch sprachen zu ihm, es wirkte geschäftsmäßig. Flosse hob lasch die Schultern und entgegnete ein paar Worte. Der grauhaarige Mann neben ihm antwortete und berührte auf dem Tisch einen Gegenstand, der aus Kolks Richtung nicht zu definieren war.

Mehrere Gäste riefen oder winkten nach der Bedienung. Das Lokal durchquerend, nahm Kolk Bestellungen entgegen, die er an Dorle hinter der Theke weitergab. Um Speisen zu holen, eilte die Aushilfe Lilo in die Küche. Kolk wandte sich an die pausenlos Bier zapfende Wirtin. »Dein Alter soll endlich mit zupacken, wir schaffen es kaum noch.«

»Hilf ihm«, sagte Dorle.

Kolk hatte ein Stück Salzbrezel im Mund, er schluckte und sagte verärgert: »Nee, wir brauchen Hilfe, nicht er. Mit wem quasselt er, Lieferanten? Die soll er vormittags bestellen, da ist Zeit genug.«

»Hilf ihm«, wiederholte Dorle. Ihren Zügen war die mütterliche Gutmütigkeit entfallen. Sie fegte den Schaum von einer Tulpe und zischte: »Ich halte das nicht mehr aus. Tag und Nacht haben wir gestritten. Er will nicht, daß sich jemand einmischt. Ich will's jetzt. Los, geh rüber und hilf ihm.«

Kolk hob die Schultern. »Ich versteh nur Bahnhof ...?«

»Bist du blind!« Dorles Stimme ließ Angst durch. Sie nahm einen Wodka vom Tablett und kippte ihn.

Kolk wandte den Kopf und starrte zum Tisch hinüber. Auf einmal stimmten die Details, sie griffen logisch ineinander.

Er durchmaß den Raum und trat an den Tisch. Flosse sah kurz auf und blickte wieder zu Boden. Die beiden Gäste neben ihm waren trotz Sommerwärme korrekt gekleidet, zum Anzug trugen sie Krawatte. Die blaue Baseballmütze des jüngeren Mannes paßte nicht ganz dazu. Er trug eine Sonnenbrille mit seitlich gebogenen, verspiegelten Scheiben. Auch der Graukopf neben ihm trug große Sonnengläser.

»Hallo, Gentlemen«, grüßte Kolk, »ist es gestattet?« Er zog einen Stuhl vom Nachbartisch heran.

»Nein, entschuldigen Sie«, sagte der Grauhaarige. »Wir möchten ungestört sein. Setzen Sie sich woanders hin.«

»Wie niedlich«, sagte Kolk und deutete auf den Gegenstand, über den offenbar verhandelt wurde. Ein Holzrahmen von der Größe einer aufrecht stehenden Zigarrenkiste. In der Oberleiste glänzte Metall, eine schräge Stahlklinge mit einem Drücker. Die untere Leiste hatte in der Mitte ein Loch.

»Was ist das?«

»Schicken Sie den Mann weg«, sagte der jüngere Gast zum Wirt. »Ist das Ihr Kellner, was will er?«

»Kolk, verzieh dich«, murmelte Flosse.

»Ich regle das«, sagte der Grauhaarige und stand auf.

Mit einem Fingerschnippen beorderte ihn der Jüngere auf den Stuhl zurück. Die Situation schien ihn zu belustigen. Er wandte sich an Flosse: »Möchten Sie noch Ihre Frau dazurufen und das Personal aus der Küche? Bitte, wie Sie wollen. Ich bezweifle, ob unserem Geschäft damit gedient wäre.«

»Verschwinde endlich«, befahl Flosse matt, »kümmere dich um deine Arbeit.«

Kolk zögerte. Bedachtsam band er die lange Kellnerschürze ab.

»Ja, es ist dein Lokal. Aber ich sage dir: Falls du nachgibst, bist du nicht mehr derselbe Mann wie vorher. Überleg dir das gut. Und was mich betrifft – wenn du mich wegschickst, gehe ich für immer. Ich könnte keinen Freund ertragen, der als Kaputter rumläuft. Ich meine es ernst. Das will ich jetzt wissen: Soll ich gehen oder soll ich bleiben?«

Flosses gesenkter Kopf rutschte noch tiefer zwischen die Schultern. Auch als Kolk die Frage wiederholte, verweigerte er die Antwort. Er glich einer Schildkröte mit dem Kopf im Panzer. Nur das Ohr hing heraus. Das Ohr ist das Schönste an ihm, hatte Dorle gesagt, sie knautschte es und küßte es an Abenden mit gutem Umsatz. Jetzt langte Kolk über den Tisch und versetzte dem Ohr eine Schelle, schallend, hart an der Freundschaftsgrenze.

Flosses Kinn ruckte hoch, er ballte die Faust. Wenn er zulangt, dachte Kolk, ist eine neue Kinnlade fällig.

Aber die Wut verpuffte, der Wirt rutschte wieder in sich zusammen. »Halt' dich raus, ich bitte dich«, murmelte er. »Da kannst du nichts machen, die sind zu groß ...«

Die schwarzen Gläser unter dem Basecap des Jüngeren schwenkten vom Wirt auf Kolk.

»Wenn Sie mit dem Wirt befreundet sind, dann reden Sie ihm zu, daß er den Vertrag mit uns abschließt. Einen Leasingvertrag, für das da ...« Er tippte auf das Kästchen mit der Schneidevorrichtung. »Fünftausend im Monat, immer am Ersten. Das ist angemessen für einen erstklassigen Zigarrenabschneider. Der Laden läuft gut, wir haben das geprüft. Ihr wirtschaftet das spielend heraus. Dafür beschützen wir euch vor Schutzgelderpressern. Die Bedenkzeit ist abgelaufen. Sie müssen sich entscheiden, jetzt.«

»Liebwerte Herrschaften«, näselte Kolk furchtsam, »bitte warten Sie noch. Schutzgeld an sich ist löblich, wir zahlen es bereits, an den Staat, viele Steuergroschen für die Gendarmen, damit sie uns vor Unbill bewahren. Ist das nicht genug?«

Die blaue Kampfmütze wippte zweimal auf und ab, die Kurzweil war beendet. »Hör zu, du Makake«, sagte der Jungmann und beugte sich vor. »Mit dem Apparat lassen sich nicht nur Zigarren abschneiden.« Er steckte seinen Mittelfinger durch das Loch der Guillotine und krümmte ihn. »Zuerst kassieren wir immer den Mittelfinger. Lehnt der Wirt immer noch ab, holen wir uns eine Hand, es kann auch die von der Frau sein. Wenn er sich dann noch weigert ...«

Über den Tisch schoß eine Kobra, schlug den Rachen um den Finger im Abschneider. Kolks Linke war noch immer schnell, fünf Finger schlossen sich um den einen, der aus der Guillotine ragte. Hielten ihn fest. Vorläufig gab es nichts, was den Schraubstock öffnen konnte.

»Wir übergeben Sie der Polizei«, sagte Kolk und näselte nicht mehr.

Der Grauhaarige straffte sich, den Befehl zum Angriff erwartend. »Sind Sie lebensmüde«, sagte der Jüngere verärgert und wollte die Hand zurückziehen. Kolks Faust schloß sich fester um das gefangene Fingerglied. Sie ruckten beide hin und her, die Guillotine scharrte über den Tisch, ein Aschenbecher fiel zu Boden. Ein paar Gäste schauten herüber. Von der Theke aus verfolgte Dorle den Vorgang.

»Wir wollen kein Aufsehen«, mahnte Kolk. Und zu dem gelähmten Wirt: »Schläfst du? Ruf die Polizei.«

»Geh!« zischte der Jüngere dem Graukopf zu. Der stand auf, ging schnell zwischen den Tischen zur offenen Tür und verschwand in der Dunkelheit.

»Er kann abhaun«, sagte Kolk, »den schnappen sie später. So, so, Herzblatt, du hackst den Leuten mit der Guillotine Finger ab. Das könnten wir auch mit deinem Schwanz machen. Dann kannst du bei den Ölscheichs als Palasteunuche anheuern, die zahlen gut.« Kolk stieß dem Wirt den Ellbogen in die Rippen. »Worauf wartest du? Los, ans Telefon, einseinsnull!«

Der Mützenmann sprang auf, riß den Arm zurück. Kolk hielt den Finger fest und wurde über die Tischplatte gezogen. Seine Beine wippten hoch, fegten Flosse auf dem Stuhl zur Seite. Den Finger umklammernd, rutschte Kolk über den umstürzenden Tisch und fiel mit dem Angreifer zu Boden. Er fiel auf ihn, Kolks Brustkorb wuchtete auf den Zigarrenabschneider, und die Guillotine tat, was ihre Funktion war, sie schnitt.

Auf dem Opfer liegend, hatte Kolk das Gesicht der Mütze vor sich. Überraschung sprang auf, das Erstaunen eines Menschen, dem ein Körperteil unerwartet abhanden kommt. Ein Gurgeln drang aus seinem Mund, die Augen quollen hervor.

Einen Herzsprung lang lagen die beiden Männer und auch der Wirt benommen am Boden. Noch immer umfing Kolks Hand den fremden Finger, er spürte, wie das eben noch spannkräftige Glied in seiner Faust erschlaffte. Es war der zweite lose Finger, der ihm binnen zweier Tage unterkam, und er hätte gern auf die Erfahrung verzichtet.

Der Amputierte stieß den Obermann weg und sprang auf. Der Schock brach durch, einem Tier gleich kreischte er los und schlenkerte die vierfingrige Hand, so daß Blutspritzer die Gesichter der Umsitzenden sprenkelten.

Die Gäste blickten zu dem umgestürzten Tisch, wo ein Mann stehend schrie, während zwei am Boden lagen. Eine junge Frau am Nebentisch wischte über ihr Gesicht und sah fassungslos auf den roten Handrücken.

Von der Tür her dröhnte eine Stimme, das Schmerzgebrüll übertönend: »Hinlegen! Runter, auf den Boden! Alle hinlegen, sofort!«

Der Grauhaarige war wieder ins Lokal gestürzt. Er warf die Tür zu und hob ein kurzläufiges Gewehr. »Runter!« wiederholte er und entsicherte die Waffe.

Niemand folgte der Anweisung. Wie bei einem Tennisspiel drehten sich die Köpfe der Gäste hin und her, von dem heulenden Mann im Hintergrund zu dem brüllenden Mann an der Tür und zurück. Schmerzschreie und Kommandorufe hallten in eine gekapselte Stille, in der das Publikum schreckstarr verhielt.

Dorle, die Wirtin, rührte sich, sie machte einen Schritt zum Telefon an der Wand. »Hände weg!« schrie der Grauhaarige, und die Wirtin duckte sich hinter die Theke.

Die schwere Pumpgun feuerte zweimal. Der Schrotkegel des ersten Schusses zerstörte das Telefon, das Fernsehgerät und einige Flaschen im Regal. Der zweite, höher gerichtet, traf den Hai. Es handelte sich um großkalibrige Streukugeln.

In dem geschlossenen Raum erreichte die doppelte Detonation Kriegslautstärke. Nun schrien die Gäste auf und warfen sich zu Boden. Schnelle Männer, gediente wie Zivis, rissen langsame Frauen von den Stühlen. Im Handumdrehen waren die Dielen bedeckt von zuckenden Leibern, auf die

Mörtelbrocken vom Plafond prasselten, gefolgt von Hautfetzen und Füllseln des zerlegten Hais.

Noch immer in Qual brüllend, stolperte der Mützenmann über liegende Menschen hinweg zur Tür. »Gib her!« schrie er und griff nach der Waffe.

»Nee!« rief der Grauhaarige, »nee, laß sein! Komm, weg hier!« Die Flinte umklammernd, wollte er den anderen mit fortziehen. Der Jüngere schlug ihm ins Gesicht und entriß ihm die Pumpgun.

Hinter dem umgestürzten Tisch lag Kolk, neben ihm der Wirt. Er blickte nach vorn zu Dorle, die ihm kauernd aus der Deckung an der Theke Zeichen machte, liegen zu bleiben. »Die Lumpen«, keuchte Flosse, »die Aasgeier. Die leg ich um, ich knall sie ab. Los, gib mir deine Knarre, ich will schießen!«

»Die liegt im Schreibtisch«, japste Kolk, »ich hab nur den Waffenschein mit.«

Flosse sah ihn irre an. »Das kann nicht sein, nein, ich glaub's nicht!« Die Hände vors Gesicht schlagend, stöhnte er: »DAS IST DER OSTEN, ihr macht uns fertig.«

Was wahr ist, ist wahr. Kolk schnaufte, noch immer umschloß seine Faust den Finger. Er ließ ihn fallen und spähte über den Rand der Tischplatte zur Tür.

Aufheulend hantierte der jüngere Mann mit dem Gewehr. Er raste vor Wut, auch weil ihn die verstümmelte Hand beim Repetieren hemmte. Neben ihm der Grauhaarige hatte eine Pistole gezogen, es schien, daß er nur den Wunsch hatte, den jüngeren Anführer nach draußen zu bringen.

»He, ihr zweie da!« brüllte der Mützenmann. Die Flinte in die Hüfte stemmend, umklammerte er mit der Linken Kolben und Abzugsbügel, während der Lauf auf dem rechten Unterarm lag. »Steht auf, ihr Ratten! Den Tisch könnt ihr vergessen, die Kanone schießt auch durch Beton! Hoch mit euch, ich will eure Fresse sehn!«

Flosse hatte die Hände gefaltet. Er war nicht sehr religiös, nur Heiligabend zwang ihn Dorle mit in die Kirche. Seine Lippen zitterten im Gebet. »Doch nicht jetzt!« fauchte Kolk. »Den Tisch als Rammbock und vorwärts! Los, pack mit an!«

Gleich anderen Gästen hatte sich das Mädchen Emma schon beim ersten Schuß auf die Dielen geworfen. Sie lag in der Nische an der Tür, neben ihr ragten die Beine des Burschen mit der Pumpgun auf. Aus der verstümmelten Hand tropfte Blut auf ihr Knie. Schräg über ihr der Gewehrlauf, auf den Tisch im Hintergrund gerichtet.

»Gute Reise!« schrie der Schütze und drückte ab.

Eine Zehntelsekunde zu spät. Der Fuß der jungen Frau schnellte aufwärts, der klobige Schuh schlug in die Magengrube des Mannes. Die Geschoßbahn bekam einen neuen Winkel, statt in den Tisch krachte der Schrotkugelhagel in das Ölbild des Viermasters. Putzbrocken polterten herab, eine Wolke von Rahmensplittern und Leinwandstücken pladderte auf die Wirtin hinter der Theke.

Die Pumpgun fiel zu Boden, der Schütze taumelte. Emma war aufgesprungen, ihr Arm stieß vorwärts, die Fingerspitzen auf den Kehlkopf des Grauhaarigen gerichtet. Knapp wich er aus, seine Faust stauchte Emmas Schulter und schleuderte sie in die Nische zurück.

Im Hintergrund bewegte sich die Tischplatte vom Boden und wippte über die liegenden Gäste hinweg auf die Männer an der Tür zu. Der Grauhaarige hob die Pistole und gab Warnschüsse zur Decke ab. Er bewegte sich professionell, er behielt die Übersicht. Den taumelnden Partner packte er an der Jacke, drehte ihn zur Tür und schob ihn hinaus. Dabei behielt er den Gastraum im Blick und feuerte noch einmal über die Leute hinweg.

Mit dem letzten Schuß waren die beiden Männer verschwunden. Plattgewalzt lagen die Gäste, hingemäht. Solidargemeinschaft urbanen Schreckens, ein Körperhaufen, dem Schluchzen von Frauen entstieg. Der alte Tierschützer winselte wie ein Hund. Auch Kolk und der Wirt hatten sich bei dem Pistolengeknall wieder auf den Boden geworfen. Flosse röchelte. Kolk ertappte sich, daß er stöhnte, obwohl er unversehrt war. Die Schüsse hatten niemanden getroffen, dennoch schien es, als seien sie alle verwundet worden.

Die Tür zur berauschend milden Sommernacht stand wieder offen. Ein Ausschnitt des samtigen Himmels bot seinen Sternbesatz zur Erbauung dar.

Kurz vor Mitternacht traten Kommissar Schmidt und Polizist Junghähnel aus der Tür der Tauchstation auf die Straße. Drei Mitarbeiter der Spurensicherung, ein Arzt und der Fotograf folgten ihnen, die Beamten verabschiedeten sich untereinander und gingen zum grünweißen Transportwagen und zu den beiden Funkautos am Straßenrand.

Die Absperrung war bereits beendet worden. Von der anderen Straßenseite schauten noch ein paar Nachtschwärmer herüber. Da die Polizisten in ihre Fahrzeuge stiegen, erlosch der Anreiz für die letzten Neugierigen, sie zogen weiter.

Der Kommissar und sein Schwager waren vor der Glasfront des Lokals stehen geblieben. Junghähnel blickte durch die Scheibe in den Gastraum, wo der Wirt und seine Frau Scherben und Putz zusammenfegten. An der Theke standen Kolk und die junge Frau, der Schmidt vorhin seine Hochachtung für ihren beherzten Einsatz gegen den mörderischen Anschlag bekundet hatte. Kolk schenkte Kognak ein und stieß mit der Nothelferin an. Er beugte sich zu ihr und redete, sie lachte.

»Wo der Kerl auftaucht, gibt's Randale«, knurrte Junghähnel. »Warum muß der Zonendödel sich einmischen. Vielleicht hätte der Wirt Anzeige erstattet, wir hätten eine Falle gestellt und hätten die Erpresser geschnappt.«

»Vielleicht, hätte, hätte.« Schmidt schüttelte den Kopf. »Die Lokalbesitzer haben Angst, lieber zahlen sie Schutzgeld, als sich an uns zu wenden. Tu nicht so, als ob du das nicht wüßtest.«

Sein Schwager starrte verdrossen durch die Scheibe zur Theke, wo Kolk erneut die Kognakschwenker füllte. »Früher Lehrer im Osten, jetzt Detektiv hier bei uns ... Ich sag's dir immer wieder – da ist was im Busch ...«

Der Kommissar klopfte ihm auf die Schulter. »Bodo, langsam wird's Zeit, daß du dich mit der Wiedervereinigung abfindest. Deine Antipathie ist ja schon krankhaft.«

»Dann ist deine Schwester auch krank«, gab der Schwager spitz zurück. »Wenn's nach ihr ginge, würde die Mauer wieder aufgebaut, diesmal von uns im Westen. Das denken viele, auch unter den Kollegen. Die Ostler sind auch nur Wirtschaftsflüchtlinge. Nur weil die zufällig Deutsch quasseln, sind das nicht meine Brüder. Ich seh da keinen Unterschied zu den Türken, Albanern oder Russen, die reinströmen. Die Ossis hatten Russisch in der Schule, Dialektik und so 'n Scheiß, die meisten sind Rote, das siehst du ja bei Wahlen. Dafür zahlen wir uns dusslig. Ich sag dir, das gibt noch mal einen großen Knall.«

»Ist ja gut. Komm, laß uns gehn, ich bin müde.«

Junghähnel zog seinen Blick von Kolk an der Theke ab und richtete ihn auf den gähnenden Schwager. »Ich habe da einen Verdacht. Hältst du's für möglich, daß der Schnüffler gelegentlich interne Informationen bekommt, von einem aus unsrer Dienststelle? Als Gegenleistung gibt er Tips aus dem Milieu an unseren Mitarbeiter weiter. So was soll's schon gegeben haben ...«

Schmidt blies einen Rauchring, der in der stillen Nachtluft wie eine Aureole über Junghähnels Kopf entschwebte. In die lauernde Miene des Schwagers hinein nickte er ernsthaft. »Bodo, wenn du was erfährst, mußt du es sofort dem Oberstaatsanwalt melden. Oder besser, sag's mir, ich geb's weiter an die Dienstaufsicht.« Er ließ die Kippe fallen und trat sie aus.

»Verarsch mich nicht«, sagte Junghähnel.

Das würde ihm nie einfallen, versicherte der Kommissar und zog den Schwager zum letzten Polizeiauto, das am Bordstein verblieben war. Einsteigend gewahrte er, daß nun auch Kolk und die junge Frau die Kneipe verließen. Er rief ihnen zu, ob sie mitfahren wollten. Kolk verneinte, und der Wagen fuhr davon.

Zum Nachthimmel aufschauend, war Kolk stehen geblieben. Mit einem gefühlvollen Laut zeigte er an, daß der Dom der funkelnden Gestirne sein Gemüt anrührte. Emma stand neben ihm und folgte dem Blick.

»Ja, die Milchstraße«, sagte sie weich. »Fast hätten Sie sie nie mehr erblickt. Eine Pumpgun, Franchi Spas zwölf, großes Kaliber. Der nette Kommissar meinte, der Schuß hätte Sie und den Wirt in Tatar verwandelt, gemischt mit Holz von der Tischplatte. Krachbumm, so schnell kann's aus sein. Da kommt man ins Grübeln. Ein Glück, daß mein Tritt den Killer noch erwischt hat. Toi, toi, das ist noch mal gutgegangen.«

Kolk hatte sich auf die Bordkante am Straßenrand gesetzt. Er zog die Schuhe aus, steckte die Socken hinein und krempelte die Hosenbeine hoch. Er stand auf und spazierte weiter. »Die Steinplatten sind warm«, sagte er, »warm wie die Felsen an der Küste einer griechischen Insel, abends ...«

Sanft wiederholte die Person Emma, daß es noch mal gutgegangen sei. »Wären wir in einem amerikanischen Kriminalfilm, müßte ich jetzt sagen: Mister, ich habe Ihnen das Leben gerettet, Sie schulden mir was. Natürlich sage ich das nicht. Das sähe so aus, als wollte ich Sie moralisch bedrängen, wegen der Anstellung.«

»Ich habe Ihnen den Kognak bezahlt, mehr ist mein Leben nicht wert, wir sind quitt.« Die Schuhe auf die Hände steckend, wandelte er weiter über den temperierten Granit, leicht schwankend und berauscht vom Flair der Sommernacht.

Das Mädchen Emma hielt sich neben ihm. Sie hatte ein Ziel und verlor es nicht aus den Augen.

»Ich habe mir Lehrbücher besorgt, von der Zentralstelle für die Ausbildung zum Detektiv. Hab schon mit dem Fernunterricht angefangen.«

»Verlorene Zeit. Lesen Sie was Vernünftiges.«

»Ich habe Ihren Anrufbeantworter abgehört«, sagte sie.

»Ach nee.« Kolk schmunzelte. »Und was hat mein Anrufbeantworter geantwortet?«

»Das ging ganz einfach, über die Fernabfrage, mit einem entsprechenden Tongeber. Bei Ihrem Gerät braucht man einen zweistelligen Zahlencode, da läßt sich die Elektronik austricksen. Die alten Billigmaschinen haben keine Sperre, die die Fernbedienung bei Fehlversuchen abschaltet. Sie hätten ein paar Mark mehr investieren müssen.«

»Das muß man Ihnen lassen«, sagte Kolk, »im Schwatzen sind Sie erstklassig.«

»Zuerst war ein Herr Doktor Deuz oder Kreuz auf dem Band. Er bleibt bei seiner schon mitgeteilten Position: die 4789 Mark bezahlt er nicht, weil die Observationsberichte zu dünn waren. Ein feiner Kunde. Sie lassen sich das nicht etwa gefallen? Soll ich die Sache in die Hand nehmen?«

Kolk verlangsamte den Schritt und blieb stehen. Das Mädchen log, die Technik ließ sich nicht simpel überlisten. Aber woher hatte sie die Angaben?

»Dann war eine Frau auf dem Band, eine Babsy. Sie fragt, ob Sie schon mal was von Anstand gehört haben. Und wie Ihre Stellung zur Emanzipation der Frau ist. Sie sei keine Orange, die man auslutscht und wegschmeißt. Auch ihren Slip will sie wiederhaben, ein teures Teil von Schiesser. Na, nicht mein Geschmack. Sie benutzte einige Ausdrücke, sie nannte Sie einen alten ... Nein, das möchte ich nicht wiederholen.«

Düster musterte Kolk die geschwätzige Begleiterin. »Das ist unerhört«, sagte er leise. »Ich überlege, ob ich gegen Sie Anzeige erstatte. Haun Sie ab, verschwinden Sie, bevor ich richtig wütend werde!«

Ernüchtert marschierte er weiter, die besinnliche Stimmung war ihm verleidet.

Die junge Frau blieb ihm dicht zur Seite.

»Schaun Sie, Herr von Kolk, Männer in Ihrem Alter ... Ich meine, Sie sind im besten Mannesalter, aber Sie sind nun mal die Generation des Röhrenradios. Ich achte diese Menschen, sie haben tolle Aufbauleistungen vollbracht. Aber mit Computern, mit der Elektronik werden die nicht mehr intim. Die großen Detekteien haben Spezialisten für so was. Ich war mit einem Hacker liiert, ich hab Ahnung. Ich könnte im Datennetz Sachen rauskriegen, wo Sie sonst lange rumrennen müßten. Sogar Sachen, die ein bißchen geheim sind. Haben Sie eine

Hackerin an der Hand? Diese Babsy, vielleicht ist die lieber im Bett als im Internet ... Verzeihung, das geht mich nichts an ...«

Kolk begann zu überlegen. Die zudringliche Person hatte den Finger auf eine Schwachstelle gelegt, die ihm schon mehrmals aufgestoßen war. Nachdenklich verhielt er im Schritt. Das Mädchen stand gesenkten Kopfes vor ihm, die geheuchelte Demut ließ sich mit Händen greifen.

»Freitag, vier Uhr im Büro«, schnarrte er.

»Danke!« Sie küßte ihn überfallartig auf die Wange, trat gleich wieder zurück und lispelte mädchenhaft scheu: »Sie werden es nicht bereuen, Chef.«

»Nein, halt, das war noch keine Zusage. Wir führen ein Vorgespräch. Schicken Sie mir erst mal Ihre Unterlagen. Machen Sie sich bitte keine verfrühten Hoffnungen.«

Das Mädchen schwang froh die Arme, es drohte eine zweite Annäherung. Kolk trat einen Schritt zurück. Er spürte die Wärme des Granits am rechten Fuß. Auch der linke fror nicht, er war sogar wärmer als der rechte. Kolk sah hinab, sein Knöchel versank in einem Hügel, den jemand, vermutlich ein großes Tier, in der Metropole gelassen hatte.

»Shit«, sagte Emma, »das haben wir gleich.« Sie zog ein Päckchen Papiertaschentücher hervor. »Mir macht das nichts aus, ich war auch Babysitter. Heben Sie das Bein, ich putze Sie sauber.«

»Finger weg!« Er riß ihr ein Papier aus der Hand und fing an, den Fuß abzuwischen. Stehend geriet er ins Schwanken und mußte sich auf den Bordstein setzen. Die junge Frau kauerte daneben und reichte ihm aus dem Päckchen nach und nach die Tüchlein. Kolk nahm sie ihr aus der Hand und wischte erbittert. Er begann zu fluchen, erst stumm, dann halblaut, und die Person hörte zu und nickte bei jeder Steigerung.

6

Der Wecker beharrte auf halb sechs und holte Kolk aus kurzem Schlaf. Eine halbe Stunde später verließ er das Haus und entging knapp der Attacke der Boeing 767, die nach sechs Uhr von Tegel über Frankfurt ins Kalifornische aufbrach.

Der Verkehr auf der Stadtautobahn war noch erträglich. Charlottenburg fiel zurück. Der Volkswagen ließ den Grunewaldsee links, den Wannsee rechts liegen, schon vor sieben Uhr holperte er über Potsdams buckliges Pflaster. Kolk durchquerte die alte, aufgemöbelte Preußenresidenz, nahm die Ausfallstraße Richtung Werder und bog hinter Geltow in das Luch an den schilfgesäumten Havelgewässern ein.

Unter Bäumen neben der verlassenen Kaufhalle stellte er den Wagen ab und ging das letzte Stück zu Fuß. Niemand begegnete ihm. Gegen halb acht hatte er die Mauer des Rühleschen Anwesens überklettert, hatte sich durch die Hecke gezwängt und war in die ausladende Krone des Nußbaums aufgestiegen, der als grüner Wachturm die Frontseite des Grundstücks beherrschte.

Inzwischen ging es auf neun Uhr. Der leidliche Platz in der Astgabel wurde unbequem. Kolk hatte zwei Bananen, einen Flachmann Kognak und eine Thermosflasche Kaffee eingepackt, ein Kissen hatte er vergessen. Sein Hintern kribbelte, der Rücken war verspannt, ein Bein schlief, und zum Überfluß kündigte sich ein morgendliches Bedürfnis an.

Kolk streckte die Arme und reckte den Körper. Prompt begann der Vogel über ihm zu zetern. Im Blattwerk war das bunte Gefieder zu erkennen, ein Eichelhäher oder eine Abart.

Halt die Schnauze! zischte Kolk. Sofort verstummte der Vogel. Wenn Kolk sich rührte, krakeelte er los. Saß Kolk still, blieb er ruhig. Still blieb er auch, wenn Kolk redete, der Redende durfte sich auch ein wenig bewegen. Den Häher schien die Menschenstimme zu faszinieren; einem aufmerksamen Zuhörer gleich drehte er den Kopf und plierte mit glänzenden Knopfaugen auf den Menschenvogel ein Stockwerk tiefer.

Kolk war müde. Wenn er eindöste, bestand die Gefahr, daß er die Zielperson verpaßte, auch könnte er schlafend abstürzen. Also schwatzte er vor sich hin, das hielt munter, er konnte die Gliedmaßen lockern, und den Vogel schien die Rede wirklich anzusprechen.

Ich habe kaum geschlafen, sagte Kolk, darum gähne ich. Gähnt ihr Vögel auch? Zeig mal. Na laß, ist egal. Ich war nachts in einer Kneipe, dort wäre ich fast erschossen worden. Sei froh, daß du kein Mensch bist. Du hast es gut, mußt kein Geld verdienen, du pickst Würmer und bist schuldenfrei. Du brauchst kein Auto, du fliegst los und überall sind Weiber. Kennst du Sanssouci? Keine fünf Minuten Flug von hier, da sind ganze Schwärme, da kannst du dich austoben. Oder hast du was Festes? Wie heißt sie? Meine heißt Inge. Im Sommer sind wir manchmal früh rausgefahren, von Berlin nach Potsdam. Das war umständlich damals, wegen der Grenze. Der ganze Park von Sanssouci für uns allein. Es war Inges Idee, nur ihr fiel so was ein. Sie sagte, der Park hat die richtige Größe für eine Liebe, mehr Leute dürfen da nicht sein. Wir haben uns auf einer Bank geliebt. Die alten Baumriesen hatten sich Nebelschleier vorgehängt, sehr anständig. Die Wiesen dampften, deine Artgenossen stolzierten im Gras wie kleine Gespenster. Danach sind wir mit den Rädern baden gefahren, zum Schwielowsee. Ein verstecktes Plätzchen am Schilfgürtel, die Stelle hat mir mein Vater gezeigt, dort hat er schon mit meiner Mutter geplanscht. Tja, du Vogel, so war das mal.

Ein Oberschlauer hat gesagt, daß Erinnerungen das einzige Paradies sind, aus dem wir nicht vertrieben werden können. Paradies, glaub das bloß nicht. Erinnerungen sind das Schlimmste, das sagt dir ein Fachmann.

Während Kolk weiter zu dem Buntgefiederten hinauf parlierte, dachte er: Plemplem, ich rede zu einem Vogel, das ist klares Delirium tremens. Außerdem muß ich pinkeln, es hilft nichts, ich muß noch mal von dem Baum runtersteigen.

Aber es war zu spät. Ein Auto brummte von der Uferstraße über den abzweigenden Privatweg heran und hielt vor dem Tor, in dessen schmiedeeisernes Gitterwerk zwei vergoldete, ineinander verschlungene Initialen eingelassen waren: RR, Rudolf und Renate, das Ehepaar Renate von Rühle und Rudolf Pickert.

Aus dem Wagenfenster schwenkte eine Hand die Fernbedienung. Die Torflügel glitten zurück. Über knirschenden Kies schlich der Jaguar die Reihe der japanischen Zierkirschen entlang und hielt vor dem reetgedeckten Landhaus. Der Mann, der ausstieg, war Rudolf Pickert. Die aussteigende Frau konnte nicht seine Frau sein, die Filmproduzentin weilte in München. Das junge Weib, das Kolk im Fernglas hatte, war halb so alt wie die Produzentin und zwölfmal so hübsch, sofern man brutal äußere Maßstäbe anlegte.

Vorsichtig zog er die Kamera aus der Tasche und klinkte das Teleobjektiv ein. Obwohl Kolks Selbstgespräch versiegt war, quittierte der Häher die Bewegungen nicht mit Gekreisch. Auf seinem höheren Zweig war er weiter nach vorn gehüpft und äugte auf das Blechei und das ausschlüpfende Menschenpaar.

Der Mann Rudolf versuchte das Mädchen zu fangen. Sie rannten Slalom um die verblühten kleinen Japaner herum, Rudolf war bemüht, die Flüchtende knapp zu verpassen. Als sie stolperte und fiel, fiel auch er, und sie rollten durch das Gras der Wiese.

Gähnend machte Kolk ein paar Schnappschüsse. Sie würden der Auftraggeberin schwerlich genügen. Die Filmproduzentin hatte sich *scharfe* Bilder ausbedungen, und sie meinte damit nicht die Tiefenschärfe. Sie wollte den naturalistischen Nachweis, ob der Gemahl sie betrog und mit wem er es an welchem Ort tat. So hieß es auf das Faktum warten. Aber die beiden schäkerten nur, Küßchen hin, Bussi her, auch das stellten sie wieder ein. Die Arme hinter dem Kopf verschränkt, lagen sie in der harmlosesten aller Stellungen auf dem Rücken und schienen sich wirklich zu unterhalten.

Den Mann der Medienunternehmerin Rühle kannte Kolk nur aus der Zeitung. Rudolf Pickert hatte als Profi hohes Tennis gespielt. Er wurde älter, und als er in Wimbledon zum drittenmal das Achtelfinale erreichte, verletzte er sich am Netz bei einer Beckerrolle.

Er trat vom aktiven Sport zurück und heiratete die sechs Jahre ältere Produzentin Renate von Rühle; eine Verbindung, die von der Berliner Fachpresse als Liebesheirat des Jahres eingestuft wurde. Im Filmunternehmen seiner Frau eröffnete Pickert eine zweite Karriere, Schauspieler. In der Hospitalserie *Wie in Gottes Händen* verkörperte er einen katholischen Herzchirurgen, und ein Kritiker würdigte die darstellerische Leistung mit den Worten: Rudolf Pickert kämpfte wie im Tennis: um jeden Satz.

In Kolk keimte Verständnis für den Geschlechtsgenossen, der neben dem jungen Geschöpf zwischen Löwenzahn und Margeriten lagerte. Wenn beunruhigte Ehefrauen mit Blick auf eine später Geborene die Frage stellen: Was hat sie, was ich nicht habe, so ist es klug, das zu überhören. Pickert spielte mit dem Feuer, und wer ihm zusah, dem wurde warm ums Herz. Hegte er, Kolk, der Detektiv, der Beobachter, etwa Sympathie für ihn, den Ehebrecher?

Nein, das Berufsethos ist ein schützenswertes Gut. Ein Fotograf muß neutral bleiben, sonst reibt er sich wund. Er murmelte die Worte hinauf zu dem bunten Federvieh, seinem vertrauten Zuhörer. Der Vogel war nicht mehr allein, zwei weitere hatten sich zu ihm auf den Zweig gesetzt. Den Mann unten in der Astgabel beachteten die Häher nicht, zu dritt starrten sie hinunter auf die Wiese.

Dort hatten Pickert und das Mädchen sich aus dem Gras erhoben und fingen an, einander zu entkleiden. Wird auch Zeit, knurrte Kolk und brachte erneut die Linse in Position.

Dem Sommertag angemessen, war das Paar nur mit wenigen Textilien versehen. Trotzdem gelang es den beiden, mit neckischem Nesteln, Aufknöpfen, Wegzerren, Zuknöpfen, Runterzupfen, Hochziehen, Festhalten und dann doch Preisgeben wertvolle Minuten zu vertrödeln.

Danach sanken sie nicht, wie man erwarten durfte, zum Finale ins Gras. Nein, nackt und schmusend umschlungen spazierten sie zu dem künstlich angelegten Teich am Rande der Wiese. Die überdimensionale ovale Bodenwanne war in der Mitte aufgewölbt zu einem Steg knapp unterhalb der Wasserlinie. Das Paar betrat ihn, und es sah aus, als wandelte Jesus mit einem Groupie über den See. In der Mitte hielten sie inne, Pickert wies auf Seerosen und Sumpfschwertlilien und plauderte in der Haltung eines Botanikers.

Kolk stöhnte. Bitte, Kollegen, kommt zur Sache. Sein morgendliches Bedürfnis stieg an, es drängte, angeregt auch durch die Nähe des Teiches, von dessen Rand eine motorbetriebene Quelle ihr Plätschern herüberschickte.

Eine Lösung stand an, und das bald. Die Lage war auf kuriose Art vertrackt. Vom Baum zu steigen war nicht ratsam, auch nicht die Verrichtung aus der Astgabel: Das erste hätte man sehen, das zweite hören können. Auch war zu befürchten, daß die drei Zeugen oben auf dem Zweig Krach schlagen würden.

Endlich! Das Geschwätz auf dem Teich war beendet, Pickert und das Mädchen gingen zum Haus. Nackt schritten sie beflügelt dahin, auf einmal hatten sie es eilig. Sie befummelten sich beim Gehen, und an dem schönen Rudolf zeigte der Stand der Dinge, daß etwas geschehen mußte, wenn er je wieder in eine Hose gelangen wollte.

Kolks streichelte die Kamera und flüsterte: Gleich darfst du, kleines Ferkel. Er seufzte erleichtert. Aufträge dieser Sorte waren ein Glücksspiel. Pickert hätte gar nicht oder er hätte allein erscheinen können. Er hätte mit einer Begleiterin auftauchen und mit ihr nur Kaffee trinken können. Das war unwahrscheinlich, aber immerhin möglich. Er hätte mit ihr erst abends kommen und den Ehebruch in schwarzer Nacht begehen können, unfotografierbar.

Für den Ermittler wäre dabei nur der einfache Tagesatz und nicht das Erfolgshonorar herausgesprungen. Frau von

Rühle wollte eindeutige Beweise. Mit ihrer Stimme, klirrend wie Thyssenstahl, hatte sie gerufen: »ACTION! SEHEN WILL ICH ES, SEHEN!«

Das Pärchen war am Hause angelangt. Kolk lächelte mitleidig. In der Astgabel sitzend, war er auf gleicher Ebene mit dem Schlafzimmer im oberen Stockwerk. Die Fenster standen offen, die Sonne war auf Detektivens Seite. Im Giebel des Doppelbetts waren wieder die Initialen RR zu erkennen. Das Bauernmuster der Bettwäsche leuchtete erwartungsvoll, dem langen Teleobjektiv entging kein Karo und keine Falte im Laken.

Zu Kolks Überraschung verschwanden die beiden nicht im Haus, um durch die Wohndiele nach oben zu gehen. Sie blieben unten auf der Terrasse vor einem Ding stehen, das Kolk schon aufgefallen war. Es war ein Schaukelpferd, wie vom Karussell, ein prächtiges Tier, wenn man davon absah, daß es aus Holz war. Bizarr lackiert von einem Künstler, vermutlich einem späten Brecht-Schüler, versessen auf Verfremdung: blaues Fell, grüne Mähne, roter Schweif, der gepolsterte Sattel in einem Pfeffer- und Salzmuster gehalten.

Pickert stieg auf. Das nackte Mädchen sträubte sich erst, dann schwang es sich ebenfalls hoch und kam, Pickert zugewandt, auf dessen Oberschenkeln nieder, wobei sich ihr ein kleinen Juchzer entrang. Der Tennisspieler und ehemalige Filmchirurg griff nach hinten und hob den Pferdeschwanz, der als Hebel funktionierte. Wie von Zauberhand erwachte der Vierbeiner zum Leben, er rüttelte und schüttelte, und der Sattel fing rhythmisch an zu schaukeln.

Kolk drückte auf den Auslöser. Die Arbeit eines privaten Spitzels ist oft häßlich, unanständig. Aber es gibt auch gute Tage. Pickert besaß den Körper eines Griechengotts. Das

Mädchen war schlank, anmutig biegsam und an den entscheidenden Stellen himmlisch gerundet, daß es auch eine Bischofskonferenz im Glauben bestärkt hätte.

Schon als Schüler hatte Kolk heimlich zugesehen, leider nur einmal. Bei den globalen Jugendfestspielen, Berlin trug Blau, er strolchte mit Niklas durch den Plänterwald, sie hörten, wie ein Mädchen *du Diecher, du!* rief. Obwohl Kolk und Niklas, was Sachsen betraf, ausländerfeindlich gesinnt waren, hätten sie gern mit dem Tiger, einem jungen Abgesandten Fidel Castros, den Platz bei der hübschen Sächsin getauscht.

Damals gab es kein Honorar. In der neuen Zeit wurde Zuschauen belohnt. Als Detektiv hatte er schon einige Ehemänner bei dem geknipst, was Frau von Rühle ACTION! nannte. Im Schnitt waren das bauchige Burschen mit dicken Hintern, plump und getrieben von Hast, die von schlechtem Gewissen und Zeitnot rührt. Der Mann auf der Terrasse bewies Stil. Hier ging ein Kenner, ein Künstler zu Werke, ein kreativer Sinnesgenosse, der eine anstellige Novizin den höchsten Genuß lehrte, den unsere fragwürdige Existenz im Angebot hat. Kolk war selbstkritisch genug, einzugestehen, daß ihn das reitende Paar nicht nur zum Philosophieren anregte. Obwohl er sich bemühte, brachte er es nicht fertig, sich nicht vorzustellen, daß er an Pickerts Stelle säße. Der Begünstigte griff noch einmal nach hinten und hob den Hebelschwanz höher. Das blaue Pferd trabte schneller.

Kolk trat der Schweiß auf die Stirn. Trieb und Harndrang überschnitten sich, Wohlgefühl und Wasserdruck gerieten aneinander, durcheinander, die Frist lief ab.

Die schaukelnde Nackte versuchte ihre spitzen Laute zu unterdrücken, was ihr immer weniger gelang. Pickert, der

Turnierspieler, erhöhte noch einmal die Frequenz und griff dann nach vorn in die Mähne des multifunktionellen Tiers. Er legte ein Ohr um. Das Pferd wieherte auf, hell und schmetternd, lustvoll und originalgetreu, offensichtlich hatte man den Ruf eines übermütigen Hengstes auf das eingebaute Tonband gebracht. Mit dem Wiehern begann auch Pickert zu röhren, hirschlöwenartig, und das galoppierende Mädchen schrillte befreit und rasend beglückt.

Der Ausbruch von Lärm brandete an die Laubkrone und ließ die drei farbigen Spanner aufstieben. Flatternd standen sie über dem Baum, sie krächzten und schienen miteinander zu streiten. Dann drehten sie eine Runde über der Terrasse und strichen aufgeregt diskutierend davon.

Nur Kolk blieb still, er fluchte stumm und hatte Grund genug. Der Damm war gebrochen, nach vierzig trockenen Jahren machte er in die Hose. Warm kreiste es im Schoß, trat über die Schenkel, näßte die Knie, rann kitzelnd die Waden hinab, plätscherte auf die Schuhe und pladderte ins Nußbaumlaub.

7

Am Morgen danach erwachte Kolk aus traumloser Nachtruhe. Frisch schwang er sich aus dem Bett und glitt ein paar Minuten lang schattenboxend durch das Zimmer. Aufgereiht im Aquarium, sahen ihm die kleinen Kois zu. Ins offene Fenster pustete eine laue Brise. Das Kampfgeschwader Tegel flog einen gemäßigten Luftangriff, die Düsen flüsterten nur, der Wind stand für die Anwohner günstig.

Nachdem er den Fischen Futter ins Becken gestreut und guten Appetit gewünscht hatte, frühstückte Kolk in der Sonne am Fenster. Er beschränkte sich auf Spiegeleier und Kaffee und las in der gestrigen Zeitung die Sportberichte.

Er ging hinüber ins Büro und wählte die Nummer von Flosse. Weder in der Wohnung noch in der Kneipe meldete sich jemand. Kolk schaltete den Anrufbeantworter ein.

Denkst du an mich? Vergiß mich nicht. Ich werde dich bestimmt nicht vergessen.

Erst beim zweiten Durchlauf erkannte er die Stimme des Mannes, der mit neun Fingern auskommen mußte. Es überraschte Kolk, wie schnell der Bursche den Namen herausbekommen hatte.

Über die Durchwahl rief er den Kommissar an und teilte ihm die Drohung mit. Schmidt versicherte, daß sie nach den bewaffneten Erpressern fahndeten, vorläufig ohne eine Spur.

»Da bin ich beruhigt«, sagte Kolk. Er drückte die Gabel und wählte die Nummer des Filmbüros. Die Sekretärin meldete sich und gab Bescheid, daß Frau von Rühle ihn elf Uhr fünfundvierzig erwarte.

Vorher fuhr Kolk zur Tauchstation. An der Tür hing das Schild *Geschlossen*. Der Vorhang an der Frontscheibe war zugezogen, durch den Spalt sah er das zertrümmerte Regal und die beschädigte Decke.

Kolk ging zwei Blocks weiter in die Nebenstraße, wo Schweinetod an der Ecke das kleine Fotogeschäft betrieb.

Der alte Inhaber reichte Paßbilder über den Ladentisch an einen jungen Mann. Der Kunde bezahlte und ging hinaus. Der Alte holte die Tüte mit den frischen Abzügen für Kolk hervor.

»Auf dem Schaukelpferd«, sagte er anerkennend, »in freier Natur. Das ist besser als Film. Und dafür kriegst du auch noch Honorar, du bist zu beneiden. Aber du bringst mich in Lebensgefahr, ich hätte fast versucht, mir einen abzuwedeln.«

Der Greis hustete hohl bei dieser Vorstellung. Kolk war erheitert, auch dann noch, als er schon wieder im Auto saß und weiterfuhr.

Flosse, der Wirt, hatte im Lokal die Bekanntschaft zwischen Kolk und dem Alten vermittelt. Kolk brauchte ein zuverlässiges Labor für die Entwicklung von vertraulichen Fotos.

Der Alte kam nur noch gelegentlich in die Kneipe, er vertrug nicht mehr viel. Ein gutes Dutzend seiner achtzig Jahre hatte der ehemalige Einbrecher hinter Gittern zugebracht. In diesem Beruf habe ich gearbeitet, pflegte er zu sagen, und es klang, als besäße er ein Diplom und hätte auch Sozialbeiträge entrichtet. Den Spitznamen Schweinetod hatte er aus der Ostzone mitgebracht. Dem Alten waren übergroße

Hände angeboren, mit einer konnte er eine dicke Matjessemmel umschließen, ohne daß das Salatblatt heraushing.

Damals gab es keine Matjessemmeln. In mageren Nachkriegsjahren zog er über Land, drang in Ställe ein und erlegte das Borstenvieh mit einem einzigen Hieb der bloßen Faust.

In einer mondlosen Nacht war er nahe dem brandenburgischen Dorf Golm unterwegs. Hier irrte er sich in der Mastanlage, auch war es ein ungünstiges historisches Datum, im Märzen Anno Dreiundfünfzig. Als er mit zwei erlegten Jungtieren unter dem Arm aus dem Stall ins Freie huschte, stieß er auf einen russischen Offizier. Mit tränenüberströmtem Gesicht brüllte der Kapitän deutsch los: Genosse Stalin ist gestorben, und du bestiehlst die Sowjetarmee! Ist dir gar nichts heilig, Faschistenfratze!

In die gebannte Kneipenrunde sagt Schweinetod: Vor Schreck laß ich die Läufer fallen und mach die Augen zu. Der Alte schließt die Augen, und die ganze Tauchstation hält den Atem an.

Schweinetod läßt die dramatische Zäsur wirken. Bier gurgelt durch Hälse, nervös saugen Lippen an Zigaretten. Det hier ist besser als Pantoffelkino, sagt Flosse, der Wirt, obwohl er die Story herbeten könnte.

Die Riesenhand, zur Faust geballt, öffnet sich. Sie ist leer, und in die Leere legt Schweinetod den Satz: Ich wollte nicht sterben. Es war März, Frühling, ich hatte noch einiges vor.

Dabei schnieft der Alte und linst hin zu Edda, der jungen Aushilfe, die mit ihrer waagerechten Brüstung manchmal Biergläser auf dem Tablett umstößt.

Ein paar Stammgäste grunzen verständnisinnig, Heiterkeit droht sich auszubreiten. Da legt Schweinetod den Zeigefinger an die Schläfe. Auch die Volltrunkenen kapieren, daß es sich um die Pistole handelt, die der Soffjetbesatzer hervorzieht.

Ich rede, sagt Schweinetod, ich quassle um mein Leben. Ich sage, daß ich im Krieg bei der Reichsbahn geackert hab, kriegswichtig, drum wurde ich nicht zum Kommiß eingezogen. Räder müssen rollen für den Sieg!, das stand an den Waggons. Und die wurden auf dem Güterbahnhof von uns beladen. Ich habe Lebensmittel gestohlen, die für unsere Wehrmacht an der Ostfront bestimmt waren. Das kann ich beschwören, dafür gibt's Zeugen, die mit geklaut haben. Den Nazis habe ich geschadet, aber den Russkies, ich meine der ruhmreichen Roten Armee hab ich vielleicht ein bißchen genützt. Und ich jammre: Heute mause ich nicht mehr, nicht bei der Reichsbahn, das täte ich nie, weil es den Aufbau unsrer Republik hemmen würde. Ich klau nur bei Bauern, Großbauern, das sind Kapitalisten, die habt ihr bei euch auch zur Brust genommen, na bitte. Von der Sowjetunion lernen heißt siegen lernen, ich kenne diese Losung, ich lebe danach.

Towarischtsch Kapitan, sage ich und fange an zu heulen, ich wußte nicht, daß Genosse Stalin den Löffel abge..., ich meine, daß er ausgerechnet heute abgekr... Ich kann's nicht fassen. Ein Mensch wie Stalin kommt einem unsterblich vor, ich wünschte, er lebte noch, wir lieben ihn, wir verdanken ihm so viel. Ist er auch wirklich tot? O Gott, bitte glauben Sie mir, ich hab das nicht gewußt, sonst hätte ich das Schwein niemals ... Ach, verdammt, ich hatte einfach Hunger, Herr Offizier! Ich weiß nicht mehr wie Fleisch schmeckt, seit Wochen nur Wassersuppe aus gefrorenen Kartoffeln. Ja, die hab ich auch geklaut! Und ich hab die Scheißerei. Los doch, erschießen Sie mich, die Nazis hätten mich auch umgelegt, wenn sie mich auf dem Güterbahnhof erwischt hätten.

Drücken Sie endlich ab, dann spür ich den Kohldampf nicht mehr!

Soldaten fesselten den Gefangenen und fuhren im Jeep zu einem Wassergraben. In Zukunft, sagte der Kapitän, kannst du zappzerapp machen bei Mister Truman, wir wünschen viel Erfolg. Hier, ein Souvenir, damit du niemals wiederkommst!

Ein Soldat zog ihm die Hose herunter und steckte ihm eine hölzerne Matrjoschka in den Hintern. Dann packten sie ihn an Händen und Füßen und warfen ihn über den Graben in den Imperialismus, wo Schweinetod feststellte, daß er im nordamerikanischen Sektor von Westberlin gelandet war.

Ich hatte einfach Glück, sagte Schweinetod in der Kneipe und beschloß die Nachkriegserzählung mit der stets dankbar aufgenommenen Pointe: Hätte die Mauer schon gestanden und hätten sie mich im hohen Bogen rübergeschmissen, dann wäre ich mit Karacho runtergeknallt, womöglich auf den Arsch – ja, dann wäre die Puppe heute noch drin und ich müßte beim Saufen stehen.

Kolk im Auto grinste, fast hätte er die Ampel am Schloß Charlottenburg überfahren. In dünnem Verkehr rollte der Wagen die Kaiser-Friedrich-Straße hinunter. Ein weißer Ford Escort fuhr hinter ihm, bog mit in den Kurfürstendamm ein und irrte mit ihm durch die verstopften Adern zwischen Meinekestraße und Olivaer Platz. Bestimmt ein Zufall. In einer Millionenstadt hängt dir immer eine andere Schüssel im Rücken, und weiße Fords gibt's wie Schnee am Pol.

Plötzlich war der andere aus dem Rückspiegel verschwunden. Kolk rangierte in die Lücke vor einem Modegeschäft. Er stieg aus und ging um die Ecke zur Lietzenburger.

Der weiße Escort stand vorn in der Fasanenstraße, nahe am Reisebüro Holiday. Ein Mann mit einem Aktenkoffer schwang sich heraus und kam auf Kolk zu. Er war untersetzt und trug eine Lodenjacke. Das Gesicht ein blasser Fleck. Die Hand war nicht verbunden. Auf keinen Fall war das der verletzte Erpresser aus Flosses Lokal. Trotzdem spürte Kolk, wie sich seine Muskeln spannten. Der Mann ging vorbei, sein Blick huschte über die Hausnummern.

Kolk lockerte die Schultern und ging schneller. Es fehlte noch, daß ihn der Gedanke an einen flüchtigen Ganoven nervös machte. Er hatte ihm den Finger nicht abgehackt, es war ein Unfall, der Mann trug selber die Schuld. Anrufe mit Drohungen hatte Kolk schon in früheren Fällen erhalten, einige wenige Male. Das erledigte sich von selbst, oder die Kripo regelte es.

Die RÜHLE FILMPRODUKTION saß in drei Etagen eines stuckverzierten Kastens aus der Gründerzeit. Die großen Wohnungen waren in eine Flucht verschachtelter Büros verwandelt worden. Die Schneideräume lagen im Keller. In den oberen Etagen flimmerten Monitore, Tastaturen klapperten, Faxgeräte und Kopierer summten. In den Nischen der Korridore lagerten Stapel von Drehbüchern.

Bei einem früheren Besuch hatte Frau von Rühle ihn durch ihr Reich geführt. Die Studios lagen andernorts, aber hier, lieber Herr von Kolk, hier arbeitet das Zentralhirn unserer filmischen Geburtsklinik.

Spaßhaft heimlich hatte sie ihn herangewinkt an eine Verglasung, hinter der zwei Herren in Sesseln rauchten und Kaffee tranken. Der Hausdramaturg war bleich, mit geistesabwesenden Augen. Nach Frau von Rühles Worten war er ein Genie, der einzige, der von einem Dutzend gleichzeitig entstehender Televisionsserien die Handlungsstränge, Anschlüsse, Orte, Personen und Drehtermine im Kopf hatte. Der andere Herr war ein Regisseur, dermaßen prominent, daß sich die Nennung des Namens erübrigte. Kolk kannte ihn nicht, hatte aber kundig genickt. Er sah wenig fern. Ein paarmal hatte er Babsy genötigt, mit ihm Boxkämpfe anzuschauen. Als Ausgleich wollte sie Aufklärungsfilme sehen, wie sie von den Sexualgelehrten der Sendeanstalten in den späten Samstag positioniert wurden. Er entschlief, und Babsy mußte ihn zu dem wecken, was sie Highlight nannte.

Kolk stieg die Treppe zur dritten Etage hoch und betrat das Vorzimmer der Produzentin. Die Sekretärin bat ihn, im Chefzimmer Platz zu nehmen. Sie ließ die Verbindungstür offen und stellte die übliche Saftkaffeeteefrage. Kolk verneinte, er trat ans Fenster und sah auf die Straße. Aus dem Eingang des Filmhauses kamen zwei Burschen im Overall, jeder hatte einen Scheinwerfer mit Stativ geschultert. Sie trugen sie zu einem Kleintransporter.

Danach kam eine Gruppe von vier Personen heraus. Einer war Niklas Demps. Er sprach mit einem ältlichen Chinesen und einer jungen Chinesin. Kolk erkannte die struppige Type, die er für einen Botenjungen gehalten hatte. Hinter den drei Personen trottete der asiatische Riese im grauen Chauffeursanzug.

In respektvoller Haltung sagte Niklas Demps etwas zu dem alten Chinaherrn. Dann wandte er sich an die junge Chinesin. In belehrender Art redete er auf sie herab. Sie widersprach. Er fiel ihr ins Wort, sie reagierte gereizt. Er tippte ihr an die Stirn. Sie schlug ihm auf die Hand und zeterte. Der alte Chinese griff verärgert ein. Die beiden verstummten sofort und hörten gehorsam zu.

»Der ältere Herr ist Herr Wang«, sagte eine Stimme neben Kolk. Frau von Rühle war hereingekommen und trat neben ihn ans Fenster. »Er kommt aus Hongkong, wir sind Geschäftspartner. Der Mann und die junge Dame mit der eigenwillligen Frisur sind seine Mitarbeiter. Ihr ist ein Gepäckstück am Flughafen gestohlen worden. Ich hatte Sie als Detektiv empfohlen – konnten Sie schon etwas herausfinden?«

Kolk wollte ausweichend antworten, aber die Rühle war zum läutenden Telefon gegangen. Sie stauchte einen ihrer Filmknechte zusammen, der den Zeitplan und damit die Kosten überzogen hatte. Ihre Stimme überklirrte jeden Einwand, die grauen Augen hätten im Tiefkühlfach die Temperatur gedrückt.

Sie beendete das Gespräch mit einem So und nicht anders! und wandte sich wieder dem Besucher zu. »Ich nehme ausnahmsweise einen Whisky. Würden Sie so zeitig am Tag einen Drink akzeptieren?«

Kolk bejahte in der Haltung eines Gentleman, der eine Lady in keiner Lage hängenläßt. Die Rühle gab die Bestellung an die Sekretärin weiter und befahl, die Tür zu schließen und Störungen abzuwimmeln. Sie setzte sich in einen Sessel und wies Kolk in den zweiten. Sie betrachtete sein zerschlagenes Gesicht und fragte, ob er sich mit ihrem Gemahl bei der Observation geprügelt habe. Ihr scherzender Ton wirkte aufgesetzt.

Die Sekretärin brachte Wasser, Eis und zwei kleine Whisky. Kolk nippte vornehm. Als er sah, wie die Rühle die Bagatelle wegputzte, zog er gleich.

Die Chefin schüttelte sich wie jemand, dem die Übung fehlt. Auch Kolk schüttelte sich und wollte mit seinem Bericht anfangen. Sie hielt ihn auf. »Nein, warten Sie noch.«

Sie wies zum Schreibtisch, wo neben dem Laptop ein Kilo Rosen in weißem Porzellan steckte. Das rote Mammutbukett war der einzige Schmuck in dem nüchternen Büro.

»Mein Rudolf bringt sie oder schickt sie jeden Monat, immer am siebten, dem Tag, an dem wir geheiratet haben. Wir hatten die Glückszahl absichtlich gewählt. Unsere Ehe ist glücklich. Oder war glücklich? Kann sein, das sind heute die letzten zehn Minuten, die ich ..., wo ich ... Die Galgenfrist wollen wir auskosten, nicht wahr?«

Sie stand auf und ging hinüber ins Vorzimmer. Sie kam zurück und stellte die Flasche mit dem ehrwürdigen Etikett auf den Tisch. Ihre Bewegungen waren fahrig, an der disziplinierten Person fiel das auf. Kolk schenkte nach. Die Rühle redete weiter, wie jemand, der Zeit gewinnen will.

»Kennen Sie meinen Spitznamen in der Filmbranche? Rührei, ja, Rührei. Ich habe ihn mir ehrlich verdient. Ich produziere Kitsch. Alle die Ärzte, Krankenschwestern, Förster, Lehrer, Hoteliers oder Pfarrer – nette Puppen, die mit Scheinproblemen spielen. Mit dem wahren Leben hat das nichts zu tun, wir gehen den Dingen niemals auf den Grund, das wollen wir gar nicht. Meine Filmautoren sind Kugelschreiber, immer rund, eckig fliegt raus. Am meisten schätze ich meine neuen Ostautoren und Regisseure. Die sind gut erzogen, die machen alles, was man ihnen aufträgt, auch wenn sie anderer Meinung sind.«

Er stamme auch von drüben, gab Kolk zu bedenken. Frau von Rühle warf herrisch den Kopf zurück.

»Herr von Kolk, nun kann ich es preisgeben: Bevor ich Sie engagierte, habe ich mich informiert. Tadellose Linie die Kolks, älter als meine, respektable Leute, besonders in der Bismarckzeit. Ihr Herr Großvater hatte Ärger mit dem Kaiser?«

»Ja, stimmt, das hat mir mein Vater erzählt. Sein Vater hatte auf den Pour le mérite gehofft, für Einsätze gegen die Hottentotten, aber er kriegte nur den preußischen Kronenorden zweiter Klasse. Sauerei, mit Verlaub gesagt.«

Die Produzentin nickte und wollte wissen, ob es stimme, daß Kolks Familie Güter in Pommern verloren habe. Kolk bejahte, und die Rühle sagte: »Ja, mein Lieber, die Rühles haben auch bluten müssen, in Schlesien. Der verfluchte Hitler. Aber wir behalten den Kopf oben. Ostdeutsch oder westdeutsch – wir tragen den Kompaß in uns. Wir Aristokraten, jedenfalls die Besten von uns, der Kern, auch die verarmten, wir bewahren die einzige Tradition, die noch hält. Sind wir nicht das letzte Bollwerk von Sittlichkeit und Moral in der verkommenen Gesellschaft von heute?«

Mit einer schlichten Geste bekundete Kolk sein Einverständnis und nutzte die niedersinkende Hand, um aus der Flasche von dem zwölfjährigen Nobelgebräu nachzuschenken. Frau von Rühle sprach weiter:

»Ich verkaufe meine elektronische Zuckerwatte an die Sender, und die bringen sie an den Zuschauer. Die Leute verschlingen das Zeug, sie können gar nicht genug bekommen. Warum ist das so? Ich werde es Ihnen sagen. Unser Leben besteht überwiegend aus Angst. Angst vor geschäftlicher Pleite, vor Erwerbslosigkeit, Angst vor Räubern, auch in mein Haus ist schon eingebrochen worden. Angst vor Krankheit, vor dem Alter, vor dem Verlust lieber Menschen. In meinen Filmen können die Zuschauer abends am Bildschirm der Angst entfliehen. Ein Bauerngut in den Alpen, Wiesen, Wälder, Rehe und so weiter. Nicht jeder kann das besitzen, aber jeder kann sich sehend hineinversetzen. Oder sollte ich lieber die gemeine Wirklichkeit nachbilden? Die kennt jeder und hat davon die Nase voll. Ich verkaufe Illusionen. Traumfabrik ist für mich kein Schimpfwort, eher ein Lob. Ohne Träume wären wir alle längst am Infarkt der Seele verendet. Ich schaue mir meine eigenen Serien an, ich lache, leide, weine, die Filme helfen mir, ich bin ein Teil meines Publikums.«

Aufmerksam hörte Kolk zu und goß der Gesprächspartnerin ein Quantum nach. Sie sollte reden, sie sollte trinken, sie würde es brauchen.

In ihrem Sessel thronte Renate von Rühle aufrecht und schmal, die Art Frau, die nicht raucht, nicht trinkt und nach sechs nichts mehr ißt. Sie trug ein Kostüm, dessen Kosten einen Sozialhilfeempfänger ein Jahr über Wasser gehalten hätten, die Perlenkette für den Rest seines Daseins. Einmal mehr fragte sich Kolk, warum er für das blasse Stück Edelstahl eine gewisse Sympathie empfand. Gleich würde ihr Herz einen Stoß kriegen. Ein sprödes Herz bricht leichter als eins aus Gummi. Die Frau war aus einem Guß, bei solchen Affären ist das ein Nachteil.

Laut klackte das abgestellte Whiskyglas auf die Tischplatte. Die Chefin schob es mit einer Bewegung von sich, die ein Nachschenken verbot. »Und nun die Fotos«, befahl sie.

»Ich könnte jetzt gehen.« Auch Kolk stellte das Glas weg. »Ich verschwinde, und wir vergessen die Sache. Es gibt Dinge, die sollte man ignorieren.«

»Reden Sie kein Blech! Was glauben Sie, wen Sie vor sich haben!« In der Stimme wippte die Peitsche. »Die Fotos, bitte. Sie haben welche, sonst wären Sie nicht hier.«

Kolk hatte zwei Kuverts vorbereitet. Er zog das erste aus der Tasche und legte es auf den Tisch. Es waren die Aufnahmen, wo Pickert und das Mädchen auf der Wiese turtelten.

Die Rühle betrachtete die Bilder und warf sie beiseite.

»Was soll das, unterlassen Sie die Spielchen! Ich bezahle Sie nicht, damit Sie ein Küßchen fotografieren. ACTION! Ich will sehen, wie er sie vögelt! Eher glaube ich es nicht. Geben Sie mir sofort die Aufnahmen!«

Kolk legte den zweiten Umschlag auf den Tisch. Dumme Kuh, dachte er, für dich habe ich mir die Hose verdorben. Gleich fällst du vom hohen Roß, ich wünsche viel Vergnügen.

Lange betrachtete die Frau die Bilder. Sie lächelte merkwürdig. Sie hob ein Foto hoch und zeigte es Kolk. Das war überflüssig. Er senkte den Blick. Es war peinlich, einer Frau gegenüberzusitzen, die ihr Unglück betrachtete. Widerlich war es, daß er die Aufnahmen gemacht hatte, auch wenn er sich zehnmal einredete, daß es nur ein Job war. Noch lösten solche Situationen bei ihm lästige Reaktionen aus. Hitze stieg ihm in Stirn und Ohren, er wußte, die Muscheln leuchteten jetzt wie Feuermelder.

»Warum werden Sie rot«, sagte die Rühle, »das wäre eher meine Sache.«

»Verzeihung«, sagte Kolk, »wir aus dem Osten sind noch im Lernprozeß. Bis vor kurzem hielt ich Dildo für einen männlichen Vornamen.«

Der Versuch, die Frau aufzuheitern, verpuffte. Sie sah zu Boden. Ihre Stimme klirrte nicht mehr, sie kam stockend und schleppte nach.

»Es ist ... Es ist unglaublich, zu welchen Dummheiten ein verliebtes Weib ... Ich habe meinem Mann jeden Wunsch erfüllt. Den Landsitz habe ich eingerichtet, obwohl ich kaum Zeit dafür habe. Rudolf hatte angefangen, sich für Ökofragen zu engagieren. Ich habe ihn sogar zu Versammlungen dieser verlogenen Grünen Partei begleitet ...«

Kolk blickte auf die Flasche. Sie war halb leer. Er mußte aufpassen. Falls die Dame zusammenklappte, mußte er zugreifen und durfte nicht auf sie fallen.

»Ich habe ihm Sachen geschenkt ... den teuren Jaguar ... eine Angelausrüstung aus Kanada. Wenn er sich freute, freute ich mich mit. Spielzeug wie für ein großes Kind: eine Motorsense für die Naturwiese, die ich habe anlegen lassen. Eine Astsäge mit Teleskopstab. Einen Laubstaubsauger mit eingebautem Häcksler und Powerblasen ...«

Wieder nickte Kolk wortlos. Es kam nur auf das Zuhören an, über das abartige Gartengerät konnte er später nachdenken.

»Bestimmt haben Sie sich über das Schaukelpferd gewundert. Wir hatten es in Marbella entdeckt, auf der Hochzeitsreise. Auf einem Spielplatz am Hotel. Wir fanden es lustig. Ich habe es von der Costa del Sol einfliegen lassen und ihm zum Geburtstag geschenkt. Rudolfs jüngere Schwester hat zwei kleine Buben, Zwillinge, beim Besuch waren sie gar nicht mehr wegzukriegen von dem Holzpferd.«

Kolk warf ein, daß er die Negative vernichtet habe. Er wollte ablenkend weiterreden, doch die Rühle wollte nicht unterbrochen werden.

»Ich bin gleich fertig. Rudolf mußte mir etwas versprechen. Ich ließ ihn schwören: niemals, wohlgemerkt niemals eine andere Frau in meiner Abwesenheit in unser kleines Nest bei Potsdam zu bringen ... Herr von Kolk, ich bin nicht weltfremd. Ein Typ wie Pickert braucht vielleicht mal eine Abwechslung. Weit weg, eine käufliche Sache, flüchtig, diskret. Aber die junge Frau gehört zum Bekanntenkreis. Ich ertrage es nicht, wenn man hämisch, hinter meinem Rücken ... Ich will nicht, daß sie mein Bett benutzt, mein Bidet ...«

Ihre Stimme war weiter abgesunken, das Flüstern kaum noch zu verstehen. »... egoistisch ... skrupellos ... noch nie so beschmutzt ... Ich reiche die Scheidung ein. Wir haben Gütertrennung ... er besitzt nichts ... geht mit dem, was er mitgebracht hat, ein paar Tennisschläger und geschmacklose Pokale.«

Sie schnellte aus dem Sessel hoch und ging zum Schreibtisch. Die Vase mit Rudolfs roten Rosen hob sie hoch über den Kopf und schmetterte sie auf den Boden. Mit einem Mordskrach flog das zertrümmerte Porzellan in alle Ecken, und Frau von Rühle schrie:

»So eine Scheiße, was ist nur mit den Männern los!«

Im Türspalt erschien das erschreckte Gesicht der Sekretärin. »Raus!« fauchte die Chefin, und die Störenfriedin verschwand.

Die Produzentin trat an das offene Fenster. Sie kehrte Kolk den Rücken zu. Er stand auf und stellte sich neben sie. Wenn sie springen wollte, würde er es verhindern, nicht nur wegen des offenen Honorars. Sie sah ihn an. In dieser Sekunde passierte es. Kolk sah, wie das Herz schlappmachte. Er konnte es beurteilen, er kannte den Stoß. Der Moment, wo das verdammte Ding stillsteht und du wünschst, daß es nicht wieder anspringt. Die Frau war nicht mehr jung. Sie hatte keine Kinder. Wenig Aussicht, daß sie noch einmal dem großen Liebesglück begegnete. In hundert Seifenopern konnte sie es arrangieren – ihr selbst blieb es fortan versagt.

Ihr Kinn zuckte, die Wangen wurden naß. Mit hängenden Armen legte sie den Kopf an Kolks Brust. Er zog sein Taschentuch hervor und steckte es nach einem prüfenden Blick wieder weg. Er nahm die Krawatte, die er sich für den Termin umgewürgt hatte. Er hob ihr Kinn und tupfte mit dem Zipfel das Gesicht ab. Sie ließ den Kopf wieder an seine Brust fallen. Sie stand da wie ein vergessenes Ding. Kolk hob die Hände und legte sie auf die dünnen Schultern der Frau. Er drückte die Schultern vorsichtig, etwas anderes fiel ihm nicht ein.

Die Rühle wandte sich ab, mit tastenden, gealterten Schritten ging sie zum Schreibtisch und setzte sich. Sie griff nach einem Hefter, schob ihn hin und her, legte ihn weg, klappte eine Mappe auf und schloß sie wieder. Sie griff nach dem Telefon, ihre Hand blieb darauf liegen, sie starrte auf den Apparat, als wäre ihr entfallen, was man damit anfängt.

Kolk wartete ab. Sie fing wieder an, die Utensilien auf dem Tisch zu schieben. Allmählich wurden ihre Bewegungen ruhiger und hörten ganz auf. Sie löste den Blick von der Tischplatte und sagte:

»Entschuldigen Sie, ich war ... Ja ... Leute wie wir sollten sich nicht gehenlassen ... Gut, erledigt. Ach ja, Ihre Rechnung. Bitte reichen Sie sie unten an der Kasse ein. Halt, nein, ich muß das über mein Privatkonto abwickeln. Schicken Sie die Liquidation an meine Adresse in Zehlendorf.«

Sie stand auf und begleitete den Besucher zur Tür. Ihr Händedruck war kühl und trocken. »Gute Arbeit, Herr von Kolk, ich danke Ihnen. Und kümmern Sie sich um die Angelegenheit der kleinen Chinesin. Mein Geschäftspartner Herr Wang legt großen Wert darauf, ich möchte mit meiner Empfehlung Ehre einlegen.«

Aus dem Filmgebäude kommend, schaute sich Kolk nach beiden Seiten um. Niklas Demps und die Chinesen waren nicht mehr zu sehen. Durch die Lietzenburger ging er zurück zu seiner Parkstelle. Auf der anderen Straßenseite bemerkte er die Lodenjacke. Der Mann sprach mit einer jungen Frau.

Kolk überquerte die Fahrbahn und kaufte an der Straßentheke einer Konditorei ein Pistazieneis. Im Vorbeischlendern prägte er sich die Züge des Mannes ein: ein Gesicht von der Stange, nur die hellen Wimpern boten der Erinnerung Halt. Ein Verfolger, ein Spürhund? Wohl nur ein harmloser Aktenmensch, angestellt in einem der vielen Büros rings um den Kurfürstendamm.

Im Wagen holte Kolk das Telefon hervor und kramte die Visitenkarte des Karatemädchens Emma aus der Brieftasche. Er tippte die Nummer ein und wartete. Er wollte schon abbrechen, als sie sich meldete. Auf Kolks Frage, was sie gerade mache, kam die Antwort, sie packe die Unterlagen für die Bewerbung zusammen. Kolk las die Adresse von der Visitenkarte ab:

»Zähringerstraße. Das ist ja nur um zwei Ecken. Wenn Sie nichts anderes vorhaben, kommen Sie her und bringen die Papiere gleich mit, so sparen Sie das Porto. Ach ja, Sie könnten noch einmal Chauffeur spielen. Ich muß rüber zum Friedrichshain. Sie haben nicht etwa Alkohol getrunken?«

Eine halbe Stunde später erwachte Kolk vom Rütteln des Wagens. Er war auf dem Beifahrersitz fest eingeschlafen und hatte nicht gemerkt, daß die herbeigerufene Person eingestiegen und losgefahren war. Sogar angeschnallt hatte sie ihn.

»Ich wurde genötigt, schon vormittags Whisky zu mir zu nehmen«, sagte Kolk. »Bei der Hitze eine Zumutung. Kein Wunder, daß ich eingenickt bin.« Er knöpfte das Hemd auf, zerrte den feuchten Schlips aus dem Kragen und stopfte ihn in die Tasche des Jacketts.

Das Mädchen wies auf den Rücksitz, wo ein Kuvert lag.

»Meine Unterlagen, komplett mit Foto.«

Sie schaltete in den höheren Gang, das Auto flitzte schon durch den Tiergarten. Von links grüßte die Panzerkanone auf dem Sowjetischen Ehrenmal herüber. Die Kuppel des Reichstags glänzte. Sie rollten durch das Brandenburger Tor und über den Pariser Platz in die Allee der Linden.

Emma steuerte den Wagen zügig, doch nicht mehr so kühn wie beim ersten Mal. Zu einer kaffeebraunen Bluse trug sie helle Leinenhosen. Nur ein Hauch von Make-up, unparfümiert. Smart und clever, eine Allzweckmaid für das neue Jahrtausend.

Emma plauderte, sie sei im Osten aufgewachsen. »Darf ich fragen, woher Sie stammen?«

»Berlin. Nahe der Karl-Marx-Allee stand meine Wiege.«

»Ach ja? Also auch Osten. Da kommen wir aus dem gleichen Stall.«

»Hoppla, langsam.« Kolk glitt in ein distanzierendes Näseln. »Aus dem gleichen Stall – mir deucht, daß die Jungfer fürwitzig plappert. Stammt Sie aus adliger Sippe, ist Sie blauen Geblüts? Pah. Ergo merke Sie sich: Gleichheit ist nur auf dem Papier. Wenn in Verfassungen geschrieben steht, alle Menschen seien gleich geboren, so ist das ein Märchen. Die wahre Geburtsurkunde ist das Bankkonto der Eltern. Es gibt ein Unten, und es gibt ein Oben, verwechsle Sie es nicht. Sollte Sie also, was noch keineswegs sicher, in mein Offizium eintreten, so sage Sie aller Egalité Ade. Klopft ein besserverdienender Klient an die Tür, so verbeuge Sie sich. Beehrt uns ein reicher Kunde, vollführe Sie einen tiefen Knicks. Fährt ein schwerer Geldsack vor, so sinke Sie nieder und küsse seinen Stiefel, den rechten. Den linken lecke schon ich. Unsere Rache kommt später, nicht mit der Revolution, sondern mit der Liquidation, mit der Rechnung. Hat

Sie das kapiert, Jungfer Emma, oder muß ich es Ihr neben die Libelle tätowieren?«

»Stets zu Diensten, Euer Gnaden.«

Am Königstor bog sie aus dem Gewühl der Autos ab. Sie parkten in der ersten Seitengasse. Aus trübseligen Butzenscheiben schaute die benachbarte Bartholomäuskirche gottergeben auf das höllisch dröhnende Verkehrskreuz zu ihren Füßen.

Kolk und seine Begleiterin kämpften sich über die verstopfte Friedenstraße und betraten den Friedrichshain. Hinter ihnen verebbte der Verkehrslärm.

Sie gingen den schattigen Parkweg entlang. Zwischen Bäumen trat die helle Rotunde des Märchenbrunnens hervor. In terrassenförmig ansteigenden Bassins sprudelten Fontänen aus grünlichem Schaum. An steinernen Fröschen und Schildkröten hüpften Kinder in den Wasserbecken.

Sie gingen weiter und umrundeten den Ententeich. Das dunkle Wasser spiegelte das Blattgehänge der Weiden. Emma sagte, sie sei zum erstenmal im Friedrichshain. Sie kamen an einem Hügel vorbei. Kolk erklärte, das sei der Flakbunkerberg, ein Betonklotz, der nach dem Kriege gesprengt, mit Erde bedeckt und bepflanzt wurde. Auf den Trümmern seien sie als Kinder herumgeklettert.

Im Gespräch kamen sie auf eine große Wiese. Beiläufig schaute Kolk sich um. Kinder rannten nach einem stürzenden Drachen. Familien saßen beim Picknick. Junge Leute nahmen ein Sonnenbad. Auf dem Weg gingen ältere Paare spazieren. Ein Mann mit Lodenjacke war nicht zu bemerken, auch sonst niemand, den man für einen Verfolger halten könnte.

Kolk und Emma umgingen eine Gebüschinsel, als plötzlich Lichtblitze ihre Gesichter trafen. Das Gefunkel wiederholte sich, als wollte ein Gör sie mit dem Spiegel ärgern. Emma hob die Hand an die Augen und spähte hinüber zur Quelle der Blendung.

An einer Ausbuchtung der Wiese vor Bäumen stand ein Mann in einem weißen Kittel. Undeutlich war die Stimme zu hören, in der Art einer Ansprache. Wie ein Harnisch glitzerte des Mannes Brust in der Sonne, und da er gestikulierend die Arme schwenkte, stob aus metallnen Facetten ein Schauer silberner und goldener Funken.

Bei dem Redner standen ein paar Dutzend Leute. Manche saßen auf Parkbänken, andere hockten oder lagen im Gras. Einige ältere Herren saßen an Schachbrettern, sie hatten das Spiel unterbrochen und hörten zu. Auf dem Parkweg näherten sich Spazierende und füllten die lose Ansammlung auf.

Neugierig ging Emma näher heran und betrachtete die schillernde Erscheinung. Sie wandte sich zu Kolk um und sagte belustigt: »Der Alte trägt Orden, das sind ja die Ostmedaillen von früher! Ja, das Aktivistenabzeichen und das Verdienstdingsbums, die hatte mein Vater auch.«

Lang und dürr ragte die Gestalt des Ordensmanns empor. Graue Haarsträhnen fielen bis auf den Kragen des Kittels. In schwarzen Höhlungen lagen die Augen, und für die Nase hatte der Schnabel eines Raubvogels als Vorlage gedient. Darunter hing ein fleckiger Schnauzer nach Nietzsche. Auf einem Kasten stehend, ballte das Unikum die Faust und verkündete mit brüchiger Stimme:

»Entweder will Gott die Übel beseitigen und kann es nicht. Oder er kann es und will es nicht. Oder er kann es nicht und will es nicht. Oder er kann es und will es. Wenn er nun will und nicht kann, so ist er schwach, was auf Gott nicht zutrifft. Wenn er kann und nicht will, dann ist er mißgünstig, was ebenfalls Gott fremd ist. Wenn er nicht will und nicht kann, dann ist er sowohl mißgünstig als auch schwach und dann auch nicht Gott. Wenn er aber will und kann, was allein sich für Gott ziemt, woher kommen dann die Übel, und warum nimmt er sie nicht weg?«

Kolk stieß Emma an und sagte gedämpft: »Jetzt hat er wieder Epikur zitiert, den griechischen Philosophen. Der alte Plagiator. Lassalle, Engels, Trotzki – er benutzt, was ihm in den Kram paßt. Che Guevara und Jürgen Kuczinsky mußten auch schon dran glauben. Sogar an diesem Gaus und dem armen Schorlemmer hat er sich vergriffen.«

»Sie kennen den Mann?«

»Die meisten hier kennen ihn, er redet jede Woche. Den Friedrichshain will er zum Friedrichshydepark machen, nach Londoner Vorbild.«

Eine kleine Frau näherte sich dem Redner. Sie befestigte ein weiteres Abzeichen an seinem Kittel und verschwand scheu in der Menge. Ein Greis schlurfte hinzu und steckte eine Medaille neben das Abzeichen der Frau.

»Die Leute bringen ihm ihre alten Orden«, sagte Kolk verächtlich. »Sie heften sie ihm an, weil sie Angst haben, sich selber zu bekennen. Für die feige Bande spielt er die Litfaßsäule, der alte Narr.«

Als hätte der Redner die Beschimpfung gehört, blickte er zu Kolk und Emma herüber. Grollend schüttelte er die Faust, und mit seinen Worten sandte die flammende Brust einen Bannstrahl aus. Ein Mensch, krächzte er, könne drei Wochen ohne Nahrung leben, drei Tage ohne Wasser, drei Minuten ohne Sauerstoff. »Wie lange kann er ohne Arbeit leben?«

»Icke imma!« schrie einer von der Wiese und schwenkte eine Flasche.

Ein bulliger Mann stand von einer Bank auf und brüllte: »Die würgen uns ab, die Lumpen!«

»Arbeitslosigkeit macht krank!« bellte der Alte. »Der Geist verkümmert, das Lachen stirbt. Millionen Menschen welken lautlos dahin. Und ich frage, ob das ein unabwendbares Schicksal ist. Es gab Länder, wo alle Arbeit hatten. So lange ist das nicht her, erinnern Sie sich? Eines davon war unser Land, ein jeder wurde gebraucht. Nun leben wir in einem Staat, der behauptet, er sei der bessere. Die Autos sind wirklich besser und manches andere. Aber was nützt das denen, die keine Arbeit haben. Arbeit ist ein Menschenrecht, das wichtigste. Arbeitslosigkeit ist bitteres Unrecht. Ein Staat mit Millionen Arbeitslosen ist ein Unrechtsstaat.«

Die stark geschminkte junge Frau neben dem Bulligen schrie: »Wir sind das Volk!« Und der Bullige donnerte: »Die Regierung muß wieder Schiß haben vorm Volk, jawoll!«

Ruhe gebietend hob der Redner im besternten Kittel die Hand und rief:

»Für Arbeitsplätze zu sorgen ist oberste Pflicht des Staates!«

»Irrtum!« erscholl eine Stimme aus der Zuhörerschaft. »Dafür sind die Unternehmer zuständig.«

»Wenn die es aber nicht tun – was dann?« fragte der Kittelmann zurück. Als keine Antwort erfolgte, fuhr er fort:

»Wir Werktätigen werden nach Leistung bezahlt. Keine Leistung, kein Geld. Bei den Politikern ist das anders. Wenn Abgeordnete versagen, sinken ihre Einkünfte nicht, eher steigen sie. Das müssen wir ändern. Ich schlage vor: Für jedes Prozent Arbeitslosigkeit werden die Diäten der Parlamentsleute um einen Prozentpunkt gekürzt. Und wenn ein Volksvertreter im Fernsehen über soziale Einschnitte redet, müssen künftig alle seine finanziellen Bezüge eingeblendet werden. Wer dafür ist, den bitte ich um das Handzeichen!«

Die Zuhörerschaft geriet in Bewegung, Arme wedelten, Zurufe überlagerten sich. Zu vernehmen waren Äußerungen wie *Parasiten, Galgen, Bautzen, Mauer, Bravo, Utopie, Onanie, Anarchie, Idiotie, Kalaschnikow, Sozialneid und Mahlzeit!*

Ein Mittzwanziger mit bläulicher Nase bestieg eine Bank und krähte: »Det will ick wissen: Warum jibt's inne Regierung keine Sechshunnert-Mark-Jobs? Wir wolln in Reichstach, da isset kühl!« Er stieß die Wermutflasche gen Himmel und fiel von der Bank.

Der Redner rief:

»Warum werden die Herrschaften da oben nie arbeitslos? Ein Maurer oder Ingenieur fliegt mit vierzig Jahren zum alten Eisen, einem Minister oder Konzerndirektor passiert das nie. Die haben auch bei Abwahl lukrative neue Posten, die sind mit siebzig taufrisch und unersetzbar. Wieso, warum?«

»Weil wir blöd sind!« schrie einer aus der Menge. Und der Redner donnerte:

»Die Herren in den Vorständen der Konzerne verdienen drei, vier Millionen Mark im Jahr, zehn Millionen und mehr. Keines Menschen Arbeit ist soviel wert, ausgenommen die von Albert Einstein, und der ist tot. Wer von Ihnen, Kollegen, wäre bereit, für jährlich hunderttausend ... na, seien wir großzügig, für dreihunderttausend Mark im Jahr ein Unternehmen zu leiten? Vorher müßte er studieren. Scheitert er, gibt's nur Sozialhilfe! Ich bitte um Meldungen!«

Das löste eine erheiterte Reaktion aus. Die Menge, angewachsen auf ein halbes Hundert, zerbröselte in Grüppchen, in denen weiter palavert wurde.

Der dürre Redner stieg von dem Getränkekasten. Ein schäbig gekleideter Mann war zu ihm gekommen und entblößte die Hüfte. Der Alte im klirrenden Kittel besah den Abszeß. Er öffnete eine Ledertasche, entnahm Watte und Tinktur und säuberte die Stelle. Ein paar Penner trotteten heran und präsentierten Hämatome und Geschwüre. Ein Bursche in löchriger Tarnjacke hockte sich dazu und stotterte, daß er einen Läuseschein benötige, um ins Nachtasyl eingelassen zu werden. Ein Erkälteter hustete in die Reihe der Wartenden. Der Alte blaffte ihn an: Ein Ausstoß setze achtzig Millionen Bakterien frei, der Mann solle gefälligst ein Tuch vorhalten.

»Doktor Eisenbart hält Sprechstunde«, kommentierte Kolk. Aber Emma meinte, der Mensch ähnle Don Quichotte, dem Ritter von der traurigen Gestalt. »Fehlt nur der Gaul und die Lanze.«

»Die Lanze könnte er jetzt brauchen«, erwiderte Kolk und zeigte zum Weg.

Junge Männer näherten sich, ein rundes Dutzend und singend: *Hoch auf dem gelben Wagen, sitz ich beim Schwager vorn!* Die glatten Gesichter der Sonne zugekehrt, marschierten sie in zwanglosem Gleichschritt heran und hielten auf das Kommando des Frontmanns an. Der kleine Schlußmann stellte den geschulterten Reisesack ab. Baseballhölzer kamen zum Vorschein und wurden an die Kameraden verteilt.

Der Frontmann hatte sich von der Reihe gelöst. Er ging zu dem Alten im dekorierten Kittel hinüber und sagte flott: »Löffel gespitzt, alte Honeckersau. Du ziehst den Kittel mit dem Klempnerladen aus und gibst ihn her. Jetzt! Wenn nicht, hast du ein Problem, kapiert?«

Der Alte war dabei, den Kopf des Verlausten mit einer Lösung zu bepinseln. »Ich vermute, Sie brauchen Geld«, sagte er zu dem Jüngling. »Sie wollen die Medaillen verkaufen. Das ging schon oft so: daß Gesinnung vorgespiegelt wird, um Gewinnsucht zu bemänteln.«

Der junge Mann zog eine Trillerpfeife aus dem Hemd und stieß einen Pfiff aus. Mit festem Schritt rückte die Reihe mit den Sportgeräten heran.

Emma zupfte Kolk am Ärmel. »He, das sieht aber nicht gut aus ...«

Ein zweiter Pfiff ertönte, er kam von einem der älteren Schachspieler. Mit ihm erhoben sich einige Männer von den Bänken und von der Wiese und schritten heran. Alle waren im Arbeitslosenalter, ab achtzehn aufwärts. Vor dem Alten im Kittel stellten sie sich schützend auf und zogen Mitgebrachtes hervor: Gummiknüppel, Stahlruten und glänzendes Schreckschußgerät.

Auch der Bullige wollte sich den Verteidigern anschließen. Seine Freundin hielt ihn fest und zischte aus bemaltem Mund: »Laß det, Manne, noch haste Arbeit, wat jehn dir die andern an.«

Der Frontmann ließ die Keule um seine Hand kreisen und rief: »Hei, ihr Tümpelkröten, ist das der neue antifaschistische Schutzwall! Verfatzt euch, sonst landet ihr in der Urne!«

Der Bullige war hinzugetreten. Er riß einem Frührentner den Knüppel aus der Hand, baute sich vor dem Anführer auf und sagte: »Kerlchen, wenn ich furze, bist du Ausschuß.«

Aus der Menge der Neutralen näherten sich drei, vier, sechs Männer. Sie kamen zögernd, mit vorsichtigen Schritten, wie beim Betreten schwankenden Bodens, und es schien zweifelhaft, ob ihre Courage Bestand haben würde.

Das Kräfteverhältnis einschätzend, blieb Kolk ruhig stehen. »Nicht so hastig«, sagte er und hielt die zapplige Karatetussi fest, die sich den Verteidigern beigesellen wollte.

Der Frontmann warf einen strategischen Blick in die Runde. Er hob die Pfeife und gab dreimal kurz Laut. Die Baseballschläger verschwanden im Sack. Auf sein Kommando »Kameradschaft Wesselshain – Abmarsch!« zogen die Jungen davon. Auch ein Lied stimmten sie wieder an, aus der entschwindenden Schar schallte zuguterletzt ein jubelndes *Doi-ii-tschland* herüber und erstarb unter Bäumen.

Die Riege der Verteidiger löste sich auf. Ihre Waffen versorgend, trotteten die Spieler zurück zu Brett und Karte. In Siegerpose stiefelte der Bullige zu seiner Freundin, die ihn für seinen Leichtsinn angiftete. Er klopfte ihr auf die Rückseite und unterband das Gezeter mit seinem Mund auf ihrer Kriegsbemalung.

Der Redner habe Glück gehabt, stellte Emma fest. Kolk antwortete mit einer resignierenden Geste. »Eines Tages werden sie den alten Schwätzer erwischen. Dann wird man ihn ins Krankenhaus tragen, gleich dort drüben.« Er zeigte auf die gelbroten Backsteinmauern und den Stichbogen des Portals, das zwischen dem Grün des Ahorns am Rande des Parks zu sehen war. »Sie legen den Herrn Professor auf den Tisch und betrachten bekümmert die im Klassenkampf zertrümmerten Knochen.«

»Professor? Was für ein Professor?«

Kolks Miene wurde säuerlich. »Er war mal ein beachtlicher Chirurg. Chefarzt, Direktor. Dann kam die Vereinigung. Seine Stelle in der Klinik wurde neu ausgeschrieben. Er hat sich beworben … na ja, Staatsnähe. So hieß das, wenn man Konkurrenten loswerden wollte. Sein Nachfolger, ein Fleischer aus einer Bettenburg in Niedersachsen. Der Ostler wurde rausgedrängt. Jetzt macht er Karriere als Volksredner im Park.«

»Sie kennen den Mann?«

»Das wäre zuviel gesagt. Wer kennt schon seinen Vater.«

Anfangs verlief das Essen in der nahen Wohnung des Professors friedsam. Aus einem griechischen Restaurant hatte der Hausherr Wein und Speisen kommen lassen. Den Kittel mit den Medaillen hatte er abgelegt. Zwischen Küche und Speisezimmer lief er betulich hin und her. Die rutschenden Hosen hochzerrend, rief er dem Gast Emma launige Bemerkungen zu. Er trug Teller mit altmodischem Dekor herbei und stieß mit dem Sohn zusammen, der Gläser und Bestecks brachte.

Kolk überlegte, ob die junge Bewerberin merkte, daß er sie dem Urteil des alten Mediziners aussetzte. Dem Professor war eine distanzierte Höflichkeit eigen, die ihn bewahrt hatte, sich an einer Unzahl Patienten emotional zu verschleißen. Als Menschenkenner knauserte er mit der Zuteilung von Herzlichkeit. Und er hatte ein Gespür für Menschen, die er zweite Wahl nannte. Ihnen gab er Ordination und Operation, der Konversation entzog er sich.

Daß er mit der jungen Fremden gleich angeregt umging wie mit einer Freundin des Hauses, war ein Pluspunkt für Emma. Aber es verdroß den Sohn, daß sich der Vater aufführte wie ein Charmeur alter Schule.

Vor den Fenstern des hohen Altberliner Zimmers ruhte der Park im weichenden Glast des Nachmittags. Hinter Emma hing an der getäfelten Wand ein Ölbild von Kolks Mutter. Gegenüber hing das Menzelsche Gemälde vom Flötenkonzert des Alten Fritzen in Sanssouci, eine Kopie, deren kleinere Kopie in Kolks Detektivbüro die Wand mit dem Schußloch schmückte.

Während sie an den Lammkoteletts herumschnitten, fragte Emma, ob der Gastgeber in seinen akademischen Jahren in Berlin studiert habe. Pfiffig traf sie damit den Punkt, wo betagte Plaudertaschen das biografische Wasser nicht halten können.

Der junge Fritz von Kolk hatte nach Kriegsende die sowjetisch besetzte Zone verlassen und war zum Antritt einer kleinen Erbschaft nach Amerika gegangen, nach Virginia, in ein Städtchen an den Ufern des Rappahannock. Er kaufte sich in einen Supermarkt ein und warf zu Thanksgiving gefrorene Truthähne aus dem buntbemalten Doppeldecker ab. Falsch berechnet, durchschlugen die Frostgranaten zum Erntedankfest dreizehn Hausdächer. Eines der Werbegeschenke verletzte eine verwitwete Kongreßabgeordnete, deren Mann als Bomberpilot über der deutschen Reichshauptstadt abgeschossen worden war. Sie wurde in der Ansicht bestärkt, daß aus Deutschland nur Unheil komme. Die Stimmung im Städtchen kühlte aus, der Schadenersatz verschlang die Hälfte der Erbdollars des jungen Zuwanderers.

Emma lachte und verschluckte sich am Wein. Der Professor klopfte ihren Rücken, und es schien Kolk, daß er länger klopfte als medizinisch nötig. »Und dann?« fragte die Karatetussi angeregt, »wie ging es nach den Puten weiter?«

»Ich wollte studieren«, sagte der Professor, »Physik oder Medizin – mir fiel die Entscheidung schwer. Damals lebte Albert Einstein noch, so wählte ich schließlich die Universität von Princeton bei New York. Ach ja, die Physik. Ich hatte Mühe mit hyperbolischen Differentialgleichungen, und der

Big Bang ist mir bis heute verdächtig. An einem Wintertag trabte ich früh durch den Park des Campus zur Vorlesung. Nachts hatte es geschneit. An einem Baum stand Einstein und sah hinauf zu einem Eichhörnchen, jeder Baum hat dort eins. Er ging weiter, langsam und gebeugt, seine Nase tropfte in der Kälte. Ich trat in seine Fußstapfen im Schnee und stiefelte hinter ihm her. Seine Spuren waren kleiner als meine, aber ich sah, daß ich sie nie ausfüllen würde. Nun ja ... Außerdem hatte ich meine Eltern und auch ein Mädchen in Berlin gelassen. Meine Mutter schrieb mir, daß die Gute einen kleinen Schimpansen geboren hatte. Er hockt jetzt neben Ihnen und grollt, daß wir ihn vernachlässigen, das mochte er schon als Baby nicht.«

Kolk schob den Teller weg und erklärte verärgert, es gebe Wichtigeres zu besprechen als die alten Kamellen. »Hör endlich auf, im Park Reden zu schwingen! Wir haben gesehen, wie gefährlich das ist. Emma, sagen Sie dem Herrn Doktor, daß er seine Gesundheit aufs Spiel setzt. Auf eine Fremde hört er vielleicht eher als auf seinen Sohn.«

Mit einer Krokette im Mund reagierte die Angesprochene hilflos. Kolk wetterte weiter:

»Für wen hältst du Volksreden? Für das Volk? Was ist das? Ich kenne nur Horden von Egoisten, die um den größten Knochen raufen. Und denen verkündest du: Wir wollen hier auf Erden schon das Himmelreich errichten. Dein Lieblingspoet Heinrich Heine – auch so ein Spinner. Schon Jesus Christus hat damit Schiffbruch erlitten, zum Glück hatte der einen cleveren Vater, der hat ihn schnell wieder aus dem Verkehr gezogen. Dein Lenin hat's nicht geschafft, Allende nicht, sein Freund Honecker auch nicht, und Gorbatschow schon gar nicht. Aber du, Papa, du schaffst es natürlich, du schenkst uns das Paradies auf Erden, du warst schon immer der Größte.«

Nachsichtig blinzelte der Professor auf sein störrisches Kind herab.

»Der Fortschritt setzt sich durch, wie in der Naturwissenschaft. Was wäre passiert, wenn Einstein gleich wieder aufgegeben hätte? Wir wüßten immer noch nicht, was da oben vorgeht. Ja, Herr Filius, Experimente werden wiederholt, bis sie gelingen. Sie gelingen, indem man alte Fehler vermeidet. Der Tag wird kommen, wo unsere Mühen anerkannt werden. Heute ist das noch nicht möglich, weil die Öffentlichkeit von den Hinzes und Kunzes beherrscht wird, die schon beim Rasieren antikommunistischen Schaum schlagen. Oder wie beurteilen Sie das, Verehrteste?«

Ehe die Befragte Auskunft geben konnte, knurrte Kolk warnend: »Die arbeitsuchende Kollegin möchte darüber bestimmt noch nachdenken – so ist es doch?«

Emma schloß den Mund wieder und wartete ab.

Mit dem Zeigefinger auf den Sohn piekend, rief der Professor aus:

»Er war einmal ein leidenschaftlicher Lehrer, ein Mensch mit Moral! Und heute? DETEKTIV! Früher gab es nur amtliche Spitzel, jetzt gibt's dazu noch private. Jeder kann sich einen Handlanger für schäbige Zwecke mieten, pfui Teufel. Für mein eigen Fleisch und Blut muß ich mich schämen. Gern würde ich ihn enterben, leider besitze ich kaum noch Nennenswertes.«

»Du hast noch die Medaillen«, versetzte Kolk. Auch er wandte sich an die Besucherin wie an ein Auditorium.

»Früher hat mein Herr Vater nie Orden getragen, niemals. Hat alles in einen Schuhkarton geworfen. Hufeland,

Virchow, Friedensmedaille, die ganze Kollektion. Als Kind habe ich damit gespielt. Schon zur Einschulung war ich Held der Arbeit und in der zweiten Klasse Nationalpreisträger. Damals hat er geschmunzelt und gesagt, Orden seien was für Angeber. Und jetzt läuft er Reklame mit dem Blech der anderen und riskiert sein Leben. So, damit ist Schluß, der Schrott fliegt in den Mülleimer!«

Beide erhoben sich und packten den Kittel, der über einer Stuhllehne hing. Vor dem verstörten Gast zerrten sie an dem klimpernden Gewand wie in einer neudeutschen Version des Kaukasischen Kreidekreises. Der Professor im Nachteil, weil er mit einer Hand die rutschende Hose halten mußte.

Auf einmal ließ Kolk los und sagte resigniert: »Und kauf dir endlich einen Gürtel. Immer dünner wirst du, du sollst mehr essen. Traurig genug, daß ich das einem Mediziner sagen muß. Ich geb dir meinen Gürtel, den will ich wiederhaben.«

Er zog den eigenen Gürtel aus dem Bund und steckte ihn durch die Schlaufen der Hose des Vaters. Hinter dem Professor stehend, hielt er ihn mit einem Arm umfangen und drückte ihn an sich. Der Vater widerstrebte, wollte sich losmachen. Kolk hielt ihn mühelos fest. Des alten Mannes Arme, dürr aus dem Sommerhemd ragend, sanken herab wie die Flügel eines tödlich erschöpften Vogels. Emma sah hoch und sah, wie die Züge des Sohnes vor Angst und Zärtlichkeit verfielen.

8

Das Gesicht, das Kolk anstarrte, gehörte zu jener Sorte, der man auch am hellen Tag nicht gern begegnet. Um das linke Auge ein blauschwarzer Ring, blutverkrustet die Braue. Nase frisch verquollen, Lippe geplatzt, ein Antlitz kündend von Gewalt.

In den Spiegel des Bades blickend, weigerte sich Kolk, das Konterfei als das eigene anzuerkennen. Das verletzte Gesicht, schon auf dem Wege der Besserung, hatte am gestrigen Abend einen Rückfall erlitten.

Nach dem Besuch bei seinem Vater war Kolk noch einmal zur Tauchstation gefahren. Diesmal traf er den Wirt an, der mit Dorle und einem Handwerker die Schäden nach der Schießerei ausbesserte.

Auch der Wirt hatte einen bedrohlichen Anruf von dem Mann erhalten, der in dem Lokal einen Finger verloren hatte. Flosse und Dorle waren bedrückt. Kolk beruhigte sie. Die Erpresser würden sich nicht mehr vorwagen. Der Polizei lagen Beschreibungen vor, die Kripo war den Gangstern auf den Fersen. Rachsüchtige Anrufe belegten nur die ohnmächtige Wut von Ganoven, um die sich das Netz der Fahndung zusammenzog.

Beim Aufräumen griff Kolk mit zu, und sie werkelten bis zum Abend.

Danach hatten sie die Trainingsstätte aufgesucht. Der Garderobenraum war überfüllt, eine Schar fremder Sportsleute drängte zwischen den Spinden. Als Kolk die Schuhe auszog, stieß ihn jemand derb an die Schulter, so daß er von der Bank glitt.

»Hallo! Schön, Sie zu treffen, Herr von Kolk!«

Über Kolk, der auf dem Boden saß, erstrahlte das Gesicht seines Lieblingspolizisten. Junghähnel zog den Überraschten auf die Bank und erklärte: »Wir sind Gäste bei euch, bei uns in der Halle ist ein Rohrbruch. Freuen Sie sich? Na, wär's mit uns zwei Hübschen? Sechs Runden, aus alter Freundschaft?«

»Lieber nicht.« Kolk schob die Hand weg, die ihm aufhalf.

»Haben Sie Angst, Herr Baron? Uralter Adel, tausend Jahre Dünnschiß, haha!«

Einige von Junghähnels Kameraden schmunzelten. Zwischen den Spinden tauchte Kommissar Schmidt auf. »Bodo«, mahnte er, »halt dich zurück, du wiegst ein paar Kilo mehr als er.«

»Das gleicht sich aus. Bei Ossis wiegt das Gehirn mehr: schweres Wasser.« Junghähnel prustete und stieß Kolk den Ellbogen in die Seite. »Im Hausflur wollten Sie mir zeigen, wo der Hammer hängt. Die Gelegenheit ist da. Oder hat der Sportfreund das Höschen voll? Ist das hier ein Schwulenklub oder ein Boxverein?«

Herausfordernd blickte Junghähnel in die Runde. Kolk hatte sich gebückt und zog die Trainingsschuhe an.

Das älteste Mitglied des Comeback-Klubs trat heran und erklärte, daß er, obwohl schon über fünfzig, mit dem Herrn Großmaul in den Ring steigen werde. Das sei *eine Frage der Ehre.*

Ehre. In der Garderobe wurde es still, die Wände schienen auseinanderzurücken. EHRE. Ein Wort, groß, schwer, schön wie das Völkerschlachtdenkmal in Leipzig oder der Berliner Reichstag. Gleich Donnerhall fällt der lange nicht gehörte Ruf in den Umkleideraum, und Kolk spürt, daß durch ihn und die anderen ein Ruck geht. Es scheint, als lauschten die Klubfreunde einer Botschaft, die von der Siegessäule im Tiergarten zu ihnen herüberschallt.

Nicht länger Bürger in Turnhosen sind sie, nicht länger Anwälte, Detektive, Kneipiers, Ingenieure, Zeitungsleute, Prokuristen, nein, germanische Recken ragen auf, düster geschart um ihren Ostnibelungen Kolk, vor dem der welsche Fehdehandschuh liegt. Vom Brandenburger Tor wiehern die preußischen Rosse der Quadriga. Aufrauscht der Teutoburger Wald, die Schwerter aus Solinger Wertarbeit rasseln, Lützows verwegene Jagd stößt ins Horn, und am Walkürenfelsen singt Wagners Brünnhilde: Zu neuen Taten, teurer Helde!

Und so schloß sich das kühle Leder des Tiefschutzes um Kolks edle Teile. Auf den Kopfschutz wurde verzichtet. Flosse preßte dem Freund den Hartgummi der Zahnwulst in den Mund und raunte, nur ein toter Bulle sei ein guter Bulle. Damit entließ er den Freund in die Ringmitte, wo der halbnackte Staatsdiener erwartungsvoll die Handschuhe rieb.

Sie tanzten herum und tasteten einander ab. Kolk boxte in der gängigen Linksauslage. Er beherrschte beide Stile und konnte auch die Rechte als Führhand einsetzen. Junghähnel zog den Erbfeind heran, umschlang ihn und zischte, durch den Mundgummi entstellt: »Isch masch disch fertisch, du rote Schocke!«

Da der nachfolgende Schwinger nicht nur verbal, sondern auch durch weites Ausholen avisiert war, konnte Kolk mühelos ausweichen. Nun ging er in den Clinch, drückte Junghähnel an die Seile und brachte den Mund an dessen pelziges Ohr.

»Teddy lebt.«

Junghähnel blickte verständnislos, offenbar kannte er den Spitznamen des Arbeiterführers Thälmann nicht.

»Der Schoschialischmusch schiegt«, nuschelte Kolk. Die Aussage widersprach seiner Überzeugung, sie war nur der Situation angepaßt. Damit für Junghähnel die Zukunft licht wurde, legte er noch eine von Papas Botschaften nach:

»Die nägschte Wende kommt beschtimmt. Wasch wir hinter unsch haben, habt ihr vor eusch. Wasch heischt Wende? Im Schport heischt dasch, dasch man zurückschschwimmt, schawohl. Dann kannschte froh schein, wenn disch die Schtaschi im Arschiv anschtellt, du dicke Weschtnusch!«

Die Aussicht auf eine Karriere im Geheimdienst schien den Beamten zu beflügeln. Er gab sich mehr Mühe, die Haken kamen nicht mehr mit telefonischer Vorwahl, auch die Fußarbeit zeigte Fortschritte. Junghähnel focht auf dem Niveau eines Streetfighters, der gegen Autonome vorgeht.

Kolk modellierte den Unterschied zur Kunst heraus. In den Clinch plazierte er kerzensteile Uppercuts. Er führte vor, daß ein boxerischer Sidestep die Eleganz eines Pas de deux haben kann. Begleitet vom Beifall, den Flosse und die zuschauenden Senioren spendeten, versandte er Haken aus Einfallswinkeln, die dem anderen neu waren.

Zornbebend wankte Junghähnel in die Pause vor der letzten Runde. Flosse bespritzte Kolk mit Wasser und forderte ihn auf, dem Ehrabschneider den finalen Jagdhieb zu verpassen. Kolk prustete ablehnend, er wollte nur eine Lektion erteilen.

Dann kam der Kopfstoß. Vielleicht war es keine Absicht, es geschah nur. In Kolks Braue riß eine alte Narbe auf, ins

Auge lief Blut. In die Benommenheit rammte eine eiserne Gerade sein Gesicht und gab ihm das Gefühl, daß die Nase ihren Sitz in die Stirnhöhle verlagerte. Zurücktaumelnd mußte er noch mehrere Treffer verwinden.

»Weischt du jetscht, wo der Hammer hängt«, schnaufte Junghähnel und marschierte vorwärts. Er feixte, auf dem Gummi des Mundschutzes wurde ein kleiner Totenkopf sichtbar.

Während Kolk dem polizeilichen Andrang mühsam auswich, betrachtete er den Leib des Beamten. Was für ein großartiges Organ, dachte er, ist doch die Leber. Wundersame Schöpfung der Natur, jongliert sie mit Eiweiß, zaubert Traubenzucker aus Stärke und vertreibt Gifte. Ein Nothelfer ohnegleichen, kann sie Blut parken, um das Herz zu entlasten. Unentbehrlich jedem, der Alkohol mag. O ja, ein Arztsohn weiß das.

Leider neigt der Bürger dazu, die größten Errungenschaften am geringsten zu schätzen. Die meisten Leute wissen nicht mal, ob das Wunderwerk rechts oder links tickt. Darüber ist die Leber traurig.

Dann wurde das Boxen erfunden, die menschlichste aller Sportarten. Faustkampf zielt auf das, was lebenswichtig ist, vornehmlich auf Kopf und Drüsen. Die Steuerungsdrüsen im Gehirn liegen günstig, bei jedem Kracher an die Schläfe machen Hypothalamus und Hypophyse eine Welle. Hingegen kommst du an Schilddrüse und Speicheldrüse nicht heran. Die Vorsteherdrüse, besonders die krebsig vergrößerte, wäre sehr verlockend. Aber der Schöpfer hat sie leider falsch eingebaut, darum gibt es keinen Prostatahaken. Ideal ist die Leber, sie hängt goldrichtig. Drei Pfund schwer, bietet sie in der Zwerchfellkuppel des Unterbauchs den perfekten Ansprechpunkt für den linken Haken des Rechtsauslegers dar.

Diese Position nahm Kolk jetzt ein, indem er überraschend in die andere Auslage wechselte. Er täuschte eine Gerade zum Kinn an und verlagerte das Gewicht auf den linken Fuß.

Trifft der Punch das Organ, freut es sich über die endlich erzielte Aufmerksamkeit und reicht den Jubel als Schmerz an den Eigentümer weiter. Der Betroffene vergißt ihn nie, fortan weiß er: rechts, das ist sie, meine Leber.

Auf dem Ringbelag röchelte Junghähnel, um den Ring toste der Beifall der Senioren. Kolk beugte sich zu dem Beamten herab, klopfte ihm die Wange und sagte:

»Dasch schollteschi du dir merken, Schupo Schunghähnschen, schum Hammer gehört immer die Schischel.«

Den Eisbeutel auf die Schwellungen drückend, verließ Kolk das Bad und trottete hinüber ins Büro. Einige Besorgungen drängten, doch er mochte sich nicht in der Öffentlichkeit zeigen. Ihm fehlte eine Sonnenbrille, die das ganze Gesicht bedeckte.

Er setzte sich an den Schreibtisch und öffnete den Kühlbeutel. Er ließ ein paar Eiswürfel ins Ginglas rutschen, füllte mit Tonic auf und nahm den ersten Schluck. Ihn quälten die Gedanken an den Vater. Er schaltete das Gerät mit der Silberscheibe ein, legte die Füße auf den Schreibtisch und schloß die Augen. Das große Orchester begann zurückhaltend. Dann drehte es auf Turbo, der klassische Krach ließ die Eiswürfel im Glase klingeln.

Einmal mehr stellte Kolk fest, daß ihn Musik nicht beruhigte. Im Gegenteil, sie provozierte ein Getümmel absurder

Bilder. Sein Vater wurde mit Holzkeulen verprügelt, Kolk rannte zu Hilfe, er und der Professor wurden unter eine Doppelguillotine gelegt. Der Henker tänzelte heran, Junghähnel, bekleidet nur mit einem Tiefschutz mit Bundesadler. Triumphierend griff er nach dem Hebel des Fallbeils ...

Zitronenduft streifte Kolks Nase. Er öffnete die Augen. Auf dem Sessel vor dem Schreibtisch saß der struppige Chinesenjunge. Chopsuey, die Frühlingsrolle. Der Bengel, der ein Mädchen war, die junge Chinesin von Rühles Filmproduktion. Sie trug wieder Schlabbershirt und Jeans und hielt den gleichen schäbigen Militärbrotbeutel auf den Knien.

»Oh«, sagte Kolk. Er zog die Füße vom Tisch, schaltete den Plattenspieler ab und erhob sich.

»Tschaikowsky«, sagte die Chinesin. »Ich finde die Sechste zu pathetisch. Aber das Scherzo ist wonderful. Leider klatschen die Leute im Konzert immer schon nach dem dritten Satz, weil sie denken, das war der Schluß der Sinfonie.«

Kolk erwiderte, die Ignoranten könnten einem den ganzen Genuß verderben, darum sei er Alleinhörer.

»Ich hätte nicht gedacht, daß ein Mann wie Sie klassische Musik schätzt.«

»Auch ein Rassist hat musische Neigungen.« Kolk verbeugte sich entschuldigend. »Ich bitte um Vergebung, daß ich Sie bei Ihrem ersten Besuch unpassend angeredet habe. Ein alberner Scherz, den ich bedaure. Ich wollte Sie nicht beleidigen, wirklich nicht.«

Das Gesicht des Mädchens blieb reglos. Die Haut hatte das Weißgelb von altem Elfenbein. Der Blick der Jettaugen strich taxierend über den Mann.

Kolk fragte, ob er etwas anbieten dürfe, Kaffee, Tee, lieber etwas Kaltes?

»Mein Name ist Helen Ma«, sagte das Mädchen. Der Ton schloß einen Drink und ähnliche Intimitäten für das nächste Millenium aus.

»Sehr erfreut. Nun denn – was kann ich für Sie tun, Frau Ma?«

»Nicht Ma. So wie Sie es aussprechen, bedeutet es Hanf. Sagen Sie: Ma.«

»Ma.«

»Oh, jetzt haben Sie Mutter gesagt. Die Intonation ist wichtig: Ma.«

»Ma«, quetschte Kolk hervor.

»Nein, jetzt haben Sie Pferd gesagt. Im Pekinger Mandarin gibt es vier Tonlagen, andere chinesische Dialekte haben sogar neun.«

Kolk erwiderte, da müsse er noch üben.

»Nennen Sie mich Helen. Miss Helen. So sagen alle in der Filmproduktion. Chinesisch ist zu schwer für Europäer.«

Die Stimme der jungen Frau war höflich und fern der Ironie. Sie hatte die Haltung einer Person, die einem höheren Menschentypus angehört.

Sie griff in die Militärtasche und legte zwei beschriebene Bogen auf den Tisch.

»Herr Demps hatte Ihnen erzählt, worum es sich handelt. Auf dem Flughafen ist mir mein Beauty-case gestohlen worden. Sie sollen es beschaffen. Sie wollten, daß ich selbst komme. Nun bin ich zum zweiten Mal hier. Ich habe wenig Zeit ...«

Wieder griff sie in den Beutel. Sie zog einen Packen Hundertmarkscheine hervor und warf ihn wie Altpapier auf den Tisch.

»Zehntausend Mark, pauschal für Ihre ersten Spesen. Auch wenn Sie keinen Erfolg haben, gehört das Geld Ihnen.

Wenn Sie den Koffer finden, erhalten Sie zwanzigtausend dazu. Vor Ihnen liegt der unterschriebene Vertrag und ein Bericht mit den Details: Zeit und Ort des Diebstahls und so weiter. Übernehmen Sie den Auftrag?«

Die Papiere überfliegend, machte Kolk sich nicht die Mühe, das Erstaunen zu verbergen. An seinen entstellten Zügen waren zur Zeit kaum Feinheiten abzulesen, doch eine Frage war bestimmt sichtbar: Dreißig Mille für ein paar Lippenstifte?

Mißtrauen war angezeigt, doppelte Vorsicht sogar, weil die Chinesin mit Niklas Demps in Verbindung stand. Vom Fenster des Filmbüros hatte Kolk bemerkt, wie sie mit Demps stritt. Nach Freundschaft hatte das nicht ausgesehen, trotzdem konnte sie in seinem Auftrag handeln. Andererseits ... nein. Für eine geplante Gemeinheit so viel Geld einzusetzen – nein, das paßte nicht zu Niklas, schon als Kind war er geizig gewesen.

Kolk gestand sich ein, daß ihn die Besucherin neugierig machte. Das struppige Ding glich einer Putzfrau auf Asylsuche. Doch sie sprach zu ihm wie zu einem Untertanen. Sie warf mit beträchtlichen Summen um sich – und lief in schadhaften Jeans herum. Besonders störte ihn, daß ihr Gesicht einer Verschlußsache glich, er konnte darin nicht lesen, am Elfenbein prallte die Erkundung ab.

Die Klientin schnallte den Beutel zu und sagte:

»Ich sehe, daß Sie sich über das großzügige Angebot wundern. Das ist ganz einfach. In dem Koffer sind nicht nur kosmetische Dinge, die lassen sich verschmerzen. Wichtig ist für mich eine sehr persönliche Sache, eine Videokassette mit einer privaten Aufzeichnung. Um diese Kassette handelt es sich, nur darum.«

»Sind keine Wertsachen in dem Koffer, Geld oder Schmuck?«

»Nein.«

»Was ist auf dem Videoband?«

»Gesang. Arien, aus Opern.«

»Arien?«

»Meine Mutter war Sängerin. Sie lebt nicht mehr. Das Band wurde privat aufgenommen, es gibt leider keine Kopie. Das Band hat für mich einen ideellen Wert, sagt man deutsch so? ... einen Erinnerungswert, der mit Geld kaum aufzuwiegen ist. Ich muß die Kassette wiederhaben.«

Das verstehe er, versicherte Kolk. Aber die hohe Vorauszahlung sei leichtfertig. Er könne die Anzahlung einstecken, ohne sich weiter um den Fall zu kümmern.

Die Besucherin stand auf und ging zum Fenster. Sie öffnete es und winkte den Detektiv heran. Kolk stellte sich neben sie und blickte hinunter auf die Straße.

An dem schwarzen Benz älterer Bauart lehnte Niklas Demps. Um seinen Kopf kräuselte Pfeifenrauch. Neben ihm stand der Chauffeur mit der Figur eines Sumotoris. Er schaute zum Fenster hoch.

Zu Kolk gewandt, fragte die junge Chinesin, welches Auto ihm gehöre.

»Der graue Volkswagen, schräg unter uns, links von der Haustür. Warum fragen Sie?« Das Mädchen beugte sich aus dem Fenster und deutete auf Kolks Wagen.

Der Riese schritt darauf zu, griff mit einer Hand unter das Heck, hob das Auto hoch und ließ es fallen.

Die krachende Niederkunft übertönte den Autolärm. Einige Passanten blieben stehen und gingen nach einem Blick auf die vierhundert Pfund Fernost schnell weiter.

»Wir sind eine Familie«, sagte die junge Chinesin, »eine Familie mit Arbeitsteilung. Unser Chauffeur David achtet darauf, daß die guten Sitten befolgt werden, im Straßenverkehr und auch sonst.«

Kolk erwiderte, für eine Menge Geld könne sie eine Menge gute Sitten von ihm erwarten. Aber dazu brauche er sein Auto, der gelbe Riese solle die Finger davon lassen. »Einverstanden, Frau Ma, Pardon, Miss Helen, ich übernehme den Auftrag. Ich kann nicht versprechen, daß ich den Koffer auftreibe. Ich werde mich bemühen.«

Zuerst fuhr Kolk zum Leihhaus am Bahnhof Zoo in der Joachimstaler Straße. Ohne Erfolg. Er machte weiter bei den Stellen für Pfandkredite am Adenauerplatz und am Kottbusser Damm. Der Kontakt war leicht herzustellen, er hatte mit einigen Angestellten schon früher zu tun gehabt. Das Beauty-case, dessen Beschreibung er vorlegte, war nicht am Lager. Es waren überhaupt keine kosmetischen Koffer vorhanden. Offenbar trennten sich Frauen eher von Pelzmänteln und von den Rolex-Uhren ihrer Ehemänner als vom Schrein ihrer Gesichtsputzmittel.

Kolk verzichtete darauf, die anderen Pfandbuden in Steglitz, Spandau, Marzahn quer durch Berlin abzuklappern. Er fuhr zurück und suchte Schweinetod im Fotoladen auf.

Der Alte reagierte empört. »Taschendiebe, woher soll ich die kennen? Du weißt wohl nicht, wen du vor dir hast! Ich habe am Tresor gearbeitet, mit Schneidbrenner und Gasflasche, ich war in Berlin der König des Drei-Loch-Systems. Taschenklau ist was für Pygmäen. Mit meinen Schaufeln« – erzürnt hob er die Hände – »hätte das sowieso nicht funktioniert.«

Kolk redete besänftigend auf ihn ein. Ein Fingerzeig sei gefragt, ein Hinweis auf jemand, der vielleicht jemand kenne, der wiederum einen kenne, der Einblick habe in das spezielle Milieu zwischen dem Flughafen Tegel und den Einkaufszentren von Wedding und Charlottenburg.

Patzig wiederholte Schweinetod, daß solches Gesocks nicht zu seinem Bekanntenkreis gehöre.

Kolk hatte den Laden schon verlassen und stieg ins Auto, als ihm der Alte nachkam. Er druckste herum und knarrte:

»Hör mal zu, Kölkchen. Du hast mich nie gefragt, warum ich dir manchmal einen Tip gebe. Warum ich jemand hochgehn lasse, obwohl ich früher selber ... Ich sag dir den Grund: Wenn ich einen verpfeife, dann weil er eine Ratte ist ...«

»Wie meinst du das?«

»Einen Bruch machen, 'nen Laden ausräumen, 'nen Panzerschrank – das gab's immer und wird's immer geben. Aber wer mit Heroin handelt oder wer sich an Kindern vergreift, dem tu ich gern mal was in den Kaffee. Aber es gibt Typen, wo ich lieber ... ich meine Leute, die nasse Sachen draufhaben. Da geh ich in Deckung ...«

»Nasse Sachen? Drück dich deutlicher aus.«

»Blut, mein Kleiner ... Die Kerle in der Kneipe von Flosse ... der Mann, dem du in die Quere gekommen bist. Soll 'ne neue Bande sein, total brutal. Solche Leute vergessen keine Niederlage ...« Er hob seine rechte Schaufel und klopfte vorsichtig auf Kolks Wange. »Paß auf dich auf, Junge. Ich möchte keinen Kunden verlieren, auch wenn's nur ein Schnüffler aus meiner alten Soffjetzone ist.«

Kolks letzte Hoffnung ruhte auf Kommissar Schmidt, den er angerufen hatte. Er fuhr zur Polizeidirektion. Schmidt befaßte sich nicht mit Taschendieben, aber er stand auf gutem Fuß mit einem Kollegen, der das Delikt bearbeitete.

Der Kommissar schob einen Zettel über den Tisch und sagte: »Von mir haben Sie die Adresse nicht ...«

Kolk steckte den Zettel ein und wandte sich zur Tür, wo er auf den eintretenden Beamten Junghähnel stieß.

»Sie schon wieder! Was suchen Sie hier?« fragte Junghähnel und blickte mißtrauisch auf Kolk und argwöhnisch auf seinen Schwager.

Liebe zur Polizei habe ihn hergeführt, erläuterte Kolk. Zu ihr, dem Freund und Helfer, engen Kontakt zu halten, müsse jedem Bürger am Herzen liegen.

Junghähnel betrachtete Kolks zugerichtetes Gesicht und fragte süffisant, warum Kolk nicht zum Film gehe. »Mit der Fresse könnten Sie in jedem Horrorfilm auftreten.« Er legte eine Akte auf den Schreibtisch des Kommissars und sagte: »Kennt ihr den schon? Der geht so: Als Gott den Wessi schuf, nahm er Lehm. Beim Ossi griff er ins Klosett.« Junghähnel prustete los und patschte sich auf den Schenkel.

Kolk fragte, wie es um Junghähnels Leber stehe. »Wir können gern noch mal in den Boxring steigen, aber dann bräuchten Sie einen Spender. Aber keine Ostleber, die würde bei Ihnen abgestoßen. Rufen Sie mal in der Charité an, vielleicht ist ein frisches Nazi-Organ am Lager.«

Die Heiterkeit des Beamten erlosch. Er winkelte die Arme an und kam auf den Detektiv zu. Der Kommissar trat dazwischen, wetternd, daß er beim nächsten Mal beide festnehmen lasse.

Die Adresse lag im Ostteil Berlins, in Pankow. Kolk kannte die Ecke hinter dem Rathaus, wo Inge eine Weile am Bürgerpark ein Zimmer zur Untermiete gehabt hatte.

Das gesuchte Wohnhaus wies eine bröcklige Fassade auf, die von Bauarbeitern eingerüstet wurde. Kolk stieg in den ersten Stock und klingelte an der Tür mit dem Namensschild Neumann. Die Farbe an Wänden und Türen war abgeblättert. Ein Geruch nach Kohlrouladen und gebratenem Fisch durchzog das Treppenhaus.

Er klingelte noch einmal. Hinter der Tür näherten sich Schritte und verharrten. Um die Musterung durch den Türspion zu erleichtern, trat Kolk einen Schritt zurück. Drei Schlösser schnappten hintereinander. Die Tür wurde spaltbreit geöffnet, blieb aber durch eine Kette oben und einen Stahlbügel in der Mitte weiter gesichert.

Im Halblicht war die Kontur einer Frau mittleren Alters auszumachen. Auf die Frage, ob sie Frau Neumann sei, nickte sie reserviert.

Kolk stellte sich vor und reichte seine Karte durch den Spalt. Er entschuldigte sich für die Störung und sagte, er wolle nur eine Auskunft einholen.

»Auskunft? Worüber?«

Nur um eine einfache Nachfrage handele es sich, versicherte Kolk. Er habe erfahren, daß Frau Neumann gelegentlich auf dem Flughafen Tegel ... Die Tür fiel ins Schloß. Kolk blieb stehen. Die Schritte entfernten sich nicht. Die Frau stand hinter der Tür und beobachtete ihn.

»Frau Neumann, bitte, Sie können mir vertrauen! Ich bin nur ein Detektiv, ich bin nicht von der Polizei. An meinem Gesicht sehen Sie, daß ich kein Beamter ... Aber keine Angst, ich sehe nicht immer so aus. Bitte reden Sie mit mir, es geht wirklich nur um eine Information.« Kolk zog den Ausweis und das Handy aus der Jackentasche und hielt beides vor den Spion. »Sie können das Büro meines Berufsverbands anrufen, man kennt mich dort ... Ich vertrete eine junge Frau, die großes Pech hatte. In Tegel. Sie würde für die Hilfe gut bezahlen ...«

Das kleine Wohnzimmer war so blank, wie nur der Lebensraum eines Nutzers sein kann, dem Sauberkeit über alles geht. Die Flächen der Möbel glichen Spiegeln, die Fransen des Teppichs waren gekämmt. Es roch nach einer Politur aus Bienenwachs, angenehm und doch bedrohlich.

Um den heißen Brei herumzureden hätte keinen Sinn gehabt. Frau Neumann war schon wegen des Verdachts auf Taschendiebstahl festgenommen worden, auf den Flughäfen in Schönefeld und in Tegel. Der Polizei fehlten Beweise, sie mußte sich sogar entschuldigen. Das habe er erfahren, sagte Kolk und versuchte seiner Stimme einen Zwieton von Verständnis und Distanz zu geben.

Die Frau unterbrach ihn.

»Woher haben Sie das erfahren? Von der Polizei?«

»Wo denken Sie hin!« Kolk war entrüstet. »Nein, die Polizei ist nicht gut zu sprechen auf Detektive, die ihr ins Handwerk pfuschen. Dabei sind wir manchmal erfolgreicher als die Kripo. Glauben Sie mir, Frau Neumann, es könnte durchaus sein, daß ich mit der Polizei schon mehr Ärger hatte als Sie ...«

»Sie weichen aus. Woher haben Sie meinen Namen?«

Ein seriöser Privatdetektiv, versicherte Kolk, halte die Namen von Informanten geheim. »Das würde sich auch auf Sie beziehen. Informationen sind Teil meines Geschäfts. Frau Neumann, Sie kennen sich auf den Berliner Flughäfen aus, das stimmt doch? Was machen Sie dort, Sie fliegen ja nicht weg?«

»Ich bin alleinstehend.« In den wachsamen Augen der Frau glomm Spott auf. »Auf Airports geht es gesellig zu ...«

Das könne hilfreich sein, meinte Kolk. »Da kennen Sie bestimmt Leute, die auch gern gesellig sind. Langer Rede kurzer Sinn: Meiner Klientin ist ein kleiner Koffer abhanden gekommen, ein Beauty-case mit kosmetischem Zeug. Verstehen Sie, so eine Box, wo Männer annehmen, daß ein Hut drin liegt. Frauen denken vielleicht, daß neben Lippenstiften auch Schmuck oder Geld drin sein könnte. Der Koffer enthält aber keine Wertsachen, das ist sicher.«

Frau Neumanns Einwurf kam prompt.

»Warum will Ihre Kundin ihn unbedingt wiederhaben?«

Kolk seufzte. Die Geschichte vom Videoband mit Opernarien von Helens Mama war so dürftig, daß sich Kolk sofort zu einer anderen Version entschlossen hatte. Die Frau, die vor ihm saß, wirkte ausgesprochen intelligent. Eine abwegige Story würde das Mißtrauen verstärken, Dichtung ist besser als Wahrheit.

»Das Beauty-case«, begann Kolk weich, »ist aus Saffianleder. Wissen Sie, was das ist? Ich wußte es auch nicht. Ein feinkörniges Leder, dabei fest und gut zu verarbeiten. Es stammt von asiatischen Perlziegen. Meine Klientin kommt aus Hongkong, sie hatte als Kind so ein Lieblingstier, Babsy. Als die Ziege starb, hat sie mit dem Leder das Köfferchen beziehen lassen. Sie hängt daran, sie führte es auf Reisen wie einen Talisman bei sich. Ich räume ein, es klingt sentimental, aber was wissen wir Europäer, was im Herzen einer Chinesin vor sich geht ...«

Kolk hatte sich warm geredet. Die Geschichte rührte ihn, die Freundschaft eines kleinen Mädchens mit einem Zicklein in Hongkong bot Möglichkeiten, sie weiter auszumalen, vielleicht ließ sich die englische Kolonialherrschaft noch mit reinbringen.

Aber Frau Neumann unterbrach ihn mit der Bemerkung, sie und ihr Mann hätten auch ein Tier gehabt, einen Hund.

Das war, als sie ein Haus in Kleinmachnow besaßen. Nach der Wiedervereinigung gehörte es plötzlich einem Millionär aus Düsseldorf. Ihr Mann habe sich im Garten aufgehängt. Vorher habe er Büxi getötet. »Leider hat er mich vergessen...«

Kolk schluckte. Die Wendung des Gesprächs schnitt den Faden ab.

Frau Neumann wischte mit der Hand ein unsichtbares Staubkorn vom Tisch. »Im Unterschied zu Ihrer Geschichte ist meine wahr. Eine tote Ziege – warum keine Kuh? Das ist wahrhaftig das blödeste Märchen, das ich je gehört habe. Und jetzt machen Sie einen Abflug, sonst bin ich gezwungen, die Polizei zu rufen.«

Seit er das Pankower Mietshaus verlassen hatte, fluchte Kolk vor sich hin. Die Hitze gab ihm den Rest. Im Auto verbrannte er sich am Lenkrad die Finger. Auch der Sessel glühte und gab das Empfinden, ein Sitzbad in heißer Konfitüre zu nehmen. Wenn etwas schlimmer war als Hitze, dann waren es Frauen. Kolk schimpfte auf Frau Neumann, die lausige Taschendiebin, die ihm die Tür gewiesen hatte. Zur Hölle mit den Weibern, denen, die er kannte, und jenen, die er noch erleben würde.

Als er die Treppe zu seiner Wohnung emporstieg, polterte er noch immer vor sich hin.

Auf der obersten Treppenstufe saß die Person Emma. Sie sprang auf und meinte entschuldigend, sie sei eine halbe Stunde zu früh. Wegen der tropischen Temperatur habe sie sich erlaubt, im kühlen Treppenhaus vor seiner Tür zu warten.

Den Fluch, der ihm auf der Zunge lag, verwandelte Kolk in einen Ausruf des Willkommens. Herzlich bat er die Besucherin ins Büro. Die Vorfreude auf das Einstellungsgespräch bewog ihn, den Gang unter die kalte Dusche aufzuschieben. Er lobte Emmas frühes Erscheinen und machte ein Kompliment über ihr Kleid, das mit scheußlichen Kringeln bedruckt war.

Während sie im Büro Platz nahmen, versicherte Kolk, er wolle die Bewerberin nicht auf die Folter spannen. »Kommen wir gleich zur Sache. Wenn Sie mir ein paar Dinge zufriedenstellend beantworten, würde ich es mit Ihnen versuchen.«

In gestraffter Körpersprache teilte die junge Frau mit, daß sie auskunftbereit war.

»Hatten Sie schon mal Schwierigkeiten mit der Polizei? Bitte entschuldigen Sie, wenn ich so direkt ...«

»Nein, ich bitte Sie. Für die Anstellung in einer Detektei ist das die wichtigste Frage. Ich hätte mich gewundert, wenn Sie sie nicht gestellt hätten. Jawohl, ich hatte mal Ärger. Das war, als die Automaten auf Fünfmarkstücke umgestellt wurden. Wir klebten einen Perlonfaden an die Münze und warfen sie ein. Dann konnte man Zigaretten ziehen und den Fünfer mit dem Faden wieder rausholen. Wir nannten das den Jo-Jo-Trick. Bin ich jetzt ungeeignet für die Stellung?«

Schalkhaft sah sie ihn an und mischte anmutig eine Prise Unrechtsbewußtsein hinein. Kolk reagierte onkelhaft belebt, wie sie es erwartete. Dabei nahm er den Hefter mit ihren Papieren zur Hand und blätterte darin.

»Sie zählen einige frühere Tätigkeiten auf, dann schreiben Sie: ... und noch andere ...«

»Ja, stimmt, ich habe schon vieles gemacht. Zeitungen austragen, Kassiererin, Putze. Ich war Designerin für Hundemäntel, hab in Heimarbeit Hartbrandwichtel bemalt, Gartenzwerge, für den Export nach Schweden. Die schmeißen die Dinger Silvester an die Wand, als Glücksbringer. Die Kälte wär schön jetzt ... Tja, ich hab gekellnert, so wie Sie, Chef. Ich glaube, für einen Detektiv ist es nützlich, wenn er sich in vielen Jobs auskennt ...«

Wohlgefällig umfing Kolks Blick die Kandidatin. Die Person hatte Format. Das war gut so. Ein schwaches Wesen zu demütigen wäre langweilig. Emma war ein starkes Stück. Es am Boden zu zerstören würde vergnüglich sein. Vergeltung an Frauen ist seelisches Kohlehydrat, wichtig für das männliche Gleichgewicht. Jeder richtige Kerl braucht im Leben einen Tag der Rache am weiblichen Geschlecht, oder jeden Monat einen. Heute war Kolks Tag, und vor ihm lag die Minute, die es auszukosten galt.

»Das vorige Jahr haben Sie im Ausland verbracht«, sagte er, in der Mappe blätternd. »In Ägypten, im Badeort Hurgada. Auch ganz schön heiß dort, stimmt's?«

»Bei Seewind ist es erträglich. Und man kann immer ins Meer springen. Mein Vater arbeitet dort in einer Tauchschule.«

»Das ist merkwürdig ...« Kolk hatte ein Blatt aus der Schublade des Schreibtischs gezogen und überflog stirnrunzelnd den Inhalt. »Wahrhaftig, es gibt die absurdesten Zufälle ...«

»Zufall? Was meinen Sie?«

»Eine junge Frau ... Haftanstalt Plötzensee ... ach je ... ach je ...« Die Notizen lesend, schüttelte Kolk betrübt den Kopf. »Verstöße gegen das Betäubungsmittelgesetz ... Marihuana, Kokain, Speed, Ecstasy – die ganze Speisekarte rauf und runter. Einbruch in eine Apotheke. Dort hat sie Codein und Opium-Präparate mitgehen lassen. Und gleich noch die Kasse. Den jungen Apotheker, der dazukam, hat sie krankenhausreif geschlagen ...«

Kolk blickte seiner Besucherin ins Gesicht. Das gebräunte Gesicht war erblaßt, die Sommersprossen traten hervor. Rote Flecken zeichneten sich auf den Wangen ab. Hingegen war die Spitze der kurzen Nase weiß wie Kreide. Alles in allem ein Farbspiel, das auf natürlichem Wege ohne kosmetische Hilfsmittel erzielt worden war.

Beschwingt redete Kolk weiter:

»Sie hatten nach dem Zufall gefragt. Er besteht darin, daß der Häftling, oder sagt man Häftlingin, daß die junge Dame in Plötzensee Ihren Namen trug: Emmanuella Sieverdingbeck. So heißen Sie doch? Na, so ein Zufall. Das kleine Aas aus der Plötze heißt wie Sie. Ein Glück nur, daß Sie sich zu der Zeit am Roten Meer aufhielten. Wer schnorchelt, kifft nicht.«

Für den Scherz gönnte sich Kolk ein Glucksen. Die Person Emma rührte sich nicht. Sie saß da und starrte auf das Flötenkonzert Friedrich des Großen.

Kolk stand auf und warf ihr die Mappe mit den Unterlagen auf den Schoß. Er ging in die Küche und mischte einen Drink.

Wider Erwarten nutzte das Mädchen die Gelegenheit nicht für einen stillen Abgang. Als er zurückkam, saß sie noch immer steif vor dem Schreibtisch.

Kolk setzte sich wieder, nahm einen Schluck und sagte, ihm seien Lügner zuwider. »Leider habe ich oft mit solchen Leuten zu tun, mein Bedarf ist gedeckt. Dort ist die Tür, Sie finden allein hinaus.«

Die junge Frau sah ihn an. Ihre Stimme war fest und beherrscht.

»Sie haben jemand bei der Polizei oder bei der Justiz, einen, der sie informiert. Das ist gegen den Datenschutz. Okay, nicht zu ändern, ich hätte damit rechnen müssen. Und was meine Vorstrafe betrifft – ich hätte Ihnen das später mitgeteilt. Ich wollte mich erst nützlich machen, wollte ein paar Erfolge vorweisen ...«

»Aber ja doch.« Kolk lächelte ironisch. »Eine vorbestrafte Fixerin ist die ideale Mitarbeiterin für jede Detektei.«

»Ich habe meine Strafe verbüßt. Ich kann zum nächsten Bezirksamt gehen und ein Gewerbe als Privatdetektiv anmelden. Ganz legal nach Paragraph vierzehn der Gewerbeordnung. Ich bin nicht unbedingt auf Sie angewiesen.«

Da sei er erleichtert, versicherte Kolk.

»Ich bin clean, ich brauche keinen Stoff mehr. Ja, ich hab mit Rauschgift rumgemacht. Im Osten gab's ja so was nicht, ich war neugierig. Ich hab nie Heroin gespritzt, hab nur leichte Sachen genommen, das reicht für'n fetten Film. Manchmal war's phantastisch, es tut mir nicht leid. Aber ich will nicht in der Fixerstube enden, es ist vorbei, ich habe kein Problem mehr. Aber Sie haben eins, Sie trinken. Sie werden Schwierigkeiten kriegen ...«

»Wenn's so weit ist, rufe ich Sie an.« Kolk hob das Glas. »Sie werden mein Rettungsengel sein.«

Geschwinder als das Auge ist die Hand. Darauf beruhen die Tricks der Hütchenspieler, auch Treffer beim Boxen werden so erzielt. Die Bewegung des vorschnellenden Arms entging Kolk, das Ergebnis war schon da. Krachend zerbrach Holz, die rechte Ecke des Schreibtischs splitterte ab und polterte zu Boden. Einer Axt gleich schwebte über der Bruchstelle die Handkante.

Kolk war überrumpelt, der Schlag kam so blitzartig, daß er nicht mal zurückzuckte. Er war sprachlos. Erst der Tritt gegen die Autotür, jetzt die Verstümmelung des Schreibtischs. Er war alt und wurmstichig, aus der Bruchstelle rieselte Holzmehl. Aber er war ein Geschenk des Vaters, wie das Bild vom Alten Fritz, und Kolk hing daran.

Ehe er protestieren konnte, fauchte das Mädchen ihn an: »Sie werfen mir vor, daß ich im Knast war, ausgerechnet Sie! Erinnern Sie sich an den Namen Hatzfeld, Peter Hatzfeld? Und ob Sie sich erinnern! Der Schüler, der vom Barren gestürzt ist. Sie waren der Sportlehrer, sie hatten die Aufsicht, Sie mußten Hilfestellung geben. Aber Sie hatten getrunken, da reagiert man zu langsam. An einer Strafe konnten Sie sich vorbeimogeln. Sie hatten Glück, ich hatte Pech. Einer wie Sie hat nicht das Recht, mich wie ein Stück Dreck zu behandeln!«

Kolk starrte in den leeren Türrahmen, durch den die Besucherin hinausgegangen war. Zum Teufel, woher wußte sie von der Sache damals? Er stand auf und ging hinüber ins Bad.

Er blickt in den Spiegel und sieht das Gesicht des abgestürzten Schülers. An der Stirn eine harmlose Schramme. Warum rührt sich das Kind nicht, es liegt da wie eine geknickte Puppe. Die Augen sind verdreht, sie zeigen nur Weiß.

Vor dem Badspiegel stehend, sah Kolk in das Gesicht des Lehrers Kolk. Es zuckte, machte Kapriolen. Die Atemnot stieg langsam auf, ihr voraus hechelte die Angst und zerrte an den Muskeln. Die Augen traten hervor, das Kinn wackelte, dazwischen weitete sich der Mund zum Maul eines gewürgten Affen. Kolk schwankte, er hielt sich am Waschbecken fest und riß es stürzend aus der Halterung. Die Schüssel schlug auf sein Knie, der Schmerz schleuderte ihn aus der Vergangenheit zurück in die Gegenwart und brachte ihn zu sich.

9

Es war weiterhin schwül, dennoch trug Frau Neumann einen Mantel. Zuvorkommend half Kolk ihr heraus und roch den Duft der Möbelpolitur aus Bienenwachs.

Die Frau entschuldigte sich und ging durch das Café nach hinten zur Toilette. Ihr Gang verriet, daß sie mit seinem Nachblick rechnete. Kolk lächelte, ihm kam der Gedanke, daß es ratsam sei, einer Taschendiebin in jeder Situation die Hände festzuhalten.

Sie kehrte zurück und setzte sich an den Tisch. Sie leerte das Glas Sekt, das Kolk bestellt hatte, und dankte mit einer Neigung der frischen Frisur.

»Ich habe mich über Ihren Anruf gefreut«, sagte Kolk. »Eine gute Idee, daß wir uns so schnell treffen. Die Freude wäre noch größer, wenn Sie das Beauty-case gleich mitgebracht hätten.«

Der Serviererin zuwinkend, deutete die Neumann auf ihr leeres Sektglas. Sie zog aus der Handtasche ein Blatt Papier und sagte:

»Das ist eine Erklärung. Im Namen Ihrer chinesischen Mandantin bestätigen Sie, daß die Dame den Koffer am Taxistand vor dem Flughafen Tegel vergessen hatte. Kein Diebstahl, nur Unachtsamkeit. Meine Bekannte hat das Beauty-case versehentlich mit eigenem Gepäck mitgenommen. Wie sagten Sie – für den Koffer wird ein Finderlohn von tausend Mark geboten?«

Kolk bejahte und versicherte, dies sei ein fairer Schwindel zu beiderseitigem Vorteil. Er unterzeichnete den Wisch und gab ihn der Frau zurück. Sie hob die Hand.

An einem Tisch draußen im offenen Teil des Cafés Kranzler erhob sich eine junge Frau in Shorts und entfernte sich rasch über die quirlige Kreuzung von Joachimstaler Straße und Kurfürstendamm.

»Sie kommt gleich wieder«, sagte Frau Neumann.

Aufgeräumt meinte Kolk, daß Vorfreude die schönste aller Freuden sei. Die stille Aussicht auf neunundzwanzigtausend Mark Reingewinn stimmte ihn euphorisch. »Noch ein Gläschen Schampus? Ach was, wir schnasseln eine Flasche. Ein guter Deal ist immer Grund für ein Schlückchen.«

Frau Neumann hatte sich eine Zigarette angezündet. Unvermittelt begann sie auf eine vertrauliche Art zu plaudern. Nach ihren Worten hatte sie in jungen Jahren an der Ostberliner Schauspielschule studiert. Die großen Rollen blieben aus, sie bezog ein Einkommen als Sprecherin im Synchronstudio des Adlershofer Fernsehfunks. Auch der Ehemann verdiente ordentlich, er war Ingenieur im Kabelwerk Oberspree.

»Wir lebten gut, jedes Jahr Urlaub im Ausland, am Plattensee in Ungarn oder in Bulgarien am Goldstrand. Italien ging leider nur im Fernsehen. Wir hatten einen Wartburg, wir hatten auch ein paar Mark Westgeld für den Intershop. Kinder hatten wir nicht, das hat mir der liebe Gott versagt. Mein Mann hat nie geklagt, er versteckte seine Trauer und streichelte den Hund. Ich studierte ein kleines Programm ein, Puppenspiel und Zauberei. Mit unserem Auto fuhr ich in die Betriebe und zu den Kindergärten. Fasching, Ostern, Erster Mai, Tag der Republik, Kindertag, Weihnachten – für die Kinder gab es immer etwas zu feiern. Im Sommer gab ich Vorstellungen in unserem Garten. Auf einmal hatten wir viele Kinder. Dieter hat mit herumgekaspert, eigentlich war er ein ernster Mensch. Er tollte herum, ich konnte sehen, wie er als kleiner Junge gewesen war ... Das war schön ... Dann war es aus. Arbeitslos, das Übliche. Die Wende war wirklich eine, für meinen Mann war es eine in den Tod. Ihm fehlte seine Arbeit, ihm fehlte unser Haus, ihm fehlten die Kinder im Garten ... Ich nahm ein Messer. Ich wollte den Mann umbringen, der sich unser Heim angeeignet hatte. Ich sah in ihm den Mörder meines Mannes. Er hatte es schon weiterverkauft. Nachts habe ich versucht, die Reifen seines Autos zu zerstechen. Der Gummi war zu dick, meine Kraft reichte nicht. Aber ich habe geschickte Finger, ich kann zaubern. Ich habe nur reiche Leute bestohlen, keine Werktätigen.«

»Nein«, sagte Kolk, »ersparen Sie mir die Robin-Hood-Variante. Diebstahl ist mies, egal, wem Sie in die Tasche greifen.«

»Sie armer Idealist.« Die Frau lächelte ironisch. »In diesem System versucht jeder jeden zu bestehlen. Übrigens habe nicht ich den chinesischen Koffer mitgehn lassen. Ich vermittle bei dem Geschäft nur, es läuft über eine polnische Kollegin.«

Wie von Zauberhand schwebte das Beauty-case plötzlich vor Kolks Nase herab. Die junge Frau in Shorts war von hinten herangetreten und stellte die Box auf den Tisch. Ohne ein Grußwort entfernte sie sich wieder. Sie ging durch die Tür in der Glasfront zur Straße und nahm draußen den alten Platz ein.

Das feingenarbte Leder des Köfferchens war auf ein dezentes Graulila getrimmt, das mit den Beschlägen aus Altmessing harmonierte. Ein hübsches Accessoire, aber letztlich nur eine bessere Schachtel. Reizvoll daran war, daß der Inhalt im Endeffekt Kolks Girokonto endlich aus dem Minus herausführen würde.

Das Gehäuse vom Tisch nehmend, setzte er es zärtlich wie ein gehätscheltes Kind auf seine Knie. Andächtig ließ er die beiden Schlösser aufschnappen und öffnete die Schatztruhe. Der oberste Einsatz war leer. Kolk nahm ihn heraus, auch das Fach darunter enthielt nur Luft und das darunter auch. Der Koffer war so gottverlassen leer, wie die zu Leder verarbeitete Ziege tot war.

»Wo ist der Inhalt?«

Kolks Stimme raspelte, was aber nur bewirkte, daß sich Frau Neumanns maliziöse Miene vertiefte.

»Sie wollten den Koffer haben. Vom Inhalt war nicht die Rede. Hier ist der Koffer, für tausend Mark. Der Inhalt kostet extra, und zwar neuntausend. Insgesamt bekomme ich zehntausend Mark von Ihnen.«

Kolk zwang sich zur Ruhe. Nicht ausrasten, cool bleiben. Er nahm einen Schluck Sekt und sagte bedächtig:

»Da sind Sie, Verehrteste, auf dem falschen Dampfer. Einen Tausender, für den Koffer samt Inhalt. Mehr ist die Sache meiner Klientin nicht wert. Für die Schachtel eine schöne Stange Geld. Sie sollten zugreifen, ehe es zu spät ist.«

»Wollen Sie die Polizei einschalten? Da können Sie gleich noch eine Straftat melden.«

Frau Neumann öffnete ihre Handtasche, nahm etwas heraus und warf es auf den Tisch. Die Brieftasche war alt und schäbig und hatte Kolk nach dem pädagogischen Staatsexamen viele Jahre treu gedient. Nie war sie ihm gestohlen worden. Es schien, daß sie ihren Eigentümer vorwurfsvoll anschaute und fragte: Genügt ein Detektiv, der sich die Börse entwenden läßt, den Anforderungen einer Leistungsgesellschaft?

Die sarkastische Mimik der Frau Neumann verschwand und machte geschäftlichem Ernst Platz.

»Versuchen Sie bloß nicht, mich zu verarschen. In Ihrer Brieftasche sind zehntausend Mark, ich habe es auf der Toilette gezählt. Ich nehme an, daß Ihre Klientin erlaubt, bis an das Limit zu gehen. Ich will jetzt wissen, was an dem Inhalt wertvoll ist. Wir haben jede Schachtel untersucht, jeden Lippenstift auseinandergeschraubt, wir haben nichts Wertvolles gefunden. Wenn Sie mir wieder ein Märchen aufbinden, wird es für Sie noch teurer. Habe ich mich klar ausgedrückt?«

Das hatte sie. Kolk überlegte. Falls er die Neumann schnappte, würde die Komplizin das Weite suchen. Er hatte keine Lust, über Berlins belebteste Straßenkreuzung hinweg einer Polenmaus nachzusetzen, die wahrscheinlicher schneller rennen konnte als er. Die Videokassette wäre dann vielleicht verloren. Kolk mußte nachgeben. Angeblich macht das immer der Klügere. Während Kolk das Sprichwort zum Teufel wünschte, fing er mürrisch an, der lauschenden Neumann mitzuteilen, was er über die junge Chinesin wußte.

Die Mutter von Kolks Mandantin Helen Ma war als Mädchen von ihrem amerikanischen Gesangslehrer in Taiwan geschwängert worden. Sie gab das Baby zur Adoption frei. Sie verließ die Hauptstadt Taipeh und ging nach Chikago, wo sie ihre Ausbildung zur Opernsängerin beendete. Ein Kind wäre für die Karriere der ehrgeizigen jungen Sopranistin hinderlich gewesen. Mit den Jahren änderte sich ihre Ansicht. Sie ließ ermitteln, was aus ihrer Tochter geworden war. Aus Scham wagte sie nicht, ihr unter die Augen zu treten. Die

Sängerin erkrankte, die Spiegelung des Kehlkopfs ergab einen Tumor. Sie verlor ihre Stimme und starb. Sie hatte lange geahnt, was kommen würde. Sie hatte ein Videoband vorbereitet, auf dem sie als Sängerin zu sehen war. Nach ihrem Tod wurde die Kassette an Helen Ma übermittelt. So hörte die Tochter die Stimme der Mutter erst, nachdem jene für immer verstummt war.

Den Bericht beendend, dachte Kolk, daß die Geschichte noch abstruser und kitschiger klang als die Mär von der geliebten Perlziege. Um so mehr verblüffte es ihn, als Frau Neumann anfing zu weinen. Das ausgebuffte Weib flennte! Sie heulte wegen einer Geschichte, die schwer nach Schundroman roch.

»Wahr und wahrhaftig«, schluchzte Frau Neumann, »o ja, ich habe mir das Videoband angesehen. Verstanden habe ich nichts, die Frau spricht nicht deutsch. Aber es geht so zu Herzen, das kann nicht gelogen sein. Ach, die arme Frau, nie konnte sie ihr Kindchen im Arm halten, in den Schlaf singen ... Und die arme Tochter, erst heute hört sie die Stimme der Mutter ... Ach, es gibt so viele traurige Geschichten auf der Welt ...«

Kolk fragte, ob man nun zum Geschäft kommen könne.

Frau Neumann tupfte die Tränen ab und sagte weich: »Bitte, das Geld.«

Seiner gestohlenen Brieftasche, die zwischen den Gläsern und der Sektflasche auf dem Tisch lag, entnahm Kolk das Päckchen der hundert Hundertmarkscheine und klatschte es der Dame grimmig in die kleine gepflegte Hand.

Wieder winkte Frau Neumann ihrer Partnerin am Tisch vor dem Café zu. Die junge Polin kam herein und legte einen gefüllten Plastikbeutel auf den Tisch. Kolk sah hinein. Im

Durcheinander von kosmetischen Gegenständen lag eine Videokassette obenauf.

Frau Neumann war aufgestanden, das polnische Mädchen hatte den Mantel vom Haken genommen und half ihr hinein.

»Keine Sorge«, versicherte sie, »es ist die richtige Kassette. Unter uns gesagt – ich glaube, bei dem Geschäft wäre noch mehr herauszuholen. Ich habe ein zu gutes Herz.«

»Ich muß den Sekt bezahlen«, sagte Kolk, »ich hab nur noch Münzen.«

Frau Neumann öffnete ihre Handtasche und zupfte einen Hunderter heraus. Sie faltete ihn längs und stellte ihn in das Sektglas. »Der Rest für Sie. Robin Hood ist großzügig.«

Die junge Polin schaute bewundernd zu ihr auf. Frau Neumann legte ihr freundlich den Arm um die Hüfte und küßte sie auf den Mund. Untergefaßt spazierten die beiden Frauen hinaus.

Kolk breitete den nassen Geldschein auf den Tisch und tupfte ihn mit dem Taschentuch trocken. In jeder Biografie gibt es Vorkommnisse, die man lieber streicht. Kolk fand, daß die Affäre mit Frau Neumann in die Rubrik gehörte.

In der Halle des Flughafens Tegel drängten Trauben von Passagieren vor den Abflugschaltern. Kommissar Schmidt und Kolk wanden sich durch das Gewühl von Erwachsenen, Kindern und beladenen Gepäckwagen. Sie erreichten die Treppe und stiegen zum Untergeschoß hinab.

Schmidt steckte den Kopf in eine Tür der Zollbehörde. Ein junger Beamter kam heraus. Er verwies auf eine Tür am Ende des Ganges und bat sie, in dem Zimmer zu warten. Der fensterlose Raum war kahl und enthielt nur einen Tisch und drei Stühle. Kolk stellte das mitgebrachte Beauty-case ab und setzte sich.

»Was bringt Sie eigentlich auf die Idee«, fragte Schmidt, »daß in dem Kasten Rauschgift sein könnte? Reisende aus asiatischen Ländern sind ja nicht automatisch verdächtig, die Besitzerin war Ihnen doch völlig unbekannt?«

Kolk erwiderte, sein Verdacht richte sich gegen einen früheren Schulkameraden. Eine alte Geschichte. Ihm traue er jede Gemeinheit zu. Niklas Demps gehöre zu den Filmleuten, übergesiedelt von Hongkong nach Berlin, er stehe in Verbindung mit Helen Ma, der Besitzerin des Koffers.

Schmidt blieb skeptisch. »Dieser Demps konnte nicht wissen, daß jemand den Koffer der Chinesin stehlen würde.«

»Natürlich nicht. Aber er könnte den Koffer in Hongkong präpariert haben, um das Rauschgift nach Berlin zu schmuggeln und hier zu verkaufen. Erst der Diebstahl brachte ihn auf die Idee, mich mit hineinzuziehen. Die junge Chinesin ist vielleicht ahnungslos, die beiden sind sich nicht grün, das habe ich beobachtet. Demps würde den Stoff einbüßen, aber die Straftat wäre ihm nicht nachzuweisen. Nur ich säße in der Tinte.«

»Na, mir erscheint das ziemlich konstruiert.« Der Kommissar hatte eine Zigarette hervorgezogen. Er schaute sie an und steckte sie zurück in die Schachtel.

»Sind dreißigtausend Mark Honorar eine Fiktion?«

»Dreißig Riesen.« Der Kommissar stöhnte. »Meine Biggi hat recht, ich bin im falschen Beruf. – Darf ich?«

Er klappte das Köfferchen auf und nahm die Einsätze heraus. Kopfschüttelnd betrachtete er die Döschen, Flakons, Tuben, Stifte, Schächtelchen und sonstigen Kram, den Kolk nach der denkwürdigen Übergabe im Café Kranzler aus der polnischen Plastiktüte genommen und in den Koffer gekippt hatte.

Englisch und französisch holpernd, las Schmidt den Aufdruck der Präparate:

»Shiseido Bio-Performance Advanced Super Revitalizer Whitening Formula. Zum Teufel, was ist das? Und hier: Urexine von RoC. Klingt ja abstoßend. Phyris Phyto Therapy Cream. Lecker. Eye Gel. Ich kenne nur Eigelb. Réflexe Minceur von Lancome. Lancome kenn ich, da hat meine Frau auch was. Sagen Sie mal, was ist Lippgloss? Und wozu dient Aha-Cream? Das steht wirklich hier, wer denkt sich das aus. Oder hier: Shower Peeling mit Kohle! Wer duscht denn mit Kohle, was soll das? Und die vielen Stifte und Pinsel, das ist ja ein Malkasten. Und hier: Blusher Rosé. Was macht man denn damit?«

»Ich würde es nicht trinken«, riet Kolk.

»Und was ist das hier?«

»Hongkonger Tampons.«

Als hätte er sich verbrannt, ließ der Kommissar die Packung fallen. Er holte die Kassette aus schwarzem Kunststoff hervor, die er unten in der Box entdeckt hatte.

»Das Videoband, von dem ich Ihnen erzählt habe«, sagte Kolk. »Ich hab's abgespielt, da ist nur eine schlitzäugige Mutter drauf. Die redet was und singt auch, mehr ist da nicht.«

Ihr Gespräch wurde durch den Eintritt eines Zollbeamten mit Hund unterbrochen. Der Mann mit eckig geschnittenem Bart sagte zum Hund »Blatz« und zum Kommissar »Tach, Gonrad«. Schmidt schüttelte ihm die Hand und stellte seinen Begleiter Hasso von Kolk vor.

Der Kinnbart reagierte sächsisch munter: »Golg, Hasso? Sehr angenehm, auch im Namen meiner Schniffer-Dogge, die heißt auch Hasso.« (Den merkwürdigen Ausdruck für seinen Hund benutzte er noch mehrmals, es schien sich um die sächsische Anverwandlung von *sniffer-dog*, Rauschgifthund, zu handeln.)

»Ich nehme mal an«, sagte der Beamte, »es dreht sich um den Goffer auf dem Disch. Sie denken, da ist Gogs oder ähnliches Dreckzeuch drinne?«

Kolk bejahte und erläuterte seine Vermutung, daß Teile der Box und womöglich auch Gegenstände darin aus solcher Substanz gepreßt worden seien. Ähnliche Fälle habe man mehr als einmal aufgedeckt, nicht wahr.

»Hasso, schwing die Geulen«, sagte der Beamte und schubste den Hund an, der liegend eingenickt war. Der schwarzgelbe Labrador erhob sich und trottete zum Tisch. Kolk nahm die offene Box und stellte sie auf den Boden. Schmidt stellte die mit Kosmetikartikeln gefüllten Einsätze daneben.

Unlustig steckte der Hund die schwarze Nase in den Koffer. Danach beschnüffelte er die Dinge in den Fächern. Seine Bewegungen waren phlegmatisch. Nur bei den Tampons verweilte er länger und schien zu überlegen.

Vorsichtig äußerte Kolk, der Hund wirke ein wenig übermüdet. Ob der Geruchssinn noch voll funktionsfähig sei?

Der Beamte lächelte nachsichtig. »Geene Bange, Gollege Golg, Hasso is Elite. Um die vierzichtausend Möbse wert. Ich bin sein Rudelführer, mich würde der nie blamiern. In drei Jahren gehn wir gemeinsam in Bangsion. Heute hat er schon sechs Stunden am Gebäckband geaggert. Seiner Nase macht das nischt, die is voll da. Blinder Alarm, die Giste is sauber.«

Kolk beharrte auf seinem Verdacht. Womöglich sei der Stoff in einem doppelten Boden versteckt, luftdicht verpackt?

Geduldig erläuterte der Beamte, daß dann längst der Teufel los wäre. Beim kleinsten Stäubchen hätte Hasso Krach geschlagen, daß die Wände wackeln. Auch wenn der Schmuggler das Zeug zehnfach verpacke, versiegle, in Folie schweiße – Tegels führende Schnifferdogge würde es aufspüren.

Der zottige Vierbeiner hatte sich gelangweilt von dem Koffer abgewandt. Er hob die Nase und ging auf Kolk zu. Mit der Schnauze stupste er gegen die Tasche des Jacketts und knurrte. Kolk wich hinter den Tisch zurück. Der Hund folgte ihm und stieß ihn erneut an.

»Blatz!« mahnte der Führer väterlich. Der Hund hockte sich hin. Sein gelber Räuberblick hing an Kolks Jacke.

»Wenn Sie was zu fuddern dabeihaben, dann geben Sie's ihm«, sagte der Beamte. »Das is zwar nich ganz ogee, aber ein Suberrüde wie Hasso darf schon mal einen guggen lassen.«

Verlegen holte Kolk das Verlangte aus der Tasche. Eine Mini-Salami, mit Folie bestrumpft, Proviant, den er manchmal, für den kleinen Hunger zwischendurch, mit sich führte. Er zog die Hülle ab und warf die Wurst dem Hund zu, der sie auffing und verschlang.

Nachdem der Beamte sich verabschiedet hatte, packte Kolk die Sachen wieder in den Koffer und verließ mit dem Kommissar das Zimmer. Sie stiegen aus dem Untergeschoß die Treppe hoch und durchquerten den schlauchförmigen Ring der Abflughalle.

»Hasso, bei Fuß!« befahl Schmidt.

Kolk begann zu bellen. Er packte Schmidts Windjacke und zerrte daran wie ein ungebärdiger Köter. »Artig, Hasso, kusch!« rief Schmidt. »Herrchen hat keine Wurst mit, wir sind hier nicht im Osten.« Kolk parierte nicht, er riß an der Jacke herum und bellte ungehemmt wau, wuff, wau!

Verdutzt blickten Passagiere den beiden Männern nach, die spektakelnd durch den Gang zogen. Ein paar Kinder liefen ihnen nach, verfolgt von Eltern, die nervös riefen, daß sie den Flieger nach Mallorca verpaßten.

Schließlich bremste ein Polizist das auffällige Paar und eröffnete eine Amtshandlung. Der Hauptkommissar zeigte seinen Ausweis vor. Er hatte Mühe, die Lage zu klären, weil Kolk den Uniformierten immer wieder tückisch anknurrte und von Schmidt mit energischem »Hasso, pfui! Westbulle lieb!« zur Ordnung gerufen werden mußte.

Abends hockten sie in der Tauchstation. Die großen Scheiben zur Straße waren hochgekurbelt, eine laue Brise fächelte in das renovierte Lokal.

Während Kolk beim Bier blieb, trank der Kommissar trockenen badischen Wein und verkündete wiederholt, daß er seit der letzten Beförderung nicht beschwipst gewesen sei. Das war glaubhaft, denn schon nach der ersten Flasche stieß er mit der Zunge an.

Über den Hausdächern ging die Sonne unter. Schmidt verkündete, das Farbschauspiel im Magentarot der Tee-telekom sei ein Reklametrick des Unternehmens, um neue Aktionäre zu ködern. Er teilte mit, daß er ein paar Aktien besitze und jetzt den Bonus vertrinke. Zu Dorle, die Getränke auf den Tisch stellte, stotterte er galant: »Dada-danke, schöschönste Frau Wirtin«.

Hinter seinem Rücken blies Dorle die Backen auf und schwebte mit wiegenden Hüften davon.

Der Harmonie, die ihn durchströmte, gab sich Kolk ganz hin. Schmidt war Teil der Harmonie, auch jetzt, da er auf den Polizisten Junghähnel zu sprechen kam und umständlich psychologisierend die tiefere Ursache der Abneigung seines Schwagers gegen den Osten enthüllte.

Nach der deutschen Wiedervereinigung wurde im westlichen Berlin die, 1967 stillgelegte, Straßenbahn reanimiert. Daraufhin schepperte es wochenlang an der Linie 23 in Wedding. Auch der Polizeibeamte Junghähnel krachte mit dem Auto in ein für ihn unverhofft auftauchendes Triebfahrzeug. Eine Woche später wich er in gleicher Situation der Straßenbahn gerade noch aus, rammte aber einen Storchenwagen der Feuerwehr. Die hochschwangere Insassin, Verlobte eines pensionierten Berliner Innensenators, entband auf den Schienen. Schwager Junghähnel wurde dienstlich zurückgestuft, sein Sparbuch hatte nur noch Papierwert.

Auch Junghähnels Eheweib geriet durch die Einheit nicht ins Glück. »Meine liebe Schwester Eh-edelgard«, berichtete Schmidt, »büßte acht Prozent Berlinzulage ein, dazu die Prozente durch den Soso-soli. Dann verlor sie auch noch ihren Bürojob bei einer Tegeler Spedition. Die ging pleite, weil Karstadt und Wertheim ihre Autr\u00e4ge an Dump- Dumpingfirmen bei euch drüben im Osten vergaben. Das ist wie mit den Ostnu-nutten, die machen es auch bill... billi... na, Sie wissen schon.«

Während der Kommissar die Zigarette anzündete, beugte sich der Wirt von hinten über Schmidts Schulter und stellte einen Teller Salzmandeln auf den Tisch. »Danke, Frau Wirtin, Sie Schatz«, säuselte Schmidt.

Sein Hundeohr reibend, warf Flosse dem Freund Kolk einen mitleidigen Blick zu und schlurfte zur Theke zurück.

Schmidt schwatzte weiter. In der Zeitung habe er eine Reportage gelesen: »Friedrichhei-hydepark. Ein Doktor, der dort Volksreden schwingt. Dabei trägt er die alten Orden aus dem Osten. Ein Professor von Kolk. Hat er was mit Ihrer Sippe zu tun?«

Über seinen Vater, entgegnete Kolk, verweigere er die Aussage. »Nein, halt, ich verrate Ihnen was: Meinem alten Herrn wurde in unserer Republik eine Funktion im Gesundheitswesen angeboten, stellvertretender Minister. Er stellte die Bedingung, daß an der Grenze nicht mehr auf Flüchtende geschossen wird. Da war's Essig mit dem schönen Posten.«

Schmidt runzelte die Stirn. »Davon stand nichts in dem Artikel. Wenn die Zeitung das unterschlagen hat, müßt ihr Krach machen.«

Kolk hob die Schultern. »Wie ich meinen Alten kenne, hat er dem Reporter davon nichts erzählt. Ist ja der Schnee von gestern.«

Eine Salzmandel segelte durch die Luft. Der Kommissar hatte sie hochgeworfen und fing sie mit dem Mund. Unzufrieden kaute er darauf herum und nörgelte:

»Nein, Herr Kollege, das ist mir zu hoch. Der Protest damals ... und die Nummer mit den Orden heute ... ich sehe da einen Widerspruch, das paßt nicht zusammen. Würden Sie mir das gefälligst erklären?«

Kolks Gegenfrage, ob Schmidt Zeit habe, wurde bejaht. Der Kommissar griff nach einer weiteren Mandel. Kolk lehnte sich zurück.

»Haben Sie auch wirklich viel Zeit, ungefähr vierzig Jahre? So lange würden wir ungefähr brauchen. Und auch dann wäre noch nicht alles erklärt ...«

Diesmal verfehlte Schmidt die fliegende Mandel. Er leerte sein Glas und plierte hinein. Er sei noch immer ratlos, sagte er, aber nunmehr auf höherem Niveau.

Kolk begann zu erzählen, daß er mal einen Lehrer gekannt habe, im Osten, lange vor der Wende. Nach durchzechter Nacht war der Mann früh im Sportunterricht noch nicht nüchtern. »Ein Schüler stürzte vom Barren, Peter Hatzfeld. Der Lehrer griff zu spät ein. Der Junge fiel in ein akutes Koma und kam nicht mehr heraus. Er mußte beatmet werden. Es lief aufs Sterben hinaus ... Ach, Schiet, das langweilt Sie nur ...«

»Reden Sie weiter.«

Im Krankenhaus sitzen die Eltern am Bett des Jungen, auch nachts. Sie lösen einander ab, immer hält einer Peters Hand, nie lassen sie los. Manchmal ist der Lehrer dabei. Er ist feige, er gesteht nicht, daß er in der Turnhalle angetrunken war. Die Eltern glauben an einen Unfall, der nicht zu verhindern war, sie danken dem Lehrer für seine fürsorglichen Besuche. Die Eltern lesen dem Jungen aus seinen Lieblingsbüchern vor. Peter hört sie nicht. Leise summen sie Kinderlieder aus der Zeit, als er sprechen lernte. Sie erzählen, was draußen vorgeht, was seine Freunde machen und daß sie auf ihn warten. Er hört sie nicht. Sie sagen, daß die Welt leer ist ohne ihr Kind ...

Kolk hatte immer verschwommener geredet, und Schmidt sagte scharf: »Bitte lauter!«

»Eines Abends ist der Junge aufgewacht. Er wurde wieder gesund. Die Ärzte sprachen von einem Wunder. Der Lehrer hat seine Schuld auch weiter verschwiegen. Außer einem Freund wußte niemand, daß er schuld war, weil er gesoffen hatte. In der Schule gab es damals noch andere Probleme, in dem Durcheinander unterblieb eine genaue Untersuchung. So ist die Sache nie herausgekommen, dem Lehrer blieb die Verhaftung und Bestrafung erspart.«

Schmidt blies den Zigarettenrauch heftig aus und meinte, der Lehrer sei ein Mistkerl. Kolk nickte. Dann schwiegen sie, bis Kolk sagte, daß der Mann aus eigenem Entschluß den Schuldienst verlassen habe, er gab den geliebten Beruf auf. Er habe sich später mit Gelegenheitsarbeiten und als Boxtrainer durchgeschlagen.

Schmidt kippte den Badischen herunter und knurrte: »Der Mann ist trotzdem ein Hundsfott. Ich hab nämlich auch Kinder, zwei Töchter, die Anja geht noch zur Schule. Na gut, ein Deutschlehrer darf saufen, schon wegen der Rechtschreibreform. Auch bei einem blauen Geschichtslehrer würde ich ein Auge zudrücken, weil die manchmal ihre Meinung ändern müssen. Aber ein Sportlehrer muß nüchtern sein, sonst handelt er kriminell.«

Kolks Nase hing im Bierschaum, es sah aus, als würde er am liebsten ganz darin verschwinden.

Nach einer Weile sagte Schmidt, er habe als junger Mann eine Schwierigkeit gehabt. Wenn er auf ein Mädchen scharf war, aber nicht verliebt, habe er sich vorher mit Bommerlunder einen angetütert. »Da kam es vor«, sagte er, die Stimme dämpfend, »daß ich nicht mehr sehr scharf war oder auch gar nicht. Kolk, ich versichere Ihnen, da können Weiber deutlich bissig werden. Also blieb ich nüchtern. Nur fiel mir dann im Bett laufend ein, daß ich nicht verliebt war. Da war ich dann auch nicht mehr scharf. Obwohl ich eigentlich scharf war. Ein Teufelskreis. Kennen Sie das auch?«

Kolk sah traurig hoch, und Schmidt fuhr fort:

»Wer hat schon eine reine Weste. Ein Fleck auf meiner ist wirklich schwarz. Ich konnte mal zwei jungen Amerikanern aus der Patsche helfen, bei einem Raubüberfall, vor ihrem Hotel in Charlottenburg. Böse Sache, mit Schußwaffen. Bruder und Schwester, beide Neger, ich meine, beide schwarz, logisch. Er Bankangestellter, sie Krankenschwester.

Jaqueline. Ach, Jaqueline. Klingt französisch, aber sie kam aus Kalifornien. Dort ist sowieso alles lockerer. Sie hatten was gespart und wollten sich Europa ansehn. Die glauben wirklich, das sei die Wiege ihrer Kultur. Sie war so dankbar, sie hätte ja tot sein können. Darf man Dankbarkeit zurückweisen? – Feixen Sie nicht! – Ja, ich weiß, der deutsche Ehemann liebt nur seine Frau. Das tu ich ja! Jawohl, ich habe ein schlechtes Gewissen. Aber ich erinnere mich auch gern an ... Verflixt noch mal, ein Leben lang nur weiße Frauen – ist das normal? Mensch, Kolk, die Welt ist farbig, Gott muß sich was dabei gedacht haben!«

Mit neu erwachender Lebhaftigkeit stieg Kolk in das Thema ein. Gott sei selber farbig, erklärte er, darum zeige er sich nicht. Dem stimmte Schmidt zu und schlug vor, wissenschaftlich weiter in die Ma-mater-materie einzudringen.

Der Abend schritt voran und gewann mit der Schlagseite an philosophischer Tiefe. Im Stil eines Galans aus der Schule von Johannes Heesters bat Schmidt die Wirtin an den Tisch. Dorle band die Schürze ab und nahm geziert Platz. Auch Flosse gesellte sich dazu. Die schwindende Zahl der Gäste wurde von der Aushilfe versorgt.

In Kolks Tasche zirpte das Handy. Er zog es heraus und meldete sich.

Hallo, Detektiv, wie geht es dir? Denkst du manchmal an mich?

Kolk stand auf und trat ein paar Schritte beiseite in die Nische neben der Tür. Er wollte den anderen nicht die Stimmung verderben, das Gelaber des Ganoven war es nicht wert.

Entschuldige, daß ich mich nicht gemeldet habe, ich war verreist. Ich habe eine Bitte. Sag deinem Kneipier, wir kommen wieder, diesmal wird's teurer.

Kolk legte die Hand um den Hörer und sagte gedämpft: Hallo, was macht das Händchen, tut's noch weh? Hast du Probleme beim Popeln? Sei froh, daß du noch neun Greifer dran hast. Später im Knast läßt du beim Klavierspielen einfach eine Taste aus.

Falls Kobras lachen, mußte es ähnlich klingen, gedehnt zischend. Dann sagte die Stimme: *Ich brauche nur einen Finger, für den Abzug an der Knarre. Davor solltest du Angst haben. Glaub mir, Angst ist schlimmer als sterben. Und sei bitte kein Egoist, hab nicht nur Angst um dein eigenes kleines Drecksleben ...*

Kolk stutzte. Er blickte hinüber zum Tisch. Alles schien wie zuvor – bis auf ein Detail. Die Strahlen der Abendsonne fielen in das offene Rechteck der Front des Lokals. Ein Strahl tanzte aus der Reihe, er trat waagerecht ein, rötliche Lichtnadel, die von der Straße flach in den Gast-raum stach.

Kolk sah, wie Dorle am Tisch die Hand hob und ihrem Mann auf die Stirn tippte. »Du hast da einen roten Punkt«, sagte sie und rieb mit dem Finger auf Flosses Stirn. »Ulkig, geht gar nicht weg, das ist kein Fleck ...«

Ein Knall, gefolgt von Gesplitter. Schmidt und Kolk reagierten gleichzeitig. Der Kommissar stieß den Wirt und die Frau beiseite. Die Pistole ziehend, sprang er auf, wurde aber durch die taumelnden Personen behindert. Schneller war Kolk aus der Tür und rannte über die Straße auf das gegenüber parkende Auto zu. Er sah, wie das Gewehr im Wagenfenster verschwand. Mit radierenden Reifen sprang der Opel los.

Kolk lief ihm nach. Der Wagen wurde langsamer. Mitten auf der Fahrbahn rennend, kam Kolk näher. Der Wagen beschleunigte und drosselte wieder das Tempo, um dem Verfolger eine Chance zu lassen. Kolks Beine verbleiten. Im Magen schwappte das Bier, er bekam Seitenstiche und taumelte.

Keuchend blieb er stehen. Aus dem Opel grüßte die Hupe, eine Hand winkte aus dem Fenster, eine Hand mit vier Fingern. Der Wagen verschwand hinter der Kreuzung.

Der Körper troff, das Hemd verklebte die Haut. Kolk zog das Jackett aus und ging langsam zur Kneipe zurück.

Ein paar Gäste standen aufgeregt redend herum. Der Kommissar beruhigte sie. Zusammengesunken saß Dorle am Tisch, neben ihr Flosse, der unbeholfen ihre Hand hielt.

Schmidt hing am Telefon, er gab das Autokennzeichen an die Zentrale durch. Aber es war zu vermuten, daß die Männer schon in ein anderes Fahrzeug umgestiegen waren. Den schallgedämpften Schuß hatten die Gäste nur als Plopp vernommen, als spränge ein Korken aus der Flasche. Die Kugel hatte einen Zierkrug oben in dem neuen Regal an der Theke getroffen. Die Splitter lagen auf dem Boden.

»Leuchtpunktvisier mit Zielfernrohr«, sagte Schmidt. »Der Schütze hätte uns glatt ... hat er aber nicht. Der hat absichtlich hochgehalten, die wollten niemanden erschießen. Bitte beruhigen Sie sich. Ein übler Streich, es ist nichts Ernstes passiert.«

Die tröstenden Worte waren an Dorle gerichtet. Sie hob den Kopf und fing an zu heulen, leise und monoton. Der Kommissar versicherte, die Polizei werde die Gangster fassen.»Dann kommen neue«, sprach Flosse. »Ihr schafft es nicht.«

Mit dem Fuß schob er die Scherben hin und her und fing an, darauf herumzutreten. Er trat immer heftiger, er wurde laut, wie ein Verrückter schrie er, daß die Polizei es nicht schaffen würde. Dann wandte er sich ab und blickte hoch auf das Loch, das die Kugel oben über dem Regal in die frisch getünchte Wand gebohrt hatte. Es war ein kleines Loch, mit ein bißchen Gips ließ es sich im Handumdrehen ausbessern. Der Wirt starrte darauf wie auf einen Totalschaden.

10

Nach dem zerstörten Abend in Flosses Kneipe hatte Kolk unruhig und schwitzend geschlafen, gegen sieben wurde er virtuell exekutiert. Neu war, daß ihn ein Gewehr mit Leuchtvisier erschoß. Aus dem Lauf kam keine Kugel, es war ein Laserstrahl, der seinen Brustkorb einäscherte. Atemnot ergriff ihn, er warf sich herum und erwachte.

Während er mit den Fischen frühstückte, nahm er die Kassette aus dem Beauty-case und stellte sie neben das Aquarium. Eine schöne Kassette. Schön war eigentlich jedes Ding, das zwanzigtausend Mark einbrachte. Ohne die erzwungene Abgabe an den Bund deutsch-polnischer Langfinger wäre der Gewinn um zehntausend größer ausgefallen. Der Abstrich schmerzte. Großmütig beschloß Kolk, der Frau Neumann und ihrer polnischen Freundin zu verzeihen. Er hatte die von den Ministerpräsidenten Grotewohl und Cyrankiewicz verfügte Oder-Neiße-Friedensgrenze trotz verlorenen Pommerlands befürwortet; wegen ein paar lumpiger Tausender wollte er mit der Tradition nicht brechen.

Genießerisch den aromatischen Morgenkaffee schlürfend, griff er zum Handy. Das Telefonieren vom Apparat im Arbeitszimmer käme billiger, heute war er über Knausereien erhaben.

Im Haus der Rühleschen Filmproduktion meldete sich die Vermittlung. Kolk fragte nach der chinesischen Mitarbeiterin Helen Ma. Das Gespräch wurde zu einem Apparat durchgestellt, an dem Niklas Demps schroff hörbar wurde. *Du störst in einer Besprechung. Hast du den Koffer? Ich lasse ihn abholen. Oder willst du ihn herbringen?*

Kolk sagte, er komme in einer Stunde. Wie Demps vermied er jede verbindliche Wendung und legte auf. Er wählte die Nummer seines Vaters. Der Professor fragte: *Wie geht es dem Mädchen, der zierlichen Emma?*

Hochgeschätzter Herr von Kolk, sagte Kolk aristokratisch näselnd, ich lade Sie zum Essen ein. Wohin du willst: Gendarmenmarkt, Nikolaiviertel, ins feinste Restaurant, wo schon Wasser einen Louis d'or kostet. Wir speisen wie Herzogs, und danach beraten wir, wie wir das Kapital entmachten.

Der Professor schnalzte mit der Zunge und erklärte, er werde gern kommen, wie ein russischer oder amerikanischer Rentner, mit Orden und Medaillen am Anzug.

Papa, erwiderte Kolk, die Behörden sind noch nicht soweit. Am Nebentisch könnte der Verfassungsschutz sitzen oder die Armee. Ich war bei Borchardts, da hockte der Scharping nebenan.

Don't panick, fürchte dich nicht, mein Sohn. Der waffenrasselnde Friedensheld, dem werden wir bald den Marsch blasen, der wird abgewählt ...

Im Filmbürohaus ging Kolk über einen Flur in der zweiten Etage. Die Flügeltüren eines Raums standen offen. Vor den Monitoren sprach Frau von Rühle mit zwei Herren. Das Vorbeimogeln mißlang, die Produzentin winkte ihn herein, er mußte die übliche Vorstellerei absolvieren.

Der Schönere der beiden Herren war ein Schauspieler, der in einer Seifenoper einen prima Gynäkologen verkörperte. Sein Handschlag war kraftvoll, wie man es von einem Pfundskerl erwarten durfte, der neuem Leben in die alte Marktwirtschaft half. Kolk erkannte den Mann wieder, er hatte ihn in alten Sexfilmen gesehen. Babsy hatte ihn *süßi* gefunden. Nun gut, dachte Kolk, auch im Bett sollte das Rückwirkungsverbot gelten. Dennoch wurde er verlegen, als er den Händedruck des Spezialisten erwiderte, den er schon nackt und ausdauernd bewundert hatte.

Der zweite Herr war der totenbleiche Hausdramaturg. Wie eine Heuschrecke ihren zum Verzehr bestimmten Partner umfing er Kolks Hand und meinte, Kolks verwundetes Gesicht könne gut in die entstehende Polizeiserie *Wenn die Wache erwacht* eingebaut werden.

Kolk entzog sich mit der scherzenden Wendung, er wolle das Unternehmen der verehrten Frau von Rühle nicht ruinieren. Er ging mit dem Koffer weiter den Flur entlang und betrat das Zimmer, in dem Niklas Demps hinter einem überhäuften Schreibtisch saß.

»Stell den Koffer in die Ecke. Dein Honorar wird überwiesen.« Damit wandte er sich wieder dem Laptop zu.

Kolk erklärte, er wolle die Box der chinesischen Kollegin übergeben.

»Helen ist nicht hier. Sie ist mit Herrn Wang beim Sender in Hamburg.«

»Idiot, warum hast du mir das nicht am Telefon gesagt. Dann hätte ich mir den Weg erspart.«

Demps maß ihn feindselig. Er griff zum Telefon und wählte eine Nummer. Er wurde verbunden und redete chinesisch weiter, auf eine respektvolle Art, die vermuten ließ, daß er mit seinem Boss sprach. Er legte auf und sagte ironisch: »Du wirst nachmittags halb sechs von deinem

Schnapsladen abgeholt. Verzeihung, ich meine natürlich dein nobles Detektivbüro.«

Kolk wandte sich zur Tür. Demps war hinter dem Schreibtisch hervorgekommen. Er hielt Kolk am Arm fest und sagte: »Ich hatte dich gefragt, wo ich Inge finden kann. Ich verlange eine Antwort.«

Die Hand wegstoßend, trat Kolk einen Schritt zurück und zischte: »Laß das, faß mich nicht an! Sonst erlebst du eine Überraschung.«

Demps musterte ihn überlegen. »Du täuschst dich, genau wie früher. Ich habe dich damals fertig gemacht. Ich könnte dich zertreten wie eine Laus.«

»Versuch es«, sagte Kolk.

Sie standen Auge in Auge, und die Fortsetzung hing an einem Haar. Kolk zog Speichel im Mund zusammen und spuckte auf den Boden, vor Demps' Schuhe. Der andere ließ sich nicht hinreißen. Mit einer verächtlichen Geste wandte er sich ab und ging zu seinem Platz. Kolk verließ das Zimmer. Keiner von beiden hatte den Punkt gemacht, die Runde ließ sich als unentschieden bewerten.

Vom Gebäude der Filmproduktion fuhr Kolk zum Potsdamer Platz und suchte die Nebenstraße, wo es ein neues Feinkostgeschäft namens Lukullissima geben sollte.

Er hatte beschlossen, die Einladung an den Vater abzuändern. Dem Professor war zuzutrauen, daß er medaillengeschmückt bei Borchardt's oder im Adlon aufkreuzte. Die Kellner, vormals systemtreue Mitglieder der Jungen Pioniere, würden vor Schreck die Saucieren fallenlassen. Da war es besser, dem alten Revoluzzer die Speisen in die Wohnung zu bringen.

Er fand das Geschäft und rollte auf den zugehörigen Parkplatz. Bevor er ausstieg, warf er einen Blick in die Brieftasche. Frau von Rühle hatte das Honorar für die Observation überwiesen. Nach Abzug einiger Schulden war eine Handvoll Scheine übrig geblieben. Sie zu verschwenden durfte der Glückspilz Hasso von Kolk sich leisten, heute abend würde er das große Geld für den Koffer der Chinesin kassieren.

Kolk betrat das angenehm kühle Großgeschäft und schaute sich um. In aufgereihten Porzellanschüsseln prangten üppig die Salate. Sinnlich dehnten sich Pasteten. Lachs und Hummer grüßten errötend. Ein paar Vitrinen weiter lockten Dutzende Sorten Schinken und Aufschnitt. Aus aller Herren Entwicklungsländer waren Gewürze und Öle versammelt.

Zur Eröffnung des neuen Gourmettempels hatte ein grüner Reporter eine kritische Meinung geäußert. Kolk erinnerte sich, daß in dem Zeitungsartikel vom Hunger in der Dritten Welt die Rede gewesen war und davon, daß der überzüchtete Luxus ein schlechtes Gewissen auslöse. Kolk stellte fest, daß das bei ihm nicht der Fall war. Die Düfte berauschten ihn. Sogar die anmutig geschürzten jungen Verkäuferinnen schienen eßbar zu sein. Ihm lief das Wasser im Munde zusammen, und trotzig sagte er sich, daß ihn nicht die Gier auf luxuriöse Fressalien herführe, sondern die Sorge um das leibliche Wohl eines anverwandten Strafrentners.

Er erstand ein halbes Pfund Gänseleber mit Trüffeln, hundert Gramm zu siebenundvierzig Mark fünfzig. Na und. Sodann einen dick bescherten Atlantikhummer, einen Haufen Riesengarnelen in Knoblauchöl, ein Pfund gefüllten Lachs und zwei Dutzend Austern vom Stamme Lock Fyne. Als Tribut an Vaters Nostalgie fügte er einen meckpommerschen Räucheraal und eine ungarische Salami hinzu. Der Beluga

Malossol Kaviar, hundert Gramm für zweihundertachtundvierzig Mark, setzte dem Einkauf die Krone auf.

»Es darf ruhig ein Döschen mehr sein«, bemerkte er launig zu der jungen Verkäuferin, »man gönnt sich ja sonst nichts.« Das Mädchen blickte scheu in das mafiöse Gesicht des auffälligen Kunden und gab fünf Mark zuviel heraus, die Kolk, mit wieder erwachtem Gewissen, auf die Kasse zurücklegte.

Aus dem Geschäft tretend, prüfte er noch einmal den Inhalt der silbrig geschuppten Tragetasche. Allein die paar Löffel russischen Rogens hatten siebenhundertvierundvierzig Mark gekostet. Es war besser, nicht weiter nachzurechnen. Kolk stellte sich die Reaktion des Vaters vor, wenn er ihm die Lukullitäten präsentieren würde. Zuerst entrüstet, dann murrend bereit, sich verwöhnen zu lassen. Vornehmlich für Hummer hatte er eine Schwäche, die er sich jung in Amerika zugezogen und später auf medizinischen Fachtagungen in Leningrad auf Kaviar erweitert hatte.

Kolk war zufrieden. Statt in einem Drei-Sterne-Restaurant würden sie im vertrauten Wohnzimmer tafeln. Angenehm auch, daß er das Trinkgeld für einen affigen Oberkellner einsparen konnte. Hoppla, Stichwort Trinken, er hatte den Wein vergessen. Er stellte die Tragetasche ins Auto und ging zum Feinkostgeschäft zurück.

Als er mit dem Beutel Weinflaschen wieder herauskam, sah er, wie sein Wagen zur Ausfahrt des Parkplatzes davonfuhr. Mit dem Beauty-case im Kofferraum. Und im Case das Videoband im Wert von zwanzig Mille. Gehetzt blickte er im Kreis. Aus dem Alfa gegenüber stieg eine vierschrötige Frau mit Herrenhaarschnitt. Auf sie zustürzend rief Kolk: »Mein Auto, dort, gestohlen! Ich muß hinterher, bitte helfen Sie mir!«

Die Dame griff in die Handtasche und zog einen Elektroschocker hervor, den sie auf Kolk richtete. »Hau ab, du Penner, sonst rufe ich die Polizei!«

Verzweifelt lief Kolk los. Vor ihm hatte der Volkswagen schon die Ausfahrt erreicht, der Kofferraum wippte abschiednehmend. Neben Kolk ruckelte ein Trabant aus der Parkreihe. Kolk riß die Tür auf und kommandierte: »Polizei, Zivilfahnder im Einsatz! Dort, der graue Wagen, der rausfährt! Folgen Sie ihm!«

Der junge Mann am Steuer gehorchte, als wäre er Soldat. Während sich Kolk auf den Nebensitz zwängte, schaltete er knirschend hoch und trieb den aufschaukelnden Untersatz zur Ausfahrt. Sie rumpelten über die Schwelle, und Kolk stieß mit dem Kopf ans Dach.

Ein Stück vor ihnen glitt Kolks graues Auto im Verkehr dahin. »Dranbleiben«, befahl Kolk, »den Abstand halten. Ja, so ist es gut. Übrigens, die Benzinkosten werden von der Polizeidirektion ersetzt. Möchten Sie meinen Ausweis sehen?«

Der junge Mann warf einen prüfenden Blick auf Kolks Gesicht.

»Nee, ich glaub's auch so. Na, ich hab zur Zeit auch keine Chance beim Schönheitswettbewerb.« Er zog eine Grimasse und tippte auf die Stirn, wo eine klassische Akne blühte. Und der Furunkel am Hals hätte als Stopplicht dienen können. »Ich bin Student, Richtung Atmospärenchemiker, Aerobiologie. Ich verrate Ihnen mal was, nur soviel: Die Erde, also unsere Erde hier, das ist eine Art Superorganismus, bestehend aus Bakterien, Pilzen und Mikroben. Die wollen sich ausbreiten, wir Menschen sind nur das Vehikel dafür. Wir sind Werkzeuge, ohne daß wir es wissen, wir werden mißbraucht, verstehen Sie?«

Kolk nickte und bat, er solle die beiden Mikroben im Auto vorn im Auge behalten.

Der Student trat das Gaspedal durch, und vorbei an einem Bus peitschte er den Wagen hoch auf fast sechzig. »Worum geht's denn, Rauschgift? Im Fernsehn geht's immer um Drogen oder Serienmörder. Warum werden immer nur Frauen umgebracht? Find ich ungerecht.«

Polizeilich knapp, dennoch bürgerfreundlich entgegnete Kolk, er dürfe keine Auskunft erteilen. »Bitte konzentrieren Sie sich auf den Verkehr. Nicht zu dicht auffahren.«

Sie hoppelten auf der Skalitzer Straße dahin. Ab und zu wurde die linke Spur frei. Der Student bot an, den Volkswagen zu überholen und durch Querstellung zu stoppen. »Sie haben doch eine Waffe? Falls meine Schüssel draufgeht, könnte mir die Polizei was anderes hinstellen, einen ausgemusterten ...«

Kolk wehrte ab. »Nur nachfahren, das genügt. Wir observieren, wir wollen an die Hintermänner ran ...«

Unzufrieden legte der Student die blühende Stirn in Falten. »Keine Sorge«, nörgelte er. »Ich kann mir keinen Kriminellen vorstellen, der es für möglich hält, daß ihn ein Trabant verfolgt.«

Von der Skalitzer Straße fuhren sie in das Schlesische Viertel hinein, in Richtung Osthafen und Spree. Räudige Hausfassaden wechselten mit vermüllten Baulücken. Indem der Autoverkehr ausdünnte, wuchs die Gefahr der Entdeckung. Kolk war erleichtert, als der Wagen links abbog und in einer Einfahrt verschwand. Die Torflügel wurden geschlossen.

Der Trabant tuckerte vorbei. Erst an der nächsten Ecke ließ Kolk anhalten. Er legte einen Zwanzigmarkschein, seinen letzten, auf den Sitz. »Das spart die Formalitäten wegen der Benzinrechnung. Danke.« Er nahm den Beutel mit den Weinflaschen und stieg aus.

An der Ziegelmauer entlang ging er den Weg zurück, an dem geschlossenen Eisentor vorbei bis zum Ende der Einfassung. Rechtwinklig abknickend, grenzte sie an einen verlassenen Industriebau. Zumindest in einer Richtung bot die Nische einen Sichtschutz. Die Mauer war wenig mehr als zwei Meter hoch. Bröcklige Kerben erleichterten das Überklettern. Auf der anderen Seite angelangt, nahm Kolk den Beutel an sich, den er auf der Mauerkrone abgelegt hatte. Durch den Blättervorhang eines Gebüschs spähte er hinüber zu dem hofartigen Gelände, das von zwei Holzschuppen und einer Art Halle mit schadhafter Verglasung eingerahmt wurde.

Vor der Halle standen ein BMW, ein Volvo und zwei italienische Marken. Kolks Auto war nicht zu sehen. Ein Torflügel war offen. Dünn plärrte Schlagermusik heraus. Neben der Halle wirkten die verfallenen Schuppen unbenutzt.

Er verließ den Gebüschstreifen an der Mauer und schlich geduckt auf die Halle zu. Vorsichtig schob er sich um die Ecke des Gebäudes. Ein Stück Glas, im Unkraut verborgen, knackte unter Kolks Schuh. Das Geräusch wurde überdeckt von einer Gitarre und der Stimme Elvis Presleys, der in der Halle zum Jailhouse Rock rief.

Von der Position, die Kolk erreicht hatte, konnte er durch eine zerbrochene Scheibe in den Bau blicken. Neben dem Eingang war innerhalb der Halle eine Blechkabine aufgestellt. Kolks Auto ragte hervor. Auf dem Kühler lagen eine Spritzpistole und ein Helm. Auf dem Boden standen farbfleckige Gummistiefel neben einem Haufen Abdeckplanen.

An der Rückwand der Halle eine lange Arbeitsplatte, darauf Werkzeug und Büchsen mit Farbe. Daneben glänzte die silberne Tüte des Lukullissima. Der Inhalt war auf der provisorischen Tafel verteilt. Davor saßen auf Hockern zwei junge Männer in Kitteln.

Der Spillrige der beiden hob eines der gläsernen Döschen an den Mund. Seine Hand war so grauschwarz wie der Kaviar, den er mit Zungenschlag in den Schlund beförderte. Der zweite Bursche hatte die Haare zu einem Pilz nach oben gebunden, er ähnelte einer Ananas. Mit einer Zange portionierte er den Hummer. Dabei aß er eine Riesengarnele und probierte von der getrüffelten Gänseleber einen Bissen, den er wieder ausspie.

Außer den beiden war niemand zu sehen. Kolk wartete ein paar Minuten, dann ging er an der blinden Glasfront entlang und betrat die Halle.

»Grüß Gott, Kollegen, schmeckt's? Fisch muß schwimmen, ich bringe den Wein. Ihr habt ja wohl einen Korkenzieher ...«

Überrumpelt blickten ihn die beiden Burschen an. Der Spillrige ließ die Kaviardose sinken. Dem Ananasschopf hing die Garnele aus dem Mund, das Knoblauchöl tropfte am Kinn herunter. Er legte die Zange weg und tastete nach einem Hammer.

»Finger weg, Junge«, befahl Kolk. »Wir können das friedlich regeln ...«

Der Spillrige war aufgestanden. Er stellte den Elvis im Kofferradio ab und sagte mit hartem Akzent: »Was Sie hier suchen? Betretten Grundstjuk verbotten.«

»Ich will nur mein Auto«, sagte Kolk und zeigte auf den Wagen. »Und das Geld für den Partyservice. Und dann ...«

Der Spillrige unterbrach ihn: »Du nicht Polizei? Nein, du nicht sehn aus wie Beamt. Kamrad, du uns lassen gehn. Wir arm, wir kein Geld. Nur Chunger, jedes Mensch will essen, dafür nehmen Auto. Wir arme Kjunstler, du mir glauben!«

Er breitete die Arme aus und fing plötzlich an zu singen, russisch.

Kolk lauschte verblüfft. Der Gesang wirkte professionell und erinnerte Kolk an sowjetische Filme, die er als Kind in der Nachkriegszeit gesehen hatte. Die Handlung angesiedelt im goldigen Gewölk reicher Weizenernten, wo Schauspieler in Gesang ausbrachen, bei der Feldarbeit und in anderen Situationen, wo in der Sowjetischen Besatzungszone noch nicht gesungen wurde. Wenn man von den Umständen absah, war es eine schöne Stimme, die mit slawischem Wohllaut die Halle erfüllte.

Erfreut erkannte Kolk die Melodie des populären Liedes *Herrlicher Baikal, du heiliges Meer!* Der russische Originaltext war ihm vertraut, er hatte ihn selbst intoniert, hatte ihn, als Lehrer nicht nur für Sport, auch für Russisch, einer mehr oder minder bewegten Schülerschaft beigebracht. Was der Spillrige darbot, war eine andere, eine neue Textfassung, er sang: Grischa, tü durak, u tebja grjas w uschach! K nam prischej! Wuidi i ubej ätu swolotsch!

Und das hieß, frei übersetzt: Grischa, du Blödmann, hast du Dreck in den Ohren! Wir haben Besuch! Komm raus und leg das Schwein um!

Auf swolotsch endend, faltete der Autotenor die Hände und strahlte Kolk an, als erwartete er eine standing ovation.

In die Stille klickte hinter Kolk Metall.

Er ließ sich fallen und zog in der Drehung die Waffe unter der Jacke hervor.

Und schoß. Feuerte in den dunklen Umriß, aus dem eine Maschinenpistole auf ihn schwenkte.

Zum erstenmal schoß er auf einen Menschen. Er hatte befürchtet, daß er im Ernstfall zögern würde, aber dazu blieb keine Zeit. Schießen und Nachdenken schlossen einander aus. Das todkündende Klicken enthemmte die Automatik, die Kolk im Schützenverein mit Berufskollegen eingeübt hatte. Die Waffe verschmolz mit dem Mann und gebar einen Täter, der nicht grübelt. Am Abzug ein kleiner Druck, und die Einheit handelt, schnell und zuverlässig.

Der Umriß kippte nach hinten. Der Feuerstoß aus der Uzi fuhr über Kolks Kopf hinweg und prasselte in das blecherne Hallendach wie ein Hagelschauer von innen.

Der Mann in kariertem Hemd und heller Hose rutschte am Pfosten der Spritzkabine herunter. Ein drahtiger Mann, ungefähr in Kolks Alter. Er mußte aus einem Verschlag hinter der Kabine gekommen sein, vermutlich hatte er dort geschlafen. Ungläubig betastete er den roten Schleim, der am Oberschenkel aus dem Hosenstoff quoll.

Kolk war aufgesprungen. Der Ananasschopf griff nach dem Hammer, er und der Dürre duckten sich wie Katzen zum Angriff.

»Zurück!«

Kolks Zuruf schnitt scharf in die Bewegung. Er gab einen Warnschuß in den Boden ab, noch einen. Es krachte mächtig, Betonsplitter flogen weg. Er hob den Revolver und zielte auf die beiden Männer.

»Zurück und nicht bewegen! Und jetzt, dorogije drusja, jetzt hört genau zu, liebe Freunde! Ihr seid zu dritt – ich auch! Ich und meine beiden Partner, die Genossen Smith und Wesson, hier in meiner Hand. Los runter, legt euch hin. Ja, runter auf den Boden! Nein, hier, neben euren Freund! Gesicht nach unten! Sofort!«

Die beiden Burschen gehorchten und legten sich neben den Verletzten, der sitzend an der Kabinenecke lehnte. Er hatte die Augen geschlossen und fing an zu stöhnen.

»Ich war mal«, sagte Kolk, »Mitglied der Gesellschaft für Deutsch-Sowjetische Freundschaft. Damals war ich nett. Jetzt bin ich böse. Ich hab schon einige umgelegt, das macht mir nichts aus. Bleibt liegen, sonst ...!«

Den Revolver im Anschlag, betrat Kolk die Kabine. Er hatte die Uzi aufgehoben und klemmte sie unter den Arm. Rückwärts gehend, behielt er das Trio im Auge. Er öffnete die Autotür und beugte sich vor, um das Handy zu holen. Für ein paar Sekunden hatte er die Burschen nicht im Blickfeld.

Beide handelten katzenschnell. Sie sprangen auf, der Spillrige schleuderte einen Farbkanister. Das Wurfgeschoß krachte an die offene Wagentür, die gegen Kolks Hüfte prallte. Er schlug mit dem Schädel gegen den Holm und ging zu Boden. Kein ganzer, ein halber Knockout.

Noch benommen, kam er wieder auf die Füße und lief zum Ausgang. Die Russen hatten schon den Hof überquert. Den taumelnden dritten Mann zerrten sie mit. Kolk hob den Revolver – und ließ ihn sinken. Er konnte nicht in den Rücken Flüchtender schießen, auch wenn es Ganoven waren.

Der Volvo, in den sich die drei geworfen hatten, preschte auf das Tor in der Mauer zu. Die Ananas sprang heraus und riß die Flügel auf. Der Wagen fuhr hinaus und war verschwunden.

Kolk nahm das Telefon und rief den Kommissar an. Dem Kurzbericht fügte er die Nummer des Volvo bei und schloß mit den Worten:

»Ich warte hier auf Ihre Leute. Ach ja, falls Schwager Junghähnel mitkommt, sagen Sie ihm, er soll ein Besteck mitbringen. Es ist noch Hummer da und auch ein Happs Kaviar. Den kann sich der Hilfsförster sonst nicht leisten, der arme Hund.«

Als Kolk am späten Nachmittag in sein Wohnviertel einbog, war die verabredete Zeit schon um zwanzig Minuten überschritten. Vor der Haustür parkte der schwarze Mercedes. Daneben ragte der Sumo-Mann auf wie Buddha im Outfit eines Chauffeurs.

Eilig stieg Kolk aus dem Auto. Er ging mit dem Saffiankoffer hinüber und entschuldigte sich für die Verspätung. Er war verschwitzt und hätte gerne noch geduscht, ehe sie zur Übergabe des Beauty-case fuhren. Der Asiate überging die Darlegung, indem er sich fortgesetzt tief verbeugte. Er öffnete den Schlag mit einer überwältigenden Ehrerbietung, so daß Kolk es nicht übers Herz brachte, den braven Mann zu enttäuschen.

Während sie losfuhren, erzählte er, was ihm geschehen war. Die Affäre habe ihm eine neue Beule beschert, sagte er und tippte auf die Schläfenwunde, die er sich beim Sturz in der Spritzkabine geholt hatte.

Der Vollmond auf dem Fahrersitz hatte zu jedem Satz freundlich genickt. Nur gesagt hatte er noch kein Wort.

»Entschuldigen Sie, ich rede wie wild deutsch auf Sie los – vermutlich sind Sie mit meiner Muttersprache noch nicht so richtig vertraut. Wollen wir's englisch versuchen? Ich warne Sie, meins ist noch unterdevelopped. My name is Kolk, simply Kolk, short und schmerzless. What is your name, please?«

Das Mondgesicht schwenkte herum, der Mund klappte auf. In der Höhle wackelte etwas: ein blaßrosa Stummel, der vernähte Rest dessen, was früher eine Zunge gewesen war.

Kolk begriff es erst, als der Sumo die Öffnung schon wieder geschlossen hatte. Er brauchte eine Weile, bis er ein »Tut mir leid, sorry« herausbrachte. – Herrgott, wie kommt einem Menschen die Zunge abhanden? Ein Unfall, eine Krankheit?

Der Chauffeur war ein freundlicher Mann, mit offener Miene. Den meisten Leuten tut es gut, wenn sie über ihre Gebrechen reden können. Kolk kam gern auf seinen niedrigen Blutdruck und war immer froh, vom Gesprächspartner zu hören, daß dessen hoher gefährlicher sei. Aber dem sanften Riesen war sogar das Gespräch verwehrt. Kolk strich über den kleinen Koffer auf seinen Knien. Gleich würde er für die Videokassette unverdient viel Geld kassieren. Und neben ihm saß ein Mann, der nicht mal eine Zunge besaß.

Die Fahrt dauerte länger als erwartet. Kolk hatte geglaubt, daß Helen Ma nahe ihrer Arbeitsstätte wohnte. Aber der Wagen nahm nicht die Route zum Filmbüro Rühle in der City. Sie fuhren über die Avus aus der Stadt und schwenkten hinein in die noblen Areale an den Havelgewässern. Villen huschten vorbei, gläserne Bungalows mit musterhaften Rasenflächen.

Dann hielten sie kurz an. In einer hohen Mauer glitt ein großes Stahltor beiseite und gab den Blick frei auf eine von Eichen flankierte Allee. Die Baumkronen hatten sich zu einer Bedachung verbunden. Feierlich umfing der grüne Dom die Männer in dem dahinblubbernden Gefährt.

Kolks Neugier wuchs. Die Durchsicht zwischen den hochstämmigen Kandelabern der Bäume ließ ahnen, daß sich seitlich ein Park erstreckte. Auch dem einfachen Berliner Steuerbürger war geläufig, daß Grund und Boden in dieser Zone astronomisch teuer waren. Hier wurde nicht schlichtweg gewohnt. Hier wurde residiert, repräsentiert. Hier gab es keine Untermieter. Kolk überlegte, wie das kantonesische Hühnchen Helen Ma in den feudalen Rahmen paßte. Gleich würde er ihr das Beauty-case übergeben. Dabei würde sich zeigen, welche Geige die kleine Filmangestellte aus Hongkong in dem Millionenbesitztum spielte.

Nach einer Biegung wichen die Bäume zurück, das Dämmerlicht der Allee endete. Ein Lichtschwall später Sonne brandete an die Windschutzscheibe und verschlug goldgrell die Sicht. Der Sumo wälzte sich behende aus dem Auto, kam herum und öffnete, wieder mit tiefem Kotau, den Schlag für den Gast.

Kolk stieg aus. Er stand an einer kiesbedeckten Auffahrt, der sich eine Rasenfläche anschloß, gesäumt von Rosenrabatten. Den Abschluß bildete eine zweigeteilte Taxushecke, deren Büsche wechselnd in Kugelform und pyramidenartig verschnitten waren. In der mittleren Aussparung führte eine breite Freitreppe zum erhöhten Haus.

Kolk schaute, zwinkerte, staunte, er traute seinen Augen nicht – das Haus kannte er! Er hatte diesen Hochparterrebau noch nie gesehen – dennoch war er ihm vertraut: eine klassizistische Villa in frischem Hellgelb, mit dem unverwechselbaren Säulenportikus, elegant und heiter großspurig wie das Original. Kein Zweifel – er stand vor einer Kopie, vor einem Nachbau des Schlosses Charlottenhof aus dem Park von Sanssouci!

Weggelassen hatte der Architekt den Anbau, die Pergola, auch die Anlage mit der Fontäne fehlte. Aber das Schlößchen war das Schlößchen. Auf Kolk lächelte die preußischrömische Villa wie eine gute Bekannte herab, und in dieses

Lächeln klingt Inges Juchzen, das sie ausstieß, wenn sie im Park das leuchtende Kleinod erblickte. Junge, Junge, wie oft hatte sie ihn und Niklas nach Potsdam und Sanssouci geschleppt, wo sie andächtig das kleine Schloß umkreiste und den Satz aussprach, den Kolk und Niklas Demps mit östlicher Skepsis aufnahmen: So will ich mal wohnen ...

Hysterisches Gekläff riß Kolk in die Wirklichkeit zurück. Zwischen den dorischen Säulen stürzten zwei Windspiele hervor, sie jagten die Treppe hinab und schossen querbeet auf den Chauffeur zu. Überkandidelt sprangen sie an ihm hoch, bis der Riese in die Knie ging. Die ausgemergelten Tiere leckten das Mondgesicht mit Freude, die der Stumme durch Stillhalten erwiderte.

Dann erhob er sich und wollte das Beauty-case übernehmen. Kolk lehnte ab. Umtanzt von den Kötern, gingen sie auf das Haus zu.

Rechts erstreckte sich eine ausgedehnte Rasenfläche, mit einer Sitzgruppe aus Bambus. Dahinter funkelte das Rechteck eines großen Schwimmbeckens. Ein struppiges Etwas paddelte darin, einem Hund ähnlich. Um das Bad standen antike Statuen auf Sockeln. Hinter dem Pool öffnete sich das Panorama des Wannsees mit grüner Waldrahmung. Beide Wasserflächen, jene des Pools und die Weite des Sees, verschmolzen ineinander, und es schien, daß das paddelnde Wesen gleich hinausschwimmen würde auf das mit Segeln weißbetupfte Berliner Gewässer.

Mit dem Chauffeur stieg Kolk die flachen Stufen der Freitreppe hinauf. Neben dem Säulenvorbau war in die Hauswand eine bronzene Platte mit erhabenen Lettern eingelassen. LITTLE SANSSOUCI. Charlottenhof war dem Bauherrn wohl zu simpel. Er hatte den Namen requiriert, der nur dem

Königlichen Schloß am Weinberg im Park von Sanssouci zustand. Der amerikanisierende Zusatz LITTLE macht die Anverwandlung noch kurioser. Kolk griente und klopfte dem aristokratischen Köter, der seine Hand leckte, auf die Schnauze.

Sie hatten den Eingang erreicht. Der Riese klatschte in die Hände und wies die nachdrängenden Windspiele ab. Gekränkt trotteten sie davon.

Kolk betrat das Vestibül. Mit obligater Verneigung und einer Geste, die um Geduld bat, zeigte der Sumo auf ein Sofa. Er klopfte an eine der Türen und verschwand in dem Zimmer.

Die kleine Empfangshalle umfing ihn still. Nur von ungefähr erinnerte sich Kolk des Originals, das er vor langer Zeit mit Inge besichtigt hatte. Auf den Springbrunnen im Vestibül, der ihr so gefiel, hatte man hier verzichtet. Die Streifentapeten und die Schnitzereien an den Türen spielten mit dem Rokoko. Das zierliche Besuchersofa mochte tatsächlich einem vergangenen Jahrhundert entstammen. Kolk zog es vor, die Antiquität nicht mit seinem Halbschwergewicht zu belasten. Im Hintergrund stand ein weißer Flügel, darauf lag eine Gitarre.

Er nahm das Taschentuch und wischte sich den Schweiß aus dem Nacken. Im Haus schien die Heizung in Betrieb zu sein. Mit der sommerlichen Wärme addierte sich das zu einem Urwaldklima. Es kam den Drachenbäumchen und Baudhinien zugute, die in den Ecken standen. Auf einer Marmorkonsole thronten weiße Porzellanfiguren, ein Fischreiher mit gerecktem Schnabel und ein Affe mit der Miene dessen, den nichts mehr überraschen kann. Die Szenerie war in schwachblaues Licht getaucht, das vom farbigen Glasfenster des Portals in das Vestibül fiel.

Eine Tür klappte. Geschäftigen Schrittes kam ein kleiner Mann heran, gefolgt von dem Sumo. Kolk erkannte den alten Chinesen, den er vom Fenster des Filmbüros auf der Straße gesehen hatte. Er trug Anzug und Krawatte. Die überheizte Temperatur schien ihm nichts auszumachen.

»Herr von Kolk, wie schön, ich freue mich«, sagte er lebhaft in bestem Deutsch. »Guten Tag, mein Name ist Wang. Es ist mir eine Ehre, Sie kennenzulernen. Wie ich sehe, waren Sie erfolgreich.« Die Hand ausstreckend, bat er: »Bitte geben Sie mir die Box.«

Kolk hatte den Gruß erwidert. Er behielt den Koffer in der Hand und sagte: »Pardon, einen Moment, bitte. Ich kann ihn nur der Klientin aushändigen. Sie ist die Vertragspartnerin.«

»Was? Was sagen Sie? Habe ich Sie richtig verstanden? Sie wollen mir das Case nicht geben?«

Ungläubig musterte der Chinese den Besucher. Kolk spürte ein Mißbehagen. Das Männlein, knappe einssechzig hoch, schaute auf ihn, den einsvierundachtzig großen Kerl herab. Die schwarzen Augenschlitze sandten eine Stoßwelle von Machtbewußtsein aus, die den Gast kleinmachte.

»Ist das Ihr Ernst?« wiederholte die Altmännerstimme.

Mit Nachdruck setzte Kolk an, das vorgebrachte Argument zu bekräftigen.

Der Herr Wang warf den Kopf zurück. In dem Runzelgesicht rutschten die Lippen hoch und legten ein kraftvolles Gebiß frei, lückenlos und stark wie das eines Tiers. Eine krächzende Lache brach heraus, sie schüttelte das Bündelchen Altmensch und warf es auf das Rokokosofa, wo es sich wand in quietschendem Vergnügen.

Den asiatischen Chauffeur, neben dem Sofa stehend, steckte die Heiterkeit seines Herrn an. Die Backen des Mondgesichts wabbelten, Schultern und Bauch des Kolosses wackelten in einem Amüsement, das zwangsläufig tonlos verlief.

Nur Kolk blieb ernst. Er hatte sich korrekt verhalten, es war nicht einzusehen, warum er als dummer August dastehen sollte. Er hatte Lust, den beiden Humoristen Bescheid zu stechen. Nur der Zustand seiner Brieftasche hielt ihn davon ab. Er ahnte, daß die Prämie, die ihm die Chinesengöre schuldete, von dem alten Lachsack kommen würde. Wenn er hier in Little Sanssouci kein Geld erhielt, konnte er sich nicht mal ein Taxi bis zur nächsten Station der S-Bahn für die Rückfahrt leisten.

Der kleine Mister Wang hatte sich wieder beruhigt. Auf ein paar chinesische Worte hin ging der Sumo hinaus. Das letzte Kichern bannend, sagte Wang:

»Sorry, verzeihen Sie vielmals mein unhöfliches Betragen. Ich bin ein altes Faß voller Schwächen. Es kommt selten vor, daß mir jemand einen Wunsch abschlägt. Das verleitet zu Hochmut, ich bitte um Nachsicht. Was den Koffer betrifft – Sie dürfen mir glauben, daß ich unterrichtet bin. Ich möchte nur einen Blick auf die Videokassette werfen. Sie verstehen ..., um ganz sicher zu sein ...«

Froh über die Wendung klappte Kolk das Köfferchen auf und reichte dem Hausherrn die schwarze Plastikschachtel. Der Alte öffnete sie und nahm die Kassette heraus. Er schaute kurz darauf und gab sie Kolk zurück. Er blickte ihn an und sagte:

»Ihr Gesicht ... Sie sind verletzt. Gab es bei Ihrer Arbeit eine Auseinandersetzung?«

Ein Lärm am Eingang unterbrach das Gespräch. Ein Knäuel Leiber drängte herein, rutschte auf den Fliesen aus und zerfiel in Teile. In der Mitte der Sumo. Er lag auf dem Bauch und versuchte, mit jeder Hand eines der jaulenden Fellgerippe festzuhalten. Aus der hampelnden Gruppe rollte ein viertes Wesen, jenes, das Kolk aus der Ferne für ein struppiges Tier im Pool gehalten hatte.

Helen Ma sprang auf, wobei sie auf einen Windhund trat, der erbärmlich aufschrie. Zu Kolk hinstürzend, riß sie ihm die Videokassette aus der Hand. Sie küßte sie, preßte sie an die Brust und hob sie hoch, wobei sie überglücklich jauchzte. Frenetisch heulend stimmten die Hunde ein. Sie sprangen an ihr hinauf und protestierten verzweifelt, als der Chauffeur sie an den Halsbändern packte und sich unterfing, sie aus der Halle zu zerren.

Angewurzelt verharrte Kolk. Die junge Chinesin war unbekleidet und naß. Sie hatte nichts an. ÜBERHAUPT NICHTS. Das kleine schwarze Dreieck, das Kolk zuerst für einen Tanga hielt, war kein Tanga. In den Härchen hingen Wassertropfen wie Glasperlen. Stäubten auch aus der Igelfrisur, als sie mit chinesischen Jubelrufen auf und ab hüpfte.

Kolk schluckte, er wußte nicht, wohin mit den Augen. Er und der chinesische Hausherr waren korrekt angezogen. Die nackte Frau fiel aus dem geschäftlichen Rahmen. Kolk wollte wegschauen, seine Augen gehorchten nicht. Kein deutsches Weib, das sie kannten, bot einen Körper wie das Mädchen aus dem Lande der Mitte. Aus altem Elfenbein eine Statue, zu wilder Jugend erwacht. Die Kassette in der erhobenen Hand schwenkend, tanzte sie singend durch die Halle und stieg die Treppe hinauf. Auf langen Beinen ging sie frei dahin, als wäre Entblößtheit die natürliche öffentliche Erscheinungsform ihres Geschlechts. Der alte Mann neben Kolk sprach leise:

»Ein Kunstwerk, atemberaubend, nicht wahr. Von Gott geschaffen, als er noch jung und schamlos war. Und was hält sie in der Hand. Ein Füllhorn oder eine Leier, wie zu erwarten im Ambiente des Rokoko? Nein, eine Videokassette schwenkt sie, einen elektronischen Datenspeicher. Das ist die moderne Zeit, über deren Sinn wir Älteren nicht müde werden zu rätseln ... «

Er blickte dem Mädchen nach, das oben am Quergang in einem Zimmer verschwand, und fuhr abschätzig fort:

»Sie will mit dem traditionellen Bild der Asiatin aufräumen. Sie wissen schon, das Klischee der japanischen Butterfly: scheu, sittsam, unterwürfig lächelnd und eingewickelt wie ein Reiskuchen. Ich frage mich bei der Puccini-Oper immer, wie die Heulsuse überhaupt ein Kind von dem Yankee Pinkerton empfangen konnte. Pardon, ich schweife ab. Jedenfalls finde ich, daß Helen die Verwestlichung übertreibt. Nacktheit ist ja ganz hübsch, aber ... Vor ein paar Tagen hatte ich den Berliner Kultursenator hier. Keine Leuchte, aber halbwegs gebildet. Wir sprachen über die Sittenlosigkeit im Fernsehprogramm, er verabscheut, was auch ich verurteile. Genau wie heute stieg Helen aus dem Pool. Ob Sie es glauben oder nicht, der Mann wollte gar nicht mehr gehen.«

11

Nach dem dramatischen Tag mit zwiefach glücklichem Ausgang hoffte Kolk auf eine ungestörte Nachtruhe. Das Auto war wieder da, Geld war ins Haus geschneit. Der Besuch in Little Sanssouci hatte sich rentiert.

Auf Kolks freimütige Bemerkung, daß er knapp bei Kasse sei und Bargeld einer Überweisung vorziehe, hatte der kleine Herr Wang gezwinkert. Er verließ den Raum. Als er zurückkam, drückte er dem Detektiv die gesammelten Werke der Gebrüder Grimm in die Hand, zwanzig braune Scheine mit dem Porträt der gewinnenden Märchenonkel. Für Monate ein schönes Polster, auch für euch, versicherte Kolk, als er abends den Kois Futter ins Aquarium streute.

Trotzdem stellte sich nur ein unruhig zersetzter Schlummer ein. Die Begegnung mit dem alten Chinamann geisterte durch den Kopf. Zwischen gewöhnlichen, logisch verknüpften Bildern gab es eines, das unlogisch abwich. Kolk wußte, daß er an einem Punkt gestutzt hatte. In der Wirrnis geträumter Bruchstücke stöberte er nach dem besonderen Detail. Er war ihm dicht auf der Spur. Wenn er meinte, es fassen zu können, funkten andere Bilder dazwischen.

Aus den Nebeln steigt Inges Gesicht auf ... Inge und Kolk und Niklas Demps laufen durch den Park von Sanssouci. Vor dem Abitur stehend, wollen sie Lehrstoff wiederholen. Inge behauptet, in freier Natur lerne man besser. Bücher und Notizen sind überflüssig, Niklas Superstar trägt alles im Kopf, er fragt sie ab. Sie kommen am chinesischen Teehaus vorbei. Daneben der japanische Kuchenbaum. Inge bleibt stehen. Sie zieht den süßen Duft ein. Niklas' Arm liegt um ihre Hüfte. Er, der eine Leidenschaft für alles Asiatische hat, erzählt etwas über exotische Gewächse. Inge schaut zu Kolk. Ihr Blick ist anders als sonst, dunkler. An jenem Tag begann, was später zur Katastrophe führte ...

Und wieder zerfließt der Traumstreifen. Das Mondgesicht des Chauffeurs ... der rosa Stummel, in der Mundhöhle zuckend wie ein zerschnittenes kleines Tier ...

Kolk schnaufte und rollte im Bett hin und her. Ein Gegenstand, hart, rissig, drückte auf seinen Mund. Der Schreck versteifte Kolks Körper. Was passierte da mit ihm, war er wach oder träumte er ...

Er wollte das Brett wegstoßen. Es wich nicht. Es roch nach Chemikalie, es ähnelte einer Hand. Eine Stimme flüsterte: »Ruhig, Kleiner, ich bin's nur ...«

Schweinetods kratziges Organ. Auch die Pranke konnte nur ihm gehören. Schwarz hob sich die Gestalt des Alten gegen das mondlichtweiße Fenster ab.

Kolk stieß die Hand weg und zischte: »Karl?! Bist du das? Was ist los!« Er setzte sich auf und tastete nach dem Schalter der Lampe.

»Nein, kein Licht. Ich will dir nur was ausrichten.«

»Was ausrichten, mitten in der Nacht! Bist du irre! Wie kommst du in die Wohnung?«

Ein Blechverschluß knackte. Flüssiges gluckerte, begleitet vom Geräusch einer tätigen Gurgel. Der Schatten rülpste und sagte: »Dieses Bier solltest du nicht kaufen.«

Kolk ließ sich wieder ins Kissen fallen. »Karl, du hast einen in der Krone. Ich möchte schlafen. Trink die Büchse aus und verschwinde. Wenn du wieder bei mir einbrichst, gib mir vorher Bescheid, ich stelle ein paar Pullen Sekt kalt.«

»Flosse ist weg.« Die Stimme des Alten knarrte. »Mit seiner Frau. Beide haben dich gern – soll ich dir ausrichten. Flosse wollte keinen Abschied. Er hatte Angst, daß er dir was vorheult.« Schweinetod hüstelte. »Flosse meint, die Erpressung geht weiter, so oder so. Er gibt auf, sie sind schon weg. Die Kneipe wird verkauft. Sie ziehn in eine ländliche Ecke, irgendwo hinter Aachen. Dorle hat dort eine Schwester.«

Kolk lag still. Er hatte nicht mehr den Wunsch, das Licht anzuknipsen. Flosse und Dorle ... geflohen aus Angst ... vertrieben aus ihrer Kneipe, ihrer Straße, aus ihrer Heimatstadt. – Deshalb hatte er sie telefonisch nicht erreicht.

»... und du solltest auch abhaun!« grollte der Alte. »Kolk, hör zu. Du hast dich mit 'nem Großen angelegt. Ein Typ, auf dem Sprung nach oben. Er baut eine Kette auf, die auch in anderen Städten Schutzgelder eintreibt. Soll mal ein paar Semester Betriebswirtschaft studiert haben. Spitzname Doktor No. Weil er auf Bond-Filme abfährt. Jetzt nennen sie ihn Doktor Nofinger. Ja, feixe nur, das wird dir noch vergehn. Weißt du überhaupt, wo du lebst? Schlangen, Tiger, Giftkröten – Dschungel, mein Lieber. Aber du verhältst dich, als spielst du noch in deinem bewachten Ostkindergarten. Dein Auto, direkt vorm Haus – jeder kann ran. Das Schloß der Wohnungstür – ich mußte bloß husten. Du hast nicht mal Vorhänge an den Fenstern. Sogar ohne Zielfernrohr kann einer dich wegmachen. Verstehst du, Junge: Dieser Nofinger hat gar keine Wahl, er muß mit dir abrechnen! Sonst wird er lächerlich in der Branche. Auf dich läuft was zu. Das hat er ausposaunt, ich hab's über drei Ecken aufgeschnappt. Du bist eine heiße Kartoffel. Die Polizei kannst du vergessen, das ist dir hoffentlich klar. Komm nicht mehr zu mir, ich will mir nicht die Pfoten verbrennen. Verschwinde aus Berlin, am besten gleich morgen ...«

Nun knipste Kolk die kleine Lampe auf dem Bord an. Der Alte hockte auf dem Stuhl am Bett und betrachtete ihn kummervoll.

Kolk fragte, ob er wisse, wo sich der Ganove aufhalte. »Aha, du weißt es nicht? Endlich mal was, das ich früher erfahre als du. Mein guter Karl, ich teile dir offiziell mit: Unser Doktor Nofinger sitzt in einer Zelle der Polizeidirektion. Er wurde gestern verhaftet.«

Schweinetod ließ die Büchse sinken. Ungläubig schaute er auf den Detektiv im Bett.

Vergnügt begann Kolk zu berichten, wie er gestern sein gestohlenes Auto zurückerobert hatte. Danach mußte er aufs Revier, wegen des Protokolls. Kommissar Schmidt zog ihn beiseite und frohlockte, er habe ein Geschenk für Kolk. Er öffnete die Tür zum Nebenraum. Auf dem Stuhl saß der Kerl, der Flosses Kneipe heimgesucht hatte. Der jüngere Mann, der Anführer, der Intelligente mit der Baseballmütze. Die Polizei hatte ihn zufällig geschnappt, bei der Kontrolle in einem Bordell. Nun hockte er bei der Kripo und absolvierte sein erstes Verhör.

»Die verletzte Hand war verbunden. Aber ich brauchte seine Finger nicht nachzuzählen, ich hab ihn auch so erkannt. Er mich auch. Er glotzt mich an und sagt: Ich vergesse dich nicht. Ich sage: Das will ich hoffen. Gut, was. Du hättest sein Gesicht sehen sollen.«

Kolk lachte und schloß souverän:

»Karlchen, ich weiß nicht, ob du als pensionierter Mausehaken das gerne hörst: Die Berliner Polizei ist besser als ihr

Ruf. Der Fall ist erledigt. Flosse soll zurückkommen, er muß unser Lokal wieder aufmachen. Das ist er sich und uns schuldig. Er und Dorle dürfen nicht aufgeben, richte ihnen das aus.«

»Schön wär's. In meinem Alter ist es schwer, in einer neuen Kneipe warm zu werden.« Schweinetod war aufgestanden und schlurfte zur Tür. »Du hast mich nicht verstanden«, meinte er resigniert beim Hinausgehen, »nichts hast du begriffen, gar nichts. Du bist und bleibst ein Ossischaf. Und Schafe werden vom Wolf gefressen.«

Launig rief Kolk ihm nach, er solle die Tür gut abschließen. Dann löschte er das Licht und wühlte sich befreit in die Kissen. Schweinetod, ein müder Greis, dachte er, ehe er einschlief. Rechthaberisch wie mein Vater. Und auch schon ein bißchen gaga unterm Schnee.

Den Rest der Nacht schlummerte er friedlich. Von Alpträumen blieb er nach Karls Abgang verschont, auch Tegeler Luftangriffe blieben aus. Als das Telefon schnarrte, stellte er fest, daß es halb sieben war. Nur einem Streber konnte einfallen, ihn so früh zu behelligen.

Aus der Muschel kam die Stimme von Niklas Demps. *Du hast zwanzigtausend Mark erhalten, ohne dafür zu quittieren. Der Boss vergißt solche Kleinigkeiten. Komm im Lauf des Tages vorbei und hole das nach.*

Ehe Kolk eine Beschimpfung durchrufen konnte, hatte der andere aufgelegt. Die Verärgerung hinderte Kolk daran, noch einmal einzudösen. Er stand auf und ging unter die Dusche. Dann frühstückte er am Schreibtisch im Angesicht von Inges Foto. Niklas Demps ist Luft für mich, sagte er zu ihr, und sie lächelte still.

Das proletarisch frühe Lever erwies sich als nützlich, eine resolute Blondine betrat die Detektei. Der geschiedene Gemahl war weggetaucht, um nicht mehr für Weib und Kinder Unterhalt zahlen zu müssen.

»Diskrete Aufenthaltsermittlung einer sich der Adressenermittlung entziehenden Person«, erklärte Kolk streng.

Sie reichte ihm einen Zettel mit Adressen, »wo sich der Strolch möglicherweise aufhält. Skatbrüder und Saufkumpane, vielleicht arbeitet er für so einen schwarz oder wohnt sogar dort. Mit Ihnen habe ich ein gutes Gefühl, Herr von Kolk«. Die Betonung verriet, daß sie zum ersten Mal mit einem Adligen sprach. Ihr Händedruck tat kund, daß über Klassenschranken hinweg ein Pakt für die gnadenlose Herstellung sozialer Gerechtigkeit geschlossen wurde.

Nach Verabschiedung der Klientin verordnete sich Kolk einen üppigen G.T. Der Blutdruck, den er danach maß, konnte als zufriedenstellend gelten. Niklas Demps würde auf die Wacholderfahne angeekelt reagieren, Kolks Wohlbefinden würde sich erhöhen.

Zum Kurfürstendamm nahm er den Bus und die U-Bahn. Durch die Fasanenstraße schlenderte er über die Lietzenburger in Richtung Rühlehaus. In einem Peugeot saß der Fahrer hinter dem Steuer und las Zeitung. Kolk ging vorbei. Das Gesicht blieb noch eine Sekunde haften, aber er war nicht sicher. War es der Lodenmann mit hellen Wimpern, der ihm schon aufgefallen war?

Kolk wischte den zweifelhaften Eindruck weg und tauchte in die betriebsame Wabe des Filmbürohauses ein. Er marschierte geradewegs zum Zimmer von Niklas Demps. Die Tür war offen. Hinter dem Schreibtisch stand Helen Ma und riß Papier aus dem Faxgerät. Sie blickte auf und sagte:

»Da sind Sie ja. Herr Demps mußte weg. Hier ist die Rechnung, bitte quittieren Sie. Das Original ist für Ihre Unterlagen.«

Kolk unterschrieb und hielt unauffällig die Ginabluft an. Die Chinesin legte die Kopien in eine Mappe und schaute auf die Uhr.

»Es ist gleich Mittag. Kommen Sie mit, ich möchte Ihnen noch etwas sagen.«

Das kleine Café lag dem Bürohaus gegenüber. In den beiden Räumen ging es quirlig zu, alle Tische waren besetzt. Kolk hatte den Eindruck, daß das Café von Angestellten der Filmgesellschaft als Kantine benutzt wurde.

Wie im Rühlehaus waren auch hier unter den Einheimischen einige chinesische Angestellte zu sehen. Kolk hielt Umschau nach freien Plätzen. Helen Ma trat an einen Tisch, wo schwatzend und futternd drei bekittelte Chinesen saßen. Sie schaute nur auf sie herab. Die Männer sprangen auf und räumten mit beflissenen Verneigungen die Stühle. Die Sandwiches in der Hand, trotteten sie hinaus.

Helen Ma nahm Platz. Ohne sich umzudrehen, hob sie die Hand. Eine junge Serviererin eilte heran. Die Chinesin bestellte einen Krabbensalat und Apfelschorle. Kolk schloß sich an.

Ach ja, sie wolle sich entschuldigen, sagte Helen Ma. Gestern abend in der Villa sei sie mit der Videokassette weggelaufen, ohne sich zu bedanken. Die Freude habe sie überwältigt, den Dank hole sie nach.

Die Serviererin kam und brachte den Salat und die Getränke. Mit gekrümmtem Zeigefinger winkte Miss Ma die Bedienung zu sich herab. Das Mädchen beugte sich zu der Sitzenden nieder. »Ihr Parfüm«, sagte die Chinesin, »es riecht ordinär, es stinkt. Und Ihr Rock ist zu kurz. Sie müssen hier niemanden animieren. Ändern Sie das. Sie können gehen.«

Mit rotem Gesicht entfernte sich die junge Frau.

Während Kolk den Salat würzte, versetzte er bissig, falls Frollein Ma Ärger habe, müsse sie ihn nicht am Personal auslassen. Sei das in Hongkong so üblich?

»Wir haben das Café gekauft«, entgegnete sie, »mit allem Zubehör. Wir bestimmen den Standard. Und dazu gehört ...«

Sie hielt inne und blickte zum Eingang, wo die Chefsekretärin aus dem Rühle-Büro aufgetaucht war. Die Frau schaute sich aufgeregt um und drängte zum Tisch durch. Sie beugte sich herab und flüsterte der Chinesin etwas zu. Jene stand auf und eilte zur Tür. Die Sekretärin lief ihr nach.

Der Krabbensalat schmeckte angenehm leicht. Danach verpaßte Kolk den Krabben eine Wacholderdusche, die sie so bald nicht vergessen würden.

Um die Rechnung zu begleichen, winkte er die Serviererin heran. Sie hatte gerötete Augen. Als Kolk ihr zehn Mark Trinkgeld in die Hand drückte, schluchzte sie auf. Kolk klopfte ihr auf den Arm, »na, na.«

Er schob sich durch das Gedränge der Mittagsgäste zur Tür. Als er hinauswollte, prallte er mit der erneut hereinstürzenden Sekretärin zusammen.

»Kommen Sie«, rief sie, »schnell, beeilen Sie sich!«

Sie lief über die Straße zurück und wäre fast in ein Postauto gerannt. Kolk setzte sich in Trab. Er überquerte die hitzeflirrende Fahrbahn und keuchte hinter dem Hinterteil der Vorzimmerdame die Treppe im Filmhaus empor.

Der Schnellstart nach dem Mahl war unbekömmlich. Kolk fürchtete, daß sein Ginkopf davonfliegen würde. Auch war es würdelos, einen Büroflur rennend zu durchqueren. Er ging langsamer und knöpfte den Hemdkragen auf. Die Sekretärin rannte zurück, packte seine Hand und zog ihn mit einem flehentlichen »bitte!!« mit sich. Sie zerrte ihn durch das Sekretariat und schob ihn in das große Arbeitszimmer der Frau von Rühle.

Hinter dem Schreibtisch stand Herr Wang. Mit schriller Stimme rief er ein Stakkato chinesischer Sätze ins Telefon. Das kleine Gesicht war nervös verzerrt. Er warf den Hörer auf den Apparat, scheuchte die Sekretärin hinaus und winkte Kolk näher heran.

Der alte Mann schloß die Augen und drückte die Fingerspitzen gegen den Kopf. Er massierte die Schläfen. Er öffnete die Augen und sagte erzwungen ruhig:

»Wir haben wenig Zeit. Hören Sie nur zu, unterbrechen Sie mich nicht. Frau von Rühle ist tot. Sie ist heute vormittag mit dem Auto verunglückt. Am Steuer saß unser Dramaturg Dr. Kast. Er wurde in ein Krankenhaus in München eingeliefert, schwer verletzt.«

Wang stützte sich auf den Schreibtisch. Er hatte Kolk nicht zum Sitzen aufgefordert. Er redete weiter:

»Ich habe neunundvierzig Prozent dieser Filmgesellschaft gekauft. Mit der Option, später weitere Anteile zu bekommen. Ich habe gedrängt, die Frist zu verkürzen, nur mit der Mehrheit kann ich frei schalten und walten. Wir hatten uns noch nicht geeinigt. Wir sind ... wir waren in harten, nicht ganz freundlichen Verhandlungen. Vom geschäftlichen Standpunkt aus war mir Frau von Rühle im Wege.«

Wang nahm eine Tablette aus einer Schachtel und schluckte sie mit Wasser. Noch immer blieb er stehen, obwohl es ihn Mühe kostete.

»Ich komme auf den Unfall zurück. Das Auto war zu Dreharbeiten unterwegs, in Niederbayern. Dr. Kast ist ein solider Mitarbeiter. Frau Rühle war oft mit ihm unterwegs. Die Straße war völlig frei – das hat man mir gerade am Telefon berichtet. Das Tachometer stand auf siebzig Stundenkilometer. Die Frage lautet: Warum fährt ein Auto bei gutem Wetter und mäßigem Tempo auf freier Strecke in den Tod? Warum? Was wird jetzt passieren?«

Da gab es wenig abzuwägen. Nach kurzer Überlegung erklärte Kolk, daß die Kripo sich reinhängen werde. »Ermittlungen, auch hier im Haus. Ich nehme an, die werden den Wagen untersuchen, ob daran manipuliert worden ist. Oder war etwas mit dem Fahrer, hatte er einen Schwächeanfall, einen Infarkt?«

»Woher soll ich das wissen!« Wang kiekste gereizt. »Ich muß erfahren, wie das passieren konnte. Und zwar ehe die Polizei ins Haus kommt und bevor die Presse Wind kriegt. Ich kann hier nicht weg, und Herr Demps ist in Paris. Die Leute vom Drehstab in Bayern sind ungeeignet. *Sie* werden fliegen. Helen ist schon dabei, für Sie telefonisch zu buchen. David fährt Sie nach Tegel. Sie können noch die Maschine um ein Uhr dreißig ...«

»Augenblick mal«, unterbrach Kolk, »ich bin momentan ... das Mittagessen, der Salat ... ich glaube, mir wird übel ...«

»Kotzen können Sie im Flugzeug, dafür gibt es Tüten. Los, das Auto wartet!«

Einspruch zwecklos. Kolk schritt zur Tür, bemüht, eine gerade Linie zu halten.

»Herr von Kolk!«

Er drehte sich noch einmal um. Der alte Herr sank müde in den Sessel.

»Unsere Firma dreht Filme und Serien für das Fernsehen. Die privaten oder staatlichen Sender bestellen bei uns, wir produzieren und liefern die Ware. Wir sind eine privates Unternehmen, kein öffentlich-rechtliches, aber wir stehen im Licht der Öffentlichkeit genau wie der Staatsfunk. Wir sind sogar leichter verletzbar. Der gute Ruf des Hauses ... darauf darf nicht der Schatten eines Verdachts ... Sie müssen Ihr Bestes geben, mehr noch: das Allerbeste!«

Kolk nickte kantig und schwankte hinaus.

Aus der bayrischen Metropole zurückkehrend, landete er am Abend des nächsten Tages mit der Neunzehn-Uhr-Maschine wieder in Tegel. Er verließ den Ankunftstrakt und steuerte auf den ersten Wagen der Taxischlange zu.

Die Äuglein des Fahrers huschten über das Gesicht des Kunden. Kolks Bartstoppeln konnten die alten Schwellungen und verschorften Risse kaum verdecken. Die Kleidung war zerdrückt. Ein Fahrgast ohne Gepäck, bei hereinbrechender Dämmerung. Auch der Stiel einer Zahnbürste, der aus der Brusttasche von Kolks Jackett ragte, ließ nicht auf geordnete Verhältnisse schließen.

Immer wieder musterte der Fahrer im Innenspiegel den zwielichtigen Kunden auf dem Rücksitz. Als Kolk am Funkturm seine Uhr stellte und das Armband metallisch einschnappen ließ, zog er ängstlich den Kopf zwischen die Schultern.

Wenig später durchquerten sie das Nobelviertel am Wannsee. An dem großen Stahltor meldete sich Kolk über die Sprechanlage. Knarrend schwenkten die Torflügel zurück.

Das Taxi rollte in den gähnenden Schlund der Eichenallee. Ein paar Wegleuchten zerhackten das Halbdunkel in schaurig taumelnde Schattengebilde. Der Chauffeur atmete hörbar.

Dann hatten sie den unheimlichen Baumtunnel hinter sich. Auf der rotgolden dunkelnden Folie des letzten Abendlichts erblühte vor ihnen das romantische Schlößchen. Little Sanssouci, verspielt vor den Wassern schwebend, der zauberische Anblick überhöht durch Pianoklänge, die aus dem Säulenportikus perlten.

Der Taximann, wieder belebt, stieß einen Pfiff aus und urteilte: Einwandfrei!

»Zwanzigtausend im Monat, netto kalt, vierter Förderweg«, näselte Kolk. »Was schert es Uns, Wir sind kinderreich, den Mietzins berappt die Sozialhilfe. Was sind Wir Ihm schuldig ...? Hier, behalt Er den Rest, Kutscher.«

Während das Mietauto mit dem verwirrten Lenker entschwand, ging Kolk zwischen den Rosenrabatten zur Villa. Aus dem Portal flogen die Windspiele heran. In Erkennungsfreude winselnd, wirbelten sie um den Ankömmling und um die eigene Achse und liefen Gefahr, ihre mannequinhaft ausgedünnten Leiber ineinander zu verknoten.

Den Hunden war der Sumo-Riese gefolgt, der sich wie stets stumm verbeugte. Mit gestreifter Weste als Butler agierend, wirkte er darin so befremdlich wie in Chauffeurslivree.

Sie betraten die Vorhalle. Im Hintergrund stand Helen Ma vom Hocker am Piano auf und kam nach vorn. Sie trug ein grünes Langhemd, das bis zu den Füßen reichte. Auf hölzernen Sandalen rasselte sie auf den Besucher zu und sagte kritisch: »Er ist tot? Shit, das ist sehr schlecht. Kommen Sie.«

Den Sinn der Bemerkung verstand Kolk nicht – wen meinte sie? Gespannt folgte er der jungen Chinesin zur Tür, die der Sumo für sie öffnete.

In dem großen Raum, den er zum ersten Mal betrat, erinnerte nichts an den Geist des Rokoko. Ein Regal, über zwei Wände gezogen, war mit Büchern, Aktenordnern und Reihen von Videokassetten vollgestellt. Davor standen Fernsehgeräte, acht an der Zahl, in zwei Vierergruppen übereinander. Sie waren eingeschaltet. Auf einem Regal daneben erhob sich ein Turmbau von Satellitenboxen und Videorecordern.

Vor der farbig zappelnden Bilderwand standen Wang und Niklas Demps im Gespräch. Der alte Chinese zeigte auf einen Bildschirm und schimpfte: »Erst der Achsensprung, und jetzt schon wieder ein Mikrofon im Bild. Ein Dilettant, der Herr Regisseur. Er bekommt keinen neuen Vertrag, basta.« Wang drehte sich zu Kolk und rief: »Moment, wir sind gleich fertig.«

Während Kolk in einem der Sessel am Fenster Platz nahm, gesellte sich Helen zu den beiden Männern, die vor den Geräten Folgen von Fernsehserien begutachteten. Auf den zweimal vier Monitoren waren Szenen aus Krankenhäusern zu sehen, Ärzte, Pfleger, Schwestern und blumenbestückte Besucher. Patienten in Betten, in Wannen, Rollstühlen oder betäubt auf Operationstischen.

Aber nur bei einem Gerät war der Ton eingeschaltet. Der Arzt sagte zu einer Dame mit zugebundenem Gesicht und gehobenem Bein im Streckverband: »Kopf hoch und keine Bange, Frau Kiep, das wird wieder.« – Es schien, daß die Bilder der sieben stummen Schirme vom Wort des einen mitversorgt würden. Schwungvolle Streicher im Stil von André Rieu banden die Bresthaften in den acht Filmen zu einer Gemeinschaft zusammen, deren glückliches Fortkommen musikalisch außer Frage stand.

Wang, Niklas Demps und die junge Frau redeten durcheinander. Wang wetterte über Asynchronität und anderes, das für Kolk deutsches Chinesisch blieb. Demps kehrte dem Besucher den Rücken. Beide verhielten sich, als wäre der andere Luft.

Erst jetzt stellte Kolk fest, daß das elektronische Kabinett eine Reminiszenz an das historische Sanssouci enthielt. Das Ölgemälde an der Wand zwischen den Fenstern zeigte den preußischen Monarchen Friedrich II. In altgoldenem Rahmen ein Brustbild des Alten Fritz: Dreispitz, dunkelblauer Uniformrock mit silbernem Ordensstern. Halbprofil. Das Porträt lebte aus den großen, leicht vorstehenden Augen, deren Adlerblick den Betrachter durchdrang und in eine Zukunft zu spähen schien, welche des Königs Eingriff bedürfen würde.

Die Tür klappte. Niklas Demps hatte das Arbeitszimmer verlassen. Wang trat zu Kolk und ließ sich in den Sessel fallen. Die Geschäftigkeit war gewichen, seine Stimme krächzte sorgenvoll.

»Er ist tot. Das ist Pech. Damit sitzen wir in der Tinte.«

»Wie, wen meinen Sie?« Fragend blickte Kolk zu Wang und zu Helen Ma hinüber. Sie hatte den Ton des Fernsehgeräts abgedreht und setzte sich neben ihren Chef.

»Herr Kast ist tot!« rief Wang nervös. »Erst die Frau Rühle im Auto, nun auch noch der Dramaturg im Krankenhaus. Embolie. Der Anruf kam vor zwei Stunden.« Wang stutzte. »Haben Sie das in München nicht erfahren?«

»Nein, da war ich schon auf dem Rückflug. Schade, tut mir leid um den Mann. Dabei sah es ganz gut für ihn aus, er war zuversichtlich, daß er wieder auf die Beine ...«

Wang reagierte überrascht: »Sie haben noch mit ihm gesprochen? Warum sagen Sie das nicht gleich! Was hat Kast gesagt, woran erinnert er sich? Los, berichten Sie!«

In der knappen Schilderung, die Kolk gab, ging es um eine Verwechslung, simpel und fachspezifisch zugleich. Dem Hausdramaturgen der Filmproduktion oblagen vielfältige Aufgaben, auch Inspektionen an Drehorten zählten dazu. Häufig war Dr. Kast mit der Chefin, Frau von Rühle, mehrere Tage im Monat unterwegs, oft auf gleichen Routen, die zur Routine wurden. Bis er zwei Landstraßen verwechselte. Die eine führte zum bayrischen Drehort der Serie *Die Hochwaldklinik*, die zweite zum Drehort von *Ein Hausarzt zum Anfassen.* Beide Straßen besaßen ein tausendfünfhundert Meter langes Stück von fast deckungsgleicher Ähnlichkeit: links eine markante Begrenzung durch Felsblöcke, rechts eine typische Reihe von Trauerweiden. Der Unterschied bestand darin, daß die erste Straße abbog, während die andere auf der Geraden beharrte. Dr. Kast war schon oft auf beiden Strecken gefahren – bis zu jenem fatalen Moment, wo er, nach eigener Aussage, einer Verwechslung erlag. Dort, wo er die Kurve nehmen mußte, fuhr er geradeaus weiter, zwar nur mit siebzig ...

»... aber dazu kam die Fallgeschwindigkeit«, erklärte Kolk, »einen Steilhang hundert Meter hinab in die Schlucht.«

Nach einer Pause meinte Wang, wieder einmal übertrumpfe Wirklichkeit die Phantasie. Und Helen Ma bemerkte sachlich, daß Kolk, falls es zu einer polizeilichen Untersuchung komme, eine Aussage darüber machen müsse, was Kast ihm berichtet habe.

Der alte Herr hing schief im Sessel, er war noch immer deprimiert.

»Eine Verwechslung der Straßen, wäre es nicht so tragisch, könnte man scherzhaft vom Gesetz der Serie ... hm, na schön, der einzige Zeuge ist tot. Wir haben nur die Mitteilung eines Detektivs, der von uns bezahlt wird. Die Aussage ist wertlos. Wem nützt der Tod von Frau Rühle? Nur mir, ich profitiere geschäftlich, weil ich nun die Firma ... sozusagen feindliche Übernahme, eine chinesische, sogar eine tödliche. Die Kriminalpolizei wird den Unfallwagen untersuchen. Und falls sie etwas Verdächtiges finden ...«

»Verzeihung, Sir.« Kolk zog aus der Jackentasche einen Pearlcorder. Er legte das kleine Gerät auf den Tisch und schaltete es ein.

Die leise Stimme vom Band klang matt, der Mann redete mühsam und stockend. Er war verletzt und litt auch psychisch, weil er, wie er sagte, ein Menschenleben auf dem Gewissen habe.

Die Einzelheiten stimmten mit Kolks Wiedergabe überein. Es handelte sich zweifelsfrei um Dr. Kasts Stimme; seine bedauernswerte Ehefrau und auch jeder Mitarbeiter der Produktionsfirma würde das bestätigen. Der Dramaturg hatte durch Fahrlässigkeit den Unfall und damit das Ableben seiner Chefin herbeigeführt. Und er war, verzögert, selber zum Opfer geworden. So lagen die Tatsachen. Auf Wang und seine geschäftliche Beziehung zu Frau von Rühle konnte auch nicht der Schatten eines Verdachts fallen.

Das Diktiergerät abschaltend, stand Kolk auf. »Es ist spät, ich möchte Sie nicht länger aufhalten.«

Auch Wang hatte sich erhoben. Strahlend reichte der kleine Mann dem Detektiv die Hand und sagte bewegt:

»Sanssouci, ohne Sorge – nun paßt er wieder, der Name unseres Hauses. Sie haben uns erneut einen großen Dienst erwiesen.«

Vorsichtig erwiderte Kolk den zerbrechlichen Händedruck des Alten und folgte der Chinesin nach, die schon zur

Tür gegangen war. Ins Vestibül tretend, meinte sie, es sei zweckmäßig, gleich die Abrechnung zu erledigen.

Auf hölzernen Sohlen klapperte sie die Marmorstufen zum Obergeschoß hinauf.

Der Raum, den er nach Helen Ma betrat, erstreckte sich über die ganze Etage. Kolk hatte den Eindruck, daß man Bezirke zum Arbeiten, Essen, Schlafen, Musizieren und für Sport eingerichtet und dann einen Taifun bestellt hatte, der sie aufmischte. Auf dem zerwühlten Futonkarree und auf dem Teppich davor lagen Bücher, Notenblätter, Keksschachteln und Aktenordner. Auf dem Schreibsekretär ein Keyboard, ein Laptop, eine Packung Cornflakes, eine Zitruspresse. Auch hier gab es Fernsehgeräte, drei Stück, gereiht auf einem Tapeziertisch. Daneben standen zwei Videorecorder und eine Tonbandapparatur mit ausladenden Spulen.

Vorsichtig umging Kolk Blumenvasen und stieg über Kleidungsstücke, Modetüten, Kerzenständer, Turnschuhe und andere Utensilien. Mit dem Zuruf, er solle sich etwas zu trinken nehmen, war die Inhaberin in einer schmalen Tür am Ende des Raums verschwunden.

Kolk machte sich auf die Suche. In der Ecke stand ein Fitnessgerät, eine chromblitzende Foltermaschine, zum Trainieren von Muskeln, von denen man vorher nicht weiß, daß man sie besitzt. Am Gestänge baumelten ein Unterrock und eine Gitarre. Dahinter entdeckte Kolk an der Wand einen kleinen Kühlschrank. Diätcola, Mineralwasser und Äpfel. Kein Gin, nicht mal Whisky. Schwachen Trost boten ein paar Büchsen Bier.

Durch die Unordnung tastete sich Kolk zu einem Stuhl, den er von einer Trainingshose, einem Schlüpfer und einer dicken Plastik-Stoppuhr befreite. Er setzte sich und leerte die Bierbüchse auf einen Streich. Da er keinen Papierkorb entdeckte, warf er sie über die Schulter; in diesem herrschenden Chaos würde sie erst im neuen Jahrtausend gefunden werden.

Während er das zweite Blech öffnete, rauschte die Klospülung. Helen Ma kam aus dem Kabinett. Sie entnahm dem Kühlschrank eine Flasche Mineralwasser und meinte, sie habe hier oben keine Gläser. Sie trank einen Schluck, stellte die Flasche zurück und biß in einen Zwieback. Kolk reichte ihr ein Blatt mit Notizen. »Die Abrechnung, hab' sie im Flugzeug vorbereitet.«

»...'kay.« Das Mädchen tastete auf dem Bett herum und fischte einen Ordner hervor. Die Zimmertür stand noch offen. Niklas Demps schaute herein, er hielt eine Aktenmappe in der Hand. Wie zuvor ignorierte er den alten Schulkameraden und wandte sich nur an die Mitarbeiterin. »Ich bin morgen früh im Studio in Babelsberg – hast du die Aufstellung für die Musik schon fertig?«

»Nein, morgen. Du fährst zurück in die Stadt? Wir sind hier gleich fertig – du kannst Herrn von Kolk im Auto mitnehmen.«

Kolk warf ein, er komme nur mit, wenn Herr Demps neben dem Wagen herlaufe.

Der andere ließ die Bemerkung unbeachtet, ohne Gruß verschwand er aus der Tür.

Helen Ma blickte Demps nach und sagte: »Ich weiß, daß er früher mit Ihnen befreundet war, in Ostberlin. Warum ging das auseinander, warum tun Sie wie Hund und Katze?«

»Privatsache. Sind Sie mit der Aufstellung einverstanden?«

Mit gekreuzten Beinen auf dem Teppichboden sitzend, überflog die Chinesin murmelnd die Liste:

»Flugticket, Hotelzimmer, Minibar, ein Diktiergerät, ja, sehr gut. Wir bezahlen es, sie können es behalten ... Und ein Bademantel, wofür ein Bademantel?«

Beim ersten Besuch in dem Münchner Krankenhaus, erläuterte Kolk, sei ihm verwehrt worden, mit dem verletzten Dr. Kast zu sprechen. Er habe einen Bademantel gekauft und angezogen. So wirkte er wie ein Patient unter anderen; auch sein verletztes Gesicht sei für die Rolle hilfreich gewesen. Er konnte zu dem Dramaturgen vordringen, der aus der Bewußtlosigkeit erwacht war. Den Bademantel habe er im Hotel gelassen. Nur die Zahnbürste habe er mitgenommen, sagte Kolk und zog das fabrikneue Instrument aus der Brusttasche. Weil er sie weiter benutze, stelle er sie nicht in Rechnung.

Ein Lächeln, das der bescheidenen Pointe zugestanden hätte, blieb aus. Helen Ma zeigte die Miene einer Leitungsebene, der Humor von Angestellten fernliegt. Sie zeichnete die Aufstellung ab, drehte sich sitzend herum und suchte beidhändig im Bettzeug. Sie zog ein Telefon hervor und redete chinesisch. Dann, zu Kolk:

»David wird Sie nach Hause fahren. In ein paar Minuten. Noch ein Bier?«

Sie stakste zum Kühlschrank und nahm zwei Büchsen heraus. Quer durch den Raum warf sie dem Gast eine Büchse zu. Mit Mühe fing Kolk das Geschoß und prellte sich die Finger. Die Hand reibend, fragte er: »David, der Chauffeur, netter Kerl. Leider ist die Unterhaltung mit ihm schwierig.«

»Ja, er ist stumm. Sie haben ihm die Zunge abgeschnitten.«

»Was sagen Sie? Die Zunge abge ...?« Er hatte den Verschluß aufgerissen, kalter Schaum quoll über seine Hand.

Auch Helen Ma trank das Bier aus der Dose. Mit dem Handrücken wischte sie Schaum von den Lippen.

»Er hat für ein Syndikat gearbeitet, in Oahu, das gehört zu Hawai. Er soll Dinge ausgeplaudert haben, leichtfertig, im Opiumrausch. Dafür wurde er hart bestraft. Er ist froh, daß er noch lebt. Der Boss brauchte damals einen Chauffeur, so hat er David aufgelesen. Herr Wang sammelt herrenlose Hunde.«

Die Chinesin lehnte sitzend am Futon. Ihre Jettaugen strichen über den Gast. »Soll ich das Geld überweisen, oder bevorzugen Sie wieder die Barauszahlung?«

Die Frage war korrekt gestellt. Es war die Kopfhaltung der Frau, die den anderen herabstufte. Immer wieder stieß sich Kolk an der arroganten Art. Bisher kannte er das nur von Männern, die den anderen spüren ließen, daß sie auf großen Konten saßen. Sie setzten Geld mit geistiger Überlegenheit gleich. Über deren Getue ging er hinweg. Aber der Hochmut der Asiatin ärgerte ihn. Die Reistorte ließ sich von einem runzligen Geldsack aushalten, der ihr Großvater sein könnte. Der Alte besaß die Kohle, nicht sie! Wenn hier einer Grund hatte, sich überlegen zu dünken, dann war er es, Hasso von Kolk, ein Kerl, der nicht mit reichen Männern schlief beziehungsweise mit reichen Weibern.

»Die Bankverbindung meiner Detektei steht auf der Liste. Die Überweisungsfrist beträgt vierzehn Tage.« Kolk kippte den Rest Bier herunter und drückte sich aus dem Sessel hoch. Helen Ma federte aus dem Kreuzsitz und schritt vor ihm zur Tür.

Sie stiegen die Treppe hinunter, durchquerten das Vestibül und traten aus dem Portal in den Abend, der schwarz und schwül um die Villa hing.

Mit dem Fingerknöchel klopfte Kolk auf die bronzene Haustafel.

»Little Sanssouci – geistreiche Idee. Etwa von Ihnen? Nebenbei gesagt, die Datsche hier ist ein Nachbau von Schloß Charlottenhof, nicht vom Königsschloß Sanssouci. Na ja, Sanssouci light sozusagen. Der Alte Fritz kannte das Schlößchen gar nicht, zu seiner Zeit war das nur ein Gutshaus. Macht nix, preußische Geschichte ist vielleicht zu schwer für Asiaten.«

Nach Kolks Erfahrung ärgerte man Intellektuelle am besten, indem man ihre Wissenslücken bloßstellte. Ihm, Kolk, machte das nichts aus, sein Wissen bestand aus Lücken. Aber das gelbe Schloßfräulein schien in dem Punkt empfindlich zu sein. Zufrieden bemerkte Kolk, wie sich die Augenschlitze verengten.

Über dem Eingang hatte Kolk eine Überwachungskamera entdeckt. Belustigt fragte er, ob er nun auf dem Kontrollband sei. »Frau Finanzchefin, ich habe keine Eßstäbchen gestohlen. Ich bin bereit, mich durchsuchen zu lassen.«

Die junge Frau strich über die kurzen Haare und lehnte sich an eine Säule. »Uns ist bekannt«, sagte sie, »daß in dieser üblen Stadt oft in die Villen reicher Leute eingebrochen wird. Dagegen sichern wir uns. In Ihrer Mietwohnung sind Sie natürlich weniger gefährdet.«

Sie löste sich von der Säule und wandte sich zurück zum Eingang. Sie griff hinter den Türflügel, hantierte kurz und zog die Tür ins Schloß. »Sie sind ein erfahrener Detektiv – erkennen Sie unser System? Falls Sie sich jetzt der Tür nähern ...«

»Ein Bewegungsmelder?« Kolk trat unter den Portikus und inspizierte die Decke. »Ich kann nichts finden.«

»Es wird Sie finden«, sagte sie.

Und es fand ihn. Dem Ding, das zischend auf ihn zuschoß, konnte er nicht mehr ausweichen. Aus einem Sims über dem Eingang schnellend, sprang ihn riesig ein gelbes Spinnentier an, umschlang ihn scheußlich weich von Kopf bis Fuß.

»Ein Fangnetz«, erläuterte Helen Ma. »Ein Polizeioffizier hat es dem Chef empfohlen – als nichtaggressive Verteidigung gegen Diebe. Wie gefällt es Ihnen?«

Kolk hatte den Schreck verdaut. Er wollte das Gespinst abstreifen, dabei verhedderte er sich in den Maschen. Er stolperte und setzte sich auf den Boden.

Die Chinesin griff hinter die Säule und zog einen Holzstab hervor. Höflich dozierend fuhr sie fort:

»Gleichzeitig mit dem Netz reagieren Peeper, im Haus und an anderen Stellen. Dann schauen wir nach, wer uns ohne Anmeldung besucht.« Ihr Arm schwang vorwärts und stieß den Stab gegen Kolks Kniescheibe. Es geschah spielerisch, und jeder, außer dem Getroffenen, hätte bestritten, daß der kleine Spaß gemein wehtat.

»Außerdem öffnet sich in einem Verschlag hinter dem Haus ein Türchen. Das ist für den Fall, daß es sich um Einbrecher handelt, die bewaffnet sind. Darum kommt uns noch jemand zu Hilfe. Hallo, Goliath, da bist du ja schon ...«

Eine gefleckte Kugel flog heran, prallte gegen den Sitzenden und warf ihn auf den Rücken. Der Pitbull sprang auf die Brust und glotzte hechelnd auf ihn herab. Kolk lag steif vor Schreck. Aus dem furchtbaren Rachen flockte Geifer auf sein Gesicht. Himmel hilf, dachte Kolk, das Vieh beißt mir die Kehle durch, oder der stinkende Sabber bringt mich um.

Helen Ma bat um Geduld, er solle sich nicht rühren. Sie versuche, sich an das Kommando zu erinnern, mit dem der kleine Wächter abgezogen werde.

Eine Autotür klappte. Aus dem Benz, der auf den Vorplatz gerollt war, stieg der Sumo und eilte heran. Laut klatschte er in die Hände und mußte den Befehl wiederholen. Nur zögernd gab der Pitbull den Mann frei, im Rückzug war ihm anzumerken, daß er eine andere Lösung bevorzugt hätte.

Der Riese half Kolk vom Boden auf und wickelte ihn aus den Netzbahnen. Mit dumpfen Lauten und verärgerten Gesten ließ er die junge Herrin wissen, daß er die Behandlung des Gastes mißbilligte.

»Falls das unwissende Tier Sie erschreckt hat, so verzeihen Sie ihm und mir. Gute Nacht.« Helen Ma legte die Hände grüßend zusammen und neigte den Kopf.

Kolk bedankte sich für den schönen Abend. Er hinkte zum Auto, wo der Sumo den Schlag öffnete.

Der Wagen fuhr los. Müde schloß Kolk die Augen. Wenn er den kindischen Streich am Schluß ignorierte, konnte er mit dem Tag, über das Honorar hinaus, zufrieden sein. Der Filmproduzent schätzte ihn. Ein Klient von Wangs Format war in mageren Zeiten viel wert. Kolk begann zu ahnen, wie groß und verzweigt das Unternehmen war. In der Bürozentrale wimmelten viele Leute herum, noch mehr Mitarbeiter mußte es in der Produktion selbst geben, an Drehorten, in den Studios, am Set, wie es die Eingeweihten nannten. Die detektivische Faustregel Viel Mensch, viel Müll – galt sie auch unter Künstlern? Koksende Schauspieler und Musiker, Techniker, die wertvolles Gerät stahlen, betrügerische Buchhalter, Drehbuchspione – hoffnungsvolle Aussichten. Auch auf sexuelle Übergriffe durch Regisseure war zu rechnen, zumal in einer Branche, wo Sofas und Schreibtische herumstanden. Falls, wie in anderen Unternehmen, auch beim Film Konkurrenzdruck herrschte, mußten Neid und Mißgunst blühen,

Petzerei, Mobbing, Verleumdung, gefördert und verfeinert durch die berufsbedingte Verstellungskunst der Beschäftigten.

Behaglich lehnte sich Kolk in das Polster; der Autositz kam ihm vor wie ein motorisierter Schaukelstuhl aus schlechten Zeiten hinein in gute. Das schmerzende Knie reibend, stupste er dem chauffierenden Sumo kollegial in die Seite und sagte aufgeräumt: »He, David, alter Krieger, ich mag Sie. Little Sanssouci, hübscher Name, I like it, gefällt mir, hat was für sich.«

Das runde Gesicht des Riesen hellte sich auf, ihn freute, daß der Gast gute Laune zeigte. Er lächelte breit, und im Mund hampelte vergnügt der Stummel.

12

Der Aufruhr, durch den Kolk am Morgen geweckt wurde, war von neuer Art. Ein Batzen Fleisch wurde schnell auf ein Brett geklatscht, dazu erscholl Lärm aus Klopfen und Gebrumm. Vor dem Wohnzimmerfenster schwebte eine Blechwand herab, mit offener Tür. Am Rand saß eine Gestalt im Tarnanzug, mit Maske, Helm und Maschinenpistole.

Kolk sprang aus dem Bett und stürzte zum Fenster. Der Hubschrauber kletterte knatternd höher, schwenkte nach links und blieb über dem Eckgebäude der Seitenstraße in Standschwebe stehen.

Die Kreuzung vor dem Gebäude der Bank war menschenleer. Kolk mußte sich aus dem Fenster beugen, um weiter hinten die Absperrungen zu erkennen. Rasch streifte er Hemd und Hose über, nahm den Mülleimer und verließ die Wohnung.

Im Hausflur angekommen, wollte er die Eingangstür öffnen. Sie stieß gegen ein Hindernis. Eine bekannte Stimme raunzte: »He, Vorsicht! Ach, der Herr Detektiv! Wohl aus der Koje gefallen?« Angewidert musterte der uniformierte Beamte Junghähnel das verschlafene Subjekt mit dem Eimer.

»Morjen, Meister«, grüßte Kolk friedlich. »Was liegt an, sind die Russen einmarschiert?«

Neugierig schob er sich vor und betrachtete die Straßenszene. Auf querstehenden Einsatzwagen kreiselte Blaulicht. Zwischen den Fahrzeugen standen und kauerten schwarze

Männer mit Sturmhauben. Die Läufe der Waffen wiesen auf die Bank.

Weiter hinten eine Kette von Polizisten, die die Straße gegen Scharen von Passanten abriegelte. Erstorben das Autoleben. In Hauseingängen und an Fenstern der Stockwerke drängten sich Schaulustige aller Altersstufen.

Der Hubschrauber drehte ab, das Klatschen der Rotorblätter wurde schwächer. Die Häuserschlucht, bar des Verkehrslärms, sank in eine unwirkliche Stille. An einem Fenster plärrte ein Baby los. Wie auf Kommando ruckten die Stahlhelme hoch zum zweiten Stock. Die junge Frau knöpfte die Bluse auf und ließ das Kind trinken. Bewaffnete wie Waffenlose hörten das zarte Schmatzen. Die schwarzen Masken der Scharfschützen senkten sich und nahmen wieder die Kreuzung ins Visier.

»Zurück, die Luft ist bleihaltig.« Junghähnel packte Kolk am Arm und schob ihn in die Nische des Hauseingangs. »Ich will nicht ausgerechnet Ihretwegen Scherereien haben.«

»Die Bankfiliale, ein Überfall?« Kolk wies auf die verglaste Front des Eckgebäudes.

Der Polizist hob das Kinn. Seiner Haltung nach hatte er den gesamten Einsatz im Griff. Lässig warf er dem Bürger ein paar Informationsbrocken hin.

»Vier Männer. Haben das Personal als Geiseln genommen. Die Identität haben wir schon: ein Albaner, ein Tschetschene, ein Bayer und ein Rumäne. Sind vorgestern aus der Abschiebehaft ausgebrochen.« Er grinste anmaßend und knuffte Kolk in den Leib. »Da gehören Sie eigentlich auch hin. Jawohl, das wär's: Abschiebe für alle Zonis, die sich bei uns durchfressen. Da kämen die Staatsfinanzen endlich wieder in Ordnung.«

»Herr Junghähnel, ich mag Sie.« Kolk klapperte mit dem Eimer und verschenkte einen koketten Augenaufschlag.

»Ja, spotten Sie nur. Irgendwann, mein Lieber, irgendwann erwischen wir Sie. Bei einer schrägen Sache, da wette ich drauf.« Junghähnel ballte die Faust und schlug in seine offene Hand. »Jeder Mensch hat die Anlage zum Kriminellen, ich hab 'ne Nase dafür. So, jetzt haun Sie ab. Kriechen Sie in Ihren Mülleimer und schnarchen Sie noch eine Runde. Während wir für euch Parasiten die Knochen hinhalten.«

Manchmal, so sinnierte Kolk, ist es richtig, der Anweisung eines Ordnungshüters zu folgen. Er stieg die Treppe hinauf und rollte wieder ins Bett. Er träumte einen unanständigen Vorgang, aber nicht bis zum Ende, weil, von der Straße herauf, dumpfe Geräusche, Schüssen ähnlich, störend dazwischenbumsten. Er schlummerte weiter und erwachte erfrischt.

Ein Blick aus dem Fenster zeigte das normale Chaos in der Häuserschlucht. Die Absperrungen waren verschwunden. Die Bankfiliale an der Ecke bot das alltägliche Bild ein- und ausgehender Kunden.

Auch Kolk verspürte Lust, sich in die Arbeit zu stürzen. Er nahm die Liste vor, die ihm die resolute blonde Klientin übergeben hatte. Ihr geschiedener Mann, der sich der Unterhaltspflicht entzog, hatte Freunde in Haselhorst, Neukölln, Blankenburg, Mühlenbeck-Mönchmühle und Kummersdorf.

Nach Haselhorst war es mit dem Auto nur ein Katzensprung. Kolk fuhr los. Im Vorgärtchen einer Doppelhaushälfte hantierte die Ehefrau des erstgenannten Freundes mit einer Heckenschere. Ihr Mann, erklärte sie spitz, sei als Ahbee-emmer auf Arbeit, falls man das so nennen könne. Er spiele nicht mehr Skat oder Poker, schon gar nicht mit dem gesuchten Herrn, der eigenartig viel Glück im Spiel hatte. Falls der Kerl auftauche, wäre es ihr ein Vergnügen, den Herrn Detektiv zu verständigen.

Die zweite Adresse lag in Neukölln. Kolk beschloß, den Umweg über den Friedrichshain zu nehmen. Dort angelangt, kurvte er nach einem Parkplatz herum und konnte den Wagen erst tief in der Käthe-Niederkirchner-Straße abstellen. Während er zum Volkspark zurückmarschierte und in die grüne Oase hineinlief, schimpfte er vor sich hin. Auf dem Rasen spielten Kinder, die Eltern führten Aufsicht. Bei ihm, Kolk, verhielt es sich umgekehrt.

Ehe er ihn sah, hörte er sie schon, seines alten Herrn kratzige Rednerstimme, von der Kolk inbrünstig hoffte, daß sie endlich den Dienst in Heiserkeit verweigern würde.

Kolk umging die Gebüschinsel und trat auf der Wiese in die lockere Runde der Menschen, die dem Professor zuhörten. Geschätzte hundert waren es heute, wie immer mehr Ältere als Jüngere, auch viele Stammhörer. Kolk erkannte den bulligen Arbeiter und seine überschminkte Liebste wieder und stellte sich neben sie.

»... für die Frauen, mein Herz schlägt für die Frauen«, rief der alte Arzt und klopfte mit der Faust auf die Brust, daß die Medaillen klirrten. »Ihr Frauen seid die Quelle des Lebens, ihr haltet die Welt in Gang. Ohne Sie, meine Damen, gäbe es die schrecklichen Männer gar nicht, das kann nicht laut genug gesagt werden.«

Die Frauenköpfe pendelten zustimmend, auch die Geschminkte neben dem Bulligen nickte heftig. Der Arbeitsmann kniff ihre Hüfte, sie klatschte mit der Hand auf seine Hosentür.

»Und jetzt das!« Der Nietzsche-Schnurrbart des Redners zuckte empört. »Das lassen Sie sich bieten! Wieso lassen Sie sich das gefallen? Warum nur, um Himmels willen, warum!«

Eine Kunstpause folgte. Die Gesichter ringsum verlängerten sich zu einer Ansammlung von Fragezeichen.

Widerwillig gestand sich Kolk ein, daß der Vater rhetorisch raffiniert vorging. Er stellte eine Frage, ohne den Inhalt zu nennen, und verlieh ihr damit eine auf Dauer unerträgliche Zuspitzung. Es war diese Frage an sich, die die junge Frau dazu brachte, ihrem Freund zuzuzischeln: »Verdammt, was meint der alte Kacker mit *das*?«

Der Professor reckte die blitzende Brust und fuhr fort:

»Ich rede davon, daß weiterhin Milliarden für Kriegsgerät verschwendet werden. Zum Beispiel für den Eurofighter. Wer von Ihnen, meine Damen, braucht Bomben und Raketen? Niemand? Ich auch nicht. Deutsche Firmen liefern Waffen in viele Länder, auch in die Türkei, wo sie gegen die Kurden eingesetzt werden. Billigen Sie das? Ich auch nicht. Was ist das für ein Staat, der etwas zuläßt, was das Volk gar nicht will. Und haben Sie das schon bemerkt: Immer sind Männer Kriegsminister, nur Männer. Die sich hüten, ihre eigenen Knochen zu riskieren. Noch etwas ist mir aufgefallen: Frauen betreiben keine Rüstungsfirmen, stets sind es Männer. Meine Damen, werte Kolleginnen, warum dulden Sie das, warum legen Sie den Männern nicht endlich das Handwerk?«

Der bullige Arbeiter hob die Hand und rief:

»Na ja, wir brauchen nun mal die Arbeitsplätze in der Rüstungswirtschaft.«

»Verzeihung, Herr Kollege, mir liegt daran, daß eine Frau antwortet.«

Die Zuhörerinnen kicherten und murmelten angeregt. Der Bullige knurrte zur Freundin, das Maul sei nicht nur zum

Schminken da, sie könne es auch mal aufmachen. Sie wedelte mit der Hand und rief:

»Wir brauchen nun mal die Arbeitsplätze in der Entrüstung ... eh, in der Rüstungswirtschaft!«

Die Erheiterung des Auditoriums wuchs, aber der Professor blieb ernst.

»Wenn unser Land kein Geld mehr für Rüstung ausgäbe, würden viele Milliarden Mark gespart. Die könnten für neue Beschäftigung eingesetzt werden. Arbeitsplätze für Sie, meine Damen und Herren, für Ihre Söhne und Töchter, für die Enkel. Ich frage Sie: Wozu braucht unser Land eine mächtige Rüstungsindustrie? Niemand bedroht uns. Die Fabriken dienen dazu, reiche Leute noch reicher zu machen – oder irre ich mich? Dann klären Sie mich bitte auf.«

Der Bullige hatte skeptisch zugehört, er murrte: »Ick weiß nicht, alle haben 'ne Armee, und die braucht Waffen, das ist eben so ...«

Das Gemurmel der Leute stieg an. Kolk zog sein Notizbuch hervor und schaute nach der nächsten Adresse, die er aufsuchen wollte. Der Professor streckte die Hand aus, zeigte auf den Sohn und rief:

»He, Sie da hinten! Ja, Sie da, der Mann mit dem Boxergesicht und dem verschossenen Jackett! Mein Herr, warum machen Sie sich Notizen?«

Alle Köpfe drehten sich zu Kolk. Hundert Augenpaare klebten plötzlich inquisitorisch auf dem Mann mit dem Notizbuch. In die peinliche Stille läutete das Telefon in Kolks Jackett.

Dem Professor schien das gelegen zu kommen, sarkastisch rief er:

»Sind Sie ein Spitzel? Ruft der Staatsschutz an, weil er den Bericht haben will? Melden Sie ruhig alles, wir haben nichts zu verbergen. Ich gebe Ihnen sogar noch einen Satz zum Verpetzen mit: ›Das Kapital hat dem Menschen, nicht der Mensch dem Kapital zu dienen.‹ Eine umstürzlerische Parole aus dem Grundsatzprogramm der Esspeedeh. Da staunen Sie, was! Und jetzt verschwinden Sie, holen Sie Ihre acht Groschen ab!«

Im aufspringenden Beifall schwang eine aggressive Note mit. Der Bullige musterte Kolk finster, die Geschminkte rückte von dem Dubiosen ab. Kolk warf seinem Vater auf der Rednerkiste einen bösen Blick zu und trat den Rückzug hinter die Büsche an. Er klappte das Handy auf und knurrte: »Ja?«

Die Stimme des Kommissars sagte: *Hallo, ich bin's. Ich wollte nur Bescheid geben, daß ich vielleicht nachmittags vorbeikomme. Für Sie jedenfalls viel Vergnügen. Tschüß und immer auf die Deckung achten.*

Kopfschüttelnd ging Kolk über die Wiesen zum Auto zurück. Sonst meldete sich Schmidt bei einem Anruf normal mit seinem Namen und sprach eine Verabredung offen aus. Warum redete er auf einmal verklausuliert. Kolk konnte keinen einleuchtenden Grund entdecken.

Das Training am späten Nachmittag absolvierte er schwunglos. Flosse fehlte ihm, sein täppischer Humor, die friedfertige Art. Lustlos hopste Kolk mit dem Springseil herum, beklopfte dann lasch den Sandsack, bis ihn der Präsident des Comeback zum Sparring in den Ring bat.

Wacker stürmte der alte Kämpe drauflos, seine Heumacher kamen von weither, und Kolk fing ihn ein paarmal auf, damit er nicht stürzte. Kolk nahm es hin, daß er getroffen wurde. Er kassierte die Schläge wie eine masochistische Sühne dafür, daß er Flosse und Dorle verloren hatte. Peng, wieder aufs Auge, besten Dank.

Stolz schnaufend und schweißnaß drückte der Chefsenior den Sportkameraden an die Brust. »Nimm's nicht tragisch, Hasso. Bin momentan in Hochform, hab gestern Geburtstag gefeiert, meinen sechsundfünfzigsten.«

Nachdem Kolk post festum gratuliert hatte (mit Zehn-Unzen-Handschuhen umständlich feierlich), trottete er vor Trainingsende zurück in die Garderobe. Sie war leer. Er ließ sich auf die Bank fallen, lehnte sich an die Spindseite und rieb sich mit dem Handtuch ab. Neben ihm klirrte etwas. Zwei Piccolo, die der Kommissar abstellte. Er setzte sich neben Kolk, öffnete eine Flasche und gab sie ihm. »Aus dem Geschäft nebenan, aus dem Kühlfach.«

Kolk prostete ihm zu. Er wartete ab. Wenn Schmidt Geheimniskrämerei betrieb, war es seine Sache, sie aufzuklären. Der Sekt war wirklich kalt. Erfrischt fing Kolk an, die Bandagen von den Fäusten zu wickeln.

Der Kommissar räusperte sich und begann zögernd:

»Tja, ich muß Sie was fragen ... Hm, könnte es sein, daß Sie eine Sache am Hals haben, eine Geschichte, die unklar ist, bei der Sie ein gewisses, hm, Gefühl haben, wo Sie vielleicht einen Rat brauchen könnten?«

Kolk hielt beim Aufrollen der Binde inne. »Haben Sie einen sitzen? Was soll das?«

Schmidt stand auf und sah sich zwischen den Spindreihen um. Nachdem er sich vergewissert hatte, daß niemand hereingekommen war, setzte er sich wieder.

»Ich wurde vormittags zum Chef gerufen. Es ging um den Koffer, in dem Sie Drogen vermutet hatten. Der Zoll in Tegel hat ein Protokoll geschrieben, ich habe eine Aktennotiz gemacht. Alles dienstlich korrekt. Der Chef hat mich belobigt, ich durfte berichten, was Sie für ein vorbildlicher Detektiv sind. Er spricht Ihnen seinen Dank aus. Auch wenn sich der Verdacht nicht bestätigt hat – Sie haben richtig gehandelt.«

»Hallo, das macht mich stolz.« Kolk hob die Sektflasche. »Kommt das Verdienstkreuz mit der Post oder muß ich zum Bundespräsidenten?«

Näher zu Kolk rückend, senkte der Kommissar die Stimme:

»Das Gespräch zwischen dem Chef und mir wurde mitgehört.«

»Mitgehört?«

»Von zwei Leuten im Nebenzimmer, also mit Wissen des Kriminaldirektors. Fragen Sie nicht, woher ich das weiß. Jedenfalls stimmt es. Zwei Leute, die nicht zu unserem Bereich gehören. Einer soll schwarz gewesen sein ...«

»Schwarz? Ein Afrikaner?«

»Jedenfalls dunkel. Die beiden Typen wollten hören, was ich erzähle, und sie wollten nicht gesehen werden. Die zwei müssen von weit oben kommen, sonst hätte unser Chef nicht mitgespielt. Was meinen Sie dazu?«

Konnte es mit der Affäre in Bayern zusammenhängen? Während Kolk die zweite Bandage abwickelte, erzählte er über seine Mission in München.

Gespannt zuhörend, stellte Schmidt einige Zwischenfragen. Dann schüttelte er den Kopf.

»Dann ist der Fall ja geklärt. Nein, hier muß es um etwas anderes gehen. Leider habe ich keine Ahnung, von welcher Dienststelle die beiden mysteriösen Figuren kommen. Und worauf die scharf sind: auf den Filmproduzenten aus Hongkong, auf die Chinesin oder auf Ihren ehemaligen Schulfreund, den Herrn Demps. Oder auf Sie, Kolk? Verflucht noch mal, was geht hier vor? Klingelt es bei Ihnen, haben Sie irgendeine Vermutung?«

»Nicht die Bohne, ist mir auch egal. Warum soll ich mir darüber den Kopf zerbrechen. Das mache ich sowieso nur, wenn ich dafür bezahlt werde.«

Da es noch früh am Abend war, entschloß sich Kolk zu einer Visite beim Vater. Der Vorfall mittags im Park konnte nicht hingenommen werden, eine Aussprache war dringend erforderlich.

Während er über Moabit zum Friedrichshain fuhr, rekapitulierte er Schmidts Bericht über die unsichtbaren Besucher. Der Kommissar war Hirngespinsten abhold, er besaß Erfahrung und Instinkt. Aber ohne jedweden Anhaltspunkt tasteten sie im Nebel, und es blieb offen, ob daraus überhaupt etwas Greifbares hervortreten würde. Kolk hatte ihm von dem Verdacht erzählt, daß er letzte Woche observiert worden sei. Auch das war nur eine Vermutung, so vage wie alles andere.

Mit erwachendem Argwohn hielt Kolk im Rückspiegel Ausschau nach einem Verfolger. Ringsum brandete der Verkehr der City. Fast hätte er einen bremsenden Jeep angestoßen. Aus Nervosität einen Unfall auslösen – das fehlte noch. Schluß mit dem Verfolgungswahn. Mochte der Kommissar grübeln, warum er befragt und abgehört worden war – er, Kolk, hatte damit nichts zu schaffen.

Als er vor dem Wohnhaus am Park aus dem Auto stieg, schallte ihm aus dem offenen Fenster im Hochparterre Stimmengewirr und Gelächter entgegen. Der Herr Professor hatte Besuch. Kolk ging ins Haus und klingelte an der Wohnungstür. Der Vater öffnete und sagte heiter:

»Hasso, was willst du? Ah, ich weiß: mich herunterputzen, weil ich heute bei der Versammlung im Park den kleinen Scherz. Nein, bitte nicht jetzt. Ich habe Gäste. Tritt ein und benimm dich, für Kritik und Selbstkritik finden wir später die Zeit.«

Im Wohnzimmer saßen Dr. Fier und zwei weitere Kollegen aus der Klinik. Die Herren gehörten zur Canasta-Runde des Professors. Die Spielkarten lagen verstreut auf dem Tisch. Die Ärzte schwatzten mit einem vierten Gast. Ihn hätte Kolk zuletzt hier erwartet: Niklas Demps.

Den Sohn unterhakend, rief der Professor in die Runde: »Sie alle kennen meinen Sohn, also bitte keine Umstände. Hasso, setz dich neben mich. Entschuldigen Sie die Unterbrechung, Niklas, wir sind gespannt auf die Fortsetzung Ihrer Abenteuer im fernen Morgenland.«

Während Kolk Platz nahm und der Hausherr Wein nachschenkte, fuhr der Angesprochene in seiner unterbrochenen Erzählung fort.

»Danach fand ich einen Job in einer kleinen Kneipe in Lan Kwei Fong im Central District von Hongkong. Ich spülte Geschirr und hauste in einem Verschlag hinter der Küche. Ich hatte eine Freundin, Citty, eine Schlange. Sie ernährte sich von den Ratten, die sich sonst von mir ernährt hätten.«

Die Ärzte reagierten vergnügt, ihr Geschmunzel bat um Ausmalung der exotischen Details. Kolk hatte ihnen zur Begrüßung zugenickt. Es fiel nicht auf, daß er Niklas überging, und jener vermied es, in Kolks Richtung zu blicken.

»Aber mein Aufstieg war nicht zu bremsen. Es gelang mir, die Stelle als Chauffeur bei einem Bankier, einem Holländer, zu bekommen. Das ging gut – bis ich in Kowloon eine chinesische Greisin anfuhr. Damals stellten sich alte Leute manchmal dicht an den vorbeirasenden Verkehr. Sie dachten, daß die Autos die bösen Geister töten würden.«

Der pausbäckige Oberarzt Dr. Fier prustete los, fing sich aber gleich wieder.

»Ich wurde verhaftet, konnte aber bald wieder gehen. Die Stellung war natürlich perdu. Nächste Station: die Bühne in einer Nachtbar. Zuerst arbeitete ich als Gedächtniskünstler. Ich bot Kunststückchen mit Zahlenreihen und Spielkarten, das Übliche auf dem Gebiet. Am meisten amüsierten sich die Leute über mein Gequassel in Kantonesisch. Ich muß hier einflechten, daß ich damals mit einer Filipina befreundet war. Ich sprach neben Kantonesisch auch Tagalog, den Slang der philippinischen Hausmädchen, von denen es in Hongkong wimmelt. Sonntags haben sie frei, da kommen sie zum Statue Square. Sie essen, spielen Gitarre, sie tanzen, am liebsten ziehen sie über die Herrschaft her. Hunderte schwatzen durcheinander, ungefähr so ...«

Mit schriller Kopfstimme schnatterte der Weitgereiste los und füllte das Zimmer mit dem Stakkato eines nie gehörten Idioms. Die Tonlagen wechselnd, imitierte er Charaktere und Temperamente. Rollenden Auges und mit geschwinden Gesten skizzierte er Frauen und Mädchen, die man auch aus deutschen Landen zu kennen glaubte.

Nach der ersten Verblüffung belustigten sich die Mediziner noch mehr. Über Dr. Fiers Apfelbäckchen kullerten Tränen. Der Professor schmunzelte und stieß den Sohn an, der griesgrämig verharrte.

Erstmals streifte Demps' Blick den ehemaligen Schulfreund. Sein Dreitagebart zuckte spöttisch. In der Art eines

Conferenciers hob er die Hand und bat sein Publikum um Mäßigung.

»Auf der Bühne mischte ich Tagalog mit Englisch und Kantonesisch, gespickt mit Fehlern, von denen ich wußte, daß sie gut ankommen. So hatte jeder etwas davon. Die reichen Chinesen quietschten vor Vergnügen über die Nachahmung der lästernden Hausmädchen. Die reichen Filipinos johlten begeistert über den verbalen Aufstand ihrer weiblichen Landsleute. Die englischen Hongs und die amerikanischen Touristen feixten über mein teutonisches Englisch und über die kreischenden Asiaten. Und alle gemeinsam wieherten über den Deutschen, der sich auf der Bühne multikulturell zum Affen machte.«

»Da capo!« japste Dr. Fier, »erbitte repetitio der Hausmädchen!«

Aufschiebend nickte Niklas Demps ihm zu und fuhr fort:

»Durch die Show wurde ein chinesischer Filmproduzent auf mich aufmerksam. Herr Wang drehte Filme und auch Werbespots für einen privaten Sender in Hongkong. Das war lukrativ in einer Stadt, wo schon vor zwanzig Jahren fast jeder ein Fernsehgerät hatte, sogar auf den Sampans und Dschunken im Hafen. Ich hatte eine Mädchenperücke auf und saß in der Badewanne. Ich fummelte an einem Transistorradio, das man mit ins Wasser nehmen konnte. Ich zeterte herum, weil es nicht richtig funktionierte. Dabei futterte ich Fischhäppchen, die auf Papierschiffchen neben mir schaukelten. Sie schmeckten so gut, daß ich begeistert die Adressen der Ladenkette hervorsprudelte, ungefähr so ...«

Demps strich sich die Haare als weibliche Frisur in die Stirn. Aus der Gebäckschale steckte er einen Keks in den Mund und ergriff die Schachtel der Canastakarten, die als

Kofferradio diente. Furioser als zuvor legte er als asiatische Haushilfe los. Mit verdrehten Augen und schmatzenden Lippen pries er die »Fischhäppchen«. Dabei rekelte er sich in der »Wanne« und keifte gegen das »Radio«, das wasserdicht war, aber keinen Ton hergab.

Einmal mehr amüsierten sich die vier Mediziner. Sie applaudierten, und der im Lachkrampf verröchelnde Oberarzt Fier geriet dermaßen außer sich, daß ihn der Professor rückenklopfend in eine zuträgliche Respiration zurückholen mußte.

Mit launigen Worten bedankte sich der Hausherr in aller Namen für die Vorstellung und fragte humorvoll, was man dem Künstler für den Auftritt schulde.

Demps antwortete, er sei es, der in Schuld stehe. »Ohne Sie, Herr Professor, wäre ich vielleicht nicht mehr am Leben.«

»Ich verstehe nicht ...?« Erstaunt hob der alte Arzt die Brauen.

»Bei meiner Flucht über die Ostsee ... ich habe damals ein altes Schlauchboot benutzt. Es wurde undicht, ich mußte schwimmen: fünf Stunden bis zur dänischen Küste. Das geht nur mit gesunden Gliedern. Sie hatten mein Knie operiert, Meniskusriß. Sie haben ihn zusammengenäht. Erstklassige Arbeit, sagte mir später ein Arzt in Hongkong. Sonst wäre ich in der Ostsee abgesoffen. Und falls Sie den Scheibenknorpel entfernt hätten, würde ich heute mit einer Arthrose durchs Leben humpeln.«

Die Gäste waren ernst geworden. Ein deutsches Schicksal trat in den Raum und forderte Nachsinnen. Der Professor nickte gedankenvoll.

»Ja, wie lange ist das her? Mehr als zwanzig Jahre, beinahe ein Vierteljahrhundert. Ich bin froh, daß Ihre Flucht geglückt ist, wir alle sind froh darüber«, versicherte er und blickte streng auf den abweisend verharrenden Sohn.

Demps strich die Haare aus dem Gesicht. Der Spaßmacher verwandelte sich zurück in den weltläufigen Mann, dem anzumerken war, daß er seine Erfolge nicht mehr als Reklamekasper erzielte. Mit respektvoller Gebärde das Weinglas hebend, erklärte er:

»Ich habe Sie immer verehrt, Herr Professor. Als Schuljunge wollte ich sogar mal Arzt werden. Zum Glück lief es anders, ich kann ja kein Blut sehen.«

Demps blickte in die Runde, und die Doktoren reagierten mit der für Sterbliche reservierten verständnisvollen Miene.

»Nach meiner Flucht habe ich manchmal an Sie gedacht. Eine Sache ging mir immer wieder durch den Kopf. Nehmen Sie mir die Frage nicht übel, ein Chirurg wie Sie, eine Koryphäe ... sicher hätten Sie draußen glänzende Aussichten gehabt. Warum sind Sie hiergeblieben? Der Patienten wegen? Die gibt's überall. Im Osten, das war verlorene Zeit. Im Grund haben die Leute hier vierzig Jahre umsonst gelebt. Bitte haben Sie Verständnis, wenn ich so offen rede.«

Danach konnte man eine Stecknadel fallen hören. Der Hauch der Geschichte schien stärker zu wehen. Dr. Fiers Hamsterbacken sanken herab. Er räusperte sich. Die beiden Kollegen taten es ihm nach. Die Hinterbliebenen spürten, daß der Besucher aufrichtig sprach. Er wollte nicht provozieren. Ihn trieb redliches Begreifenwollen. Er fragte wie einer, der sachverständig ist und verständnislos, heimisch und fremd zugleich. Das machte die Alteingesessenen hilflos.

Die Gäste, auch Kolk, waren überrascht, als der Professor freundlich reagierte.

»Sie haben recht, Niklas, anderswo stünde ich anders da. Ich wäre noch Chef einer Klinik. Ich besäße eine Villa, einen Mercedes, ein Paket Aktien, ein schwarzes Konto in Luxemburg – was besonders meinen Sohn freuen würde.«

Oberarzt Fier atmete auf. Seine Backen rundeten sich wieder, er griff nach dem Weinglas. Die Kollegen bewegten sich auf ihren Stühlen. Auf den alten Chef war Verlaß. Der historische Bogen von einer Wanne in Hongkong zu einem Gummiboot auf der Ostsee lief Gefahr, den milden Herrenabend zu überfordern. Der Hausherr steuerte um, wich aus in Gefilde, wo man sich augenzwinkernd aufs allzu Menschliche verständigen konnte.

Leider blieb er nicht in der Spur.

»Die Frage hinter der Frage ist schwieriger«, sagte der Professor, noch immer gelockert. »Wohin hätte ich gehen sollen? Alle Staaten sind schuldbeladen, das liegt wohl in der Natur der Sache. Auch unsere kleine Republik war ein großer Sünder. Daß es viele viel größere gab und gibt, ist mir kein Trost. Jeder Staat zeigt auf die Verbrechen des anderen und lenkt damit von den eigenen ab. Ich wollte damals nicht in die Westzone wechseln, wo Altnazis umgingen, im hohen Staatsdienst, auch an Universitäten und Kliniken. Warum wurde das zugelassen?«

Eine Stellungnahme abverlangend, blickte der Alte reihum auf jeden Gast. Dem Sohn fiel ein, daß er damals noch nicht geboren war, und er setzte an: »Nu ja, Papa ...« Der Professor winkte gleich ab und sagte:

»Unser kleines Land, das nicht mehr existiert ... dort war mein Arbeitsplatz ... meine Heimat ... ich denke oft daran.«

Niklas Demps schien zu überlegen, sein Blick streifte den ehemaligen Schulkameraden. Unter dem Tisch ballte Kolk die

Faust und dachte: Er quält den Alten. Ein Jahr meines Lebens gäbe ich, wenn ich Niklas jetzt auf die Fresse hauen dürfte.

»Umsonst gelebt«, wiederholte der Professor Demps' Worte. »Ein mörderischer Spruch, ein verbaler Totschlag, sehr gründlich, sehr deutsch. Nein, nein, Niklas, Sie sollen nichts relativieren. Sie wollten mich nicht kränken, im Grunde meinen Sie es gut mit mir. Ich bin auch stärkeren Tobak gewöhnt. Schaun Sie, ich lebe in einem Land, wo ein ehemaliges Regierungsoberhaupt verkündet hat: Kommunisten sind rot angestrichene Faschisten. Wie kann ein gebildeter Mensch so schamlos lügen. Statt Versöhnung zu stiften verbreitet er Haß. Wohin wird uns der Haß führen? Ja, Niklas, Sie sind in eine hoffnungsvolle Heimat zurückgekehrt, die noch für manche Überraschung gut sein dürfte.«

Der Professor hatte sich hochgereckt, sein autoritativer Blick umfing die Runde. Er war ein großer Mann, in jeder Lage. Kolk war froh, daß er auf den Medaillenkittel verzichtet hatte, vielleicht war er in der Wäsche.

Die anderen schwiegen. Oberarzt Fier schob die Spielkarten hin und her, die Stimmung für Canasta war endgültig verflogen. Kolk gähnte und hielt, als der Vater ihn ansah, die Hand vor den Mund. Niklas Demps erhob sich.

»Mit Verlaub, Herr Professor, ich fürchte, Sie machen es sich zu einfach. Oder haben Sie vergessen, wie das damals war? Diese Bevormundung. Ich lasse mir die Haare lang wachsen, und der Klassenlehrer piesackt mich, daß ich sie abschneiden soll.«

Der alte Arzt lächelte, er kratzte sich am Kopf und sagte:

»Ich habe in Amerika Ludwig Marcuse kennengelernt. Der hat mir erzählt, daß er 1940 eine Professur für Philosophie an der Staatsuniversität von Kalifornien bekommen sollte. Marcuse hatte eine Mähne wie ein Pferd. Der Dekan gab ihm zu verstehen, daß er sich für den Lehrstuhl einen ordentlichen Haarschnitt zulegen müsse.«

»Da hätte er weggehen sollen.«

»Er war ja emigriert, aus Nazideutschland. Da ging er lieber zum Barbershop als zurück nach Germany.«

Die Herrenrunde lächelte verschmitzt, aber Demps entgegnete ernst:

»Sie weichen aus. Herr Professor, es gäbe noch viel zu sagen, nur muß ich jetzt leider ...« Er sah auf die Uhr und zögerte, verlegen um die Art der Verabschiedung.

Der Mediziner reichte ihm die Hand. »Ich wollte nur sagen, daß das Maß der Torheit in allen Ländern gleich ist, es ist systemunabhängig. Am schlimmsten ist immer die Dummheit, die wir gerade ertragen müssen. Wir sollten das Gespräch ein andermal fortsetzen, ich bitte Sie darum. Ich mag Sie, Niklas, besuchen Sie mich, Sie sind stets ein gern gesehener Gast.«

Auch Kolk war aufgestanden. »Ich bringe dich zur Tür«, sagte er. Demps grüßte die drei Kollegen des Professors, und sie grüßten gemessen zurück.

Er ging hinaus. Kolk überholte ihn und öffnete die Wohnungstür. Niklas drehte sich um und sagte: »Ich habe deinen Vater nach Inge gefragt. Er wollte darüber nicht reden, er sagte, das solle ich mit dir ausmachen. Ich will endlich wissen, wo ich Inge ...« Kolk schnitt ihm das Wort ab. »Komm nie wieder her«, sagte er kalt. »Nie wieder.«

Er drückte dem anderen die Tür vor der Nase zu und lehnte sich dagegen. Er gratulierte sich zu seiner Beherrschung. Eine Prügelei im Treppenhaus hätte ihm der Alte übelgenommen. Eine Tür war eine nützliche Erfindung, sie ließ sich schließen.

13

Von dem Besuch beim Vater kehrte Kolk nach Hause zurück. Abends nach elf waren die Parkplätze in der Straße vergeben. Suchend kreuzte er durch das Wohnviertel, erst in einer Gasse, bei der schon die Schrebergärten anfingen, konnte er den Wagen endlich abstellen.

Aussteigend nahm er wahr, daß ein langgestreckter Citroen heranglitt und hielt. Aus der Tür schwang sich ein Schatten, wuchs heran und entpuppte sich im Schein der Straßenlaterne als ein schmächtiger Mann Anfang dreißig. Er deutete eine Verbeugung an und sagte:

»Einen schönen Guten Abend, Herr von Kolk. Mein Name ist Müller. Ich bin ein Klient, besser gesagt, ich könnte einer für Sie werden. Verzeihen Sie die ungewöhnliche Form der Kontaktaufnahme. Wenn wir uns einen Moment in den Wagen setzen, erkläre ich Ihnen alles.«

Kolk taxierte den Mann. Schmal, ein Leichtgewicht, Büromensch. Das konnte täuschen. Der korrekte Anzug und die randlose Designerbrille übermittelten Seriosität. Auch das konnte Tarnung sein.

»Klingt nicht schlecht«, sagte Kolk. Während er dem Mann zum Citroen folgte, zog er den Revolver aus dem Schulterhalfter und steckte ihn in die Jackentasche. Vertrauen ist gut, eine Knarre ist besser. Sie stiegen vorn ein. Der Fond war durch eine getönte Scheibe abgetrennt. Der Schmächtige wandte sich zu Kolk und begann ohne Umschweife.

»Ich gehöre einer Ermittlergruppe an, die, sagen wir mal, zwischen Europol und Interpol operiert und dabei natürlich mit den nationalen Behörden kooperiert. Wir verfolgen Straftaten mit globalen Strukturen, was nicht einfach ist, was, sagen wir mal, auch an schwebenden, noch ungeklärten Kompetenzen liegt.«

»Haben Sie mich observieren lassen, vorige Woche, in der Nähe der Rühle-Filmproduktion?«

»Richtig, das waren wir. Herr von Kolk, Sie merken, daß ich ganz offen mit Ihnen spreche. Auch Ihre Fahrten nach Wannsee, zu dieser Villa Little Sanssouci – wir verfolgen die Kontakte, die Sie mit dem Herrn Wang haben. Aber machen Sie sich keine Sorgen, gegen Sie persönlich liegt nicht das Geringste vor. Im Gegenteil, wir wissen, daß Sie gute Kontakte zur hiesigen Polizei unterhalten. Darum haben wir uns entschlossen, mit Ihnen zu sprechen. Unser Interesse richtet sich auf den chinesischen Unternehmer und auf sein Umfeld. Sie arbeiten für Herrn Wang als Detektiv, offenbar schätzt er Sie. Und deshalb haben wir, sagen wir mal, ein Angebot ...«

»Nein, warten Sie«, unterbrach ihn Kolk. »Ich kenne Sie nicht, Sie haben mir nicht mal einen Ausweis ... Nein, lassen Sie stecken, was bedeutet das schon.«

Auch er gebe wenig auf Dokumente, versicherte der Fremde, heutzutage lasse sich leider fast alles fälschen. »Aber Sie möchten eine Bestätigung, daß wir als legale Institution handeln. Gut, das war zu erwarten. Wir brauchen einen Mittelsmann, der, sagen wir mal, klarstellt, daß wir mit den hiesigen Behörden kooperieren. Am besten wäre ein Mitarbeiter der Berliner Polizei. Sie kennen da Leute, denen Sie vertrauen?«

Kolk kratzte sich am Kopf. »Kennen Sie einen Beamten, dem Sie vertrauen würden?«

Hinter Kolk ertönte ein Geräusch, als ob jemand ein Lachen unterdrückte. Eine weibliche Stimme mit französischem Akzent sagte:

»Wir sind wirklich keine Gangster. Nein, Monsieur, drehen Sie sich nicht um, Gesichter sind so unwichtig wie Ausweise. Wir brauchen Ihre Hilfe. Aber wir sind Leute, die im Hintergrund bleiben müssen. Verstehen Sie? Sie wollen einen amtlichen Beweis für unsere légalité. Bien, machen Sie uns einen Vorschlag. Wie können wir Ihr Vertrauen gewinnen?«

»Ziemlich schwierig, ich bin ein mißtrauischer Mensch.« Kolk öffnete die Tür und stieg aus. Er beugte sich zum offenen Wagenfenster herunter.

»Ich möchte nicht meine Lizenz verlieren. Na gut ... Sie könnten etwas arrangieren, woran ich erkenne, daß Sie mit unseren Behörden unter einer Decke, ich meine, daß Sie mit der Polizei zusammenarbeiten. Was halten Sie von folgender Idee ...«

Nachdem Kolk sein Angebot am offenen Fenster unterbreitet hatte, verließ er die Gasse und ging zur Hauptstraße. Der Citroen fegte an ihm vorbei und verschwand in der Nacht.

Kolk war mit dem Abend zufrieden. Und er war gespannt. Der Nebel über der Sache begann sich zu lichten. Während er am Wagenfenster zu dem Mann am Steuer redete, hatte er in den Fond geschielt. Die getönte Trennscheibe war gesenkt worden, aber es war so duster im Auto, daß die hinten sitzende weibliche Person nur eine Silhouette bot. Über dem Kragen der dunklen Bluse hätte sich das Gesicht als heller

Fleck abzeichnen müssen. Das tat es aber nicht. Entweder trug die Frau eine Maske, oder die Haut war schwarz.

Kurz vor Mittag saß Kolk im Auto gegenüber dem Hotel Surprise und wartete wie vereinbart.

Er kurbelte das Fenster herunter und schnupperte. Mitten in Berlin fühlte er sich wie Gott in Frankreich. Dieser Tag war sein Tag. Die Spatzen in den Straßenbäumen tschilpten nur für ihn. Nur zum Wohlbefinden des Herrn von Kolk fächelte aus den Gestaden Brandenburgs eine kühlende Brise herüber.

Schon der Vormittag hatte verheißungsvoll eröffnet. Kolk suchte die Bankfiliale auf, in der momentan kein Überfall stattfand. Von Wangs Filmbüro war das Honorar für den Münchner Auftrag eingegangen, erhöht um eine Prämie. Im Sanitärgeschäft neben der Bank hatte Kolk ein neues Meßgerät für den Blutdruck gekauft.

Nun, im parkenden Auto vor dem Hotel, öffnete er den kleinen Karton und nahm es heraus. Wie eine große Armbanduhr ließ es sich über das Handgelenk streifen. Mit dem neuen Gerät konnte er gegenüber dem alten fast zwanzig Sekunden an Zeit sparen. Das war sinnlos, aber es war ein Fortschritt.

Beim Hantieren blickte Kolk auf die Armbanduhr. Es war Punkt elf. Er schaute hinüber zum Hotel Surprise.

Die gläserne Drehtür kreiselte und entließ einen Mann ins Freie. Der Polizeibeamte Junghähnel trug statt der Uniform Zivil und eine grüne Langschürze, ähnlich jener, die Kolk bei der Aushilfe als Kellner in Flosses Kneipe behindert hatte. In der Hand hielt er ein Tablett mit Gläsern. Er begann die Straße zu überqueren. Als er Kolk im Wagenfenster erkannte, blieb er stehen, wie vom Donner gerührt und mitten auf der Fahrbahn. Autobremsen quietschten. Aus dem Fenster eines Möbelwagens schüttelte der Fahrer die Faust. Junghähnel ging weiter und trat an das Fenster des Volkswagens.

»Grüß Gott, Meister«, sagte Kolk und schwenkte jovial die Hand. »Ziehen Sie kein finsteres Gesicht. Das ist ein schöner Tag, dabei soll es bleiben. Und stehen Sie bequem, Mensch, wir sind nicht im Manöver.«

Kolk nahm eine Biertulpe vom Tablett. Er kostete vom Schaum, trank aber noch nicht.

»Herr Junghähnel, das ist kein Ulk. Ich habe Sie herbestellt, um Ihnen einen Rat zu geben. Hören Sie auf, mir auf die Zehen zu treten. Sie sollten endlich begreifen, daß der Osten dem Westen perspektivisch überlegen ist. Weil wir die härtere Erfahrung haben. Wir konnten sogar unsere Autos selber reparieren. Klemmt bei euch was – Gelbe Seiten. In ein paar Jahren wird ein Ossi Kanzler, und ein Mädel von der Effdeejott sitzt als Polizeipräsidentin vor Ihnen. Dann geht's rund, Kollege. Wer uns geschurigelt hat, muß sich im Fernsehen entschuldigen. Live! Falls er dabei nicht weint, wird die Rente gekürzt.

Also Vorsicht, unsere Seilschaften merken sich alles. Wenn Sie sich anständig aufführen, kann ich sogar was für Ihre Karriere tun. Oder wollen Sie sich ewig als Straßenterrier auf Streife Plattfüße holen? Na also. So, das war's. Ich will Sie nicht ärgern, meine Losung lautet: Versöhnung. Wir haben nun mal ein gemeinsames Vaterland, die Gräben müssen endlich zugeschüttet werden, notfalls mit Bier. Kleiner Scherz. Wie heißt du mit Vornamen? Ich bin der Hasso. Prost, trinken wir auf einen neuen Anfang.«

Aus dem Fenster langend, nahm Kolk die zweite Biertulpe vom Tablett und reichte sie dem beschürzten Partner. Mechanisch übernahm jener das Glas. Kolk prostete ihm zu und gönnte sich den erfrischenden Trunk.

Auch Junghähnel trank, er leerte das Glas mit wenigen Zügen. Dann sank seine linke Hand mit der Tulpe unter den Fensterrand. Auch die rechte sank hinab.

Kolk hörte es plätschern. Die Beamtenhand tauchte wieder auf, mit dem neu gefüllten Glas. Langsam und sorgfältig leerte Junghähnel den warmen Inhalt über Kolks Hemdbrust. Dann nahm er Kolks Glas und stellte es neben das andere aufs Tablett. Er ging über die Straße zum Hotel zurück und drehte sich auch nicht um, als ihm Kolk nachrief: »Auch damit werden Sie den Einigungsvertrag nicht rückgängig machen!«

Während Kolk sich abwischte, blickte er auf das Display des Meßgeräts am Handgelenk. Hundertzwanzig zu achtzig. Zum ersten Mal hatte er den Wert erreicht, der im *Playboy* als ideal angegeben wird.

Punkt elf Uhr abends glitt der Citroen in die schummrige Gasse an den Schrebergärten. Kolk hatte als Treffpunkt seine Wohnung oder die Hackeschen Höfe angeboten, aber die Geheimen hatten den alten Treffpunkt bevorzugt.

Das lange Gehäuse wendete und hielt hinter Kolks Volkswagen. Die Scheinwerfer erloschen. Die Tür wurde geöffnet, einladend flammte die innere Beleuchtung auf.

Kolk ging hinüber und stieg in den geräumigen Fond. Er setzte sich auf die Bank neben die Frau, die ihn mit freundlichem »Guten Abend« begrüßte. Sie trug ein schwarzes Kostüm mit gelber Bluse. Das Gesicht war dunkelbraun.

Während Kolk überlegte, ob die Bezeichnung Mulattin zulässig sei, sagte die Frau:

»Mein Name ist Meunier. Ich bin Französin, eine europäische Beamtin, und in Wahrheit heiße ich nicht Meunier, so wenig wie mein Kollege Müller heißt.«

Sie deutete auf den schmächtigen Partner, der auf dem Klappsitz gegenüber hockte. Er öffnete ein Seitenfach und stellte Gläser und Flaschen auf die schwenkbare Konsole. Sogar eine Schale mit Eiswürfeln zauberte er hervor.

»Ein Sommercampari gefällig? Mit Wasser oder Orangensaft?«

Das konnte gemütlich werden. Trotzdem blieb Kolk wachsam. Die Frau hatte eine edel geformte Nase. Das dunkle Gesicht war glatt, die nach hinten gebürsteten und zum Knoten geschlungenen krausen Haare waren von grauen Fäden durchzogen. Sie konnte eine trainierte Fünfzigerin sein. Oder sie war fünfunddreißig und hatte undercover viel Stress am Hals.

Die Französin nippte am Glas und tupfte die Lippen ab.

»Bien, fangen wir an. Herr von Kolk, wir haben Ihre condition erfüllt. Daran erkennen Sie unsere Kooperation mit der Polizei in Berlin. Mir ist nicht klar, warum wir den kleinen Polizisten als Beweisperson schicken sollten, sind Sie mit ihm befreundet?«

»Kommen wir zum Kernpunkt«, sagte Kolk. »Wenn ich Sie richtig verstanden habe, möchten Sie mich als Detektiv engagieren. Was erwarten Sie von mir?«

»Wir wollen die Kassette«, sagte der Schmächtige, »die Videokassette, die Sie für die chinesische Seite beschafft haben.«

Er blinzelte Kolk zu und setzte kumpelhaft fort: »Sie haben Zugang in Little Sanssouci, Sie könnten die Kassette, sagen wir mal, unauffällig ... Sie verstehen? Wir möchten uns das Videoband ansehen. Dann bringen Sie es zurück. Im Grunde nur eine Art Ausleihe, wie im Videoshop. Und das Honorar fließt an Sie, natürlich nicht übers Girokonto ...«

»Das Geld können Sie sparen. Aber ich nehme gern noch einen Campari, bitte pur.« Kolk reichte dem falschen Müller auf dem Klappsitz das Glas. »Ich habe mir das Band angeschaut und angehört. Die Mutter der jungen Chinesin singt Opernarien. Vorher erzählt sie was auf chinesisch. Die Frau spricht zu ihrer Tochter, die sie als Kind fremden Leuten überlassen hatte. Der Text ist bestimmt rein privat, ganz harmlos. Und die Frau ist nicht mehr am Leben.«

»Harmlos?« Der Mann krauste die Stirn. »Sie halten einen Text für harmlos, den Sie nicht übersetzen können?«

Und die Französin sagte: »Wir wollen herausfinden, warum man viel Geld bezahlt hat für das private Tonband einer Sängerin, die längst tot ist. Ist ein Detektiv da nicht auch neugierig auf das Motiv?«

Der bebrillte Agent reichte Kolk das gefüllte Glas zurück. Kolk nahm einen Schluck und behielt einen Eiswürfel im Mund. Schmelzend brannte er an den Zähnen.

»L'amour«, sagte er, »das älteste Motiv der Welt. Der Alte ist vernarrt in die kleine Kröte Helen Ma. So was kommt vor. Wer weiß, wie es uns mal ergeht.«

Er zwinkerte dem Schmächtigen zu und leerte das Glas. Gin wäre besser als das bittere rote Zeug. Aber zur Not tat es auch Campari, vielleicht war er unter Agenten üblich, weil sie das teure Zeug selber gerne kostenlos soffen.

Die Französin schlug einen Spaziergang vor. Sie stiegen aus dem Citroen und schlenderten auf dem breiten Mittelweg in die Laubenkolonie hinein. Grillen zirpten. In einem

Garten standen Leute schwatzend um einen rotflackernden Bratenrost. Aus dem Rauch taumelten Leuchtkäfer.

Vor Kolk und seinen beiden Begleitern gingen zwei Gestalten, die stets den gleichen Abstand hielten. Kolk blickte über die Schulter: Auch hinter ihnen spazierte ein Doppelposten in Distanz.

Die Frau und der Schmächtige redeten abwechselnd. Sie hatten eine Menge Details über Herrn Wang gesammelt. Er war der Sohn eines Shanghaier Kerzenziehers, der bei dem langem Marsch von Maos Revolutionsarmee durch China in den soldatischen Quartieren für Beleuchtung gesorgt hatte. Er heiratete eine deutsche Emigrantin in Peking. Sie bekamen einen Sohn und gingen nach Kriegsende mit Jung-Wang an die rotchinesische Botschaft nach Ostberlin. Der Sohn studierte Geschichte an der Humboldt-Universität und wechselte später zur Filmhochschule in Potsdam.

»Dort hat er wohl Ärger bekommen«, sagte der Schmächtige, »darüber wissen wir nichts Genaues.« Wang sei dann in die Bundesrepublik übergewechselt. Er ging nach England und später nach Hongkong. Mit Unterstützung eines Onkels, der Entenfarmen betrieb, baute er ein eigenes Filmgeschäft auf. In den Studios von Clear Water Bay drehte er Kung-Fu-Serien und Commercials. Er produzierte auch für den Satellitensender China Television Network. Die Hongkonger Station durfte aus politischen Gründen nur nach Taiwan ausstrahlen, nicht auf den Riesenmarkt von Rotchina. Amerikanische Filme überfluteten Hongkong und drängten die kantonesische Produktion zurück. Rupert Murdochs Star TV machte sich breit. Wie andere Produzenten trieb Wang auf die Pleite zu. Auch die nahende Übergabe der Kronkolonie an Rotchina ließ kaum auf geschäftliche Blüte hoffen. Als Inhaber auch eines deutschen Passes bereitete er langfristig die Rückkehr nach Deutschland vor. Monatelang hält er sich in Berlin und anderen deutschen Städten auf und knüpft Beziehungen zu namhaften Leuten in Kultur und Wirtschaft. Zuletzt stößt er die Firma in Hongkong ab und klinkt sich mit hoher Investition ins deutsche Fernsehfilmgeschäft ein. Die spleenige Luxusvilla Little Sanssouci hat er schon vorher bauen lassen. Das Kapital, das er einsetzt, übersteigt bei weitem den geschätzten Erlös aus dem verkauften Besitz in der ehemaligen Kronkolonie. Aus welchen Quellen stammt das Vermögen?

Die Französin blieb stehen und sah Kolk an, als wäre es an ihm, dafür eine Erklärung zu finden.

Eifrig schob der schmächtige Begleiter weitere Informationen nach. In Hongkong habe es keine gesetzliche Pflicht gegeben, den Besitz von Aktien registrieren zu lassen. So läßt sich leicht behaupten, daß Kapitalien aus dem Verkauf von Wertpapieren stammen.

Kolk schwirrte der Kopf. Zwei Fachleute machten ihn vertraut mit den Finanzierungsschätzen Südostasiens und weihten ihn ein in vermutete Querverbindungen zur europäischen Geschäftswelt. Von Dollartransfers war die Rede, von thailändischen Bahts, malaysischen Ringgitts, südkoreanischen Wons. Von revolving credits war die Rede, das klang schon nach Schußwaffen.

Kolk sah auf zu den Sternen. In den lauschigen Gängen der Schrebergärten wurde bestimmt zum ersten Mal auf solchem Niveau geredet. Es war schon ein großer Unterschied zwischen dem internationalen Insiderwissen, das man ihm anvertraute, und den läppischen Geheimnissen, die er als Detektiv von Berlins Straßen klaubte.

Die Spaziergänger machten an einer Kreuzung der Gartenwege halt. In einem Blumenrondell rieselte ein kleiner Steinbrunnen, um den bunte Zwerge angeordnet waren.

»Ich nehme an«, sagte Kolk, »Sie haben einen Verdacht auf Geldwäsche. Der gelbe Herr Wang wäscht schwarze Millionen im weißen Deutschland. Sie haben Vermutungen, aber Sie haben nicht den kleinsten Beweis.«

»Hätten wir Beweise, brauchten wir Sie nicht.« Die Stimme des Schmächtigen rutschte ungnädig aus. Er wirkte übermüdet. Kolk hatte Lust, dem Bürschlein zu sagen, daß er in Sommernächten Campari meiden solle.

Sie gingen den Weg zurück. Die Französin ermutigte Kolk, seine Ansichten über Wang darzulegen. Er strich die positiven Eindrücke heraus, er berichtete über die Sache in München und schilderte Wangs ehrliches Bemühen, den guten Ruf der Filmgesellschaft zu wahren.

Redend blieb er nach ein paar Schritten stehen. Mit ihm hielten die Gesprächspartner an, und die Personenschützer vorn und hinten erstarrten zu dunklen Doppelsäulen.

Der Vorgang gefiel ihm, er wiederholte ihn. Und wieder mußte das Halbdutzend wie auf Kommando stoppen.

Hasso, dachte Kolk, das ist schön. Macht ist klasse. Macht macht lustig. Auf einmal begriff er, warum Minister und Abgeordnete heiter sind in Zeiten, wo Wähler verdrossen bleiben. Macht verdirbt nicht den Charakter, sie zeigt den, den einer hat. Hasso von Kolk zog an unsichtbaren Fäden, und zwei hohe Beamte plus vier Schlapphüte tanzten nach seiner Pfeife. – Er nahm den Schritt wieder auf und sagte:

»Na klar, wer reich ist, gerät leichter in Verdacht. Das hebt die Schadenfreude, ist aber ungerecht. Der alte Herr ist in Ordnung. Abgesehen davon, ich habe gar keinen neuen Auftrag von Herrn Wang, ich komme nicht mehr nach Little Sanssouci. Selbst wenn ich wollte, könnte ich Ihnen die Videokassette nicht beschaffen.«

Der Schmächtige setzte zu einer Bemerkung an, die Frau kam ihm zuvor.

»Ja, das müssen wir respektieren. Aber es ist ja möglich, daß sich Herr Wang wieder an Sie wendet. Dann rufen Sie bitte die Nummer auf dieser Karte an. Melden Sie sich unter dem Namen Sanssouci. Ich erfahre es dann schnell, wir rufen zurück. Vorläufig danke für das Gespräch.«

Sie reichte Kolk die Hand und ging davon. Der Schmächtige sagte leise: »Und bewahren Sie Stillschweigen über unseren Kontakt.«

Er folgte der Frau, die es eilig hatte. Die Beschützer mußten sich sputen, das hintere Duo trabte an Kolk vorbei.

Er spazierte geruhsam weiter und verlor die Gruppe aus dem Blickfeld. Im Gartenweg hing noch ein Hauch des Parfüms der Mulattin. Beim Gespräch im Auto und danach hatte er es verdrängt. Jetzt überkamen ihn die Folgen. Kolk rechnete nach, wann er zuletzt eine Frau im Arm gehalten hatte. O, Mann, denk nicht daran. Ein international gefragter Detektiv mit dem Decknamen Ohnesorge hat keine Zeit für primitive Bedürfnisse. Sex, was ist das überhaupt! rief Kolk laut in die Schrebergärten. Die Leute am Grill drehten sich um und blickten herüber. Ein Mann mit einer Bratwurst in der Hand bewegte sich zum Gartenzaun. Kolk ging weiter und las auf der Karte die geheime Telefonnummer. Er faltete die Karte zu einem Päckchen, das er mit dem Fuß in den nächsten Garten kickte.

14

Noch immer lag die Hitzeglocke über der Stadt. Durch flirrende Schluchten schlich das Taxi wie ein ermüdeter Esel.

Auf der Rückbank öffnete Kolk den Sportbeutel und holte die Bandage heraus. Sorgfältig umwickelte er die linke Hand und das Gelenk. Ein paarmal pausierte er und schnaufte in Wellen aufsteigender Wut. Der Taximann blickte in den Spiegel und fragte, ob er sich nicht wohl fühle. Kolk knurrte, im Auto komme es nur auf die Gesundheit des Fahrers an. Der Mann am Steuer ruckelte mit den Schultern und behielt den Gast mit dem traurigen Fahrtziel im Auge.

Den Anruf von Niklas Demps hatte Kolk im Büro erhalten. *Ich habe Inge gefunden. Ich verlange Rechenschaft von dir. Komm her, wenn du nicht kommst, komme ich zu dir.*

Noch lange, nachdem der andere verstummt war, hielt Kolk den Telefonhörer in der Hand. Aus der gerahmten Fotografie auf dem Schreibtisch sah ihn Inge an. Kolk fragte sie, ob er Niklas aufsuchen solle. Aus Inges Augen drang ein warmer Schimmer und umhüllte sein Herz, daß es ächzte.

Am Friedhof stieg Kolk aus dem Taxi und ging durch das Tor in die Anlage hinein. Es war still. Er ging an den beschrifteten Steinplatten und Kreuzen entlang.

An einem überwachsenen Grab säuberte eine alte Frau die Rabatte. Ein bemooster Marmorengel sah auf sie herab, ihm fehlte ein Flügel. Die gebeugte Greisin wischte Tränen ab, in der anderen Hand hielt sie eine Kinderharke, mit der sie dem Unkraut zu Leibe ging.

Schon von weitem sah Kolk den Mann, der ihn erwartete. Demps erhob sich von der Bank und stellte sich mitten im Weg auf. Niklas, der Rächer. Die theatralische Pose steigerte Kolks Wut.

Er legte die letzten Meter bis zu dem Wartenden zurück. Der Sportbeutel hing über der Schulter. Die bandagierte Linke hielt er in der Hosentasche verborgen. Er zog sie heraus und schlug, den Schwung des letzten Schrittes nutzend, punktgenau auf den Kinnwinkel. Demps' Augen wurden leer, wie knochenlos sank er in sich und deckte den kühlen Grund.

Am Kragen schleifte ihn Kolk zur Bank, griff unter die Achsel, wuchtete ihn hoch auf den Sitz. Er holte Handschellen aus dem Beutel und ließ sie an den Gelenken einschnappen. Um die Schellenkette legte er eine zweite Fessel und schloß den Stahlring an die gußeiserne Armstütze der Bank. Zuletzt holte er ein Pflaster hervor und drückte es auf Demps' Mund.

Allmählich wich der glasige Überzug aus Demps' Augen. Er wollte aufspringen, die Kette warf ihn zurück. Er riß an der Fessel und trat mit den Füßen nach Kolk, der an das andere Ende der Bank rückte. Unter dem Hansaplast arbeiteten Demps' Lippen.

»Beruhige dich.« Kolk zeigte auf die Granitstele gegenüber der Bank. »Das ist ein Friedhof, besonders vor Inges Grab solltest du Pietät wahren. Wenn du nicht schreist, mache ich das Pflaster ab. Bist du einverstanden?«

Demps gab das Zerren auf, er nickte. Kolk riß den Klebstreifen ab. Es ratschte, und Niklas verzog das Gesicht.

»Was soll das, bist du vollends verblödet! Körperverletzung, Freiheitsberaubung – hast du eine Ahnung, was du dir einhandelst?«

Wieder verstopfte hochschießender Zorn Kolks Hals. Er hatte es vorausgeahnt und vorgesorgt. Rasch entnahm er dem Sportbeutel die Stahlflasche, gefüllt mit Eiswasser. Einen halben Becher herunterstürzend, bekam er die Kehle frei.

Demps musterte ihn voll Ekel. Mit einer Kopfbewegung wies er auf den Grabstein und sagte inquisitorisch:

»Einiges hab ich schon rausbekommen. Inge war bei der Presse, sie hat als Reporterin im Ausland gearbeitet. Aber zu Tode gekommen ist sie hier in Ostberlin. Und du sollst zuletzt mit ihr zusammen gewesen sein. Du bist verhaftet worden. Das hat mir einer aus unserer Schule erzählt. Er sagt, da könnte was faul sein. Hier wurde so vieles vertuscht. Was ist mit ihr passiert? Ich werde keine Ruhe geben bis ...«

»Du hast hier gar nichts zu melden!« Kolk sprang auf und trat vor den Angeketteten. »Du warst kein Dissident! Du hättest im Osten Karriere gemacht. Abgehauen bist du wegen Inge, nicht wegen Honecker. Jeder kleine Lump spielt sich als Richter auf, nur weil er aus dem Westen kommt. Ich hab die Schnauze voll von euch!«

Durch die Baumkronen über dem Grab zitterten ein paar Sonnenstrahlen. Kolk setzte sich wieder auf die Bank. Fahrig kippte er noch einen halben Becher Wasser herunter, das meiste lief ihm über das Kinn. Aus dem Beutel holte er die Sonnenbrille und setzte sie auf, darunter schloß er die Augen. Wenn er den anderen nicht sah, konnte er sich bremsen.

»Einverstanden«, sagte Niklas bemüht sachlich. »Fangen wir mit dem Anfang an. Unsere Freundschaft war für mich das Größte. Du warst für mich ... wie ein Bruder. Wir hatten uns was geschworen – erinnerst du dich? Ich kann dir das Datum sagen, den Ort und jedes einzelne Wort. Wir wollten immer zusammenhalten. Einer kann sich auf den anderen verlassen. Immer Offenheit, nie den anderen täuschen. Du hast deinen Schwur gebrochen. Du wußtest, daß Inge und ich heiraten wollten. Trotzdem hast du sie ... hast du mit ihr ...«

»Einspruch!« fauchte Kolk. »Ich habe sie dir nicht ausgespannt, das hätte keiner geschafft. Sie hat mich erwählt. Vorher hatte sie dich gewählt.« Er riß die Sonnenbrille herunter und fluchte: »Ja, verdammt, ich hatte mich verliebt! Aber ich habe dich nicht verraten!«

Demps schüttelte den Kopf. »Du machst es wie dein Vater, ihr wollt euch immer herausreden.«

»Fiasko«, sagte Kolk, »Katastrophe. Niklas Demps, der Star der Schule, der Beste in allen Fächern. Der Freund der schönen Inge, das ideale Paar – und plötzlich verläßt sie ihn. Wechselt von Apoll zu einem Schimpansen. Rumms. Du hieltest dich für endversorgt – auf einmal flog die heile Welt in Stücke. Auf Unglück waren wir nicht eingestellt, dafür mußte jemand büßen. Du hast mich am Bahndamm bewußtlos geschlagen und liegenlassen. Wäre uns Inge nicht nachgegangen ... sie hat mir den Mund freigemacht, sonst wäre ich an der Kotze erstickt. Oder vom Zug überrollt worden. Ich kam ins Krankenhaus, drei Rippen waren gebrochen. Die Knochen spießten in die Lunge, ich wäre fast wieder abgekratzt.«

»Mir hättest du nicht gefehlt«, sagte Demps. Und Kolk entgegnete, es sei schade, daß Demps nicht mit dem Schlauchboot in der Ostsee abgesoffen sei.

Ausgehöhlt von Haß legten sie eine Pause ein. Aus den Gräbern stieg wieder die Stille. Vom anderen Ende des

Friedhofs drang schwach das Gemurmel eines Redners herüber.

Demps brach als erster das Schweigen und erklärte, daß Kolk die Hände fesseln könne, aber nicht die Gerechtigkeit. Er sei es Inges Gedenken schuldig, Kolks Rolle bei ihrem Tod aufzuklären.

Kolk stand auf. Er warf Flasche, Becher und Brille in den Beutel und sagte:

»Ich wollte dir hier auf dem Friedhof ein paar Rippen einschlagen, als Revanche für damals. Nee, wozu. Du bist für mich schon lange gestorben, ich mache mir nicht die Hände schmutzig.«

Er schulterte den Beutel und trat hinüber an Inges Grab. Seine Lippen bewegten sich. Dann wandte er sich dem anderen noch einmal zu. »Du warst mir damals überlegen. Das ist anders inzwischen, ich kann mit den Händen töten. Sei froh, die Handschellen sind dein Glück.«

Er ging davon, und Demps schrie: »Du Dreckstück, bind mich los!«

Noch einmal blieb Kolk stehen. Wieder stieg das Blut siedend in ihm auf. Er wollte mit einer Pointe abgehen, er wollte sagen, ich bin großzügig, du darfst die Nacht mit Inge verbringen.

Die Worte verkochten im Mund, er brachte sie nicht hervor. Er ging weiter, die Flut des Bluts schwappte in ihm und erzeugte Brechreiz. Er torkelte. Unversehens liefen schwarzgekleidete Leute neben ihm, eine Trauergesellschaft, die den Friedhof verließ. Zwischen ihnen stolperte er dahin.

Sie gingen die Straße entlang. Bunt verschmierte Hauswände schrien ihn an. Die Mäander hingerotzter Graffiti würgten ihn, Totenschädel, gehörnte Fabelwesen fauchten von Mauern. Poster für Joghurt, Bier, Jeans, Zigaretten. Werbung im Veitstanz. Versessen auf Zirkuskunden, stach ein schaurig unkomischer Clown mit dem Zeigefinger in die Augen der Passanten. Und wieder Plakate, geil gebogene Schenkel, das Delta verhängt mit Dessous, Eis am Stiel, Schokolade, weit aufgezerrte Plakatmäuler kreischten, Nimm mich! Reiß mich auf! Leck mich!

Mitgeführt im Schwarm der Trauernden, zwischen denen es mählich wieder munterer zuging, gelangte er von der Straße am Friedhof zur Station und im Pulk die Treppe hinauf in das Abteil der S-Bahn. Er ließ sich treiben und schieben und plumpste auf einen Sitz nieder.

Der Zug ratterte los. Aus schwarzen Blusen und dunklen Anzügen summten besänftigend Stimmen. Kolks Sinne pegelten sich wieder ein. Froh, unter Menschen zu sein, drehte er den Kopf zum Saunawind, der durch die aufgeklappten Oberfenster blies.

Nicht alle Hinterbliebenen hatten einen Platz bekommen. Stehend verharrte ein Dutzend und blickte scheu auf Kolks Sitznachbarn. Der junge Mann hatte die langen Beine mit verkrusteten Cowboystiefeln auf der Bank gegenüber abgelegt. Die Schranke versperrte den Durchgang, so daß mehrere Plätze nicht genutzt werden konnten.

Gemächlich trank er Bier aus der Dose. Grinste hinauf zum Häuflein der traurigen Figuren. Er war im Recht, im Faustrecht. Im Land gilt das Recht des Stärkeren, keiner würde es wagen, ihn zu rügen. Sein Feixen streifte auch den Sitznachbarn, den schlaffe Haltung, ein zerprügeltes Gesicht und eine verbundene Hand als Niete auswiesen. Der Penner hatte es gewagt, sich neben Supermann zu setzen. Wo leben wir denn. Supermann mußte handeln, schallend rülpste er dem

Nachbarn ins Gesicht, befahl mit schalem Auspuff, gefälligst Abstand zu halten.

Es dröhnte, als Kolks Ellbogen seitlich in den Brustkorb des Mannes drosch. Der Getroffene, überraschend zäh, knickte nicht ein, er schlug zurück, sein Unterarm traf Kolks Schulter. Supermann wollte aufspringen, die hochliegenden Beine hemmten ihn. Vor ihm wuchs Kolk auf und schlug mit der Linken gegen die Schläfe. Zum Glück noch bandagiert, konnte die Hand die Leistung unbeschadet erbringen. Der Kopf fiel nach vorn, Kolk hob ihn an und schlug auf die Nase. Es knackte, Blut trat hervor.

Dem Mann, der zur Seite sank, zerrte Kolk die Stiefel herunter und warf sie aus dem Fenster. Den schlaffen Körper zog er vom Sitz und schleifte ihn in die Ecke.

Die Trauergäste standen stumm. Die S-Bahn fuhr in die Station ein. Kolk drückte die Tür auf. Bevor er ausstieg, sagte er, daß die Plätze jetzt frei seien und sie sich setzen könnten. Der Zug ruckte an und glitt langsam an Kolk vorbei. Er sah, daß die Leute immer noch standen.

Während er durch den S-Bahnhof zum Ausgang ging, wählte er am Handy den Anschluß des Vaters. Der Professor meldete sich nicht, vermutlich schwang er wieder Volksreden im Friedrichshain oder behandelte die Löcher an Obdachlosen.

Er wandte sich zum benachbarten Supermarkt und steuerte die geistigen Regale an. Er nahm eine Flasche Gin und den milden spanischen Brandy, den Schweinetod schätzte. Der Alte würde ein Schwätzchen begrüßen, der spärliche Betrieb im Fotoladen bot dafür immer eine Lücke.

Während er die gekauften Getränke im Sportbeutel verstaute, fiel ihm des Alten Warnung vor dem Bandenchef Nofinger ein. Und daß er gebeten hatte, ihn nicht durch Besuche zu gefährden. Das war hinfällig, denn der Kopf der Erpresserbande saß in Gewahrsam. Der Erfolg mußte noch begossen werden.

Er verließ das Geschäft und zog das zwitschernde Telefon hervor. Die Sekretärin des Filmbüros meldete sich und stellte das Gespräch zu Herrn Wang durch.

Was tun Sie gerade?

Kolk, sofort ganz Ohr, erwiderte, daß er Akten aufarbeite, langweiliges Papier. – *Haben Sie schon gespeist?* – Oh, nein. – *Würden Sie mir die Ehre erweisen, mit mir einen späten Lunch einzunehmen?* – Oh, klar, der Geehrte bin ich. – *Da könnten wir auch eine dringende Angelegenheit besprechen …*

Als Kolk am Bürohaus der Filmgesellschaft hinter dem Kurfürstendamm ankam, traten Wang und sein Chauffeur David soeben aus dem Eingang.

Sie mußten durch mehrere Nebenstraßen laufen, um zum Auto zu gelangen. Von hinten kommend, strich ein Radfahrer an ihnen vorbei. Die Lenkstange traf den alten Chinesen, er zuckte zusammen und rieb den Ellbogen. Neben dem Radler trabte ein schwarzbrauner Zottelhund, kalbsgroß. Das Paar pflügte durch die Fußgänger, die auf dem Gehweg furchtsam die Spur räumten.

Sie gingen weiter und erreichten den kleinen Platz mit der Kirche, ein ruhiges Örtchen, dem die Touristen des nahen Boulevards nur vereinzelt nahe kamen. Am Kopfende der abzweigenden Straße parkte der Wagen der Filmleute. Der Sumo wälzte sich ans Lenkrad. Kolk nahm hinten Platz. Wang wollte sich neben ihn setzen, er verhielt und beobachtete den Gehweg vorn.

Dort machte der große Radlerhund Anstalten, sich auf dem Trottoir hinzuhocken. Der Leibesumfang verriet, daß er, über das Bedürfnis hinaus, in anderen Umständen war. Sein Herr, auf das Fahrrad gestützt, sprach zu der Hündin, wollte sie wohl überreden, das Geschäftliche am Bordstein abzuwickeln. Es war schon zu spät. Das gesegnete Übertier, mühsam gegrätscht und wäßrigen Auges vis-à-vis auf das Gotteshaus plierend, machte, bei Lichte besehen, die Straße unpassierbar.

Wang hatte den Besitzer erreicht und fragte ihn, wie alt er sei. Falls über zehn Jahre, dürfe er laut städtischer Verordnung mit dem Rad nicht auf dem Gehweg fahren.

»Hä? Wat is los?«

Verdutzt schaute der Mann auf den alten Herrn herunter. Wangs eleganter Anzug, mit einer weißen Nelke im Knopfloch, stach ab vom proletarischen Gewand des Berliners, bestehend aus Arbeitsjacke und Jeans, mit Spritzern von Mörtel und Farbe.

»Sie hätten mich vorhin fast umgefahren«, erklärte Wang streng. »Ich erwarte, daß Sie sich entschuldigen.«

»Hau ab, Kleener«, sagte der Mann und wandte sich ab. Aus dem Autofenster zuhörend, vernahm Kolk, daß Wang die Vorhaltung auf den Hund und dessen Verrichtung ausdehnte. »Dem Tier kann man es nicht abverlangen, aber Sie als Mensch sollten Achtung haben vor der Kirche dort drüben.«

»Ick bin ausjetreten«, lautete die dreiste Antwort. »Sonst noch wat?«

Mit zäher Geduld begann Wang zu erläutern, daß Radfahren auf dem Fußweg wie auch der Hundekot mehr sei als ein Verstoß gegen Vorschriften. Der Bruch der guten Sitten beschädige die Moral.

»Kannst ja die Kacke wegmachen«, meinte der Mann.

Wang sagte »Schmutzfink«. Der Radler sagte »gelbe Wanze« und drohte an, diese in der Pfeife zu rauchen.

David hatte den Auftritt durch die Frontscheibe verfolgt. Nun winkte ihn Wang heran.

Der Chauffeur erreichte die Gruppe und griff, nach ein paar chinesischen Worten von Wang, nach dem Fahrrad. Der Mann hielt es fest. Er war so groß wie der Sumotori, aber nicht so dick, dafür muskulös, vielleicht ein starker Betonierer vom Potsdamer Platz. Das hielt er wohl für einen Vorteil.

»Fettwanst«, sagte er und hieb mit der Faust nach dem Mondgesicht. Obwohl es groß und nahe vor ihm war, verfehlte er es. Kennerisch verfolgte Kolk die graziöse Meidbewegung. Dabei kam Davids rechte Hand hoch und gab dem Mann eins auf die Backe. Es war nur ein leichter Schlag, sofern eine Maulschelle von vierhundert Pfund leicht genannt werden kann. Der Mann fiel gegen die Hauswand und rutschte sitzend zu Boden.

Wieder gab Wang eine chinesische Weisung. David drückte das Fahrrad herunter. Die Felgen bogen sich, Speichen sirrten, knallend platzte die Bereifung. Das Vorderrad und das hintere verformten sich halbkreisförmig, die Speichen ragten iglig heraus. In einer Ausstellung von Object Art hätte das Gerät Aufmerksamkeit erregt, nur fahren konnte man damit nicht mehr.

»Entschuldigen Sie sich«, befahl Wang.

»Dir zeig ick an«, stöhnte der Mann. Er zeigte auf den Chauffeur und zischte zum Hund, der soeben aus der Hocke hochkam: »Bella, fass! Beiß dod, mach ihm fertich!«

Kolk hätte schwören können, daß der Hund einen Moment lang nachdenkend verhielt. Aber er mußte bedauernd feststellen, daß Hund und Mensch von gleicher Art sind: Auch wenn sie die Pleite voraussahnen, befolgen sie die Weisungen übergeordneter Instanzen.

Schwerfällig stürmte die schwangere Neufundländerin auf den asiatischen Koloß los. Nun war es der Ringer, der professionell in die Hocke ging und die Gegnerin erwartete. Seine Hände, den unmenschlichen Schaufeln von Schweinetod gleichend, schossen vor und packten den Kopf des Tieres. Es ruckte und zerrte, der Sumo schaute ihm in die Augen und preßte den Schraubstock enger. Die werdende Mutter winselte. David gab sie frei. Erleichtert schlenkerte die Hündin den Kopf, trottete zurück und legte sich mit einem Seufzer neben das ehemalige Fahrrad.

Dessen Besitzer versuchte aufzustehen, mit weichen Knien rutschte er an der Hauswand zurück.

»Und jetzt beseitigen Sie bitte die Exkremente«, bat Wang. »Dazu sind Sie laut Stadtordnung verpflichtet.«

Schwach wandte der Mann ein, daß er weder Schaufel noch Beutel bei sich trage.

Er habe Hände und Taschen, belehrte ihn Wang. »Die Arbeit mit den Händen hat großen Anteil an der Menschwerdung des Affen, Sie sollten das mal bei Friedrich Engels nachlesen. Nur Mut, greifen Sie zu. Sonst könnte mein Diener wirklich ärgerlich werden.«

Der Sumo beugte sich herab, seine Pranke umschloß die Schulter des Sitzenden. Das genügte. Von David befördert, kam er auf die Füße. Zwei mondän gedresste Greisinnen spazierten an dem zerspellten Zweirad vorbei. Dem Anschein nach half der Sumo dem Fahrer nach einem Sturz.

»Das ist aber mal ein netter Japaner«, sagte die Blauhaarige. »Nein, ein Koreaner«, sagte die Silberne und bedachte den amerikanischen Hawaianer mit einem Bleiberecht verheißenden Blick.

Davids Hand lastete noch auf dem Mann, der verzweifelt vor der phantastischen Aufhäufung zurückschauderte. »Überwinden Sie sich«, bat Wang. »Immerhin haben Sie den Hund gefüttert. Denken Sie einfach, daß es von Ihnen stammt.«

Eigenes Pech mit Hunden erinnernd, hatte Kolk den Auftritt vom Auto aus mit parteilicher Genugtuung verfolgt. Nun aber, da der Radfahrer barhändig ans Werk ging, überlief es ihn – er wandte sich ab. Als er wieder hinsah, war der Berliner fertig. Mit gesenktem Kopf stand er da, die Taschen seiner Jacke hingen prall herab. Er bot das anrührende Bild eines Mannes, der versucht, sich ohne Einsatz der Hände die Nase zuzuhalten.

»Da sehen wir es, ein Mensch, der strebend sich bemüht, ist zu Großem fähig«, meinte Wang versöhnlich und vermied es gerade noch, dem anderen zum Abschied die Hand zu reichen.

Während der anschließenden Autofahrt räsonierte Wang über die Verschmutzung der deutschen Hauptstadt und die Verrohung der Sitten. »Ich bin schon zweimal angefahren worden. Niemand hält sich an Regeln. In Singapur würde man die Vandalen auspeitschen. Hier fahren die Bonzen in ihren Karossen am Dreck vorbei. Wie im alten Rom, im feudalen Frankreich, der schleichende Verfall, die Katastrophe naht auf Taubenfüßen, auf Hundepfoten ...«

Für Kolk bot die Fahrt den Vorteil, daß sich der Appetit auf das Mittagsmahl langsam wieder einstellte. Im Restaurant der Hackeschen Höfe winkte er einigen Bekannten grüßend zu und wählte Forelle. Wang orderte für David Holsteiner Schnitzel.

Paula, die blonde Serviererin, nahm die Bestellung auf. Kolk war bei ihr schon abgeblitzt. Unter Stammgästen kursierten rüde Wetten, wer die junge Kommilitonin der Humboldt-Universität zuerst in die Horizontale befördern würde. Sie studierte Zoologie und ließ hartnäckige Frager wissen, daß sie sich als Fan von Ernst Jünger auf Koleopterologie spezialisiere. Käferkunde, wie sie herablassend in die dummen Mannsgesichter hinein verdeutschte. Was einige abschreckte, Kolk aber reizte, in dem Sinne, wie jeder Käfer wünscht, einmal seine Forscherin zu zwicken.

Mißfiel ihr ein Gast, hob Paula die Braue, wie eben jetzt, da ihr gleich drei nicht behagten. David hatte, um normal sitzen zu können, vom Nebentisch einen zweiten Stuhl herangezogen. Das war neu bei Hacke. Wang hatte für sich nur zwei Scheiben Weißbrot und Wasser bestellt, und Kolk hatte die Miene eines Mannes, dem Notzucht zuzutrauen war.

Nun bat Wang auch noch darum, den Nebentisch freizulassen, »wir möchten uns ungestört unterhalten.« Ehe Paulas Braue die Decke erreichte, drückte ihr Wang einen großen Schein in die Hand. Die Braue fiel herunter, die Studentin stellte ein Schild *Reserviert* auf und stöckelte davon. Noch nie hatte Kolk ihre Profile so wippen gesehen.

Wang begann über Helen Ma zu plaudern. »Ich bin kein überschäumend vitaler Mensch, Herr von Kolk, mein Körper erlaubt das nicht. Helen hilft mir, die Balance zu bewahren.«

Asiaten, so hatte Kolk gelesen, kommen auf Umwegen zur Sache. Er hatte Zeit, und die Forelle war appetitlich gegrillt. Während Wang erläuterte, warum Helen in der Firma als Mitarbeiterin unentbehrlich sei, blickte Kolk zu einem Gast, der sich in der anderen Ecke des Lokals am Fenster niederließ. Er trug keine Lodenjacke, aber es war der Lodentyp, der Kolk letzte Woche aufgefallen war. Auch gestern abend hatte Kolk ihn in der Vierergruppe der Personenschützer in der Gartenkolonie erkannt.

Wang wurde also weiter observiert. Leute, die mit ihm Kontakt hatten, gerieten ins Visier. Den Schnüfflern war es recht, daß Kolk es bemerkte, sie legten es darauf an. Sie rechneten damit, daß er den Mund hielt, um den lukrativen Klienten nicht zu vergraulen.

Kolk speiste weiter, er lieh sein Ohr dem geschwätzigen Alten und blinzelte dem dicken David zu, der sich über das zweite Holsteiner Schnitzel hermachte.

»... und deshalb«, schloß Wang seine umständliche Rede, »möchte ich Sie als Bodyguard für Helen engagieren.«

»Wie, was?«

Kolk glaubte, sich verhört zu haben. »Ich – als Leibwächter? Nein, Sir, Personenschutz gehört nicht zum Angebot meiner Detektei. Nein, leider unmöglich. Ich übernehme gern wieder Aufträge für Sie, aber ...«

»Bodyguard, das ist die neue Aufgabe.« Wang grub die Zähne in die Brotkruste, die Splitter flogen über den Tisch.

»Warum nehmen Sie nicht David? Einen besseren Beschützer kann ich mir kaum vorstellen.«

»David paßt auf mich auf. Durch mein Vermögen bin ich am meisten gefährdet. Aber Helen steht mir nahe, an dem Punkt bin ich verwundbar.«

»Ich bedaure, daß ich ... Sir, glauben Sie mir, das würde gar nicht funktionieren. Die junge Dame hat eine Abneigung gegen mich. Und, verzeihen Sie, auch meine Sympathie hält sich in Grenzen.«

»Bestens, ausgezeichnet.« Erfreut tippte der alte Herr auf Kolks Arm. »Erotik lenkt nur von der Arbeit ab. Wer aufs Honigtöpfchen schielt, ist ein schlechter Wächter.«

»Es ist zwecklos, Sir, Miss Ma würde mich ablehnen.«

Wang quiekte belustigt.

»Es ist Helens Idee, sie verlangt von mir, daß ich Sie engagiere. Herr von Kolk, ich weiß, daß Helen arrogant ist, sie mag keine Langnasen. Viele Chinesen sind heimliche Rassisten, sie verabscheuen Weiße. Ihr seid *Gweilos*, weiße Teufel, häßlich, ihr habt schlechte Sitten. Aber für Helen sind Sie der Mann, der ihren wertvollsten Besitz zurückgebracht hat: die Kassette mit der Stimme ihrer Mutter, sozusagen das elektronische Ahnenerbe. Damit sind Sie ein Bote der guten Geister, ein Glücksbringer.«

»Ich denke, ich bin ein weißer Teufel?«

»Ja, aber ein nützlicher Teufel, ein Gweilo, mit dem eine hochnäsige junge Honglady vorsichtigen Umgang pflegen und von dem sie sich beschützen lassen kann. – Nein, mein Lieber, beharren Sie nicht auf einer vorschnellen Ablehnung. Überschlafen Sie das Angebot, reden Sie dann mit Helen – einem törichten alten Mann zuliebe. Aber morgen muß ich unbedingt Ihre Antwort haben. Da ist nämlich eine bedauerlicher Vorfall passiert ... nein, das soll sie Ihnen morgen selber erzählen ...«

15

Am nächsten Morgen wurde Kolk durch das Splittern von Glas geweckt. Im Bett hochfahrend, sah er sich um. Am Boden lagen Scherben verstreut. Die Fensterscheibe hatte den atmosphärischen Wirbelschleppen der Sieben-Uhr-Boeing nicht standgehalten.

Er fegte die Bescherung zusammen und machte sich nach einem schnellen Frühstück auf den Weg nach Little Sanssouci.

Wie tags zuvor war er entschlossen, Wangs Angebot abzulehnen. Er wollte diplomatisch vorgehen, um bei dem Alten die Tür für andere Aufträge offenzuhalten. Von einem Kollegen in der Detektei am Rathaus Pankow hatte er sich die Namen von zwei erfahrenen Bodyguards geben lassen, darunter einer Frau mit Meistertiteln im Sportschießen. Mit ein bißchen Überredungskunst würde er den alten Chinesen und seine Gespielin dazu bringen, der Empfehlung zu folgen.

Auch heute empfing das idyllische Schlößchen den Besucher im Glanz eines hochsommerlichen Tages. Ihrem Namen treu waren die Windhunde sofort zur Stelle, sie beschlabberten seine Hände und jaulten ihn an wie einen vermißten Verwandten.

Vom Pool her kam ihm Wang im Bademantel entgegen. Soeben aus dem Wasser gestiegen, bibberte er erbärmlich. Er zeigte auf den Himmel und rief, die Worte zähneklappernd zerteilend: »Hohenzollernwetter, preußischblau!«

Um ihn kugelte der Sumo. Er rieb seinen Herrn ab, darauf bedacht, ihn nicht zu zerdrücken. Dann zog er ihm den Frotteemantel aus. Für einen Moment sah Kolk den Körper des alten Mannes, ein paar armselige Pfund Haut und Knochen, die letzte Magerkeit, und er mußte an seinen Vater denken.

»Wir Chinesen verabscheuen das Wasser«, schnatterte Wang. »Unsere Schwimmer werden gedopt, damit sie überhaupt hineinspringen.«

Fröstelnd hüpfte er herum, so daß David ihn mit Mühe greifen und abtrocknen konnte. Er gab ihm Wäsche, half ihm in eine Trainingshose und streifte ihm einen Rollkragenpullover über. Er rubbelte Rücken und Schultern, und es war abzulesen, daß er seinen Herrn am liebsten auf den Arm genommen und ins wärmende Bett geschleppt hätte.

Sie schlenderten am Pool entlang. Kolk schwitzte. Aber der Alte schlug zähneklappernd die Arme um den Leib wie im Winter bei Schnee. Im Wasser spiegelten sich die rings auf Sockeln stehenden Statuen. Das Schwimmbecken war weiß gefliest. Am Boden leuchtete grüngolden eine antike Figur mit Flügeln an Helm und Schuhen.

»Hermes, der Gott der Kaufleute und Diebe. Schon die alten Griechen wußten, was zusammengehört.« Wang kicherte. Sie gingen über den Rasen, und der Alte fing an, sich an einem Schwätzchen über die Jugendjahre aufzuwärmen.

»Mit meinen Eltern habe ich lange in Ostberlin gelebt. Tja, mein Lieber, da lagen Sie wohl noch in den Windeln. Ich studierte an der Filmhochschule in Potsdam. Ich galt als talentiert, für das Diplom wollte ich einen Film über die Bauwerke Friedrich des Großen machen: Berlin, Brandenburg, die Perlen der Architektur in Preußen. Der Parteisekretär legte mir nahe, lieber einen Streifen über Karl den Großen zu drehen, er meinte den Marx Karl. Ich machte mich davon, in den Westen.

Nun erst recht! Ich wollte einen richtigen Spielfilm über den Alten Fritz machen. Ich ging mit der Idee hausieren, ich war sogar bei Rainer Werner Fassbinder. Leider kam ich nicht dazu, ihm mein Projekt zu erläutern. Er war im Rausch und warf mich nach den ersten Worten hinaus, mit der Bemerkung, ich sähe ihm zu ähnlich.«

Flink streute Kolk ein, daß auch sein Vater den Preußenkönig schätze, seinen Kunstsinn, sonst wenig verbreitet bei Berufsoffizieren.

Wang zog eine Grimasse. »Hui, der Flötenspieler von Sanssouci. Der Menzelschinken hängt in jeder Spießerstube. Friedrichs Flötentöne waren mittelmäßig, wie seine französischen Verse.«

Sie waren am Ufer angekommen. Wang schritt hinaus auf den hölzernen Steg, an dem ein großes Kajütboot vor Anker lag. Kolk setzte sich neben ihn auf die Holzbank, die auf der Bohlenplattform zum Verweilen einlud. Sie ließen den Blick über die kräuselnde Wasserfläche schweifen.

»Ja, Kolk, unser Deutschland ist schön, fast so schön wie mein China. Mein Mutterland ist hier, mein Vaterland ist in Asien. Manchmal ist das ein quälender Zustand.«

Kolk fragte, warum Wang als junger Mann einen Film ausgerechnet über Friedrich II. drehen wollte. »Der Mann hat Schlesien annektiert, er hat Kriege geführt.«

»Jawohl, das haben alle gemacht. Marschieren oder verlieren, so lautete die Devise. Wenn Friedrich ein Kriegstreiber war, warum heißt er dann bis heute der Große? Sogar die Genossen in Ostberlin mußten sein Denkmal wieder Unter den Linden aufstellen. Warum nennt man ihn bis heute einen Großen? Sie sind mal Lehrer gewesen, Sie müßten Auskunft geben können. Bitte, ich höre?«

Kolk war verlegen. Ihn ärgerte, daß er über eine Figur aus der historischen Mottenkiste stolperte. Der Alte verbiß sich in deutsche Geschichte, er musterte Kolk wie den Schüler in der letzten Bank.

»Um Antwort verlegen? Ja, Herr Kollege, das ist typisch für Deutsche, sie kennen ihre Vergangenheit schlecht. Da muß euch ein altes Schlitzauge auf die Sprünge helfen. Der Alte Fritz hat nach dem Siebenjährigen Krieg für Frieden gesorgt, länger als die Weimarer Friedenszeit zwischen unseren zwei Weltkriegen. Da sind Sie baff, wie? Er hat die Produktion angekurbelt, er ließ Sümpfe trockenlegen und brachte die Landwirtschaft in Schwung. Straßen wurden gebaut, Kanäle und Häfen. Die modernste Rechtspflege im damaligen Europa, eine Toleranz, von der wir heute nur träumen können. Eine Steuerreform, die unsere Politiker beschämen müßte. Jawohl, der König hat das Volk als Canaille verspottet. Trotzdem hat er für die Leute geracker[t], hat selber bescheiden gelebt wie ein Handwerksmann. Welch ein aufregender Widerspruch, was für ein phantastischer Filmstoff: Ein Staatsmann, der über das Volk lästert – und sich für das Volk schindet wie ein Maulesel. Läßt sich das von den heutigen Politikern behaupten? Wer brächte es wohl fertig, von Kohl oder Schröder oder Stoiber dem Großen zu reden?«

Vorsichtig wandte Kolk ein, einer von den dreien habe ja noch Zeit. Vielleicht werde der Doktor Kohl als wahrhaftige Größe in die Weltgeschichte eingehen.

»Ach je. Und warum?«

»Immerhin war er der Regierungschef mit dem größten Appetit, den das Land je hatte. Bismarck war ja auch so verfressen.«

Verblüfft fragte der Chinese, woher er das wisse.

»Mein Uropa, so'n hoher Ministerialer, er war manchmal beim Kanzler zu Gast. Sie nannten ihn Beißmarck. Der Kaiser hat ihn auch deshalb gefeuert, weil er beim Essen schmatzte.«

Der alte Chinese drohte mit dem Finger und sagte:

»Sie sind boshaft, junger Freund, Sie spotten der Geschichte. Ich rate zur Vorsicht. Ich hätte nicht übel Lust zu dem Wahlspruch: Von Preußen lernen heißt siegen lernen.«

Das Knattern eines Motors tönte herüber. Der alte Benz rollte auf den Vorplatz. Helen Ma stieg aus.

Von der Bank aufstehend, rief Wang ihren Namen und winkte. Auch Demps entstieg dem Wagen. Kolk hatte gehofft, ihn hier nicht anzutreffen. Einem Mann, den er niedergeschlagen und angekettet auf dem Friedhof zurückgelassen hatte, war zuzutrauen, daß er von zivilen Umgangsformen abwich.Demps ging mit zwei Aktentaschen zur Villa, wo er im Eingang verschwand.

Helen Ma, von den Windhunden umringt, kam über die Wiese heran. Sie beugte sich zu dem alten Mann und küßte ihn auf die Wange. Zärtlich betippte er ihre Schulter.

Kolk war langsamer gefolgt. Reserviert erwiderte Helen Ma seinen Gruß und nahm die Sonnenbrille ab. Das rechte Auge war blauviolett verschwollen. Kolk wunderte sich, sogar in der rauhen Großstadt traf man selten auf Frauen mit Veilchen.

Wang zeigte auf Helens Auge, dann auf Kolks verbeultes Gesicht und fistelte vergnügt:

»Potzdonner, ihr seht einander ähnlich, ihr zwei! Ihr solltet zusammenstehen gegen die Berliner Teufel.«

Später saßen sie um den Gartentisch auf dem Rasen am Pool. Vor der Villa war ein junger chinesischer Gärtner damit beschäftigt, die Hecken zu stutzen. Demps war wieder aus dem Haus gekommen und hatte sich zu Wang, Helen und Kolk gesetzt. Der Sumo servierte eisige Drinks und ging hinüber zu dem Gärtner, mit dem er in Zeichensprache ein Schwätzchen anfing.

Wang erläuterte Kolk die Konditionen einer Anstellung als Leibwächter.

»Sie müßten nicht die ganze Woche für uns arbeiten, es bliebe noch Zeit für Ihre Detektei. Aber die wichtigste Tätigkeit läge hier bei uns. Was meinst du, Helen, würde es genügen, wenn Herr von Kolk drei, nein, besser vier Tage in der Woche zur Verfügung stünde?« Und zu Kolk: »Auf jeden Fall müßten Sie Helen immer dann begleiten, wenn sie draußen unterwegs ist. Damit es nicht noch einmal passiert, daß sie angegriffen wird.«

Kolk schwieg unbehaglich. Drei Personen musterten ihn, als wäre er verantwortlich, daß sich eine Angehörige der chinesischen Nation in Berlin ein blaues Auge geholt hatte.

»... und das pauschale Honorar würde fünftausend Mark betragen«, erläuterte Wang.

Schnell ergriff Kolk die Chance zum Rückzug. »Nein, Verzeihung, das würde meinen monatlichen Anforderungen nicht genügen. Ich kann Ihnen aber gute Leute vermitteln, die dafür gern ...«

»Nicht pro Monat«, unterbrach ihn Demps. »Fünftausend pro Woche, zwanzigtausend monatlich, du Blödmann.«

»Niklas, unterlassen Sie das!« fuhr Wang ihn an. »Ich dulde nicht, daß Sie einen Gast beleidigen. Mir reicht es schon, daß Sie und Helen wie Hund und Katze sind. Schluß damit!

Ich will keinen Streit zwischen meinen Angestellten, dafür werden Sie nicht bezahlt!«

Demps warf die Serviette auf den Tisch und sagte brüsk:

»Der Mann trinkt, er ist für die Aufgabe ungeeignet.«

Wang stand auf und befahl: »Kommen Sie, wir haben noch zu arbeiten.« Und im gleichen Kommandoton zu Kolk: »Und Sie besprechen die Sache mit Helen. Ich muß noch heute wissen, ob Sie die Stellung annehmen.«

Er ging mit Niklas davon. Kolk und Helen Ma blieben am Tisch zurück. Kolk betrachtete das verletzte Gesicht der Chinesin. Sie hängte die Sonnengläser wieder davor. Die Windspiele hockten links und rechts neben ihrem Stuhl. Sie kraulte einem Hund den Nacken. Der andere winselte verlangend und lief zu Kolk über. Kolk schob ihn weg und sagte:

»Wenn ich auf Sie aufpasse, müßten wir uns abstimmen. Sie müßten sich nach meinen Anordnungen ... Das würde nicht funktionieren, das wissen Sie so gut wie ich.«

Die junge Frau wartete ab. Ihre Hand knautschte das Ohr des Hundes. Er fiepte, lief aber nicht weg. Sie zog noch einmal, der Hund winselte wieder.

Kolk begann zu begreifen: Das Ohr in chinesischer Hand war sein Ohr. Noch widerstand er. Er war ein Mann für mindere Fälle, banale Affären. Er fotografierte kleine Schwindler, sammelte Beweise – damit war der Fall in der Regel erledigt. Leib und Leben eines Menschen schützen – die Verantwortung reichte in eine neue, erschreckend große Dimension. Durfte er eine Aufgabe übernehmen, die zu lösen ein ganzer Polizeiapparat außerstande war?

Die Chinesin zog am Ohr des Hundes. Er jammerte dringlicher. Zwanzigtausend Mark monatlich. Verfluchtes Geld. Davor geht jeder Ostgeborene in die Knie. Kolk nickte der Frau zu und hatte das Gefühl, daß er einen Fehler beging.

Sie gab das Ohr des Windspiels frei. Kolk zwang sich zu einer verbindlichen Grimasse und sagte, er habe einen Wunsch. Ob sie ihm die Kassette ihrer Mutter vorspielen und die Worte übersetzen würde.

»Miss Helen, Sie wissen, ich kenne das Videoband, ich mußte es ja prüfen. Den gesprochenen Text konnte ich natürlich nicht verstehen, weil Ihre Mutter chinesisch redet und ich dieser wunderbaren Sprache nicht mächtig bin. Trotzdem war ich innerlich angerührt. Entschuldigung, wie kann jemand bewegt sein, wenn er kein Wort ... Nein, vergessen wir das, ich hätte nicht fragen sollen ...«

Die grünen Sonnengläser waren prüfend auf Kolk gerichtet. Er senkte scheu den Blick, wie ein Grobian, aus dessen rauher Schale eine zarte Saite aufklingt, unerwartet für ihn selber. Weiber mögen es, wenn ein harter Bursche Gefühl zeigt. Jeder Macho nutzt das aus bei Minderbemittelten, es funktioniert besonders gut bei Akademikerinnen ...

Auf der Rückfahrt in die Stadt rekapitulierte er die letzte Stunde in Little Sanssouci. Penibel ging er jedes Detail noch einmal durch.

Er hockt im Sessel inmitten der Unordnung des großen Zimmers im Obergeschoß der Villa. Helen Ma hebt eine silberne Schatulle wie einen Reliquienschrein aus dem Regal. Sie öffnet das Kästchen, holt die schwarze Klappschachtel heraus, entnimmt ihr feierlich die Videokassette und schiebt sie in den Recorder, als handele es sich um die Hand Buddhas.

Auf dem Bildschirm rauscht elektronischer Schnee. Dann wird die Frau sichtbar. Sie sitzt auf einem Stuhl am Fenster, durch das verschwommen die Zwillingstürme des World Trade Center in New York zu erkennen sind. Das Bild ist farbig. Die chinesische Mutter spricht direkt in die Kamera.

Helen Ma dreht den Originalton leise und übersetzt aus dem Kantonesischen ins Deutsche. Die Frau sagt, sie bereue es, daß sie ihr Baby nach der Geburt an fremde Leute gegeben habe. Die Opernkarriere war ihr wichtiger. Das dreigestrichene f galt ihr höher als eine Familie, die Ariadne und Rosalinde der Oper bedeuteten ihr mehr als die kleine Helen. Aus Scham habe sie später nicht gewagt, den Kontakt zu der erwachsenen Tochter zu suchen. Sie habe Kehlkopfkrebs und werde ihre Stimme verlieren. Sie empfinde es als gerechte Strafe und nehme ihr Schicksal an. Als letztes Zeichen schicke sie ihrer Tochter die Stimme, die so viele Arien und Lieder über die Liebe gesungen habe. Aber das Wichtigste habe die Stimme versäumt, sich dem lauschenden Kind zu nähern und zu flüstern: Ach, mein kleines Mädchen, ich liebe dich, mein Herz sehnt sich nach dir ...

Die Stimme der Mutter ist leicht heiser, sie zittert nicht. Die Hände halten ein Taschentuch und bewegen sich unruhig. Helen Ma dolmetscht nüchtern, sie sitzt in der gleichen disziplinierten Haltung im Sessel wie ihre Mutter auf dem Stuhl in New York. Nur ihre Hände verkrampfen manchmal, ähnlich wie bei der Mutter. Es scheint, als versuchten die beiden Frauen, die lebende und die tote, einander zu berühren.

Erst jetzt, im Auto, wurde Kolk bewußt, daß er sich mit Hilfe von Heuchelei einen Blick durch das Schlüsselloch zweier Seelen verschafft hatte. Das war unanständig, verwerflich. Aber der Trick bestätigte ihm, daß das Videoband harmlos war.

Er würde seinen Kopf verwetten, daß Helen Ma die Wahrheit sagte. Sie litt unter dem Schicksal der Mutter und unter den Folgen für sich selbst. Indem sie es verbergen wollte, machte sie es sichtbar. Die Aufnahme spiegelte überzeugend die Reue einer Frau, die zwischen Kind und Karriere eine Wahl getroffen hatte, die zwingend erschien und sich später als falsch erwies. Der Verdacht der Geheimdienstleute, das Band könne kriminelle Details bergen, war absurd. Auch die Ausschnitte von Proben auf Opernbühnen waren unverdächtig. In historischen Kostümen oder in normaler Kleidung sang die Sopranistin englisch, italienisch, auch deutsch. Kolk erkannte das Duett *Schüttle alle Zweige* aus Madame Butterfly, der Oper, in die ihn Babsy verschleppt hatte.

Eine Kleinigkeit war ihm aufgefallen, Tonkratzer und ein paar bräunliche Flecken auf dem Videoband. Sie verliehen der älteren Amateuraufnahme eine gewisse Patina, eine Signatur der Vergänglichkeit elektromagnetischer wie menschlicher Existenz.

Mittlerweile hatte sich Kolks Wagen durch Charlottenburg gekämpft und bog in die Zähringerstraße ein. Er holte das Notizheft heraus und suchte nach der Hausnummer der Person Emma. Weil er die Adresse dick durchgestrichen hatte, ließ sie sich nur mühsam entziffern.

Er betrat das Haus und stieg die Treppe zum zweiten Stock hinauf. Nach dem dritten Klingeln an Emmas Tür erklangen Schritte nebenan. Aus der Tür der Nachbarwohnung schaute ein halbnacktes Jüngelchen mit Lockenwicklern in der feuchten Mähne. Auf Kolks Frage nach Emma grunzte er: »Hunnert Meter right downtown, um die corner, dann fällste drüber.«

Die Auskunft führte zum Eingang der nahen U-Bahn-Station. Im zeltartig überdachten Winkel zweier Häuser lockten farbenfreudige Auslagen. Äpfel und Birnen, Beeren und

Pflaumen, Salate, Radieschen und als Krönung das Früchtchen Emma, die Unschuld aus der Plötze.

Kolk kam gemächlich heran. Das ließ ihr Zeit, die Überraschung zu verbergen und die frostige Miene aufzusetzen, auf die sie ein Anrecht hatte. Sie nahm Bananen von der Waage, gab sie einem Schuljungen und zählte Münzen nach. Über Kolk hinwegsehend, sagte sie kühl: »Sie wünschen?«

Kolk blickte auf den alten Mann, der, in anatolischen Mittagsschlaf versunken, auf einer Kiste neben dem Stand saß. Auf seinem Kopf lag als Sonnenschutz ein kariertes Taschentuch. Kolk streifte seine Armbanduhr ab. Er hielt sie hoch und sagte: »Ich möchte mit Ihnen reden. Opa Ützgür soll Sie ablösen, Sie brauchen eine Pause. Ich warte zehn Minuten, dann bin ich weg.«

Er ging über die Straße zu dem Café und setzte sich unter die Markise des Ausschanks. Er bestellte eine Schorle. Während er in einem Magazin blätterte, sah er auf die Uhr. Die Karatetussi ließ ihn tatsächlich warten. Eine Minute vor Ablauf der Frist holte sie den Türken als Ablösung vom Hocker und verließ den Obststand. Ohne Eile kam sie über die Straße und nahm lässig am Tisch Platz. Sie schaute auf die Uhr und meinte, sie sei knapp an Zeit. »Machen Sie's kurz. Was wollen Sie?«

Freundlich erklärte Kolk, er habe sich entschlossen, ihr trotz Vorstrafe eine Chance zu geben. »Auf meinem Schreibtisch liegen ein paar unerledigte Aufträge. Väter aufspüren, die keinen Unterhalt zahlen, Ermittlungen bei Verdacht auf Schwarzarbeit, auf Ehebruch, Versicherungsbetrug. Ich bin an eine größere internationale Sache gebunden, mir fehlt die Zeit für den Kleinkram. Ich brauche jemand, der sich darum kümmert. Wie ich sehe, sind Sie von Koks auf Kokosnüsse umgestiegen. Vergessen wir die Vergangenheit. Ich biete Ihnen an, auf Probe bei mir anzufangen.«

Emma inspizierte ihre Fingernägel. Sie tat so, als erwöge sie in innerem Ringen das Für und Wider des Angebots. Kolk akzeptierte die Strafzeit. Ein kluger Arbeitgeber nimmt es hin, wenn die Prolos auch mal Dampf ablassen. Schließlich müssen sie zurück an die Lohnkrippe, dort gibt's bei Gelegenheit eins aufs Dach.

Die Umworbene hatte die Kunstpause beendet und meinte, sie helfe abends noch in einem Computerladen aus. »Das ist Schwarzarbeit, da kann ich sofort weg. Aber hier am Stand nicht. Der alte Türke wohnt bei mir im Haus, er ist allein, ihm ist die Frau verstorben. Er muß für mich eine Vertretung finden, dann könnte ich bei Ihnen einsteigen.«

»Gut, beeilen Sie sich.« Kolk streckte die Hand aus und empfing einen athletischen Gegendruck, der für zwei Neueinstellungen gereicht hätte. »Kollegin Emma, ich hoffe, daß Sie sich keine Illusionen machen.«

»Bestimmt nicht«, sagte Emma entschieden. »Ich hab in der Plötze Wäscheklammern eingetütet. Für eine Mark fünfzig die Stunde. Dann gab der Unternehmer die Aufträge nach Polen – wir wurden arbeitslos. Arbeitslos, sogar im Knast. Dadurch kam ich zu einer neuen Weltanschauung.«

»Wie soll ich das verstehen?«

Das sei, erklärte Emma, ganz einfach. In zwei Wirtschaftszweigen gebe es keine Arbeitslosigkeit: beim Verbrechen und bei der Bekämpfung von Verbrechen.

»Bei der Polizei würden sie mich ablehnen, ich mag auch die Uniform nicht. Bleiben also Wachdienste, Detekteien. Die Branche hat die besten Aussichten. Ich hab was gespart, ich könnte als Teilhaberin bei Ihnen eintreten. Ihr adliger Name ist was wert, Ihre Familie hat hoffentlich ein Wappen. Das setzen wir auf neue Visitenkarten, grauer Prägedruck, schwer dezent, das macht Eindruck bei den Spießern. Überlegen Sie sich mein Angebot und rufen Sie mich an.«

Sie stand auf, und Kolk sagte: »Moment noch. Eins will ich endlich wissen: Wie kamen Sie auf mich, warum wollen Sie ausgerechnet bei mir anfangen?«

»Mein Stiefvater heißt Leupold. Er war auch Lehrer an unserer Schule, Sie waren mit ihm befreundet. Er hat mir von der Sache mit dem abgestürzten Schüler in der Turnhalle erzählt. Papa war der einzige, der wußte, daß Sie ...«

»... daß ich getrunken hatte«, ergänzte Kolk. »Er war ja bei der Sauferei dabei. Leupolds Stieftochter, ach so. Das macht mich noch neugieriger: Warum wollen Sie ausgerechnet zu mir, einer verkrachten Existenz?«

»Ich hab meine Eltern an der Tauchschule in Hurgada besucht. Mein Vater sagt, daß Sie der einzige sind, auf den er sich im Ernstfall verlassen würde.«

Kolk wollte fragen, ob der Papa in Ägypten einen Sonnenstich habe. Doch sie lief schon über die Straße zum Stand.

Der Witwer schlurfte wieder zu seiner Schlummerkiste. Zwei Schulmädchen pilgerten heran und zeigten auf den Hügel von Orangen.

Aufstehend sah Kolk, wie Emma drei Apfelsinen aufnahm und anfing zu jonglieren. Die Kinder zappelten erwartungsvoll herum. Die Künstlerin nahm noch eine dazu und ließ den Vierer durch die Luft kreisen. Kolk hoffte, daß sie patzen würde. Sie machte keinen Fehler. Zum Schluß warf sie die Früchte höher und fing alle vier in einem Beutel auf. Die Kinder klatschten Beifall. Emma blickte zu Kolk herüber. Er hätte sich lieber die Hand abgebissen, als zu applaudieren.

16

Sie trabten durch den Grunewald. In Shorts und lila Kapuzenpullover federte Helen Ma über den weichen Boden. Kolk trabte neben ihr, bemüht um schwerelosen Jugendstil. Durch die Nase einatmen, durch den Mund aus. Nicht schnaufen.

Helen Ma beschleunigte das Tempo. Kolk begann zu schnaufen und hielt mit. Das Boxtraining machte sich bezahlt, er hatte mit Flosse auch Runden auf dem Sportplatz neben dem Gym gedreht. Er ließ nicht zu, daß die Göre aus Hongkong ihn mit Zwischenspurts abhängte. Schließlich gab sie es auf, und sie zogen einträchtig in der Waldschneise dahin.

Jogger kamen ihnen entgegen, in schockfarbener Fallschirmseide, behängt mit Stoppuhren und Pulsmeßgeräten. Ein glatzköpfiger Läufer trug Schuhe, deren Absätze bei jedem Schritt aufleuchteten.

Pudelwohl fühlte sich Kolk. Aus seinen Poren drang Schwitzwasser und spülte die Schlacken des Gins weg. Mit geweiteten Nüstern schnupperte er das Harz der Bäume und der Läuferinnen Schweiß. An einer Lichtung legte Helen eine Pause ein. Sie ließ die Arme kreisen, drehte die Hüften und beugte den Rumpf. Kolk machte Liegestütze, auch einarmig.

Helen setzte sich auf einen Baumstumpf. Sie habe gezweifelt, sagte sie, ob Mister Bodyguard den Dauerlauf durchhalten würde. Kolk räumte ein, daß er sich anstrengen mußte. »Ich muß eine größere Körpermasse bewegen, ich bin ein Halbschwergewicht, Sie dagegen ein leichtes Mädchen.«

Die Chinesin musterte ihn argwöhnisch.

Aus dem Liegestütz rollte Kolk auf den Rücken. Er blickte in die blaue Luft, grün durchwirkt von Blättern und nadligen Zweigen. Er spürte, daß ihm wieder einer der seltenen Augenblicke des Einklangs mit der Welt geschenkt wurde: Atmen, schauen, riechen – die einfachen Dinge genießen, als wären sie ein Wunder.

»Der Mistkerl, dort drüben läuft er«, sagte Helen Ma. »Der Mann, dem ich das verdanke.« Sie zeigte auf ihr geschwollenes Auge und dann auf einen Jogger, der auf der anderen Seite der Lichtung trabte. Er trug ein rotes Stirnband und ein Sweatshirt mit dem Aufdruck Rocky.

»Warten Sie hier«, sagte Kolk und spurtete los. Er schnitt die Strecke ab und erreichte den Mann, ehe er vom Pfad in den Hauptweg einbiegen konnte. Er hob die Hand und sagte: »Einen Augenblick bitte, ich muß mit Ihnen reden.«

Der Mann blieb stehen. Er keuchte. Bebrillt, mittelgroß, dünne Beine. Auf die Muskeln unter dem Sweatshirt würde ein Rocky nicht neidisch werden.

»Sehen Sie die Frau da drüben?« Kolk zeigte auf die junge Chinesin, die auf dem Baumstumpf saß. »Haben Sie sie geschlagen, waren Sie das?«

»Was meinen Sie?« Der Mann spähte über die Lichtung und war unangenehm berührt. »Ach so. Ich finde, das geht Sie nichts an.« Er wollte weiterlaufen, Kolk gab ihm einen Stoß gegen die Brust. Rocky taumelte gegen einen Baum. Kolk drückte ihm den Unterarm gegen die Kehle und sagte:

»Die Dame hat ein dickes Auge. Sie mußte sogar zum Arzt. Monokelhämatom, das ist der Fachausdruck. Ich habe auch eins, hier, links. Und Sie kriegen gleich zwei. Vorher möchte ich wissen, warum Sie auf eine Frau losgehn. Versuchen Sie's mal bei mir. Na los, langen Sie zu. Sie haben den ersten Schlag, dann bin ich dran.«

Kolk legte die Hände auf den Rücken und hielt das Gesicht hin, es war ein Sonderangebot. Der Mann stand still, er schätzte den anderen ab. »Wer sind Sie?« fragte er ruhig.

»Ich bin der Bruder.«

»Sie sind kein Chinese.«

»Heute schon«, entgegnete Kolk. »Warum vergreifen Sie sich an einem Mädchen? Wenn Sie Chinesen schlagen wollen, sollten Sie nach China gehen.«

»Wenn Sie mich angreifen, wehre ich mich!« Rocky hob die Fäuste. Kolk nickte ermutigend. Der Mann überlegte, ließ die Arme wieder sinken und bekannte: »Das hätte wohl nicht viel Sinn. Ihrem Gesicht nach – Sie hauen beruflich?«

Kolk erwiderte, es sei das einzige, was er wirklich gut könne.

Der Mann sagte, er sei Lehrer und Anhänger von Gewaltlosigkeit. Er seufzte. »An meiner Schule herrscht leider ein anderer Geist. Dort sind alle bewaffnet, nur die Lehrkräfte nicht. Ich verrate Ihnen, warum ich jogge: damit ich wegrennen kann, wenn die Schüler mal die Schule in Klump hauen.«

Kolk warf ein, er sei früher auch Lehrer gewesen, in Ostberlin.

Der Mann: »Beneidenswert, da herrschte Disziplin.«

Kolk: »Wir hatten Fahnenappell, überflüssig.«

»Immer noch besser als Messer und Pistolen. Und was die junge Frau betrifft – tut mir leid, wir sind zusammengestoßen. Sie lief mir auf der falschen Seite entgegen. Kommt die aus England, vom Linksverkehr? Sie prallt gegen mich, ich rufe: Aufpassen, Mädel, in Deutschland wird rechts marschiert! Da knallt sie mir eine und schreit Nazilümmel! Ich, ein Nazi! Ich bin eingeschriebener Sozialdemokrat, ich komme aus einer linken Familie. Ein Onkel von mir saß bei Hitler mit eurem Honecker im Zuchthaus. Meine Frau schwärmt sogar für euren Gysi, so müßtest du reden können, sagt sie, dann hättest du die Schüler im Griff. Ja, Frauen sind wunderbar. Hier, schauen Sie, die Ersatzbrille ist noch nicht fertig.«

Er nahm die Brille ab und zeigte sie Kolk. Der Steg war mit Pflaster umwickelt.

»Sie haut mir die Brille runter, trampelt drauf und ohrfeigt mich. Da habe ich zurückgelangt. Herrje, ich war halb blind, ich wollte sie nur wegstoßen. So, jetzt können Sie Vergeltung üben. Bitteschön, ich kann mich auch entschuldigen. Aber es wäre geheuchelt, das sage ich Ihnen offen.«

Kolk nahm den Mann beim Arm und zog ihn hinter ein Gebüsch, das gegen Sicht abdeckte. Kolk fragte, ob der Herr Kollege schauspielerisches Talent habe.

»Das fragen Sie? Ich trete jeden Morgen vor dreißig Deutsche, Türken und Russen und gebe den verständnisvollen Pädagogen. Ich tue so, als glaubte ich, daß man jungen Wölfen menschliche Werte beibringen kann. Denen ist ein Handy und die Playstation ihrer Computerspiele wichtiger als jeder Unterricht. Ich biedere mich an, ich stecke mir vor dem Unterricht einen Ohrring an, dabei habe ich nur Schiß. Ich hasse die Bande. Ich bin einer der größten Schauspieler in Berlin. Warum fragen Sie?«

Auf der anderen Seite beobachtete Helen Ma, wie Kolk aus dem Waldrand trat und über die Lichtung zurückkam. Hinter ihm taumelte der Mann aus dem Gebüsch. Er stieß durchdringende Klagerufe aus, warf die Arme hoch und sank langsam gut sichtbar zusammen.

Kolk fand, daß er übertrieb, und er fürchtete, daß Helen weich werden und einen Krankenwagen anfordern könnte. »Wehret den Anfängen«, sagte er hart. Helen Ma stand vom Baumstumpf auf und setzte sich wieder in Trab. Kolk schloß sich an. »Gut so«, sagte sie.

»Ich diene der Volksrepublik China«, erwiderte Kolk militärisch straff. Auf ihren mißtrauischen Blick setzte er kernig hinzu: »Aber Sie sind der Boss, Ma'm.«

Mittags auf dem Gelände der Filmstudios in Babelsberg. Die Leute gingen zum Essen oder kehrten von dort zurück. Kaiserliche Soldaten mit Pickelhauben verzehrten Hamburger, mittelalterliche Landsknechte vertilgten Pizza und Currywurst, ein Christkind in weißem Langhemd trug Pepsiflaschen im Arm. Auffällig war die Zahl der Ärzte und Krankenschwestern. Zwischen zerlumpten Bettlern wogten wüst bemalte Nutten, die an Strohhalmen in Plastikbechern saugten.

An der Seite von Helen Ma ging Kolk durch das farbenfrohe Gewimmel. Zwei behelmte Kreuzritter kamen ihnen Zigaretten rauchend entgegen. Dem einen fiel das Visier herunter, er blies den Rauch durch das Gitter. »Die gehen zum Dreh«, sagte Kolk mit dem Stolz dessen, der sich in Fachchinesisch einlebt. Immer wieder blieb er entzückt stehen, bis ihn Helen ungeduldig weiterzog.

Sie kamen in ein Gebäude und gingen durch einen langen Gang mit gepolsterten Türen. Über der letzten warnte rote Leuchtschrift *Eintritt verboten.* Vor der Tür stand ein Mann mit dem Zeichen Security an der Jacke.

Helen Ma zeigte einen Ausweis vor, der Wächter prüfte ihn und öffnete die Tür.

Die kleine Halle lag im Dunkeln, nur am unteren Ende hellten Scheinwerfer eine Fläche heraus. Die Außenterrasse eines Restaurants. An einem der Tische saßen drei Männer, die sich mit Wang und einem beleibten Mann mit Vollbart unterhielten. Bemalte Prospekte an der Terrasse zeigten einen See, umgeben von Wiesen und bewaldeten Hügeln, hinter denen alpine Gipfel aufragten.

Wang löste sich von der Gruppe und kam herauf zur Tür. Er begrüßte Kolk und Helen. Sie machte kehrt und verließ das Studio wieder.

Der alte Chinese sank in einen Sessel und hieß Kolk, daneben Platz zu nehmen. Aus einem Kistchen auf dem Tisch nahm er eine Zigarre mit Bauchbinde. Auch Kolk durfte sich bedienen. Sie beschnitten die Prachtstücke und rauchten sie an. Kolk fragte, welche Filme hier entstünden. Und warum mit einem Wächter vor der Tür.

Wang beugte sich vor und beklopfte altherrenhaft vertraulich den Arm des Jüngeren.

»Mein sehr geschätzter Herr von Kolk, das hier ist wirklich ein Geheimnis, jedenfalls vorläufig. Wenn ich Sie einweihe, müssen Sie Stillschweigen bewahren.«

Aus dem Dämmer schwebte Davids Mondgesicht heran. Lautlos versah er den Tisch mit Porzellan und schenkte ein. Der Duft des Mokkas und das Aroma der kubanischen Zigarre vermählten sich und schufen im Halbdunkel des geheimen Filmorts einen Ruch gehobener Konspiration. Wang sagte:

»Die Idee ist simpel wie so vieles Geniale. Ich bereite für das Fernsehen Kurzfilme vor, in denen Wahrheiten ausgesprochen werden, die bisher noch nicht vernommen wurden.«

»Was denn für Wahrheiten?« Ungläubig blies Kolk den Rauch aus. »Pardon, Sir, es gibt Zeitungen, das Fernsehen, dazu das Radio – Informationsfreiheit auf allen Kanälen. Wir werden mit Wahrheiten zugeschüttet, wir können uns kaum retten.«

Wang brach in Gelächter aus, laut und kieksend, wie Kolk es schon kannte. Die vier Herren unten am Set verstummten und schauten ins Dunkel hinauf. Wang rief, sie sollten weitermachen und sich nicht stören lassen. Er wandte sich wieder Kolk zu, und ihm war das Vergnügen anzumerken, einen Gesprächspartner zu haben, der nicht beschränkt, aber auf anregende Weise von gestern war.

»Falsch, mein Bester. Wahrheit ist immer eine Marktlücke, in jedem System. Freiheit ist auch Freiheit zur Lüge. In Diktaturen wird alles zur Lüge, sogar Wahrheiten erscheinen geschwindelt. In der Demokratie geht es raffinierter zu, da wissen wir oft nicht, woran wir sind. Das ist der Punkt, an dem ich ansetze.«

Mit der Zigarre wies er hinab zur beleuchteten Probebühne.

»Da unten sehen Sie drei Herren. Der vierte, der Dicke mit dem Bart, ist nur der Regisseur. Die drei Schauspieler stellen Führungskräfte eines Konzerns dar. Sie sitzen auf der Terrasse eines Restaurants. Wir fertigen das dann im Blue-screen-Verfahren, richtig luxuriös an einem See in den Alpen oder in der Schweiz. Die Herren beraten über Rationalisierung. Sie rechnen aus, wieviel Gewinn es für die Aktionäre und besonders für sie persönlich bedeutet, wenn sie ein paar tausend Leute entlassen.«

Achselzuckend meinte Kolk, das habe er ähnlich schon in einem amerikanischen Kinofilm erlebt. »So'n Industrieller, der zynisch auf die Pauke haut. Am Schluß ist er über seine eigenen Machenschaften gestolpert, er verliebte sich, ich glaube in eine Prostituierte, und wurde geläutert.«

Überlegen wehrte Wang ab.

»Affentheater. Nein, bei mir geht es nicht zu wie in Hollywood. Im Vorspann wird dem Zuschauer mitgeteilt, daß die Gespräche tatsächlich stattgefunden haben. Sie sind belegbar. Die Stimmen und Namen der wirklichen Personen dürfen natürlich nicht erscheinen, sonst würde ich Klagen riskieren. Aber die Texte sind echt. Kein Geschwafel, das sich Autoren aus den Fingern saugten, sondern wahre Gespräche, die aufgezeichnet worden sind. Menschenskind, Kolk, das gab es noch nie, das ist wirklich neu, sensationell, einzigartig! Wir belauschen Wirtschaftsführer und andere Größen, wenn sie unter sich sind. Wir stellen das mit Schauspielern nach. Die Gespräche sind gekürzt, anders gemischt, filmgerecht bearbeitet. Aber die Texte sind authentisch – dafür verbürgen wir uns. Und die Zuschauer werden das Original heraushören. Sie hören, was wirklich hinter den Kulissen von Wirtschaft, Politik und so weiter gesprochen wird. Öffentlich heucheln diese Leute, sie spielen den Volksfreund. Privat reden manche ganz anders. Ich sammle schon lange Material dafür. Das war nicht schwer, ich gehöre ja selber zur Oberklasse. Mit einfachen Mitteln können Sie heute alles aufzeichnen. Das ist ungeheuer spannend, glauben Sie mir. Sogar ich alter Zyniker bin oft überwältigt von der Skrupellosigkeit namhafter Persönlichkeiten.«

Wang nippte an seiner Tasse und sprach mit einem Anflug von Feierlichkeit weiter.

»Die drei Herren sitzen also auf der Terrasse. In anderen Episoden werden das andere Drehorte, andere Personen und andere Themen sein, das lassen wir mal beiseite. Im Grunde verhandeln die drei darüber, wie sie sich bereichern. Arbeitnehmer werden weggeworfen wie Schrott. Das sprechen sie privat aus – und dabei hören nun Millionen Zuschauer vor den Fernsehgeräten zu, ich rechne mit hohen Einschaltquoten. Denn ich kündige ja ausdrücklich an, daß es echte Gespräche sind, nachprüfbar auf Tonbändern, die bei einem Anwalt liegen. Kolk, ich sage Ihnen, das trifft den Nerv der Zeit, da geht ein Raunen durch Deutschlands gute Stuben!

Und aufgepaßt, jetzt kommt der Clou! Wir hören ein Geräusch, das sich nähert, tack, tack, tack. Es klingt wie ein Stock, der auf den Boden stößt. Über die Terrasse kommt ein alter Mann heran. Er trägt einen fleckigen blauen Armeerock mit einer verschlissenen Schärpe. Die schwarzen Hosen sind so schäbig wie die vergilbten Stulpenstiefel. Er hat einen lächerlichen kleinen Degen umgeschnallt mit einer zerfledderten Quaste. Eine Vogelscheuche, eine Faschingsfigur. Am Tisch der drei sauberen Herren bleibt er kurz stehen. Die Filmkamera erfaßt das Raubvogelprofil unter dem Dreispitz, die eisigen blauen Augen ...«

»Der Alte Fritz!« stieß Kolk hervor.

»In der Tat, es ist Friedrich der Große. Der König, der so manchen hochbestallten Lumpenhund auf die Festung Spandau geschickt hat. Die drei Konzernherren sehen ihn nicht. Aber Millionen Zuschauer sehen ihn, der König schreitet gewissermaßen durch die Phantasie des Publikums. Verstehen Sie, Kolk, das Publikum ist eigentlich nicht dumm, beschränkt sind nur die, die es dafür halten. Die Zuschauer werden verstehen, daß dies kein Ruf nach der Monarchie ist.

Nein, es ist nur der Ruf nach einem Mann, der Gerechtigkeit schafft. Staat und Regierung sollen dem Volk dienen, so wie es der Alte verkündet hat: le premier serviteur de l'état! Und der König geht weiter, sein Krückstock schlägt auf die Fliesen der Terasse, drohend, unerbittlich, tack, tack ...«

Wang machte eine Pause und nuckelte unzufrieden an der Zigarre. »Für die Rolle des Königs suchen wir noch den Darsteller. Er muß populär sein, er sollte dem Alten ähnlich sehen. «

»Sir, sind Sie ein Rebell, ein Revolteur?«

Wieder lachte Wang fistelnd und schlug mit der Hand auf den Tisch, daß das Porzellan schepperte.

»Vor den Roten bin ich ja geflüchtet, in der Jugend aus Ostberlin, im Alter aus Hongkong. Schaun Sie, Kolk, in Hongkong habe ich Seifenopern gedreht, hier in Berlin produziere ich Simpelserien nach deutschem Hausmannsrezept. Die Hauptfigur ist meistens ein Mann, ungefähr in Ihrem Alter. Förster, Arzt, Lehrer, Polizist, Hotelier, Anwalt, Reporter – geklonte Figuren immer nach gleichem Muster. Der Kerl läßt sich scheiden und wandert nun durch die Betten diverser Damen.

Später heiratet er wieder und läßt sich wieder scheiden. Darüber gießen wir eine Soße aus Scheinkonflikten. Meistens geben wir dem Mann eine Tochter, so bauen wir einen hübschen Popo ein. Die Banausen in den Sendern wollen es so haben. Shit, ich liefere es ihnen. Das Geschäft war und ist profitabel, aber mit den Jahren kriegt man es satt. Arbeit soll ja auch Spaß machen. Fun! Und ich versichere Ihnen: Nichts ist so funny wie eine Wahrheit, die einen hochgestellten Schwindler entlarvt. Ja, ich will provozieren, Unruhe stiften – zu meinem Vergnügen und zu dem der Zuschauer.«

Beschwingt zündete Wang die erloschene Zigarre an und erklärte paffend, er suche Ideen für weitere Episoden. »Deshalb habe ich Sie eingeweiht. Ich kann das Projekt noch nicht an die große Glocke hängen. Ich rede nur mit Leuten, denen ich vertraue.«

Kolk bedankte sich für die Ehre und fragte anzüglich, ob auch die mitwirkenden Künstler Heuchler seien.

»Selbstverständlich. Aber die Episode über verlogene Künstler gibt es schon. Ich habe als Vorstudie drei Schauspieler sowie einen Regisseur, einen Autor, einen Dramaturgen und mich selbst in ein Zimmer gesetzt, und wir haben vereinbart, daß wir unsere wirkliche Meinung über die Serien sagen, die wir herstellen. Streng vertraulich, die spätere Nutzung erfolgt anonym.

Mein Gott, das war ein Dammbruch, die Künstler graulen sich noch mehr als ich. Die haben sich die Haare gerauft und den Mist verflucht, den sie erst spielen und dann in Talkshows auch noch loben müssen. Wir sind Kunstnutten! hat einer meiner Ostautoren geschrien, er gestand, daß er nach jeder abgedrehten Arztfolge wegen Suizidgefahr in Behandlung sei.«

Zögernd meinte Kolk, ihm komme da eine Geschichte in den Sinn.

»Her damit«, rief der Alte, »was ist es?«

»Meine Bäckersfrau«, berichtete Kolk, »hat sich über zwei Frauen aufgeregt, Abgeordnete des Bundestags. Die sind von einer kränkelnden kleinen Partei zu einer großen übergewechselt. Angeblich aus Gesinnung. Eine freche Täuschung, denn jeder weiß, daß die Damen sonst bei den Wahlen durchgefallen wären. Dann könnten sie nicht mehr fette Diäten kassieren.«

»Die Story haben wir schon. Über die beiden gibt es Tonbänder aus der Sauna.«

»Haben Sie auch schon Material über die Verschwendung von Steuergeldern?«

»Einen ganzen Schrank voll. Was fällt Ihnen sonst noch ein? Nebenbei gesagt, eine Idee, die ich akzeptiere, wird mit fünfzigtausend Mark honoriert.«

Kolk verschluckte sich am kubanischen Qualm und redete hustend:

»Mein Vater ist Arzt, er schimpft über gewisse Kollegen, die es öffentlich ablehnen, daß unheilbar Kranke aktive Sterbehilfe kriegen. Aber für den eigenen Ernstfall haben sie vorgesorgt. Sie haben eine Ampulle oder Tabletten im Schrank, während der normale Patient langwierig krepieren muß. Oder gezwungen ist, zur Erlösung von der Siegessäule zu springen. Sir, ich weiß nicht, wie Sie da an Gesprächsprotokolle ... Mein alter Herr dürfte nicht mit reingezogen werden ...«

Wang sah auf die Uhr und rief hinunter zum Set, daß er gleich komme. Er zog ein Heft aus der Tasche und sagte:

»Der Tod, hm ... ein Thema, das alle angeht. Ja, es stimmt, für viele wird es ein unnötig erbärmlicher Tod sein. Hübscher Einfall, über Mediziner haben wir noch nichts. Ich hasse Ärzte, ich muß oft hin. Über Tonbänder zerbrechen Sie sich nicht den Kopf, Mediziner sind schwatzhaft, das läßt sich arrangieren. Ja, wenn Sie noch so eine gute Idee haben, lassen Sie es mich wissen.«

Seine Feder ratschte über das Papier. Er riß das Blatt heraus, legte es auf den Tisch und meinte, er müsse sich jetzt entschuldigen.

Während der Alte zur Probebühne zurückging, las Kolk den Scheck. Auch ein einziges Wort kann eine lange Lektüre sein. Fünfzigtausend. Wuff! Es stand wirklich geschrieben: 50 000. FÜNFZIGTAU… Die Zigarre entfiel ihm, er griff an die Brust, wo der Kontoauszugsdrucker zu rumpeln anfing.

Der Sumo glitt heran und hob die Zigarre auf. Er beugte sich über Kolk und grunzte besorgt. »Thank you, David, es geht schon wieder«, murmelte Kolk gepreßt. »Es war ein bißchen too much auf einmal.«

Während der Riese das Geschirr abräumte, verwahrte Kolk den Scheck in der Brieftasche, die er in die Innentasche des Jacketts steckte, deren Reißverschluß er penibel zuzog und zweimal kontrollierte.

Er schloß die Augen und überlegte, was er kaufen könnte. Eigentlich besaß er das Nötige. Aus den jüngsten Einnahmen waren Miete und Versicherungen beglichen. Er hatte Schuhe von Gucci gekauft, er nannte sie Kanzlertreter und hatte probiert, wie jener zu laufen. Bei Cerruti hatte er einen Anzug erworben, mit einem beachtlichen Anteil Kaschmir. Er trug ihn nicht, weil er fürchtete, ihn beim Essen zu beflecken. Hallo, wie wär's mit einer Luxusreise, endlich abheben in Richtung der Strände von Thailand. Ihm fiel ein, daß er keine Regelung über Ferien vereinbart hatte. Wieviel Tage stehen einem Bodyguard tariflich zu. Gibt es Krankengeld, wie steht es mit der Pflegeversicherung.

Aus dem Grübeln riß ihn die Stimme von Helen Ma, die das verdunkelte Studio wieder betreten hatte. »Sind Sie eingeschlafen? Kommen Sie, wir müssen zu einer Beratung.« Kolk stand auf und folgte der Chinesin, die eilig voranging. Sie betraten einen Raum, den Kolk angesichts der Apparaturen und Boxen als Tonstudio einschätzte. Die Chinesin drückte auf die Taste eines Bandgeräts. Musik ertönte. Sie lauschten ein paar Minuten. Helen fragte, was er davon halte.

»Beethoven?« sagte Kolk auf gut Glück und setzte vorsichtshalber eine scherzende Miene auf.

»Schubert«, sagte Helen Ma. »Das ist der Entwurf für den Soundtrack unserer neuen Klinikserie *Schwarze Augen, Weißes Haus.* Ah, da ist ja unser Komponist! Ich mache die Herren miteinander bekannt: Herr Schubert aus Dresden – mein Mitarbeiter Herr von Kolk.«

Herr Schubert deutete einen Handkuß an und reichte der jungen Frau eine Rose. Mittelgroß, schlank, mit samtigen Augen sah er sogar besser aus als Niklas Demps. Kolk, nach einem Makel suchend, fand ihn höchstens in der gelifteten Symbolik, einer Chinesin eine gelbe Teerose anzudrehen.

Sie nahmen Platz und lauschten noch ein Stück den fürs Weiße Haus bestimmten Klängen. Helen schaltete das Band ab und sagte:

»Zeit ist Geld, kommen wir zur Sache. Herr Schubert, Ihre Komposition für die neue Serie hat uns beeindruckt. Schon die Musik in der filmischen Montage am Anfang charakterisiert die Menschen eindeutig: Gongs für die zwei verunglückten Asiaten, Balalaika für den leberkranken Russen, Kastagnetten für die Spanierin mit Aids, Bongotrommeln für den zuckerkranken Neger und für den beinamputierten Brasilianer Rumbakugeln. Und für die deutschen Patienten Fanfaren. Das hat Herrn von Kolk besonders gefallen.«

Sie richtete ihre Augenschlitze auf Kolk, der verwirrt nickte. Der Komponist bedachte Kolk mit einer dankenden Verbeugung.

Zu einer markanten Stelle habe sie eine Anmerkung, meinte Helen Ma. »Im Film ist das die Szene, in der der Klinikchef dem ehebrecherischen Assistenzarzt im Auto nachjagt. Dazu der peitschende Rhythmus eines Cancan. Könnte es sein, daß ich den musikalischen Galopp schon einmal gehört habe, etwa in Orpheus in der Unterwelt von Offenbach?«

Liebenswürdig entgegnete Herr Schubert, das Zitat sei durchaus gewollt, es drücke auch Verehrung für Offenbach aus. Er übernehme als Musiker die Verantwortung, Frau Ma solle sich darüber nicht den Kopf zerbrechen.

Die Belehrte nahm einen Zettel vom Tisch und fuhr fort:

»Sie verehren viele Komponisten. Aus dem Weißen Rößl von Benatzky haben Sie rund fünfzig Takte übernommen. Aus der Fünften Sinfonie von Schostakowitsch eine volle Minute für die Szene, in der die Aidspatientin zu Grabe getragen wird.«

»Verehrte Frau Ma, ich bitte Sie, in der Musik sind Anleihen üblich. Denken Sie nur an Mozart. Das Thema von Confutatis maledictis im Requiem hat er aus Anfossis Venezianischer Sinfonie geholt. Unser Amadeus ist nur von d-moll auf a-moll umgestiegen und vom Dreivierteltakt auf Viervierteltel, damit der lateinische Text besser paßt.«

»Säße Herr Mozart hier«, sagte Helen Ma, »dann würde ich ihm das nicht vorhalten.«

Danach war es still. Herr Schubert suchte die Scherben seines Lächelns zusammen. Kolk versuchte auszusehen wie jemand, dem geläufig ist, wie a-moll lateinisch klingt. Auf ihre Liste blickend, sprach die Chinesin gleichbleibend höflich weiter:

»Sie übernehmen ganze Teile aus der Schottischen Phantasie von Max Bruch und aus Bach's Toccata und Fuge. Ja, und die Passage von Beethoven für die Leistenoperation an dem sächsischen Bordellwirt. Pardon, das eingefügte Ritardando stammt ja von Ihnen. Herr von Kolk hat dazu eine sinnige Bemerkung gemacht, er fragte, ob Sie damit das Plagiat verwischen oder Beethoven ärgern wollten.«

Schuberts Miene wurde zornig. Er blickte auf Kolk, der den Kopf einzog. Der Komponist erhob sich.

»Ich habe nicht vor, mit Ignoranten zu diskutieren, dafür ist mir die Zeit zu schade. Ach ja, Sie erwähnten Jacques Offenbach. Wissen Sie, daß er von Köln nach Paris eingewandert ist? Vielleicht war der Wirtschaftsflüchtling damals nicht allen Franzosen willkommen.«

Auch die junge Chinesin war aufgestanden. »Wußten Sie, daß Eigenschaften wie das Sprechen der linken Gehirnhälfte zugeordnet werden, während das musikalische Verständnis in der rechten Hälfte abläuft? Haben Sie Ihre rechte Hälfte schon einmal untersuchen lassen?«

Schubert machte drohend einen Schritt auf die Chinesin zu. Kolk schnellte vom Stuhl hoch. Er begriff, warum bei künstlerischen Beratungen Wachpersonal zugegen sein muß.

Der Komponist maß beide mit Verachtung und schritt hinaus. Helen nahm die Rose und warf sie in den Papierkorb. Kolk zuckte die Achseln.

»Herrje, wen kümmert's, welche Musike in den Serien dudelt. Sie hätten die Komposition schlicht ablehnen können, ein Brief hätte genügt. Warum beleidigen Sie den Mann? Mir kommt's vor, als wären Sie sauer auf die Deutschen überhaupt. Wollen Sie Rache nehmen für die Niederschlagung des Boxeraufstands? Mit Verlaub, es ist hundert Jahre her, daß die Deutschen in China eingefallen sind, der Tonsetzer Schubert war bestimmt nicht dabei.«

Kühl erwiderte Helen Ma, sie lege Wert auf Unterschiede. »Wenn Stanley Kubrick in seinem Film A Clockwork Orange Beethovens Neunte verwendet, dann ist das kein heimlicher Diebstahl, sondern ein klares Zitat. Aber dieser kleine Plagiator denkt, er kann mich für dumm verkaufen, weil ich Chinesin bin. Und Sie, Herr von Kolk, sollten lieber nicht über Musik reden, Sie haben keinen blassen Schimmer.«

»Seit heute bin ich Experte«, sagte Kolk, »Sie haben mich ernannt.«

Die junge Frau sah zu Boden. Sie blickte in die Spiegeldose, zog ein Tuch aus der Tasche und rieb die Lippen ab, obwohl sie ungeschminkt waren.

»He«, sagte Kolk behutsam, »was ist los mit Ihnen. Sie kommen aus dem Land des Lächelns, aber Sie lächeln nie. Ich meine, so schlimm war die Musik auch wieder nicht, die geklauten Stellen klangen richtig gut. – Helen, bedrückt Sie etwas? Falls ich Ihnen helfen kann ...«

Die Chinesin klappte die Dose zu. Die Maske aus Elfenbein blieb verriegelt. Mit der ihr eigenen verletzenden Höflichkeit erklärte sie, Kolk solle sich auf seine Arbeit beschränken. »Ich fahre dann mit David zurück, für heute brauche ich Sie nicht mehr.«

17

Diesmal kamen sie am hellichten Vormittag. Kolk hatte nicht mehr mit ihnen gerechnet. Er hätte sie eigentlich abweisen können, aber er war angeheitert und machte sich ein Divertimento daraus, der Einladung der Agenten zu folgen.

Die Nacht davor war aufregend verlaufen. Kolk hatte im Bett von einem Ostseestrand geträumt, der menschenleer lag. Dort schlief er ein und träumte von einem Palmenstrand, an dem er mit Inge entlanglief. Sie gingen auf dem bespülten Sandstreifen und wateten bis zum Bauch im Meer. Zum Vergnügen trug bei, daß sie bekleidet waren. Sie saßen neben einem verrotteten Schlauchboot und grillten Fisch. Er nahm das Salz aus ihren Augenbrauen und streute es auf die Kruste. Das Salz brannte in seinem Herzen, er lief zur Linderung ins Meer, bis es über ihm zusammenschlug. Er atmete wie ein Fisch und sprach mit Inge, die neben ihm schwebte. Er fühlte, daß Wasser ein flüssiges Festes darstellt, und wünschte, darin eingeschlossen zu bleiben, mit dir. Ja, sagte sie, zwei Käfer im Bernstein, vereint auf ewig.

Nach dem Frühstück saß er am Schreibtisch vor Inges Fotografie und zeigte ihr Wangs Scheck. Großspurig verkündete er, daß er sich das Geld gleich in der Bank auszahlen lasse. Das müßten sie im voraus feiern. Gin Tonic und Eiswürfel standen schon bereit. Kolk trank und achtete nicht auf das Quantum. Er erzählte vom Besuch auf dem Filmgelände und probierte es, die abgelehnte Serienmusik nachzupfeifen. Skeptisch hörte Inge zu.

Nachdem er die Post durchgesehen hatte, verließ er das Haus und ging hinüber zur Bank. Als er herauskam, wuchsen sie selbdritt vor, neben und hinter ihm auf. Der schmächtige Europageheime verbeugte sich und fragte verbindlich, ob Herr von Kolk noch einmal Zeit für ein Gespräch erübrigen könne. Sehr wichtig sei es. Madame Meunier sei soeben in Tegel gelandet und werde dazustoßen.

Kolk drehte sich einmal um die eigene Achse. Die drei Männer umstanden ihn steif und hielten die Hände überkreuz hängend vor der Hose. Daran erkennt man sie immer. Sie trugen Ohrclips, deren Kabel sich in ihre verdammten Hemden ringelten.

Mit einem herzhaften »Freundschaft, Kollegen!« grüßte Kolk die alten Bekannten und folgte ihnen zum Auto, das unauffällig im Halteverbot vor der Bank stand. Sie stiegen ein. Der Fahrer saß vorn. Kolk saß hinten zwischen dem Schmächtigen und einem doppelt breiten Stiernacken. Ihre Ellbogen und Gesäße berührten den Gast. Kolk beteuerte, er habe nichts gegen Schwule. Sie versuchten abzurücken, aber es brachte nicht viel.

Rege plaudernd, machte Kolk auf das Risiko einer längeren Fahrzeit aufmerksam. Jedes Ausatmen seinerseits bedeute für die Inhalierenden etwa ein Zehntel Promille Alkohol. Er schlug vor, auszurechnen, ab wann der Fahrer nicht mehr als zuverlässig im Sinne des Grundgesetzes gelten könne.

Die Beamten blickten geradeaus und zeigten keine Neigung, sich mit dem Gast zu unterhalten. Kolk zog das Geld aus den Jackentaschen. Drei Kuverts. In der Bank hatte er sich fünfundzwanzig Tausender, dreißig Fünfhunderter und den Rest in Fünfzigern hinblättern lassen. Dem Filialchef hatte er versichert, daß er nur eine Nacht mit dem Geld schlafen und es morgen wieder einliefern wolle.

Nachdem er das den Agenten mitgeteilt hatte, begann er tönend klar die fünfzigtausend auszuzählen. Bei neununddreißigtausend verzählte er sich und meinte entschuldigend, wenn der Euro schon als Bargeld da wäre, ginge es doppelt schnell. Er fing von vorne an. Er konnte spüren, wie sich die Gesäßmuskeln der Sicherheit strafften.

Der Schmächtige stieß die Schulter des Mannes am Steuer an. Der Fahrer griff nach unten, zog eine Notfallblinkleuchte hervor und knallte den Magneten aufs Dach. Er schaltete eine Sirene ein und trat aufs Gas. Der umgebende Verkehr fror ein, nur das Kundschafterauto flog vogelfrei dahin. Kolk war begeistert, und das sagte er auch.

Sie brausten über den Olbricht-Damm und dann den Heckerdamm entlang. Am Volkspark Jungfernheide scherten sie in einen Parkplatz ein. Kaum stand der Wagen still, jagte von der Hauptstraße der langgestreckte Citroen heran und vorbei. Er rollte zurück, wendete und hielt.

Kommissar Schmidt stieg aus und kam herüber. Kolk kletterte aus dem Audi und ging ihm entgegen. Schmidt reichte ihm die Hand und sagte gedämpft: »Ich habe mich nicht drum gerissen, ich bin vergattert worden.« Er roch. »Sind Sie besoffen?«

Kolk stieg hinten in den Citroen. Er blieb an der Schwelle hängen und fiel ins Auto, mit dem Gesicht in den Schoß der französischen Beamtin. Er atmete durch und blieb so. Er hatte sich die Schienbeine geprellt, seine Füße ragten noch aus der Tür. Schmidt von draußen und die Mulattin innerhalb halfen ihm, sich hochzurappeln und den Sitz auf der Rückbank einzunehmen.

Die Geheimnisträgerin zog den Rock über die Knie und quittierte Kolks Entschuldigung mit einer vagen Geste. Nach Kolk stieg der Kommissar ein und hockte sich mit dem Rücken zum Fahrer auf den Klappsitz. Nachdem sie ein paar Floskeln gewechselt hatten, nahm Madame Meunier Fotos aus der Mappe und reichte sie Kolk.

»Bitte sehen Sie sich die beiden Bilder an.«

Der erste Schnappschuß zeigte Wang und einen hageren Mann mit Stirnglatze. Sie saßen am Tisch in einem asiatisch anmutenden Lokal. Im Anschnitt war über eine Holzbalustrade hinweg eine dunstige Wasserfläche zu sehen, unscharf gesäumt von Wolkenkratzern. Auf dem zweiten Foto saß der Hagere in einem anderen Lokal allein am Tisch. Auch Wang war zu sehen, es hatte den Anschein, daß er an dem Tisch vorbeiging.

Während Kolk die Aufnahmen studierte, erläuterte die Beamtin, das erste Bild sei vor zwei Jahren auf einem Restaurantschiff in Hongkong aufgenommen worden. »Herr Wang und der dünne Mann sprachen dort miteinander. Das zweite Foto entstand vor ein paar Tagen in dem Münchner Lokal Lenbach. Der Dünne sitzt am Tisch. Herr Wang geht an ihm vorbei, als ob sie sich nie begegnet wären.«

Kolk hob die Schultern und legte die Fotos zurück.

»Jeder hat Bekannte, die er auf den Mond wünscht. Falls Sie wissen wollen, ob ich den hageren Typ schon mal gesehen habe: Nein, hab ich nicht.«

Die Französin hielt beide Fotos demonstrativ hoch und sagte:

»Der Mann arbeitet für eine verzweigte asiatische Organisation: Drogen, Prostitution, Untergrundlotterien, Geldwäsche. Die Gruppe stützt sich auf Verbindungen zwischen

Auslandschinesen in Südostasien. Den Behörden dort unten geht es wie uns hier – wir wissen noch zu wenig über die Strukturen. Aber wir haben Hinweise, daß sie nach Europa ausgedehnt werden. Das hängt auch damit zusammen, daß Kapital aus Hongkong und anderen asiatischen Märkten in die Europäische Union verlagert wird. Wir wollen aufklären, ob Herr Wang etwas damit zu tun hat. Wir halten es für möglich, daß er sich mit dem Kontaktmann treffen wollte. Aber einer von beiden ist im Lokal mißtrauisch geworden, ein verstecktes Zeichen – so fiel die geplante Begegnung aus.«

Ungeduldig warf Kolk ein, das könne ein Zufall sein. »Wang ist oft in München, in Bayern, sie drehen dort Serien. Wenn Sie den anderen Mann auf dem Kieker haben, dann schnappen Sie ihn doch und befragen ihn.«

Kommissar Schmidt meinte, das sei geplant gewesen. »Unsere Kollegen in München haben ihn observiert. Er sollte vor der Ausreise festgenommen werden. Nachts waren zwei Leute an seinem Hotel postiert, damit er nicht durch die Lappen geht. Sie sind beide erschossen worden. Von dem Mann fehlt jede Spur.«

»Sehr bedauerlich, aber was habe ich damit zu tun? Laden Sie Wang vor und reden Sie mit ihm.«

Die Beamtin hatte aus der Citroenbar Orangensaft hervorgeholt. Sie reichte die Gläser den Männern und erklärte, Herr Wang sei mittlerweile eine prominente Figur, mit prominenten Bekannten in Wirtschaft und Politik. »Er könnte öffentlich Lärm schlagen. Falls er unschuldig ist, bekommen wir Ärger. Falls er verstrickt ist, würden wir ihn durch eine Befragung nur warnen, genauso auch die Hintermänner, auf die es uns ankommt.« Sie blickte den Kommissar an, und Schmidt machte folgsam weiter.

»Wir müssen Material sammeln. Wir brauchen eine Person in der Umgebung von Wang. Einen Mann, der alles notiert: Woran er arbeitet, wie sein Kalender aussieht, was er plant. Mit wem er sich trifft, im Stadtbüro, im Studio in Babelsberg und draußen in Little Sanssouci. Ob er Laster hat, Aufputschmittel nimmt, ja, auch seine sexuellen Neigungen.«

Und die Französin fügte drängend hinzu, es gebe diesen Mann. »Das sind Sie, Monsieur. Sie haben den Posten als Bodyguard bekommen. Sie gehen in der Firma und in der Villa ein und aus, Sie wären der ideale Helfer.«

»Helfer? Sie meinen Spitzel.« Er schnupperte das Parfüm der dunklen Frau und sagte vornehm: »Madame, ich mag Frankreich. Obwohl ich Ihr Angebot ablehne, können wir gute Beziehungen pflegen. Ich lade Sie heute abend zum Essen ein. Sind Sie verheiratet? Ich versichere Ihnen, daß Ihr Mann nichts davon ...«

»Halten Sie die Klappe!« fuhr ihn der Kommissar an. »Frau Meunier, ich muß mich für ihn entschuldigen, er ist leider ...« Die Beamtin hatte sich zu Kolk gedreht. Sie öffnete die vollen Lippen und befahl leise, aber gut hörbar: »Rrraus!«

Kolk wollte etwas einwenden, Schmidt stieß ihn in die Rippen. Kolk schwankte. Rasch griff Schmidt zu und verhütete, daß der Detektiv noch einmal in dem Pariser Schoß versank.

Mit radierenden Reifen schoß der Citroen davon. Der Kommissar ging mit Kolk zur anderen Seite des Parkplatzes, wo ein Wagen für sie abgestellt war. Kolk quasselte weiter. »Ich habe Durst, Sie können mich jetzt nicht allein lassen.«

Sie stiegen in den Wagen und fuhren in Richtung Stadtmitte zurück. Schmidt erklärte sich zu einem Gläschen bereit. »Dabei reden wir noch einmal über Wang, aber ohne

Zicken. Ja, ich gebe zu, daß vorläufig nur ein paar wacklige Indizien vorliegen. Aber ein Anfangsverdacht erscheint mir gerechtfertigt. Mein lieber Herr Detektiv, Sie kennen hoffentlich den Paragraphen hundertachtunddreißig ...«

»Jawoll, Herr Kommissar. Bei Nichtanzeige geplanter Straftaten bis zu fünf Jahre Knast. Keine Sorge. Ich verspreche, daß Ihre Dienststelle nichts erfährt, wenn Sie mit mir einen heben gehn.«

»Können Sie nicht eine Minute ernst sein!« wetterte Schmidt. »Die beiden Kollegen in München sind tot, ich finde das nicht komisch!«

Er bremste scharf an einer Ampel. Kolk versetzte bissig: »Sie können mich mal.«

»Sie mich auch!«

Sie fuhren weiter, schließlich murrte Schmidt einlenkend: »Die letzten Sätze werden gestrichen.« Und Kolk sagte, wenn ihm etwa aufgefallen wäre, hätte er es mitgeteilt. »Ich mag den Chinesen, aber ich würde nichts Kriminelles decken. Das wissen Sie genau, Sie Leuchter.« »Schon gut, Sie Pfeife«, knurrte Schmidt.

Während das Auto vorankroch, versicherte Kolk noch einmal, daß er Wang für einen unbescholtenen Bürger halte. »Er produziert Filme für die Mattscheibe, Fortsetzungen über Krankenschwestern, Ärzte, Anwälte, auch über Superkommissare wie Sie, Herr Schmidt.«

Schmidt muffelte, daß er die Serien verabscheue. »Meine Frau guckt sich das an und fragt mich, warum im Fernsehen die Täter immer gefaßt werden und bei uns nicht.«

In das Gespräch klingelte Kolks Handy. Er klappte den Apparat auf und meldete sich. Er hörte die Stimme einer Frau, die sich aufgeregt verhaspelte. Erst nach ein paar beruhigenden Worten bekam er mit, daß es Frau Bärenburg war, die alte Dame in der Wohnung neben dem Professor.

»Mein Vater, was ist mit ihm?« rief Kolk. Er verstand *Unglück* und *furchtbar* und *schrecklich* und rief: »Was ist passiert? Wo ist mein Vater? Antworten Sie!« Die Stimme der Frau kippte weg, es war nichts mehr zu hören.

»Zum Friedrichshain!« rief Kolk, »los, Tempo!«

Der Kommissar beschleunigte den Wagen. Sie fuhren schon am Alexanderplatz. Fieberhaft tippte Kolk die Telefonnummer des Professors ein. Nur das Besetztzeichen antwortete. »Mensch, schneller!« rief Kolk, »Sirene und Blaulicht!« »Hat der Wagen nicht.« »Treten Sie aufs Gas!« schrie Kolk. »Stellen Sie sich vor, es wäre Ihr Vater!«

»Mein Vater ist tot. O, verdammt ...« Schmidt biß sich auf die Lippen und schwenkte in die linke Spur. Aber die gewonnenen Meter gingen an der nächsten Ampel wieder verloren. Kolk hämmerte erneut die Nummer in die Tasten und rief »Papa!«, als könne er damit den sturen Blockadeton überwinden.

Sie sprangen aus dem Auto, rannten ins Haus und nahmen mit wenigen Schritten die Treppe zum Hochparterre. Die Tür der Wohnung stand einen Spalt offen. Kolk drückte dagegen und traf auf ein Hemmnis. Der Kommissar griff mit zu, sie schoben die Tür zurück und traten ein. Vor ihnen lag eine weißhaarige Frau auf dem Läufer des Flurs. Neben ihr das Telefon. Während sich Schmidt zu ihr beugte, lief Kolk weiter zum Wohnzimmer.

Er übertrat die Schwelle und blieb plötzlich stehen. Was er sah, mußte ein Trugbild sein, Säuferwahn, ein Alptraum am hellen Tag.

Mit gespreizten Armen hing der alte Mann halbnackt am Gläserschrank, die Handgelenke oben an den Säulen verschnürt. Das Hemd zerrissen, es hing über die Hose herab. Die nackte Brust schimmerte in Messing und Silber. Die Nadeln der Orden und Medaillen steckten in der faltigen Haut. Das Blut sickerte. Träge tropfte es auf den Goethekopf des Nationalpreises, auf Zirkel und Ährenkranz, es lief über Marxens und Clara Zetkins Gesicht, über den Helden der Arbeit, über Artur Becker und Franz Mehring, den Stern der Völkerfreundschaft, über Virchow und Hufeland. Mehr schwarz als rot fleckte es die helle Hose des Professors, kroch über die Schuhe, die knapp den Boden berührten, und bildete zu Füßen des Hängenden eine Lache. Sie hatten ihn spaßhaft gekreuzigt, und das Leben, das in ihm pulste, machte sich langsam davon aus der metallbeschlagenen Brust.

Kolks Atmung setzte aus. Wo sie vordringlich gebraucht wurde, ließ sie ihn wieder im Stich. Er rang nach Luft, und als sie endlich kam, riß er sie aufheulend in sich hinein und zischte sie aus wie eine Dampflok.

Das Kinn des Alten lag auf der Brust. Bei dem Geräusch hob er den Kopf und öffnete die schwarz gehöhlten Augen. »Da bist du endlich«, murmelte er. »Was hast du ... ach so ... mein Kleiner, du darfst nicht verkrampfen, atme ruhig, ganz entspannt. Du weißt doch, das erste Gebot, don't panick.«

Da flog Kolk hin zu dem Vater und umschlang ihn. Der alte Chirurg stöhnte auf, des Sohnes Zärtlichkeit trieb ihm die Ehrenzeichen tiefer ins Fleisch.

Auch der Kommissar stürzte nun in den Raum. Er brachte nur ein »Ach!« heraus. Sie lösten die Fesseln und setzten den schwankenden Alten auf einen Stuhl. Der Kommissar fluchte: »Welche Schweine haben das gemacht!« Der Professor fragte, schon wieder mit autoritärem Anflug, wie es um die Nachbarin Bärenburg stehe, sie habe wohl einen Schock erlitten und benötige Hilfe.

Sie sitze im Flur, erklärte beruhigend Schmidt, der Notarztwagen sei gerufen, die Polizei auch, sie sei schon hier, »ich bin Polizeibeamter, kein Grund zur Sorge, alles wird gut.«

Da mußten sie alle drei lachen, was für den Verletzten nicht gut war. Er kippte vom Stuhl, sie fingen ihn, legten ihn auf den Teppich, schoben ein Kissen unter das Haupt. Kolk nutzte die Ohnmacht, um die Nadeln zu ziehen und die Medaillen vom Fleisch zu pflücken.

Schmidt wollte wissen, was es damit auf sich habe. Mit gekrauster Stirn hörte er, wie Kolk des Professors eigene Auszeichnungen benannte und jene, die ihm Wiedergänger im Park an den Arztkittel gesteckt hatten.

»Die Leute waren mal stolz auf ihr Blech, wie ihr drüben auf euer Bundeskreuz. Bei manchen Auszeichnungen gab's Prämien, Geld für ehrliche Arbeit. Ach, lassen wir das. Ich glaube, daß ihn die Nazibande aus dem Park überfallen hat.«

Er hätte nichts dagegen, versicherte Schmidt, wenn die Orden des Ostens respektiert würden wie jene im Westen. »Das gehört zur Gleichberechtigung. Ohne Gleichberechtigung keine Versöhnung. Aber da gibt's Leute, denen das nicht paßt.«

Kolk zog die letzte Spange heraus und sagte: »Dann machen Sie sich mal auf die Socken, Herr Kommissar, und verhaften die Täter.«

Bei diesen Worten schlug der Professor die Augen auf und murmelte: »Täter ... habt ihr sie schon?«

18

Kolk parkte den Volkswagen hinter der Sankt Hedwigs Kathedrale und ging über den Bebelplatz zur Vorderseite der Staatsoper. In den gläsernen Kästen am Eingang vor den korinthischen Säulen hingen Plakate und Fotos von Divas und Sängern, deren Tonausstoß ihm bevorstand.

Neidvoll blickte Kolk den Passanten nach, die Unter den Linden durch den schwülen Berliner Abend zogen. Sie mußten nicht zu Puccini. In luftigen Hemden flanierten sie dahin, Frauen trugen Kurzes und Dünnstes, feiste alte Knaben in Shorts stellten in der ästhetischen Hochburg Europas ungeniert ihre bleichen Keulen zur Schau.

Am Vorabend hatte er mit Helen Ma telefonisch den Dienstplan besprochen. Er erwähnte den Überfall auf seinen Vater, und Helen fragte, ob er dienstfrei nehmen wolle. Da müsse David sie in die Oper begleiten, sie brauche ein weiteres Ticket, da David zwei Sitze benötige. Kolk erklärte, sein Vater liege im Krankenhaus und sei versorgt. Helen beendete das Gespräch mit der Bemerkung, er besitze hoffentlich einen Smoking.

Den hatte er nicht. Der Smoking war wenig verbreitet im Osten, nicht mal im Zentralkomitee hatten sie welche. Chef Honecker trug Anzüge, auf die Werktätige nicht neidisch wurden, und falls er einen Smoking besaß, hatte er ihn nur heimlich in Wandlitz ausgeführt.

Nun steckte er, Kolk, in einer Jacke mit seidenen Aufschlägen. Bei der Anprobe im Verleih hatte sie gepaßt. Aber er hatte nicht an die Waffe im Futteral gedacht, die er darunter tragen mußte. Sie drückte, auch der versteifte Hemdkragen mit der schwarzen Kellnerschleife war hinderlich. Er drehte den nässenden Hals und fluchte leise.

Ein silberner Rolls Royce hielt vor ihm am Bordstein. Eine üppige Dame stieg aus, die ein chinesisch stilisiertes Kleid trug. Ihr folgte eine ranke Jüngere mit trainierter Figur. Während das silberne Phantom entschwebte, blickte die Vollschlanke zur Knobelsdorffschen Fassade empor und rief enthusiasmiert:

»O, Steffi, schau nur, die Lindenoper, endlich sehen wir sie! Und das Kronprinzenpalais! Und dort, die Königliche Bibliothek, ich glaube, man nennt sie Kommode. Entzückend! Und da drüben, die Universität, die Brüder Humboldt sitzen richtig davor! Und Schinkels Neue Wache. Und daneben, ich glaube, ich träume: das herrliche Zeughaus, die Perle des Barock! O, Steffi, und das gehört nun alles uns.«

»Mama!« zischte die mit Steffi angesprochene Sportjungfrau und zerrte ihre Mutter zum Eingang des Operntempels.

Auf der anderen Seite des Boulevards erblickte Kolk den schwarzen Klapperbenz, der vor dem Ziergitter der Universität anhielt. Am Steuer der Sumo, hinten saßen Herr Wang und Niklas Demps. Helen Ma stieg vorn aus. Das Auto fuhr davon und verschwand in Richtung zum Brandenburger Tor.

Die Chinesin kam über die Straße. An ihrer linken Hand baumelte der Militärbrotbeutel. Sie stöckelte auf Plateausohlen. Über die Stoppeln auf ihrem Kopf hatte sie ein Fuder langer schwarzer Haare gestülpt. In einen grünen Seidenschal gewickelt, glich sie einer wackelnden Bohnenstange mit Pudelmütze.

»Hallo. Wie geht es Ihrem Vater«, sagte sie und ging weiter. Auf den Briketts war sie einen halben Kopf größer als er. Kein Bodyguard mag das.

Kolk folgte ihr. Sie betraten die Staatsoper und durchquerten das Foyer zur Garderobe. Eine leichte Kühle umfing sie, und Kolk schöpfte Hoffnung, die Kulturveranstaltung zu überleben. Um Galanterie bemüht, meinte er, daß die Perücke die Trägerin trefflich kleide.

»Quark«, kam es ungnädig zurück, »das sind meine eigenen Haare. Ich hatte sie abgeschnitten, weil man mich daran gezogen hat. Ich wollte sie wieder einmal tragen. In dieser Stadt braucht man dafür einen Leibwächter.«

Sie wickelte sich aus dem grünen Endlostuch. Darunter trug sie ein schwarzes Kleid, futteraleng, an der Seite geschlitzt und bis zu den Waden reichend. Es sah teuer aus. Am Bauch war ein Stück Stoff herausgeschnitten. Auf dem nackten Nabel saß ein roter Stein. Auf der Brust des Kleides prangte eine handtellergroße Jadekröte mit Augen und Krallen aus Glitzersteinchen. Die diamantenbesetzte Uhr am Handgelenk der jungen Chinesin vervollständigte die Mineraliensammlung.

Kaum hatten sie in der Loge Platz genommen, ging es los. Schon bei den ersten Wellen der Musik stellte Kolk fest, daß sie das Schlafmittel war, das er immer gesucht hatte. Er ließ die Lider sinken und wäre entschlummert, hätte ihn nicht der Druck des Revolvers unter der Achsel gestört.

Hochbrandender Lärm schreckte ihn auf. Auf der Bühne schreit eine asiatische Volksmenge: *Kopf ab! Kopf ab!* Ein paar Kerls, kostümiert als Henkersknechte, tanzen schwertschwingend um einen Schleifstein herum und grölen: *Spitze Haken, scharfe Messer, stoßen sie euch in den Leib, dann wird euch besser!* Im Orchester reißen Gongs die Macht an sich, und die Knechte schmettern: *Wer den Gong erklingen läßt, dem erscheinet sie zum Fest, weiß und schön wie Blütenregen, kalt und grausam wie ein Degen – die Prinzessin Turandot!*

Von einem Mondstrahl angeleuchtet, wird die Besungene sichtbar. Kolk spähte durch das Opernglas und dachte: Für die rundliche, nicht mehr taufrische Chinesenlady drei Rätsel raten und geköpft werden, falls man falsch tippt – nee, es gibt Grenzen.

Und die Prinzessin singt: *Ich will nicht, ich will nicht, die Deine werd ich nie!* Das war, so fand Kolk, für den Prinzen eine gute Gelegenheit, sich aus dem Staub zu machen. Aber er beharrt auf der Pekingente. Soll er, jeder ist seines Unglücks Schmied. Kolk wollte wieder eindösen, doch der Applaus nach dem Ersten Aufzug störte ihn auf, und an Helen Mas Seite verließ er den Zuschauersaal zur wohlverdienten Pause.

Sie schritten über den Gang und dann durch den getäfelten Raum, wo die Besucher bei Erfrischungen verweilten.

Ihr Eintritt löste Veränderungen aus. Paare traten ein Schrittchen beiseite. Blicke huschten, Gespräche stockten. Lachsschnittchen und Gläser hielten auf dem Weg zum Bestimmungsort inne.

Kolk begriff, daß eine Aura sie umgab. Helen Ma wurde zum Ereignis. An der Spitze Asiens schritt sie dahin. Um den schmalen Körper, der sich schlangenhaft wand, schwang düster die Haarflut. Im Schein der Kandelaber gespenstisch starr das weißgepuderte Gesicht. Lidschatten, giftig violett. Zwei Kohlesplitter die Augen. Wer dem Blick begegnete, sah schnell wieder weg. Auch die schwarzlila Lippen verhießen

Unheil. Sprungbereit auf der Brust die Jadekröte, darunter glühte am Nabel der rote Stein wie das Auge des Polyphem.

Gewahr wurde Kolk, daß der imperiale Glanz der Chinesin auch ihn erhob. Im Vorbeigehen hatte ein Seitenblick in den Spiegel gezeigt, daß der Smoking ihn kleidete. Die brutale Boxervisage und das Festgewand der Oberschicht offenbarten eine mysteriöse Affinität zueinander.

Er schob das Kinn vor und orderte an der Theke Schampus. Auf Helens geschmückten Nabel blickend, füllte der Barmann die Kelche, bis Rotkäppchen schäumend überlief.

Sie gingen zu einer Nische, und Helen fing an, über die Manie von Deutschen für Asiatica herzuziehen.

»Der Chef und ich sind manchmal zu Gast bei solchen Leuten. Die bringen es fertig und führen uns vor ihr Futon. Ratan ist in. Möbel abgerundet, weil scharfe Kanten negative Energien erzeugen. Sie zeigen uns Bronzen aus Siam und sagen uns, wieviel sie im Quartier 206 dafür bezahlt haben. Und danach gibt's Fernost aus der Dose. Den Mund voll Glasnudeln und Bambussprossen schwatzen diese Teutonen über das Prinzip von Yin und Yang und über buddhistische Seelenwanderung. Dabei müssen wir ernst bleiben. – Sehen Sie die fette Frau da drüben an der Säule? Die mit der Knebelknopfrobe, Satin, hochgeschlossen, echt chinesisch. Gleich wird sie platzen. Dazu Blütenstilettos. Lieschen Müller macht auf Suzie Wong. Hilfe, ich sterbe. Und was ist auf der Handtasche – ein Drache. Da fehlen nur noch die Eßstäbchen im Dutt.«

Kolk schaute hinüber und erkannte die üppige Dame aus dem Rolls Royce, die die Linden in Besitz genommen hatte. Sie ergriff ein Weinglas, das ihr die sehnige Sportstochter Steffi brachte. Kolk wollte einen mildernden Einwand machen, da schritt ein bärtiger älterer Herr heran und begrüßte sie. Kolk hatte den Regisseur auf dem Filmgelände kennengelernt, wo er für Wangs Seifenopern werkte.

Galant beugte er sich über Helens Hand und sagte aufrichtig bewundernd: »Hinreißend, Frau Kollegin Ma, Sie sehen phantastisch aus. Sie sind die wahre Turandot, am liebsten würde ich Sie morgen anstelle unserer Serie verfilmen.«

Sie plauderten, und der Regisseur wollte wissen, wie sie die musikalische Qualität der Aufführung beurteilten. »Dear me«, sagte Helen, »ich erinnere mich, wie wir vor Jahren in New York in einer Runde mit Karajan saßen. Er versicherte, er habe dem Orchester eigentlich immer nur sechs Hinweise gegeben: zu hoch, zu tief, zu laut, zu leise, zu früh, zu spät.«

»Und zu lange«, näselte Kolk und wies auf Helens protzige Armbanduhr, die, wenn sie mit der Hand durch ihre Mähne fuhr, einen Schauer von Lichtblitzen aus der diamantenen Lünette verschickte. »Mir scheint, die Brillanten auf Ihrer Uhr zeigen uns, wie kostbar die Zeit ist, die wir hier verbringen.«

Der Regisseur schmunzelte, und Helen versetzte herablassend: »Sie meinen meine Zeit, Mister Bodyguard, die ist tatsächlich sehr teuer.«

Von ihren Plateaus schaute sie auf ihn herab, und Kolk dachte: Du kannst dir den Arbeitgeberdünkel an die Perücke stecken. Er hatte auch was zu bieten. Die Leute ringsum hatten sich an Helens Aufzug sattgesehen, nun musterten sie ihn wie einen, der sich die kostspielige Asiatin leisten konnte. Nicht was er war zählte, sondern was er zu sein schien. Er war die Kraft durch Smoking, er war der Boss, er schmiß mit Edelsteinen um sich, und wenn er wollte, klebte er sie chinesischen Models auf den Bauch.

Die Konversation plätscherte weiter. Helen erklärte, wie so vieles andere sei auch die Musik in der Krise. »In Hongkong lieben wir die klassische kantonesische Oper. Unsere traditionellen Instrumente werden immer mehr von modernen westlichen Geräten verdrängt. Elektrische Gitarren in der Pekingoper – schon das ist ein Grund zur Emigration.«

Nur gut sei es, meinte Kolk, daß Miss Helen nicht schon im Dezember Anno 1742 nach Berlin gekommen sei. »Baumeister Knobelsdorff hatte die Oper nicht ganz fertig. Der König wollte sie unbedingt eröffnen. Die Hofdamen und Kavaliere mußten durch Schneematsch und über Bretter steigen und sich im Saal auf Holzbänke setzen.«

Spöttelnd hakte Helen ein, Herr von Kolk berichte davon, als wäre er dabeigewesen.

»Gewiß doch, gnädige Frau«, näselte Kolk, »ich erinnere mich, vor dreihundert Jahren sangen in der preußischen Hauptstadt noch die Nachtigallen. Eine frühere Freundin von mir äußerte den Wunsch, daß es wieder so werden möge.»

Das habe Pfiff, meinte der Regisseur und bat um Erlaubnis, das Bonmotbonbon im Dialog einer Filmserie über die Charité verwenden zu dürfen. «Nachtigallen in der Großstadt – ich könnte den Text einer Sterbenden geben, da steht die Pforte zur Romantik offen ...»

Das Ende der Pause wurde eingeläutet. Sie kehrten in den Saal zurück und sahen dem zweiten Akt entgegen. Gewillt durchzuhalten, schaute Kolk konzentriert in das festliche Halbdunkel. In der Reihe davor entdeckte er die üppige Dame im Suzie-Wong-Look. Ohne daß er es wollte, angeregt durch die Musik, fing er an, sich vorzustellen, wie er sie auf dem Rücksitz des silbernen Rolls Royce des asiatischen Trachtenkleids beraubte. Sie würde sich maßvoll wehren, er hörte sie leise schreien, Bolschewik!, aber er würde nicht innehalten, und dann, wenn alle Reize schwellend wie bei Arno Breker vor ihm lägen, würde er mit Jack Nicholsons aasigem Grinsen verkünden: Glückwunsch, Genossin, nun bist du Volkseigentum.

Aber die Wirklichkeit holte ihn aus der Phantasiewelt zurück. Er merkte, daß ihn eine Erregung befiel. Während auf der Bühne der Sopran der Prinzessin anstieg, stellte Kolk peinlich berührt fest, daß sich auf seinem Schoß Puccinis Programmheft hob. Eine Erektion, in der Staatsoper. Das Resultat von vierzig Jahren enthemmter totalitärer Erziehung. Bei den umsitzenden Gentlemen aus dem Westen, die mit der Partitur vibrierten, schien eine Entgleisung von solchem Ausmaß undenkbar.

Vor Beginn des dritten Akts verließen sie das Haus, gingen zum Parkplatz und stiegen ins Auto.

Helen Ma erklärte, den letzten Aufzug boykottiere sie immer. »Erst läßt Turandot die Köpfe der Freier rollen, sie ist frei und wild. Dann fällt sie um und will Hochzeit feiern. In der Butterfly ist es noch schlimmer, die Ziege begeht aus Liebeskummer Selbstmord. Sie hätte lieber den Amerikaner Pinkerton umlegen sollen, der ihr den Sohn wegnehmen will. – Ja, wenn nur die Musik von Puccini nicht so wonderful wäre.«

Sie begann Melodien zu summen. Während das Auto durch die Nacht glitt, ahmte sie Ping, Pong und Pang nach: »O lauf, so schnell du laufen kannst, und laufe in dein Heimatland.« Und wiederholte, italienisch trällernd: »Al tuo paese torna ...«

Kolk intonierte den einzigen Satz, den er sich von den drei Hofschranzen gemerkt hatte: »Es ist aus mit China ...« Er bat um die italienische Version, und Helen übersetzte widerwillig und ohne Gesang: »E fini sce la China. Das wird gesungen vom Kanzler, vom Marschall und vom Küchenmeister. Von Hofschranzen kann man nichts Gescheites erwarten. Merken Sie sich, mein Herr: Das Reich der Mitte währt ewig. Es wird noch bestehen, wenn Ihr Ländchen längst im Europudding verschwunden ist.«

Schweigend fuhren sie ein Stück, bis Kolk zu einer Bitte ansetzte. Jetzt, in der Nacht, bis zum Wannsee und wieder zurück; die gleiche Tour morgen früh, wenn er wieder nach Little Sanssouci fahren müsse, um Miss Helen zum Jogging zu begleiten. »Herr Wang hat mir gesagt, daß ich, wenn es spät wird, im Gästeflügel übernachten könnte. Aber nur, wenn Sie die Erlaubnis erteilen.«

Chefin Ma zuckte die Achseln und meinte, ihr sei es gleichgültig, wo Mitarbeiter schliefen. Kolk sagte, er wolle im Vorbeifahren die Sportsachen aus der Wohnung holen, sonst müsse er morgen im Smoking durch den Grunewald rennen.

Ein Stück hinter dem Wohnhaus fand er eine Lücke. Er bat Helen, im Auto zu warten. Sie erwiderte, sie werde in dieser Gegend keine Minute allein bleiben.

»Miss Helen, das ist ein normales Berliner Stadtviertel.«

»Genau das macht mir Angst«, sagte sie und stieg mit ihm aus.

Sie gingen die Straße entlang. Eine Gestalt torkelte ihnen entgegen, schwankte auf die Chinesin zu. Kolk stieß den Mann beiseite. Er fiel aufs Trottoir und blieb lallend liegen.

Sie erreichten den Hausflur und stiegen die Treppe hoch. Kolk schloß die Wohnungstür auf und knipste die Beleuchtung an. Er bat Helen, im Wohnzimmer zu warten.

Er ging ins Bad und nahm das Necessaire aus dem Spiegelschrank. Er hörte ein Geräusch. Er ließ das Rasierzeug fallen und griff unter die Achsel. »Stopp!« Der Mann im Türrahmen hielt eine Pistole auf Kolk gerichtet. Er erkannte den stämmigen Graukopf, der den Anführer bei dem Überfall in Flosses Kneipe begleitet hatte. Dem Wink mit dem Schalldämpfer gehorchend, hob Kolk die Arme und ging über den Flur voraus.

Er betrat das Wohnzimmer.

Helen Ma stand rechts am Schrank. Ihr Gesicht grauweiß erloschen. Die Messerklinge an ihrem Hals hatte Sägeschliff. Den jungen Mann halb hinter ihr kannte Kolk nicht. Um die andere Hand hatte er ein Bündel von Helens Haaren gewickelt. Er blickte dem Eintretenden erwartungsvoll entgegen.

Der Grauhaarige blieb bei der Zeichensprache. Auf seine Geste hin zog Kolk den Revolver unter der Achsel hervor und hielt ihn mit zwei Fingern am Kolben hoch. Auf den nächsten Wink ließ er die Stupsnase in das Aquarium fallen. Das Wasser spritzte, die in Reihe angetretenen Fischkinder stoben beiseite.

Auf dem Tisch lag ein kleiner Metallkoffer. Ohne hinzusehen klappte der Grauhaarige ihn auf. Sein Blick blieb auf Kolk gerichtet und war mit dem Pistolenlauf synchronisiert. Seine Miene war ruhig und konzentriert. Kolk fiel ein, daß Kommissar Schmidt über einen Beruf erzählt hatte, den Kolk aus der früheren östlichen Berufsberatung nicht kannte: Berufskiller. Richtige Spezialisten sind das, meinte Schmidt, so einer zielt nicht auf den Kopf, der ist zu klein, er hält auf die Körpermitte. Die großkalibrige Waffe wies auf Kolks Zentrum, die Kugel würde Magen und Därme zerfetzen.

Kolk verstand, daß er chancenlos war, er nickte. Der Graukopf nahm einen Gegenstand aus der Aluminiumbox und stellte ihn auf den Tisch. Der Zigarrenabschneider. Die Klinge der kleinen Guillotine glänzte im Lampenlicht. Der jüngere Mann fing an zu sprechen:

»Hallo, ich soll dir Grüße vom Chef ausrichten. Er wär gern selber gekommen, aber er kriegt keinen Hafturlaub. Drum schickt er uns. Mit dir ist eine Rechnung offen, ein Finger. Mit Zinsen macht das zwei Finger – soll ich dir ausrichten. Du wirst sie dir selber abknipsen. Wenn du dich weigerst, zerschießt er dir die Kniescheiben, beide. Dann bist du ein Krüppel. Wenn du Zoff machst, legt er dich um. Alles klar? Du hast die Wahl.«

Er lächelte und drängte von hinten enger an den Körper des Mädchens. Er nahm das Messer zwischen die Zähne, griff nach Helens Handgelenk und sah auf die Uhr. »Bingo«, sagte er überrascht, »etwa echt, sind das Diamanten?«

Helen Ma schluckte, ihre Stimme schwankte. »Brillanten, geschliffen heißen sie Brillanten. Der Frosch, die Brosche hier, hat auch welche. Sie bekommen auch den Rubin. Das ist zusammen viel wert. Darf ich?«

Sie streifte die Uhr vom Handgelenk und nahm den Schmuck ab. Sie reichte ihn über die Schulter und bat: »Lassen Sie mich gehen. Ich habe mit der Angelegenheit nichts zu tun.«

Der Mann steckte die Stücke ein. Seine Lippen berührten Helens Hals, die freie Hand knetete ihre Brust.

»Lassen Sie sie laufen«, sagte Kolk.

»Halt die Schnauze«, sagte der Messerjunge. Er trat seitlich heran und schlug Kolk ins Gesicht. Sofort nahm er wieder die Position hinter dem Mädchen ein. Er roch an ihren

Haaren und meinte, er sei ein ehrlicher Mensch und werde den Schmuck bezahlen. »Ich werd dich dafür ficken. Mal ganz ehrlich, Paps: Es ist spät, du bist müde, vielleicht tu ich dir einen Gefallen, wenn ich dir die Arbeit abnehme.«

»Hör auf damit«, mahnte der Graukopf. »Behalt die Kluncker, aber laß die Frau. Wir erledigen den Auftrag und dann ...«

»Halt's Maul!« befahl der Junge. »Ich bestimme hier, nicht du.«

Er senkte das Messer und schob die Spitze in den Seitenschlitz des Kleides. Die Klinge vorsichtig nach oben führend, schnitt er es weiter auf. Er blickte auf Kolk und sagte überlegen:

»Du hättest dich nicht mit uns anlegen sollen. Auch wenn der Boss momentan verhindert ist – die Geschäfte laufen weiter, Rechnungen müssen bezahlt werden. Wie fandst du die Nummer mit deinem Vater? Das war mal'n neuer Gag, wir haben uns schiefgelacht. Starker Oldie, hat nicht gejammert. Hat er die Abzeichen noch dran? Sei vorsichtig, wenn du sie abmachst.«

Verwischt, nachhallend gaben sich die Worte in Kolks Hirn zu erkennen. Der Vater hatte berichtet, daß ihn drei Männer überfallen hatten. Einer von ihnen stand jetzt vor ihm, der Bursche, der mit dem Messer Helens Kleid öffnete. Freiweg plauderte er aus, daß er den alten Mann mißhandelt hatte. Ein jungenhaftes Gesicht, frei von Skrupeln. Es auszulöschen, im Handumdrehen, war denkbar, nur nicht machbar, der andere würde ihn abschießen. Der Messerjunge war ein paar Schritte und ein Lichtjahr von ihm entfernt, unerreichbar. Aber er war hier, war da, sichtbar vorhanden, und deshalb stieg in Kolk ein absurdes Gefühl von Freude auf.

Er schätzte den Graukopf ab. Dem Mann gefiel nicht, was sich anbahnte. Aber er war dem Jüngeren nun mal unterstellt und würde gehorchen. Er würde die Vergewaltigung nicht verhindern. Niemand konnte sie verhindern, auch Kolk nicht.

Verwundert registrierte Kolk, daß seine Atmung reibungslos arbeitete. Sie tat ihm nicht den Gefallen auszusetzen. Wenn man eine Ohnmacht brauchte, war sie nicht da. Er hatte keine Lust zu sterben, nicht heute. Er hatte Geld auf der Bank, er hatte einen Vater im Krankenhaus, um den er sich kümmern mußte.

Er sah, wie das Messer weiter das Kleid aufschlitzte. Ein Brummen kam auf, das zum Dröhnen heranwuchs. Nachts bestand für den zivilen Verkehr Flugverbot, es mußte sich um eine Sondermaschine handeln.

Sie wurde lauter. Sie flog tief und rammte in die Luftmassen über der Straße. Im Düsengebrüll erzitterte das Zimmer, der Mann hinter Helen hielt wartend das Messer an. Der Graukopf mit der Pistole blieb wachsam, er behielt Kolk im Visier. Eins erwartete er nicht: daß hinter seinem Rücken etwas losgehen würde. Vom Luftschlag eingedrückt, flog ihm die kürzlich erneuerte Fensterscheibe um die Ohren. Der splitternde Knall lenkte den Mann für eine Sekunde ab.

Mehr brauchte Kolk nicht. Er machte einen Schritt und sprang. »Maaa!« schrie er, während er schräg dahinflog. »Maaa!« Er schrie instinktiv, aus Angst vor dem Tod, so wie Soldaten angeblich aus Tapferkeit hurra schreien, wenn sie angreifen. – Der Fachmann schoß. Kolks Schädel traf ihn im Gesicht. Sie stürzten zu Boden. Kolks Kopf krachte noch einmal auf den Graukopf, er sprang auf und trat in den Magen des Liegenden. Er wirbelte herum und schnellte auf den Jüngeren zu. Helen Ma hatte sich fallen gelassen, verdutzt hielt der Mann ihre Haare in der Hand. Sein Messer stach dem Angreifer entgegen.

Kolk glitt seitlich vorbei, ergriff den Arm und kugelte ihn in der Drehung aus. Er schmetterte den Körper gegen die Kante des Schranks, ließ ihn fallen. Katzenhaft flink war er wieder bei dem anderen. Der Graukopf bewegte sich gurgelnd. Kolk bückte sich und setzte mit der Linken von oben eine Gerade auf die Herzspitze des Liegenden. Ein schwieriger Schlag. Traf er korrekt, kam der Herzrhythmus ins Stolpern, der Kreislauf konnte zusammenbrechen.

Ein Schrei ließ Kolk herumfahren.

Aus aufgerissenem schwarzlila Mund schrie Helen Ma, schrie, in schaudernder Höhe den Ton haltend, schrillte wie eine Operndiva, die sich in Ekstase verliert. Vor ihr richtete sich der junge Mann auf. Er taumelte, der ausgekugelte Arm hing herab, die andere Hand streckte er abwehrend vor. Die schreiende Chinesin schwang das Messer und zog ihm die Sägeklinge durch das Gesicht, von der Stirn bis zum Kinn. Blut spritzte aus der Furche. Aufbrüllend stieß der Messerheld das Mädchen beiseite. Helen flog gegen das Aquarium und stürzte zu Boden. Das Becken kippte und schüttete den Inhalt aus.

Der Bursche taumelte zur Tür. Kolk wollte ihm nach, der Grauhaarige packte sein Fußgelenk. Er riß sich los und trat ihm ins Gesicht. Der Mann würde neue Paßbilder brauchen. Er trat noch einmal zu, präzise und mit vollem Gewicht. Er hob die Pistole auf und drosch mit dem Kolben gegen die Schläfe. Der Kopf fiel zurück.

Helen Ma wollte aufstehen, sie glitschte auf Wasserpflanzen und hüpfenden Fischen aus. Kolk riß sie hoch und drückte ihr die Waffe in die Hand. »Bewegt er sich, schießen Sie!«

Er lief aus dem Zimmer, durch den Flur aus der Wohnungs-tür zur Treppe. Der Bursche war schon ein Stockwerk tiefer. Kolk hetzte ihm nach. Die blutigen Kleckse in der Mitte meidend, sprang er auf den Stufen seitlich hinab. Der Fliehende hörte ihn, er blickte zurück und verfehlte die Stufe. Schwerfällig fiel er, stürzte Kopf voran in die Mauerecke des Treppenabsatzes.

Kolk erreichte ihn und hob die Faust. Der Gefallene lag still. Der Schnitt klaffte tief, der Hieb der Sägeklinge hatte aus einem ganzen Gesicht zwei halbe gemacht. Die Augen standen offen, jedes blickte reglos in eine andere Richtung. Es sah nicht so aus, als ob sie sich je wieder auf eine gemeinsame Achse einigen würden.

Spät in der Nacht waren die notwendigen Formalitäten erledigt. Der verhaftete Graukopf und der Leichnam des Komplizen waren abtransportiert worden. Ein paar aufgeschreckte Mieter hatten sich wieder in ihre Wohnungen zurückgezogen. Von den Treppenstufen wischte der Hausmeister die letzten Schlieren.

Kommissar Schmidt und der Polizeibeamte Junghähnel standen mit Kolk vor dem Hauseingang. Helen Ma saß schon im Volkswagen. Schmidt fragte, ob er ihnen einen Mann mitgeben solle. Kolk blickte auf Schmidts Schwager und vermied eine Antwort. Junghähnel knurrte, das sei früher ein friedlicher Kiez gewesen, »vor der Scheißeinheit und dem Einzug der Banditen aus dem Osten.« Er schob Kolk beiseite und stiefelte davon.

Schmidt rauchte die zweite Zigarette hintereinander. Auch Kolk rauchte. Der Rauch blieb unten. Feucht und schwer lag die Nacht über ihnen. Kein Stern, nirgends.

Als Kolk die dritte Zigarette nach dem Anzünden wegwarf, trat auch der Kommissar seinen Glimmstengel aus. Er kündigte an, er werde den Untersuchungshäftling mit dem Spitznamen Nofinger früh in die Mangel nehmen.

»Nur glaube ich nicht, daß dabei was rauskommt. Er wird abstreiten, daß er den Auftrag für die Überfälle auf Ihren Vater und auf Sie erteilt hat. Er wird feixen, und ich muß stillhalten. Der andere, der Grauhaarige, wird auch nicht reden. Ein Berufsverbrecher, der fällt nicht um. Aber ein guter Fang, danke für die Lieferung. Mordverdacht in zwei Fällen, wir sind schon lange hinter ihm her. Mal sehn, was die Analyse der Waffe ergibt.«

Ein Signal suchend, lauschte Kolk in sich hinein. Da stieg keine Empfindung auf. Die Nacht um ihn war auch in ihm. Daß sich der junge Bursche beim Treppensturz das Genick gebrochen hatte, ging an ihm vorbei.

»Ich merke, daß mich was umkrempelt. Mein altes Ich läuft weg, ich renne hinterher, ich verliere den Anschluß. Der Kerl war schon hinüber, ich sah, daß er tot war, und habe ihn noch getreten. Eine Leiche treten, das ist krankhaft.«

»Tote beschweren sich nicht.«

»Wissen Sie«, sagte Kolk grübelnd, »als sich unser Republikchen verabschiedete, zur Wende, da gab es bei uns in Ostberlin eine große Demo. Ich war nicht dabei, ich konnte nicht stehen, geschweige laufen. Aber ich weiß noch, da gab's eine Parole: Keine Gewalt. Das stand auf 'nem Band, einer Schärpe, die hatte einer umhängen, der kam in unsre Kneipe: Keine Gewalt. Wieso bin ich jetzt mittendrin in der Gewalt?«

Schmidt grinste, er klopfte Kolk auf die Schulter und ging zum letzten Funkwagen, in dem sein Schwager wartete.

Der Volkswagen fuhr über die Stadtautobahn. Graustreifig kündigte sich der Morgen an.

Kolks Smokingjacke war fleckig, die Rückennaht aufgeplatzt. Der Schuß des Grauhaarigen hatte das Schulterpolster gestreift und den Stoff brandig zertrennt. Er griff in die Jackentasche und holte den Schmuck und die Brillantenuhr hervor, die er aus der Jacke des Toten genommen hatte. Er gab sie Helen. Sie steckte sie in den Militärbrotbeutel und kramte einen Kamm heraus.

Sie fing an, die Perücke zu striegeln, die sie auf den Knien hielt. Der Kamm blieb an Resten von Algen und zerquetschten Fischen hängen. Sie hielt die Perücke aus dem Fenster. Das Haarbündel flatterte wild. Freigelassen wirbelte es nach hinten und klatschte als schwarze Gardine auf die Windschutzscheibe des nachfolgenden Autos. Im Rückspiegel sah Kolk, wie der Wagen schleudernd bremste und am Seitenstreifen anhielt. Jemand stieg aus und fuchtelte, schnell kleiner werdend, mit den Armen.

Kolk trat aufs Gas. Mit einem Seitenblick prüfte er Helens Verfassung. Das Gesicht war verschmiert. Von der Perücke befreit, stiezten die kurzen Haare nach allen Seiten. Sie glich einem Clown nach einer Vorstellung ohne Applaus. Sie fuhr mit dem Kamm durch die Stoppelfrisur. »Vergewaltigung«, sagte sie und wiederholte das Wort verächtlich. »Vielleicht klingen Puccini und Mozart danach anders, die Musik wird mit vergewaltigt.«

Kolk zuckte die Achseln und meinte, von der musikalischen Seite habe er es noch nicht betrachtet. Er hatte keine Lust zu reden, schon gar nicht darüber. Aber sie blieb dabei.

»Eine Vergewaltigung ist nicht den Tod wert. Direkt auf eine Schußwaffe losgehen, das ist dumm. Warum haben Sie das gemacht? Sagen Sie bloß nicht die blöde Phrase aus Kriminalfilmen: Weil ich dafür bezahlt werde.«

»Weil ich dafür bezahlt werde«, sagte Kolk.

Helen zischte etwas, das sich schwer nach einer kantonesischen Beleidigung anhörte. Kolk griff nach dem fiependen Telefon. Am anderen Ende fragte Wang nervös, wo sie steckten. Kolk gab den Hörer an Helen weiter.

Sie erstattete den Bericht kantonesisch. Sie wandte sich zu Kolk und übermittelte ihm Wangs Fragen. Er wollte Details über den Bandenchef wissen, der aus polizeilichem Gewahrsam heraus den Auftrag für den Überfall erteilt hatte. Kolk erzählte, was er über den Mann wußte. Die Einzelheiten waren bekannt, der Fall hatte in den Zeitungen gestanden.

Beide Flügel des großen Stahltors standen offen. Am Tor warteten Wang und der Sumo. Kolk hielt an und stieg mit Helen aus. Der alte Mann umarmte sie. Sie stieg von ihren Holzklötzen herunter, um ihm näher zu sein. Sie nahm Wangs Hand und legte sie auf ihre Brust. So standen sie eine ganze Weile stumm da.

Der Sumo in Chauffeursuniform tappte um die beiden herum. Vor Glück aus dem Häuschen, wußte er nicht wohin mit seiner wogenden Masse. Der Überschwang trieb ihn zu dem wartenden Detektiv. Im offenen Mund arbeitete der Zungenstummel, gutturale Laute quollen hervor. Die säuligen Arme breitend, umarmte er Kolk, der nach Luft rang.

Mit einem »das genügt« beendete Wang den Gefühlsausbruch. Zu Fuß gingen sie durch die Eichenallee. Helen und David gingen voraus. Der Alte hing mit Kolk ein paar Schritte zurück. Er blieb stehen und reichte Kolk die Hand.

»Von nun an nenne ich Sie meinen jüngeren Bruder. Sie können immer auf meine Dankbarkeit rechnen.«

Verlegen meinte Kolk, daß er keinen Dank verdiene. Durch ihn sei Miss Helen in Gefahr geraten. Ein Detektiv, der selber bedroht werde, dürfe nicht als Bodyguard arbeiten. Er müsse die Anstellung mit sofortiger Wirkung kündigen.

»Was werden Sie tun«, fragte Wang, »wenn der Bandenführer aus der Haft entlassen wird?«

Sie gingen weiter, Kolk meinte finster, er werde mit dem Verbrecher abrechnen. »Ich schlage ihn zum Krüppel, ich bringe ihn um. Auch wenn man mich dafür einsperrt.«

»Sind Sie bei Trost!« Wang blieb wieder stehen. »Ein Fliegendreck, ein Stück Hundekot, dafür geht man nicht hinter Gitter.«

Verbiestert marschierte Kolk weiter. Der alte Chinese nahm bremsend den Arm des Jüngeren und sagte:

»Warum machen Sie sich Vorwürfe? Sie konnten nicht ahnen, daß der Gangster aus der Zelle heraus Aktionen veranlassen kann. Schuld sind die Bedingungen in euren Haftanstalten. Sogar Drogen sind gang und gäbe. Nein, mein Bruder, das ist jetzt auch mein Fall. Ein neuer Racheakt könnte sich auch gegen Helen richten. Dem muß ich vorbeugen. Man wird mit dem Anführer sprechen und ihm nahelegen, meine Familie zu respektieren.«

Das sei Stuß, platzte Kolk heraus. »Der Kerl sitzt hinter Schloß und Riegel. Wollen Sie da klingeln und um ein Gespräch nachsuchen?«

Auf Kolks Arm gestützt, hüstelte Wang amüsiert.

»Mein Bester, Sie haben die Kraft des Geldes noch nicht begriffen. Kein Wunder, im Osten gab es ja keins. Wer hat wohl mehr Einfluß: ein Millionär mit vielfältigen Verbindungen oder ein kleiner Bandenchef?« Ein spitzbübisches Lächeln huschte über die faltigen Züge des Alten. «Meiden Sie Ihre Wohnung, bleiben Sie die nächste Zeit bei uns. Das Problem wird gelöst, ich habe das vorhin schon telefonisch eingeleitet. Sie tun Ihre Arbeit wie bisher. Sie gehören zur Familie, einer Familie kündigt man nicht. Ich will, daß Sie bleiben. Auch Helen besteht darauf. Sie sind Helens guter Geist, Sie haben sie vor einem furchtbaren Schicksal bewahrt.«

Er zeigte auf das Paar, das im diffusen Morgendämmer vor ihnen ging. Helen war wieder auf die Plateausohlen gestiegen. Sie schlenkerte mit einer freien Grazie dahin, die kein Topmodel je erreichen würde. Neben ihr walzte der Sumo fürbaß. In das Graulicht hinein wanderten der schwingende Tuschestrich und der schwarze Block, zwei Chiffren einer rätselhaften Schrift. »Schauen Sie hin«, sagte Wang, »das ist Asien. Ihr Europäer seid immer auf Eindeutigkeit aus. Klare Kategorien, berechenbare Normen. Eure Stärke ist auch eure Schwäche ...«

Aus dem Domgang der Bäume traten sie hinaus ins Morgengrauen. Vor den diesigen Konturen von Little Sanssouci stand der alte Benz mit offenen Türen.

Wang und der Sumo stiegen ein. Das Auto rollte davon und verschwand zwischen den Bäumen. Helen war ins Haus gegangen. Kolk stand allein auf dem Vorplatz. Er war durchgeschwitzt. Dem frühen Morgen fehlte die Kühlung.

Zum Bassin gehend, zerrte er das ramponierte Smokingjackett herunter. Er streifte Schuhe und Socken ab, zog Hose, Hemd und Unterzeug aus. Es fing an zu regnen. Er trat an den Poolrand und ließ sich fallen. Hart klatschte das Wasser gegen Gesicht und Bauch. Er schwamm in langen Stößen und atmete tief.

Der Pool war warm die Luft, und die Luft war so naß wie das Wasser. Er hätte auch durch die Luft schwimmen können. Die Atmosphäre verwässerte sich und sank herab. Sintflut, das Ende Berlins, der Welt. Er tauchte hinab und blickte in die steinernen Augen des Gottes Hermes, der am Beckengrund eingefliest posierte. Dicht über dem Boden glitt er dahin. Jeder Armzug brachte ihn den Urahnen näher. Kolk, der Fisch, wanderte aus dem Pool in den Wannsee und alsbald in den Ozean hinaus.

Das Fehlen von Kiemen machte sich bemerkbar. Kolks Lunge begann zu rebellieren, er schoß nach oben und prallte gegen Knochiges und Weiches. Prustend tauchte er auf. Helen Ma schwamm in Rückenlage und rief: »Mensch, Augen auf!«

Sie schwamm auf der linken Seite, er blieb auf der anderen.

Kolk wendete und sah, daß die Chinesin das Bassin verlassen hatte. Sie trug einen Bademantel und frottierte die Stoppeln auf dem Kopf. Erschöpft schwang er sich aus dem Becken. Auch für ihn lagen ein Handtuch und ein Mantel bereit. Das Abtrocknen half wenig, die Wasserluft durchfeuchtete den Stoff.

Den Bademantel überstreifend, hörte er das Klingeln. Er trat zu dem Smokinghaufen und kramte das Handy heraus.

Ich weiß, viel zu früh für einen Anruf. Es ist so warm, den Pyjama kann ich auswringen. Habe ich dich geweckt?

»Nein, Papa, ich war wach.«

Auf der Station ist es still. Wie tot liegt das Krankenhaus, du denkst, du bist allein übrig. Habe ich dich wirklich nicht aufgeweckt? Das tragbare Telefon ist eine nützliche Erfindung, es ist wie bei allen Neuerungen, man darf sie nicht mißbrauchen.

»Papa, wie fühlst du dich, hast du Schmerzen? Wenn ich vorbeikomme, was soll ich dir mitbringen?«

Die Frage ging unter, der Professor redete dazwischen, es war, als stünde er vor dem Sohn:

»Als du klein warst, haben wir uns manchmal an dein Bett gesetzt. Deine Wimpern haben gezittert im Schlaf. Mama sagte, das sind die Traumphasen. Ja, sie sagte Phasen. Ach, unsere Physikerin. Wir haben geraten, was du gerade träumst, natürlich wurden wir uns nicht einig. Einmal bist du von dem Gezischel aufgewacht, da sind wir wie ertappte Kinder geflüchtet ... Ja, ich versuche noch zu schlafen. Gib auf dich acht, mein Sohn.«

»Nein, warte!« rief Kolk. Beim Telefonieren war er weitergegangen. Unter dem Säulenvorbau des Schlößchens blieb er stehen.

Er sieht den Vater im Bett des Krankenhauses vor sich. Den Verband um die Brust. Die Gruben in den Wangen, die schwarzen Augenhöhlen. Er sieht den Professor zwischen den drei Männern, die in die Wohnung eingedrungen sind. Sie tragen Masken aus Pappe. Sie hängen den Alten an den Schrank und schieben die Nadeln ins Fleisch. Ein höllischer Spaß, mit Witzeleien, über die sich der Professor ausschwieg. Nur die Masken beschrieb er, zwei Osterhasen und ein Eber.

Auf der ganzen Welt hatte er nur diesen alten Mann. Er hörte ihn reden, über seine Utopien, fest im Glauben an eine gerechtere Welt. Warum quälte er sich ab für einen Fortschritt, von dem er selber nichts mehr haben würde. Mal abgesehen davon, daß die Sache sowieso aussichtslos war. Das wußte fast jeder. Wut durchflutete Kolk, auf den starrsinnigen Vater, auf die Männer, die ihn mißhandelt hatten, ein ohnmächtiger Zorn auf das ganze friedlose Menschengeschlecht.

Das Telefon ließ er fallen und schlug mit der geballten Hand gegen die Säule. Er schlug mit beiden Fäusten zu, methodisch, wie gegen den Sandsack im Training oder gegen den Körper eines Gegners, den er zermürben wollte. Diesmal wollte er vernichten. Er schlug, bis die Kraft verbraucht war. Die Fäuste fielen herab. Die Säule war rot gefleckt, der Putz hatte die Haut von den Knöcheln gefetzt, das Blut lief herunter.

Helen Ma lehnte neben dem Eingang. Als es zu Ende war, sagte sie: »Fertig? Das Haus steht noch. Kommen Sie.«

Sie ging in das Vestibül und stieg die Treppe hoch. Ihr Bademantel schleifte über den Boden. Kolk steckte die tropfenden Hände in die Taschen des Frotteemantels und folgte ihr. Sie betraten Helens Zimmer. Sie verschwand im Bad. Kolk blieb stehen. Er war nicht hier. Er war bei seinem Vater, er saß auf dem Bettrand und schwatzte mit ihm über ferne Dinge aus einer fernen Zeit.

Die Chinesin kam aus dem Bad zurück. Sie zerrte Kolks Hände aus den Taschen und zog sie nach vorn. Kolk verharrte in dieser Position. Sie schraubte eine Flasche auf und schüttete die Jodtinktur über die offenen Rücken der Finger. Kolk stöhnte auf und schwankte. Sie wartete, bis er wieder im Gleichgewicht war, und goß nach. Die weiße Puderschicht war aus ihrem Gesicht gewaschen. Das Visier aus Elfenbein war emotionslos wie immer.

Sie stellte die Flasche beiseite. Auf den Kothurnen stehend, blickte sie auf Kolk herab und sagte: »Und jetzt eine Preisfrage. Warum hat Gott die Entfernungen im All unüberwindlich gemacht? Die Antwort: Damit sich die Chinesen nicht im Kosmos ausbreiten.«

Kolks Miene blieb leer. Er war weit weg, er stierte vor sich hin. Die Chinesin fuhr fort:

»Und nun ein Blondinenwitz, mein Lieblingswitz. Warum spült eine Blondine das Shampoo nicht wieder aus den Haaren, warum läßt sie es nach der Wäsche drin? – Weil es heißt, wash and go. Nicht lustig? Also gut, noch einen, der müßte Ihnen gefallen. Zwei Ossis und ein Wessi gehen über die Straße. Ein Auto kommt und überfährt den Wessi. Sagt der eine Ossi zum anderen: Ford, die tun was.«

Kolk blickte verständnislos. Mit dem Handrücken schlug Helen ihm ins Gesicht und befahl: »Du sollst lachen, du Arschloch!«

Zum erstenmal duzte sie ihn. Sie stand dicht vor ihm. Aus den Bademänteln stieg der Geruch von Regen und Gras. »Wir sind noch nicht tot«, sagte sie leise.

Kolk streifte ihren Bademantel ab und begann sich zu bewegen. Sie sagte rauh: »Moment, Sir, was sind das für Ideen.«

Eine Stunde später lagen sie erschöpft auf dem Futon. Helen fragte, schwer atmend, wie lange es her sei, daß er eine Frau umarmt habe. Er registrierte, daß sie wieder das Sie benutzte. Das gefiel ihm, es bewies den Stil einer alten Kultur.

Kolk lauschte dem Echo der verstrichenen Stunde nach. Kolibris umschwirrten ihn, fremde Silben, er verstand Kantonesisch. Spürte noch, wie kühles Elfenbein in warme Haut umschmolz. Zwei harte Punkte drückten in seine Brust, von unten herauf, von oben herab, in beide Flanken gleichzeitig, was eigentlich nicht möglich war. Knisternde Finger. Schenkel jenseits von Anstand, zu schweigen von Würde. Wer biß in welche Schulter. Lippen, Hüften, Beine, jedes Teil tat, was es wollte, und das Futon erbebte unter dem Ausbruch von Anarchie.

Helen zündete eine Zigarette an. Ihre Finger spazierten über Kolks Bauch und tiefer. »Ihr Mönch ist hübsch«, sagte sie und erläuterte, daß die Chinesen das Männergewächs so nennen: einäugiger Mönch. Kolk bat um das kantonesische Original, sie sagte es, er sprach es nach. Sie klapperte mit den Lidern.

Er fing an zu renommieren, daß er schon als Knabe einen Blick auf China geworfen habe. »Das war in der Schule, wir lernten auch ein Lied über die chinesische Volksrepublik. Soll ich das mal singen. Das ging so: ›Osten erglüht, China ist jung, rote So-honne strahlt Mao Tse-tung. Frieden bringt er unsrer Zeit, hat sein Herz, sein rotes Herz dem Volk geweiht ...‹«

Wie ein Sturmwind kam es daher, in den frühen Jahren, als sie es dreihundertstimmig dargeboten hatten. Damals stand er mit Niklas und Inge aufgereiht im großen blauen Kinderchor, der in notdürftig drapierten Sälen sang oder im Freien, auf Marktplätzen, umgeben von kriegswunden Häusern. Sie sangen deutsche und russische Volksweisen, unterstützt durch Arbeiterkampflieder, schmetterten auch neue, geografisch bis an den Jangtse reichende Songs, und die brausende Flut der unbekümmerten jungen Stimmen trug die Menge mit fort und hob sie ein Stück über den drückenden Alltag. Obwohl die meisten Zuhörer noch nie einen Chinesen gesehen hatten, fühlten sie sich dem fernöstlichen Riesenreich nahe, und Maos massiv freundliches Antlitz, auf gewaltiger Pappe hinter dem Chorblock, schien zu garantieren, daß es zumindest mit der Zulieferung von schwarzem Tee klappen würde.

Gelacht hatte damals niemand.

Helen aber verschwand bei Kolks Vortrag unter den Kissen. Er sah sie strampeln und hörte sie prusten. Dann kam sie wieder hervor und versicherte, daß er als Kind eine schöne Stimme besessen haben müsse. Sie machte sich an die Lackierung der Zehennägel.

Er kratzte die Brusthaare und gestand, daß er an Herrn Wang denken müsse. Helen schwenkte den Lackpinsel und meinte, Wang habe noch nie mit einer Frau ...

»Er wurde als Kind verstümmelt, im Krieg, in Nanking, als die japanischen Soldaten ... Nein, er ist nicht mein Liebhaber, nicht im üblichen Sinn. Er ist ... ich weiß kein Wort dafür. Männer sind oft schlecht zu Frauen, nur Wang war immer gut zu mir. Es ging ihm schlecht, ich bin froh, daß er sich erholt hat. Auch sein Auge hat sich gebessert. Das andere ist ein Glasauge, eine sehr gute Arbeit, man merkt es kaum. Als ich anfing, für ihn zu arbeiten, hat er mir über seine Kindheit erzählt. Er verlor die Kontrolle ... die Tränen, sie liefen nur aus einem Auge. Nicht mal weinen kann er richtig.«

»Armer Hund«, murmelte Kolk und war froh, daß ihm Skrupel erspart blieben. »Wir halten zusammen«, betonte Helen, »das macht uns stark. Es kommt selten vor, daß wir Chinesen einen Gweilo in unseren Kreis aufnehmen. Niklas und Sie sind Ausnahmen. Auch nach meiner Scheidung von Niklas ...«

»Wie bitte! Sie waren mit Niklas ...?«

Kolk ruckte hoch und rutschte über den Rand. Er fiel in die Anhäufung leerer Dosen neben dem Bett und fing an zu fluchen. Auch Helen schimpfte, weil sie mit dem Pinsel ausgerutscht war. »Was spielt es für eine Rolle, mit wem ich verheiratet war! Ich frage Sie auch nicht. Eins steht fest, Niklas Demps ist ein Idiot.«

Damit konnte Kolk leben. Er schwang sich wieder auf das Bett. Helen war noch mit den Nägeln beschäftigt. Der Ingwerduft ihrer Brustwarzen stahl sich zu ihm herüber. Sie hatte Watte zwischen die Zehen gesteckt und tupfte konzentriert. Frauen, dachte Kolk, können nicht mit uns Klötzen verwandt sein, vielleicht sind sie Aliens. Behaglich machte er sich lang. Still verfolgte er die Einfärbung der Punkte am Ende der Chinesin und malte sich aus, was er nach dem Trocknen mit ihnen anstellen würde. Darüber schlief er ein.

Als er aufwachte, schien die Sonne ins Zimmer. Er war allein. Er stand auf und trat ans Fenster. Der Wasserspiegel des Schwimmbeckens schickte blendende Reflexe herauf. Dem feuchten Rasen entstieg Dunst, der die Luft zu einem atembaren Gewürz veredelte.

Am Tisch neben dem Pool saß Niklas Demps und arbeitete am Laptop. Neben dem Stuhl die Windhunde hoben die Köpfe und witterten hinüber und hinauf zu Kolk.

Er trat vom Fenster zurück und bewegte sich storchenhaft durch die verstreuten Dinge in Helens Großraum. Nur ein paar Männersachen, die sie auf dem Sessel bereitgelegt hatte, waren ordentlich gefaltet. Kolk schlüpfte in das Unterzeug und entdeckte dabei, daß sein einäugiger Mönch mit einem lila Lippenabdruck verziert war. Ein Morgengruß aus Hongkong. Das Polohemd und die Leinenhose fühlten sich frisch und kühl an. Sogar Sandalen hatte sie ihm hingestellt.

Er verließ das Zimmer und stieg die Treppe hinunter. Aus dem Hintergrund glitt der junge Gärtner ins Vestibül. Er trug eine Schürze und wisperte »Good morning, Sir. Breakfast?«

Huldvoll klopfte Kolk dem dienstbaren Geist die Schulter und trat durch den Portikus ins Freie. Er streifte die Sandalen ab und ging durch das kitzelnde Naßgras. Die Windspiele sprangen ihm entgegen, er kraulte die Aristokratenköpfe und näherte sich mit einem höflichen »Morjen«

dem Tisch, an dem Niklas Demps schrieb. Er nahm in einem Gartensessel Platz und sagte: »Ach, ist das schön. Laß uns heute nicht streiten.«

Der Mann am Bildschirm schrieb noch ein Stück weiter, ehe er von der Annäherung Notiz nahm. Er fixierte den anderen kalt und sagte:

»Ich habe nachgeforscht. Inge wurde in deiner Wohnung tot aufgefunden. Die Volkspolizei hatte dich verhaftet. Warum haben sie dich wieder laufenlassen? Antworte!«

Kolk blinzelte in die Sonne und streichelte die Hundeflanken. Demps war ein Idiot, er hatte es aus sicherer Quelle.

»Ich sorge dafür, daß der Fall wieder aufgerollt wird. Eine neue Untersuchung – dann wirst du antworten müssen. So, und jetzt ziehst du meine Sachen aus. Was erlaubt sich die Trine, dir meine Klamotten zu geben. Das ist meine Lieblingshose! Runter damit, aber schnell!«

In besänftigendem Ton erklärte Kolk, daß er hier in Little Sanssouci nicht über Ersatzkleidung verfüge. Er zeigte auf den Smokinghaufen, der noch am Pool lag, und bot ihn als Ausgleich an. »Der Smoking, mit allem Drum und Dran, ist mehr wert als dein Zeug. Du mußt ihn nur reinigen und kunststopfen.«

Mit dem Ausruf, die Frechheit werde ihm gleich vergehen, sprang Niklas auf und kam auf Kolk zu. Der stand auf und zog sich um den Tisch herum zurück. Der andere folgte ihm. »Laß das, ich will mich nicht prügeln«, rief Kolk. Nach der dritten Umrundung blieb er stehen. Seine verpflasterten Hände hingen herab.

»Diesmal ohne Handschellen«, knurrte Demps. Er hob die Fäuste und tänzelte. Kolk wartete ahnungsvoll. Niklas schlug zu, auf das Gesicht zielend. Kolk duckte ab und hieb mit halber Kraft in die kurze Rippe. Ein Haken genügte, Niklas setzte sich ins Gras.

Vom Hause kam der chinesische Diener mit einem Tablett heran. Er stellte das Frühstück ab und entfernte sich hastig. Kolk nahm das Glas Orangensaft und trank.

Demps stand auf und sagte: »Falls du meine Exfrau vögeln willst, immer ran. Du stehst ja auf abgelegte Sachen, wie gehabt, du warst ja schon bei Inge zweiter Sieger.«

Kolk stieß den Tisch beiseite, das Tablett und der Computer plumpsten zu Boden. Drohend ging er auf Niklas zu. Aus der Jacke, die am Stuhl hing, zog Demps eine Pistole und schoß in die Luft. »Der nächste«, schrie er, »trifft!«

Kolk blieb stehen. Aus der Tür der Villa stürzte Helen Ma und rannte zu den Männern hin. Ihre hohe Stimme überschlug sich kantonesisch keifend. Sie riß Demps die Waffe aus der Hand und schleuderte sie weg. Überschnappend schrie sie ihn an. Er gab keine Antwort. Er ging der Waffe nach, hob sie auf und steckte sie ein.

Auch Kolk wurde mit einem heftigen Wortschwall eingedeckt. Bis ihr einfiel, daß er sie nicht verstand. Sie verstummte abrupt. Sie war außer sich, sie schielte vor Wut. Sogar die Windhunde gingen auf Distanz und zogen furchtsam die Schwänze ein. Die junge Frau stampfte mit dem Fuß auf, es half ihr, sich wieder zu fangen. Dann sprach sie in gezügeltem Deutsch weiter, was bedrohlicher wirkte als das Schreien zuvor. Sie wandte sich an Niklas:

»Du hast die Waffe auf einen Gast gerichtet, einen Mann, den der Chef seinen jüngeren Bruder nennt. Der zur Familie gehört. Du weißt, was das bedeutet. Noch so ein Vorfall und ich informiere den Chef. Dann wirst du gefeuert. Dann kannst du sehen, wo du bleibst, du blöder Kerl. Da kannst du wieder Fischhäppchen in der Badewanne anbieten, du Witzfigur. Das gilt auch für Sie!«

Fauchte sie Kolk an und ging zum Haus zurück. Ihr nachschauend überlegte er, warum Zorn manche Frauen verschönt. Männergesichter werden in Wut nicht schöner, das wußte er vom Boxen.

Er wandte sich Niklas Demps zu und fing an, dessen Klamotten auszuziehen. Stück für Stück legte er sie ab und warf sie dem anderen demonstrativ vor die Füße. Und während er nackt hinüberschritt, um den ramponierten Smoking aufzunehmen, stellte er fest, daß die Runde klar an ihn ging.

19

Der türkische Witwer hockte wieder auf der Kiste neben dem Stand am Eingang zur U-Bahn. Wie der Alte war auch die Hilfskraft Emma in der Mittagshitze eingedöst. Hinter den Hügeln von Obst und Gemüse war nur der Kopf sichtbar.

Kolk nahm eine Kirsche und warf sie ihr an die Stirn. »Aufwachen, in der Arbeitszeit wird nicht gepennt.«

Hochschreckend plapperte die Karatetussi: »Verzeihung, Sie wünschen?« Sie erkannte Kolk, sprang auf und sagte erwartungsvoll: »Guten Tag, Herr von Kolk!«

Über die Auslage hinweg reichte ihr Kolk eine Collegemappe und ordnete an:

»Akten und Disketten, arbeiten Sie sich ein. Wir haben zur Zeit nur drei Klienten. Rufen Sie an und sagen Sie, daß wir noch ermitteln. Wenn Sie Fragen haben, erreichen Sie mich über Handy. Das Büro ist zeitweilig geschlossen.«

Emma drückte die Tasche an sich und fragte, aufs höchste gespannt: »Werde ich Teilhaberin, machen wir einen Partnervertrag?«

»Das kommt darauf an. In welcher Größenordnung würden Sie Kapital in das Unternehmen einbringen?«

Emma erwiderte, sie habe fast tausend Mark gespart. Kolk stand mit offenem Mund.

»Nicht das Geld zählt, sondern der Mensch«, fügte Emma in einer Pose hinzu, die daran erinnerte, daß sie beide Sprosse der Wilhelm-Pieck-Oberschule waren. Und weil Kolk noch immer sprachlos blieb, versicherte sie: »Wir sparen für mich die Anschaffungskosten für einen Revolver. Ich brauche keine Waffe, ich bin eine.«

Kolk nahm einen Apfel von der Pyramide und ging zum Auto zurück. Auf dem Rücksitz war Helen Ma von Papieren umgeben. Während Kolk losfuhr, beobachtete er sie im Spiegel. Seit sie von Little Sanssouci aufgebrochen waren, hatten sie kaum ein Wort gewechselt. Sie las ohne aufzublicken und nutzte den Stillstand an Ampeln zum schnellen Kritzeln von Notizen. Das Talent zur Konzentration war beeindruckend. Kolk fing an zu verstehen, warum Chinesen im Ausland erfolgreicher sind als andere Leute.

Im Babelsberger Studio angelangt, marschierte Helen Ma mit Kolk in den Probensaal. Vor der idyllischen Kulisse des Bergsees machten die drei Schauspieler und der bärtige Regisseur einen Durchlauf. Auf der Terrasse des Restaurants sitzend, beschlossen die drei Konzernmänner Entlassungen. Kolk war frappiert von der banalen Echtheit der Texte.

Zufrieden präsentierte der Regisseur das Resultat, für das er und die Mimen ein Wort des Lobes wohl erwarten durften.

Sie fielen aus allen Wolken, als Helen Ma ohne Umschweife erklärte, daß die Episode umgebaut werden müsse. Der Grund sei neues, von Herrn Wang kommendes Material über eine Zusammenkunft von Konzernleuten. Im Unterschied zu seinen Partnern zeigte einer der Beteiligten Skrupel, Tausende von Beschäftigten auf die Straße zu setzen.

»Ein Mann mit Moral«, stellte Helen Ma fest, »ein Boss mit Herz. Es gibt ihn wirklich, er ist einer der bekanntesten deutschen Manager. Wir montieren seine Aussagen in die Szene ein. Die drei anderen am Tisch streiten mit ihm. Sie setzen sich durch, aber sie überzeugen ihn nicht. Wir bleiben authentisch, wir vertiefen die Charaktere, erhöhen die Dramatik, steigern die Quote. Und die Werbeträger freuen sich. Ja, der vierte Schauspieler stößt morgen zu Ihnen. Bitte machen Sie sich schon mit den veränderten Texten vertraut.«

Sie legte einen Stapel Hefter auf den Tisch und nickte den betrübten Künstlern aufmunternd zu. Der bärtige Regisseur fragte, ob schon ein Darsteller für die Rolle des Königs gefunden worden sei.

Das habe noch Zeit, beschied ihn die junge Chinesin. »So viele Gespenster laufen in Deutschland herum, wir werden auch einen Alten Fritzen auftreiben.«

Die freien Stunden am Nachmittag nutzte Kolk zu einem Besuch im Krankenhaus. Er ging über den langen Gang und warf einen Blick in den Aufenthaltsraum. Ein Dutzend Patienten saß vor dem Fernsehschirm. An Sesseln lehnten Stöcke und Krücken. Ein Kinderchor sang *Am Brunnen vor dem Tore.* Einige ältere Leute summten mit. Seinen Vater konnte er unter den Patienten nicht entdecken.

Er ging weiter und kam zu dem Einzelzimmer, in das der Professor nach dem Überfall gelegt worden war. Er klopfte an und öffnete die Tür. Schwester Katja war dabei, das Bettzeug zu wechseln. »Ach, Sie sind's«, meinte sie phlegmatisch. »Ja, der Chef ist beim Chef ...« Sie stockte und verharrte, der Formulierung nachgrübelnd.

Die Räume des Direktors lagen am Ende des Flurs. Kolk kannte sie von Kindesbeinen an. Die Tür war offen. Der alte Ostchef Fritz von Kolk und der neue Westchef standen vor dem Leuchtkasten an der Wand. Sie betrachteten Röntgenaufnahmen und redeten über den Semitendinosus eines Patienten, ein Stück sollte herausgeschnitten, sehnenzipflig vernäht und ersatzweise als Kreuzband transplantiert werden. Der entthronte Ostberliner, lang und dürr, blickte auf den eingewechselten Niedersachsen herab. Kolks Vater war im Pyjama, der andere trug den üblichen Arztkittel mit einer Krawatte, über der ein munteres, lernwilliges Mienenspiel ablief. Pat und Patachon in der Orthopädie, dachte Kolk und räusperte sich.

Sofort wechselte die Miene des neuen Chefs zu wachsamer Autorität. Kolks Vater sagte ungehalten: »Warte in meinem Zimmer.«

Über den Flur zurückgehend, traf Kolk auf den pausbäckigen Oberarzt Fier. Den Besucher am Arm packend, raunte er nervös:

»Herr von Kolk, ganz unter vier Augen: Ihr Herr Vater, er war mein Mentor, ich verehre ihn, wir alle lieben ihn, auch unsere Canastarunde möchte ich nicht missen – aber er geht mir auf den Geist. Er hat ...« Hastig abbrechend zischte Fier »Später!« und verschwand in der Tür zum Röntgenraum.

Aus dem Chefzimmer war der Professor getreten und näherte sich.

Mit dem Vater ging Kolk in das Einzelzimmer. Der Alte stieg ins Bett und stopfte sich ein Kissen hinter den Rücken. Er hustete und wischte mit dem Taschentuch über den Schnauzbart. Im Ausschnitt des Pyjamas war der Verband zu sehen.

»Wie fühlst du dich«, fragte Kolk besorgt, »immer noch erhöhte Temperatur?« Er legte die Hand auf die Stirn des Arztes. Der Professor klopfte ihm auf die Finger. »Unterlaß das. Und setz dich nicht auf mein Bett. Nimm dir einen Stuhl, wie sich das gehört.«

Wie ein Kind, das Soldat spielt, gehorchte Kolk, indem er salutierte und artig Platz nahm. Er zog ein Kuvert aus der Tasche und legte es auf die Decke. Mißtrauisch abwartend betrachtete der Vater das rote Papier. Kolk hob an zu erklären:

»In China kriegen Kinder zu Neujahr von den Eltern Geld im roten Umschlag. Rot ist die Farbe des Glücks. Müßte dir ja gefallen. Wachsen die Kinder dann groß, machen sie ihrerseits den Eltern Geschenke.«

Der Professor knurrte, es sei nicht Neujahr, sondern Hochsommer. Unbeirrt und in einen schwärmerischen Ton fallend, fuhr Kolk fort:

»Als ich Oberschüler war, hast du mir mal vom Indian Summer in Amerika erzählt. Ich habe den Geografielehrer in Verlegenheit gebracht, weil ich anregte, im Geiste des Internationalismus eine Klassenfahrt in die Vereinigten Staaten zu unternehmen. Wenn möglich zu einer kommunistischen Gruppe in der Natur. Ich wollte nach Virginia. Die Herbstzeit, der Farbenrausch der Laubwälder – ich möchte das endlich besichtigen, zusammen mit dir. Wir mieten einen Wohnwagen, mit einem extralangen Bett für dich. Wir fahren auch nach Princeton, du wandelst noch einmal in Einsteins Spuren. Wir besuchen auch das Kaff, wo du zu Thanksgiving die gefrorenen Truthähne aus dem Flugzeug abgeworfen hast. Mal sehn, ob die Amis dich noch erkennen. Dann haun wir ab, querbeet über den Kontinent nach Kalifornien. Wir setzen uns in die Sonne, besaufen uns und spachteln in San Francisco Hummer, bis wir platzen. Die Reise ist gebucht, Ende September geht's los.«

Mit spitzen Fingern hob der Alte das rote Kuvert, ließ es fallen und sagte: »Wo hast du so viel Geld her? Letzten Monat konntest du die Miete nicht bezahlen.«

Lässig begann Kolk zu erläutern, daß er neben der Detektei auch für einen chinesischen Berliner Filmproduzenten arbeite. »Ich liefere Ideen, ich wirke künstlerisch mit.«

»Sagtest du künstlerisch? Willst du mich umbringen? Jesusmaria, Hasso, du bist so musisch wie ein Fausthandschuh. Als Kind hast du die Klavierstunden geschwänzt. Und vorige Woche, als ich dir erklären wollte, warum auf den Gemälden von Vermeer das Licht immer von links kommt, meintest du, ich wollte dich politisch agitieren.«

»Meistens ist das auch so.«

»Du hast es auch nötig. Apropos, wie willst du dich bei den Wahlen entscheiden?«

»Da geht es schon wieder los. Papa, ich gehe nicht wählen, ich gehe lieber boxen oder in die Kneipe.«

»Das ist verantwortungslos. Wenn wir Linken aufgeben, reißt uns das entfesselte Kapital in die Barbarei. Mit einem Bein sind wir schon mittendrin.«

»Geschenkt, ich will das nicht hören. Wir sollten froh sein, daß uns der Westen übernommen hat. Endlich ein System, in dem Streit durch Wahlen halbwegs geschlichtet wird.«

»Das ist in Ordnung. Wahlen sind eine demokratische Form der Diktatur: Diktatur einer Mehrheit über Minderheiten.«

»Seit der Wende solide Autos«, sagte Kolk und zählte weiter auf: »Rauhfasertapete, schöne Schuhe, reparierte Häuser, immer Gemüse und Obst ...«

»Ei ja, vor allem Wacholder. Für dich ist die Wende hochprozentig.«

»Ohne den Westen wären wir im eigenen Dreck erstickt.«

»Wir hatten angefangen, die Fehler auszumerzen. Hast du mal überlegt, warum die Reformen abgebrochen wurden?«

»Papa, zum letzten Mal: Ich bin nicht für Deutschland zuständig, ich habe genug mit mir zu tun. Und mit dir. Ich will nur leben, einfach nur leben.«

Der Professor schwang sich aus dem Bett. Gebeugt und die Hände gelehrtenhaft auf dem Rücken verschränkt, begann er auf und ab zu gehen.

»Du hängst noch immer an Inge. Obwohl sie schon so lange ... Deswegen hattest du damals mit dem Trinken angefangen. Du kommst nicht darüber hinweg. Dann bist du Detektiv geworden. Es war dir gleichgültig, ob ein Verbrecher auf dich schießt, vielleicht hast du den Tod sogar gesucht.«

»Du spinnst, du hast Fieber«, sagte Kolk. Seine Stimme klang gepreßt, er hielt das Gesicht abgewandt.

»Ach, mein großer, kleiner Sohn«, sagte der Vater sanft, »ich habe dich auf dem Arm getragen. Ich stand mit Mama an deinem Bettchen, du schliefst. Wir legten den Finger auf dein winziges Herz, wir fühlten es schlagen. Mama hatte sogar eine Schachtel mit deinen Milchzähnen ...«

Die Stimme des Alten krächzte, er riß am Schnauzer herum, als müßte er das nächste Geheimnis stückweise ans Licht zerren.

»Dann starb deine Mutter, meine geliebte Frau – da verlor ich die Bindung zum Leben. Das Krankenhaus, meine Arbeit wurde mir gleichgültig, ich wollte nicht mehr. Ich hatte es schriftlich geordnet. Du hättest bei Tante Bernadette ein gutes Zuhause gefunden, sie war ja vernarrt in dich. Mein Entschluß stand fest, ich hatte die Spritze schon aufgezogen und wollte ...«

»... da tappte dein kleiner Sohn ins Zimmer«, unterbrach Kolk sarkastisch. »Vor den unschuldigen Kinderaugen brachtest du es nicht fertig, dich davonzumachen.«

»So würde die Sache vielleicht im Film verlaufen, deinem neuen Metier.« Der Professor knarrte ironisch. »Nein, es kam anders. Ich spreche die Wahrheit, mit dem Tod scherze ich nicht. Ich saß im Wohnzimmer, die Spritze lag vor mir auf dem Tisch. Ich blickte auf das Gemälde an der Wand und sagte zu meiner Frau, daß ich gleich bei ihr einträfe, sie könne sich schon freuen. Ich hatte noch nie zu dem Bild geredet, es überkam mich einfach, es war ja sonst kein Mensch da. Da fing auch sie an zu sprechen. Ich schwöre, ich habe die Stimme gehört, sie kam von Mamas Ölbild herab.«

Der herumwandernde Professor blieb stehen und klopfte sich an die Stirn. »Als Wissenschaftler weiß ich, daß das Humbug ist. Darum habe ich es auch noch keinem erzählt. Zum Teufel, ich habe es mit eigenen Ohren gehört!«

Lebhaft warf Kolk ein, das kenne er, das sei ihm vertraut. Bei ihm sei es Inges Fotografie auf dem Schreibtisch, mit der er ein Schwätzchen halte.

Unwirsch wehrte der Vater ab. »Du bist alkoholisiert, das zählt nicht. Ich war bei klarem Verstand, und mein Gehör ist noch in Ordnung. Ich hörte deutlich, wie sie sagte: Fritz, der Kleine braucht dich.«

In das Erinnern eintauchend, blieb der alte Herr vor dem Sohn stehen. »Ja, deine Mutter und ich, wir gehören zu den Graugänsen, da bleiben die Paare auch für immer zusammen. So, ich bin müde, du mußt gehen.«

Steifbeinig stieg er wieder ins Bett. Das rote Kuvert fiel zu Boden. Kolk hob es auf und stellte es an das Glas auf dem Nachttisch. Er sagte, er könne sich nicht verzeihen, daß der Vater in die kriminelle Sache hineingezogen worden sei.

»Reue ist gut«, sagte der Alte, »bereuen kannst du nur, solange du am Leben bleibst. Bist du auch ordentlich bewaffnet?«

Kolk schlug das Jackett zurück und zeigte den Revolver.

»Abscheulich«, nörgelte der Professor. »Heiliges Kanonenrohr, was ist aus unserem Land geworden. Hast du auch genug Patronen? Und bei Gefahr, du weißt.«

»Don't panick, Papa.«

Der Vater zupfte an Kolks Jackett herum und brummte: »Ich wollte, du wärst noch Lehrer, Sportlehrer. Ach ja, kürzlich habe ich dich beobachtet. Du hast im Auto gesessen, vor deiner alten Schule. Große Pause, du hast auf die Kinder im Schulhof geschaut.«

»Ist das verboten?«

»Eines Tages wirst du ein schmutziger alter Mann sein, der mit einer Schnapsflasche an Schulen und Spielplätzen hockt, nah bei den Kindern. Wachsame Mütter werden dich anzeigen, die Polizei wird dich unter die Lupe nehmen.«

»Papa, ich bin kein Lehrer mehr. Ich bin Detektiv.«

»O ja, du hast die Kriminellen aus Berlin verjagt, vorher haben sie mich noch besucht. Entschuldige, ist mir so rausgerutscht. Ich muß jetzt schlafen, verschwinde endlich.«

Er schloß die Augen. Kolk zog die Decke über die verbundene Brust und preßte die Nase zärtlich an die stopplige Wange des Vaters. Der Professor brummte abweisend. Er faßte die Hand des Sohnes und hielt sie einen langen Augenblick fest. Dann drehte er sich auf die andere Seite. Kolk deckte die herauslugenden Füße zu und nahm sich vor, Schwester Katja hinzuweisen, daß Zehennägel die Eigenschaft haben zu wachsen. Weil das Telefon in der Jackentasche klingelte, verließ er rasch das Zimmer.

In den Flur tretend, klappte er den Hörer auf und vernahm die Stimme des Kommissars. *Wo sind Sie? – Gut, bleiben Sie dort. Ich bin in zwanzig Minuten am Krankenhaus.*

Über den Gang kam wieder Dr. Fier und winkte, daß Kolk ihm folgen solle. Sie gingen zum Aufenthaltsraum. Der Oberarzt öffnete die Tür spaltbreit. Die Gruppe der Patienten war auf zwei Dutzend angewachsen. Der Bildschirm war abgeschaltet. Die Patienten sangen gedämpft *Auferstanden aus Ruinen und der Zukunft zugewandt, laßt uns dir zum ...*

Schnell schloß Fier wieder die Tür. »Das hat Ihr Vater angezettelt!« sagte er aufgebracht. »Als ich gestern reinschaute, da saß er mit den Patienten hier im Zimmer. Im Fernsehen hetzte einer gegen uns ... ich meine gegen ... na, Sie wissen schon. Da hat er die frühere Nationalhymne angestimmt. Sie erinnern sich, die, wo wir, als sie noch galt, den Text vergessen sollten. Einige stimmten ein, die kannten ihn tatsächlich noch. Da kam der neue Direktor herein und fragte, was sie da singen. Ihr Vater sagte, das sei ein Volkslied aus der Revolution von 1848: Laßt uns dir zum Guten dienen, Deutschland einig Vaterland. Mensch, der Import hat das geglaubt.«

Achselzuckend meinte Kolk, wenn es der Genesung diene, sei es in Ordnung.

»Sie haben gut reden«, ereiferte sich Fier. »Wenn es herauskommt, schießt mich der Wessi auf den Mond.«

Ihr Gespräch wurde durch eine Schar von Patienten unterbrochen, die an Stöcken und Krücken hinkend und hüpfend in den Raum strebten. Die Zugänge nahmen Platz und stimmten kämpferisch gegen ihre singenden Leidensgenossen die andere Hymne an: *Einigkeit und Recht und Freiheit ...* – Das Potpourri klang mißtönig, auch wenn sinnverwandte Textstellen stutzen ließen.

»Verdammt«, schimpfte der Oberarzt, »sind wir hier beim Wettstreit auf der Wartburg. Da fällt einem ja die Säge aus der Hand. Ach, jetzt kommt auch der noch!«

Über den Gang kam ein Patient, ein Mann mit fliegendem Vollbart, der, so hurtig es ein geschientes Bein erlaubte, in den Aufenthaltsraum humpelte. Er fiel durch einen blauweiß gewürfelten Bademantel auf, dazu trug er einen Hut mit Gamsbart, der Gehstock war mit Plaketten beschlagen. In das Zimmer tretend, stimmte er mit kraftvollem Baß an: *Heiß umfehdet, wild umstritten, liegst dem Erdteil du inmitten, einem starken Herzen gleich, Land der Hämmer, zukunftsreich ...*

»Das ist die österreichische Hymne«, sagte Fier resignierend. »Der Bayer ist bei einer Tour in den Müggelbergen verunglückt. Begreifen Sie jetzt, warum ich Sie bitte, den Herrn Professor aus der Klinik zu entfernen?«

Das lehnte Kolk ab und empfahl, Fier solle sich an den neuen Direktor wenden. Verzweifelt ruderte der Oberarzt mit den Armen. »Der möchte Ihren Vater noch dabehalten. Weil er mit ihm fachsimpeln kann. Die beiden kommen sich näher – das ist ja pervers.«

Er lockerte die Krawatte und fuhr wütend fort:

»Letzte Woche fragt er mich, wo die Fahne sei, die ich früher aus dem Fenster ... Chef, sage ich, so was fragt man einen Freund und Kollegen nicht. Da lacht er und erklärt, daß er die alte Fahne raushängen will, am 7. Oktober, aus seinem Zimmer, hier in der Klinik. Ich dachte, mich trifft der Schlag! Das Fenster geht zur Hauptstraße raus, das ist meine Abteilung. Der 7. Oktober, Tag der Republik, auf dem Volksfest hatte ich meine erste Frau kennengelernt, kein Glückstag, wenn Sie mich fragen.«

Vertraulich die Stimme senkend, trat Kolk näher.

»Doktor, mal ganz offen, ist der Professor verrückt? Bitte antworten Sie ehrlich.«

Fiers Apfelbacken spannten sich im Nachdenken. Er blickte auf und sagte in definitiver Art:

»Entweder ist er verrückt – oder wir. Ihr Vater sagte mal zu mir, eigentlich sei er ein Opportunist. Und warum? Weil die Verlierer von heute die Sieger der Geschichte von morgen sein werden. Das sei immer so gewesen. Na, toll. Wenn ich abends die Nachrichten im Fernsehen verfolge, denke ich manchmal, daß er recht hat. Am nächsten Tag glaube ich, daß er plemplem ... Ich drehe noch durch. Ich will vorwärtskommen, ich will hier mal Chef werden, ist doch legitim. Da braucht man eine klare Haltung. Das läuft auch über Beziehungen. Wenn ich mich falsch orientiere, bin ich wieder in den Gluteus maximus gekniffen. Verdammt, auf welchen dämlichen Verein soll unsereins bloß setzen. Wie halten Sie es denn?«

Vor dem Eingang des Krankenhauses wartete Kommissar Schmidt. Grüßend klatschte er in amerikanischer Manier auf Kolks flache Hand und sagte: »Normalerweise gibt's eine gute Nachricht und eine schlechte. Ich habe nur die schlechte: Nofinger ist aus der Untersuchungshaft geflohen. Zwei Kollegen hatten ihn begleitet, sie wollten zum Arzt, wegen der Hand.«

Schmidt stockte und trat unbehaglich von einem Fuß auf den anderen. Kolks Blick ausweichend, wandte er sich ab und meinte, sie sollten ein paar Schritte laufen und in Ruhe nachdenken.

Von der Hauptstraße abbiegend, gingen sie in den Friedrichshain hinein. Das Brausen der Autos verebbte. Zwischen den alten Bäumen war es still. Zu still. Als ein Zweig knackte, zuckte Kolk zusammen. Als hinter einem Gebüsch ein Jogger hervorschoß, fuhr Schmidts Hand zur Waffe.

Kolk blieb stehen und ließ eine Kette von Flüchen ab. Er schlug dem Kommissar auf die Schulter und höhnte: »Völlig egal, ob der Verbrecher hinter Gittern sitzt oder frei rumläuft. Dran bin ich so oder so. Flosse hatte recht: Die Polizei schafft es nicht.«

Vor der Cafeteria des Parks setzten sie sich an einen Tisch und bestellten Bier. Familien mit Kindern waren mit Pizza, Eis, Ketchup und Klecksen auf der Kleidung beschäftigt. Am Nebentisch saß ein junger Mann, der sich ständig umsah. Wahrscheinlich wartete er auf sein Mädchen.

Schmidt schwieg noch immer bedrückt. Kolk knuffte ihn an der Schulter und sagte:

»Sie haben Glück, daß mein Vater nicht mit hier hockt. Er würde ein Kolleg über die Geschichte des Friedrichshains halten. Um den Park rum, die Mietskasernen zum Schlesischen Bahnhof hin und zum Ostufer, das war in der Weimarer Zeit ein rotes Arbeiterviertel. Im Friedrichshain gab's bei Wahlen die meisten Stimmen für die Kommunisten und Sozialdemokraten. Aus Rache haben die Nazis die Ecke in Horst-Wessel-Hain umbenannt.«

Schmidt meinte, zum Glück seien sie damals noch nicht auf der Welt gewesen.

Kolk zeigte zur anderen Seite des Parks.

»Dort drüben, hinter den Bäumen, über die Straße weg, das war der Saalbau Friedrichshain, ein großer Tanzschuppen. Drei Mark Eintritt, das Bier fünfzig Pfennig. Die Sputniks spielten Mich hat noch keiner beim Twist geküßt. Und Yesterday von den Beatles. Wir trugen Hosen mit gewaltigem 36er Schlag ...«

»... und spitze Schuhe. Die mußten wir euch aber aus dem Westen schicken.«

»Ein paar Schritte hinaus in die Sommernacht und wir waren im Park. Man konnte sich an Bäume lehnen. Einmal hatte ich eine Friseuse, die redete von der neuen Frisur, Fleuron, seitlich gekämmt. Damals hatten wir ein Verhüterli in der Tasche. Heute bräuchte man nachts im Park eine Kalaschnikow.«

Der Bedienung winkend, hob Schmidt die Hand. Da ruckte sein Kopf zurück, die Stirn über der Nasenwurzel zerplatzte rot und spritzte rote Linien über sein Gesicht.

An der Ecke des Cafés löste sich eine Gestalt und rannte davon. Kolk sprang auf und jagte hinterher. Auf der Wiese kam er heran und trat ihr von hinten in die Beine. Die Person fiel und überschlug sich. Am Kragen zog Kolk das Mädchen hoch und drehte den Arm auf den Rücken. Sie kreischte und trat nach ihm. Er bog den Arm höher, sie fing an zu jammern. Er hob die Pistole auf. Das Fabrikat war ihm unbekannt, aber ihm dämmerte, was er in der Hand hatte.

Als er mit dem Mädchen zur Cafeteria zurückkam, hatte sich ein Auflauf gebildet. Der Tischnachbar und noch drei junge Männer redeten auf den Kommissar ein, der ihre Personalien prüfte. Der Schuß habe dem Freund am Nachbartisch gegolten, das Killerspiel mit Farbkugelpistolen sei harmlos. »Oder sollen wir echt losballern«, meinte Kolks Beutegirlie spitz und schenkte ihm einen Blick, der verriet, wen es als ersten umlegen würde.

Ein telefonisch gerufener Polizist erschien und nahm den Trupp und die Freizeitkanonen mit.

Frisches Bier kam auf den Tisch, sie tranken und genossen eine Weile die Aura des Parks.

Noch einmal schnitt Schmidt die Flucht des Häftlings an. »Aus einem Auto sprangen vier Männer. Sie haben die beiden

Beamten niedergeschlagen und sind mit dem Gefangenen getürmt. Übrigens behaupten beide Wachtmeister, Nofinger habe sich gesträubt. Das habe weniger wie eine Befreiung ausgesehen, mehr wie eine Entführung. Sehr seltsam, was halten Sie davon?«

Kolk zuckte die Achseln. Schmidt erklärte, bei der Erpressung von Schutzgeldern gebe es eine mörderische Konkurrenz. »Vielleicht wurde Nofinger von einer konkurrierenden Bande entführt.«

Das könne sein, meinte Kolk und ließ es gelangweilt klingen.

»Ja, vielleicht«, sagte Schmidt.

Ihre Blicke kreuzten sich kurz. Die Gedanken, die einer beim anderen vermutete, ließen sie in der Schwebe.

Kolk blies in den Schaum des neuen Biers. Die beiden Männer verfolgten den Flug der Flocken, die ein leichter Wind in die Baumkronen hob. »Bäume sind menschlicher als Menschen«, sagte Schmidt. »Das nächste Mal komme ich als Buche auf die Welt. Oder lieber Ahorn. Würden Sie mitmachen bei Ahorn?«

Trinkend nickte Kolk und schüttete sich Bier aufs Hemd.

20

Erst am späten Abend des nächsten Tages fand Kolk Gelegenheit, in Little Sanssouci mit dem Chef zu sprechen. Er suchte das Arbeitszimmer auf, in dem Wang vor dem Turmbau der Bildschirme und Recorder saß und Muster ablaufen ließ. Das faltige Gesicht zuckte, der alte Mann schien Schmerzen zu haben. »Nur fünf Minuten«, betonte er, «ich habe noch zu arbeiten.»

In wenigen Sätzen faßte Kolk zusammen, was ihm der Kriminalkommissar über die merkwürdige Flucht des Gefangenen mitgeteilt hatte. «Eine Befreiungsaktion, die aussah wie Menschenraub. Erlauben Sie mir eine Frage, Sir: Wem könnte daran gelegen sein, den Ganoven zu entführen?«

Wang hielt den Film an und erwiderte ironisch:

»Vor allem Ihnen, mein Bester, Ihnen müßte daran liegen, den Feind in die Finger zu bekommen. Wollten Sie ihn nicht sogar umbringen?« Er steckte eine Tablette in den Mund und sagte, während er sie angewidert zerkaute: »Ich habe nur veranlaßt, daß mit dem Mann in der Haftanstalt geredet wird. Ihm wurde klargemacht, daß er meine Familie nicht mehr belästigen darf. Zur Familie gehören auch Sie, mein jüngerer Bruder. Bei uns ist es üblich, daß der Jüngere dem Älteren vertraut.«

Er trank einen Schluck Wasser und sprach freundlicher weiter:

»Wenn der Häftling geflohen ist, wird er es nicht wagen, uns noch einmal zu stören. Halten Sie die Augen offen, es gibt genug andere Gefahren. Geben Sie auf Helen acht, das ist Ihre einzige Pflicht. Sie bewachen sie gern, es gefällt Ihnen bei uns? Sie können hier wohnen, so lange Sie wollen, wir haben genug Platz.«

Er lächelte, das Lächeln enthielt sich jeder Anspielung. Die Hand, die er dem anderen reichte, war dünn und trocken wie ein Bündelchen Reiser.

Kolk verließ das Arbeitszimmer und wanderte durch den Verbindungsgang über das Treppchen zum Gästeflügel der Villa. Er duschte und hockte sich vor das Fernsehgerät. Ein Kommissar trug den Namen Ehrlicher. Ein farbloses Männchen, verzweifelt bestrebt, scharfsinnig zu wirken und durch seinen Namen kundzutun, daß er eine gute Eigenschaft hatte. Kolk gähnte, schaltete ab und sank aufs Bett.

Schlag Mitternacht zirpte die Armbanduhr ihn wach. Er stand auf und bewegte sich vorsichtig im dunklen Zimmer. Für die Nachtwache hatte er vorgesorgt. Er stellte die Ginflasche, Tonic Water und den Kübel Eiswürfel auf das Fensterbrett. Er schob den Sessel ans offene Fenster und drehte ihn in die Position zum Pool.

Er wartete, daß die Gestalt wieder auftauchen würde, die er in der Nacht zuvor beobachtet hatte. Sie war vom Seeufer zum Pool gelaufen und war dort auf mysteriöse Weise verschwunden. Nachts blieben die Windspiele unter Verschluß, nur der Pitbull lief frei im Gelände. Deshalb wurden Gäste in Little Sanssouci gebeten, nachts im Haus zu bleiben. Der Wachhund hätte sich auf den Eindringling stürzen müssen. Aber Kolk hatte ihn gestern nacht nicht gesehen. Auch jetzt konnte er die sabbernde Bestie nicht entdecken.

Kolks Spürsinn war erwacht. Es war denkbar, daß hinter den Kulissen der Filmfirma Dinge abliefen, die das Licht des Tages scheuten. Wang war ein schätzenswerter alter Herr mit ein paar Marotten. Warum sollte ein Millionär gegen Gesetze verstoßen; was er sich wünschen konnte, besaß er schon. Aber hinter seinem Rücken konnten strafbare Handlungen stattfinden, von denen er nichts wußte, die er unwissentlich mit dem Renommee des Unternehmens deckte.

Kolk lauschte in die Dunkelheit. Little Sanssouci lag hingestreckt unter lastender Schwüle, in der jedes Lüftchen kollabierte. Die Wasserfläche des Pools, matte Schwärze, auf der die Intarsie des Mondes so träge schlich, daß sich der Zeitsinn im Hirn des Beobachters kräuselte.

In dieser unendlich scheinenden Nacht gab es nur zwei Mittel, um sich wachzuhalten: trinken und an Frauen denken. Er schnupperte Helens Ingwerduft, das Odeur der geheimen Französin, o ja. Schaudernd roch er Babsys Parfüm. Die Fläschchen Marke Kremltraum waren beim letzten Staatsbesuch Gorbatschows in Ostberlin an jubelnde Spaliere – Gorbi! Gorbi! – gratis verteilt worden. Der Duft hatte nach Kolks Ansicht zum Untergang der Sowjetunion beigetragen. Für die Äußerung hieß ihn Babsy einen stalinistischen Macho und weigerte sich volle fünf Minuten lang, das zu tun, wozu sie in die Detektei gekommen war.

Kolk nahm den Kübel mit Eiswürfeln und drückte ihn an die heiße Stirn. Er beugte sich vor, weil sich am Bassin etwas bewegte. Krächzend stieg ein Vogel hoch und flog zum See.

Es klopfte. Die Schwüle hatte ein Gutes, offenbar konnte auch Helen nicht ruhen.

Er erhob sich. Nur keine Hast. Helen ist ein Kulturmensch, sie will auch reden. Er war vorbereitet, er hatte gelesen, wie man Mozart mit elektrischer Geige und Keyboard zu Leibe ging. Die Kleine Nachtmusik vom Modern Mandolin Quartett durch das Wolferl gedreht. Das Violinkonzert in E-Dur herabgewürdigt zu einer verpopten Trompetenversion. Helen würde zornig werden, der Rest sollte sich finden.

Kolk öffnete die Tür. Vor ihm stand Niklas Demps. »Waffenstillstand, okay«, sagte er und trat ein.

»Was willst du«, knurrte Kolk.

Er hatte nicht gewußt, daß der andere im Haus war. Niklas besaß eine Wohnung in Charlottenburg, nahe dem Filmbüro hinter dem Kurfürstendamm. Im Gästeflügel von Little Sanssouci übernachtete er nur gelegentlich.

»Ich muß dir was zeigen«, sagte Demps.

Er wandte sich zum Videorecorder, der im Regal unter dem Fernsehgerät stand. Er schob eine Kassette in den Schlitz und drückte die Tasten. Der Bildschirm flackerte auf. Es war das Video, auf dem Helens Mutter, die Opernsängerin, zu sehen war. Niklas drehte den Ton weg, er spulte das Band vorwärts und wieder ein Stück zurück. Er schaltete auf Standbild und zeigte auf eine Stelle am unteren Bildrand.

»Darum geht es«, sagte Demps und setzte sich auf den Stuhl neben dem Regal. »Ja, es ist spät, das weiß ich selber. Aber du arbeitest ja noch, an der Flasche. Ich hoffe, du kannst mir noch folgen.«

Kolk erwiderte, er gebe ihm zwei Minuten.

»Du mußt dich konzentrieren, hör gut zu. Der Chef mißtraut Computern, weil Hacker am Ende jede Codierung entschlüsseln. Deshalb hat er schon in Hongkong eine interne Datei heimlich auf Helens Videoband speichern lassen. Der bräunliche Fleck hier, sieht aus wie eine harmlose kleine Verunreinigung. Darin sind Informationen enthalten, im

Mikroformat, nur mit einem speziellen Verfahren lesbar. Nach Helens Ankunft in Berlin wurde ihr die Kassette gestohlen. Du hast sie wieder beschafft. Helen wußte nichts von der Datei auf dem Band, sie hätte nie zugestimmt, das Band ist ihr heiligster Besitz. Auch ich wußte nichts davon – bis Wang es mir jetzt anvertraut hat. Helen hat von dem Band Kopien gemacht, damit sie bei einem neuen Verlust Ersatz hat. Da sie von der Mikrodatei nichts wußte, konnte sie auch nicht bedenken, daß die beim Kopieren zerstört wird. Genau das ist nun passiert. Kannst du mir folgen?«

Kolk schüttete den warmen Rest Gin in den Kübel und mischte sich einen neuen. Demps redete weiter.

»Wang ist ein vorsichtiger Mann, er hatte sich schon in Hongkong mit einer Ersatzdatei gesichert. Sie steckt hier.« Niklas tippte sich an den Kopf. »Für mich sind Zahlenreihen kein Problem, ich habe als Gedächtniskünstler mein Geld verdient. In Mathematik hast du in der Schule von mir abgeschrieben – falls du dich erinnerst.«

»Ja, komm zum Ende.«

»Ich habe Wang die Zahlenreihen aus meinem Kopf aufgeschrieben. Daten über Finanzen, über Konten auf Banken. Sagte Wang. Alles legal, aber intern, die Konkurrenz schläft ja nicht. Wang war nervös, so hatte ich ihn noch nicht erlebt. Ich schätze den Alten, ich verdanke ihm viel. Nun gut, ich habe mir die Zahlen mal genauer angeschaut. Nicht allzu schwierig, jedenfalls nicht für mich. Die Zahlen enthalten einen Code. Es sind keine Kontonummern, es sind Adressen.«

»Was geht mich das an?«

»Ich bin gleich fertig. Wir hatten kürzlich Außenaufnahmen, am Rand von Frankfurt am Main. Ich war als Produktionsleiter dabei. Da ist ein Assistent, ein junger Berliner. Mir war schon aufgefallen, daß er gerne mal unter Vorwänden verschwindet. Diesmal bin ich ihm gefolgt. Er hat eine Adresse in Frankfurt aufgesucht. Er ging mit einer Tasche ins Haus und kam ohne Tasche wieder raus. Und die Adresse – sie steht mit auf der Liste, die ich herausgeschlüsselt hatte.«

Um jeden Preis wollte Kolk die Spannung verbergen, die in ihm anwuchs. Ostentativ schaute er auf die Uhr und nuschelte: »Mann, du spinnst, du hast zu viele Krimis fabriziert. Zieh ab, laß mich in Ruhe.«

Demps stand auf. Er schaltete den Bildschirm ab, zog die Kassette aus dem Recorder und ging zur Tür. Er drehte sich noch einmal um und sagte verächtlich:

»Du alter Saufsack. Du arbeitest hier, du kassierst eine Menge Geld. Genau wie ich. Falls Wang Geschäfte mit Drogen oder Geldwäsche macht – Junge, da hängen wir mit drin!«

»Wenn du einen Verdacht hast, wende dich an die Polizei, dafür ist sie da.«

»Daß mir das nicht eingefallen ist.« Demps, schon in der offenen Tür stehend, lachte trocken. »In jedem Polizeiapparat gibt's Korruption, Verbindungen zur Unterwelt. Wer garantiert mir, daß ich nicht an einen gekauften Beamten gerate? Ich habe keine Lust, als Fischfutter in der Spree zu enden.«

»Was willst du von mir?«

»Ich denke, du bist Detektiv? In Hongkong wüßte ich, an wen ich mich wende. Hier fehlen mir die Kontakte. Ich brauche jemand von der Kripo, einen Mann, auf den hundertprozentig Verlaß ist. Er könnte die Sache in Frankfurt diskret überprüfen. Vielleicht sehe ich Gespenster, vielleicht gibt es eine einfache Erklärung. Ich bete, daß es sich so verhält.

Dann erfährt Wang nichts davon, ich behalte meinen Job. Wenn die Sache aber faul ist ... Also, was ist: Kennst du einen zuverlässigen Mann, kannst du mich mit ihm zusammenbringen?«

Auch Kolk hatte sich erhoben.

»Niklas, dein Verdacht ist lächerlich. Herr Wang ist ein grundanständiger Mensch. Er würde niemals ... schon die Vermutung ist niederträchtig. Ich will das nicht gehört haben. Gute Nacht.«

Niklas Demps musterte den halbnackten, schwitzenden Mann, der ein Glas hielt. »Ich hätte nicht kommen sollen«, sagte er kopfschüttelnd und schloß die Tür.

Kolk horchte, wie sich die Schritte entfernten. Er begann, das Zimmer methodisch abzusuchen. Von oben nach unten, von rechts nach links. Gardinenleiste, Lampen, Bilderrahmen. Regal, Kommode, Bett und die wenigen anderen Möbelstücke. Die Uhr, die Blumenvase. Mit dem Taschenmesser öffnete er die Rückseite des Radios und der anderen Geräte. Er überprüfte die Steckdosen und das Telefon.

Eine halbe Stunde lang sichtete er die Ecken, Winkel, Hohlräume, wo ein Mikrofon verborgen sein konnte. Er fand nur Staub. Falls eine Abhörwanze hinter der Tapete saß, war sie nur mit einem Detektor zu orten. Die Wanze konnte auch Niklas heißen. Aber er trug Shorts und ein T-Shirt; ein verkabelter Spitzel hätte eine Jacke oder ein Hemd mit lockeren Falten bevorzugt.

Kolk schaltete die Beleuchtung wieder aus und zog den Vorhang am Fenster zurück. Im Mondschimmer lag das Gelände um den Swimmingpool leer wie zuvor. Kolk konnte nur hoffen, daß er in der Zwischenzeit einen neuen Besuch des nächtlichen Eindringlings nicht verpaßt hatte.

Er war in einer Sackgasse. Ein korrektes Puzzle ist begrenzt, es hat eine feste Anzahl von Teilen. Mit Geduld lassen sie sich ordnen. Beim Puzzle, mit dem Kolk konfrontiert war, kamen immer neue Stücke hinzu. Die Spekulationen der französischen Beamtin. Die Morde in München. Der Verdacht, den Schmidt über den Häftling Nofinger und die merkwürdigen Umstände seines Entweichens angedeutet hatte. Der mysteriöse Besucher am Pool. Die Datei auf dem Videoband, die ungeheuerliche Vermutung, die Niklas soeben preisgegeben hatte. Nichts paßte zueinander, alles zusammen wog schwer.

In Kolks Magen krallte Kälte, die nicht von den Eiswürfeln kam. Über sein Gesicht lief Schweiß und tropfte vom Kinn. Er schwitzte und fror. Er traute Wang kein Verbrechen zu. Der alte Mann war klug, lebenserfahren. Ein schwerreicher Filmproduzent, ein Anhänger Friedrich des Großen handelte nicht mit Drogen, er wusch kein Geld.

Und im nächsten Augenblick traute er es ihm doch zu. Und genierte sich gleich wieder dafür.

Einem Gummiband, das sich länger und länger dehnte, glich der nachfolgende Arbeitstag. Obwohl Kolk den Rest der Nacht kaum geschlafen hatte, war er überwach. Traumhaft sicher führte er das Auto durch die knatternden Blechströme zwischen Grunewald, Berliner Stadtzentrum und Babelsberg. Er chauffierte zügig, und Helen, im Fond über Drehbüchern sitzend, flog dahin wie auf Abrahams Schoß.

Autofahren war ein Kinderspiel, verglichen mit dem Hin und Her, das durch Kolks Kopf ruckte. Entweder war Niklas ein Provokateur, der in Wangs Auftrag Kolks Zuverlässigkeit prüfen sollte. Oder er hatte die Wahrheit gesagt. Das würde bedeuten, daß Niklas tatsächlich im Kopf einen Datensatz von

Adressen trug, hinter denen verdeckte Vorgänge abliefen. Welche Dinge waren das. Hatten sie mit der Gestalt am Pool zu tun. War es Zufall oder bestand ein Zusammenhang?

Jedem ist jede Gemeinheit zuzutrauen. Kolk verabscheute den gängigen Spruch. Er war aufgewachsen im Glauben an das Gute im Menschen. Er hatte ihn mit der Muttermilch und mit der Schulspeisung aufgenommen. Auch wenn er darüber witzelte, trug er den Glauben im Blut. Vielleicht war es an der Zeit, ihn aufzugeben.

Kolk bremste an der Ampel und blickte in den Spiegel zum Rücksitz. Helen Ma. Unter den kurzen Haaren das verschlossene Antlitz. Nein, auch das abgefeimteste Ränkespiel mußte eine Grenze haben. Helen war ein ehrlicher Mensch. Eine normale junge Chinesin, die für einen normalen Millionär arbeitete, der nicht ihr normaler Liebhaber war. Sie hatte eine normale Mutter, die sie nicht kannte, von der sie nur ein Videoband besaß, auf dem verdächtige Daten versteckt worden waren. Das alles für normal zu halten erforderte viel konfuzianische Nächstenliebe.

Die Ampel sprang auf Grün, er trat aufs Gas. Ihm fiel auf, daß er heute Helens verlockendes Parfüm kaum wahrnahm. Seine Nase war ertaubt. Ihm fehlte der Schwung, Helen zum Lächeln zu bringen und sie für ein neues Beisammensein mit Gesang zu gewinnen. Alle Energie saß in seinem fieberhaft rätselnden Hirn, andere Regungen blieben blockiert.

So ging es nicht weiter. Er bewegte den Kopf, die Halswirbel knackten. Er zuckte zusammen und schlug, obwohl ihn niemand bedrängte, mit der Hand auf die Hupe. Falls es Leute gab, die ihn für einen nützlichen Idioten hielten, einen gutgläubigen Trottel aus dem Osten, so hatten sie recht. Aber das ließ sich ändern ...

21

Kurz vor Mitternacht verließ Kolk sein Zimmer im Gästeflügel von Little Sanssouci. Geräuschlos bewegte er sich über den Gang bis zur letzten Tür auf der rechten Seite. Er schaltete die Flurbeleuchtung ab und wartete, bis sich die Augen der Dunkelheit anpaßten. Aus den Ritzen am Türrahmen drang kein Lichtschimmer. Geräusche waren nicht zu hören.

Vorsichtig drückte er die Klinke herunter und betrat den Raum. Er konnte sich mühelos orientieren, die kleinen Gästezimmer waren gleichartig ausgestattet. Er schaltete nur das Licht der Tischlampe ein, stellte den mitgebrachten Beutel ab und setzte sich in den Sessel.

Niklas Demps schlief mit offenem Mund. So schlummerte er schon als Knabe. Im Ferienlager hatte Kolk ihm das Pionierhalstuch in den Mund gesteckt und die Nase zugehalten. Niklas mußte aufwachen. Sie waren zum anderen Ende der Jugendherberge geschlichen, wo die Mädchen schliefen. Auch damals war es eine heiße Sommernacht. Sie hatten abends hinterm Lagerfeuer heimlich Wein getrunken, den die Schüler aus dem Erlös von Altstoffsammlungen gekauft hatten. Ein bulgarischer Rotspon war es, Feuertanz, eine Warschauer Paktmarke, mit der nicht zu spaßen war.

Nun liegen die Mädchen flach, sie pusten im Schlaf, einige schnarchen, was Kolk verblüfft und erregt. Auch Karla Böger schläft fest. Die Schülerin Böger, meinte Niklas, sei schwach in den Formeln, aber stark in den Formen. Sie decken sie behutsam auf, lüpfen das Nachthemd. Sie studieren *es*. Kolk will *es* anfassen, nur kurz mit dem Zeigefinger. Niklas hält ihn zurück. Er ist Klassenbester, er gilt wissensmäßig und auch in Manieren als führende Kraft, was ihm manchmal verzögert einfällt.

Später, bei einer Fahrt mit dem Jugendbund, sie waren schon älter. Sie strolchen durch eine Fichtenschonung, hinter der ein Kornfeld liegt. Aus heiterem Himmel plumpst auf Kolks Kopf ein Vogel, ein paar Federn segeln nach. Ein Bauernjunge lädt das Luftgewehr. Er steht im Kreis der erlegten Federbällchen, es sind auch bunte dabei, deren Namen Kolk nicht kennt, als Städter kennt er nur Meisen und Spatzen.

Ohne ein Wort springt Niklas den Burschen an. Der ist älter und größer, ein starker Genossenschaftslümmel, der sich wild wehrt. Von hinten reißt Kolk ihn an den Haaren zu Boden, im Klassenkampf gilt keine Fairness.

Mit ihrer Freundin Karla Böger tritt Inge aus dem Wald. Eine Lerche im Kreis ruckt mit dem Flügel und liegt still. Inge nimmt einen Feldstein, schmettert ihn auf das Gewehr und geht mit Karla davon. Der Bursche muß die Vögel begraben, mit bloßen Händen, was ihm nichts ausmacht. Dabei blickt er der vollbusigen Karla nach. Auch Kolk blickt ihr nach und sagt: »Du bist bestimmt so ein Schwein, das gern onaniert, davon wird man blind.« Der Bursche erwidert, er keule seit drei Jahren und schieße mit scharfen Augen immer besser.

Hasso von Kolk möchte mit dem kundigen Jugendfreund noch plaudern, aber Niklas zerrt ihn weg. Seit kurzem hat Niklas nur noch Augen für Inge. Das verstehe, wer will. Inge hat weit weniger von dem, was Karla reichlich besitzt. Mürrisch folgt Hasso dem Freund, der nicht von Inges Spur weicht.

Am Lagerfeuer, von Rotwein beflügelt, hat Inge verkündet, daß das Zentralkomitee der Einheitspartei im Berliner Dom sitzen müßte und nicht im Gebäude der alten Reichsbank. Denn der Ursprung des Kommunismus liege im Urchristentum. Darum seien aufgeschlossene Atheisten gehalten, Sakralbauten zu besichtigen, auch auf dem Lande.

Im Dorfkirchenschiff sieht man durch die Löcher im Dach den Himmel. An geborstenen Säulen grünen Ranken und Moos. Wildtauben gurren, und der Pfarrer schlurft, als hätte er schon Adam und Eva konfirmiert. Eine weiße Taube setzt sich auf Inges Schulter und pickt an den geflochtenen Kornhalmen, die sie als Kranz auf den Kopf gestülpt hat. Staunend sieht es der Pfarrer, er wirft einen Blick zum Himmel empor und ruft:

Guten Tag und Freundschaft, ihr lieben Marxengelsschüler! Was wißt ihr über das Fest, das ein Weilchen hinter uns liegt? Ja, Pfingsten ist gemeint. Keine Wortmeldung? Zu Pfingsten feiert die Kirche die Ausgießung des Heiligen Geistes. Sein Symbol ist die Taube, darum ließ man früher in süddeutschen Kirchen zum Gottesdienst eine Taube fliegen. Wußtet ihr das? Nein, woher auch. Die Biester sind scheu, auf mich hat sich noch nie eins gesetzt. Nun also läßt sich eine weiße Taube auf der Schulter des schönen Kindes nieder. Sehet hin: ein Zeichen, ein Mirakel!

So kam Inge zu dem Spitznamen Friedenstaube.

Im Sessel beugte Kolk sich vor und zischte: »Seid bereit!« Dem früheren Brauch im Kinderbund folgend, hätte Niklas mit *Immer bereit!* antworten müssen. Doch er schlief weiter. Kolk hob das Bein und stieß ihm die Ferse in die Rippen. Demps riß die Augen auf, schloß sie wieder, klappte sie wieder auf und kam mit einem Schnaufer hoch.

Kolk legte den Finger auf die Lippen und machte eine warnende, das Zimmer umfassende Geste. Demps blinzelte verständnislos.

Dem mitgebrachten Beutel entnahm Kolk einen kleinen Detektor. Schnell überprüfte er die wichtigsten Punkte. Wie er vermutet hatte, war auch in diesem Raum kein Mikro zu entdecken.

Demps verfolgte die Wanzensuche verblüfft, dann gespannt. Er stieg aus dem Bett und zündete sich eine Zigarette an. Kolk blieb vorsichtig, er schaltete Radiomusik ein, um das Gespräch zu verwischen. »Nein«, sagte Niklas, »abhören, das paßt nicht zu Wang, das wäre unter seinem Niveau.«

»Aber kriminelle Geschäfte passen zu ihm? Was denn nun? Traust du sie ihm zu oder nicht?«

Niklas schüttelte den Kopf. »Herrgott, ich weiß nicht, was ich ... ich bin ratlos ...«

Fahrig drückte Demps die Zigarette aus. Er nahm ein Hemd vom Stuhl und streifte es über. Seine Verunsicherung wirkte glaubhaft. Sie erboste Kolk, gab ihm aber das Gefühl, daß der andere mit offenen Karten spielte.

Kolk schaltete das Radio und die Lampe aus. Er zog den Vorhang am Fenster zurück und begann zu berichten, was er vor zwei Tagen nächtens beobachtet hatte: Einen Mann, der vom Steg her auf das Gelände kam und in das Schwimmbecken stieg.

»Er ist nicht mehr aufgetaucht. Ich habe lange gewartet, eine halbe Stunde. Er hatte kein Atemgerät dabei. Der Mann ist nicht mehr aus dem Bassin geklettert. – Nein, ich war nüchtern. Ja, das kommt vor. Aber ich würde auch betrunken schwören: Die Person ist im Pool geblieben. Klar, da müßte es eine Leiche geben. Es gibt keine. Nachts kam nichts hoch, und am nächsten Morgen war ich früh schwimmen: Fehlanzeige.«

»Warum hast du nicht gleich nachts nachgeschaut, was los ist?«

»Bist du noch zu retten! Nachts läuft der Pitbull herum. Wir sind nicht befreundet, das ist so ähnlich wie mit uns beiden. Begreifst du endlich, was ich will? Du bist mit dem Hund vertraut, dir gehorcht er. Wenn du mich begleitest, greift er mich nicht an. Ich will den Pool genauer untersuchen, das geht nur nachts.«

Demps unterbrach ihn mit der Bemerkung, von dem Hund drohe keine Gefahr. »Er hat die Windspiele angefallen. David sagt, er hat ihn weggebracht.« Niklas stockte und setzte hinzu: »Ich komme mit, auch wenn ich glaube, daß du Gespenster siehst.«

»Gut. Dann los.«

Niklas beugte sich aus dem Fenster und wisperte: »Unten ist noch Licht. Wahrscheinlich ist David in der Küche, er futtert gerne spät noch was. Das kann nicht lange dauern. Hoppla, der Hund ist ja noch da.«

Auch Kolk beugte sich aus dem Fenster. »Kein Hund, das ist eine Katze.«

Demps zischte, ein Alkoholiker solle nicht über Wahrnehmungen streiten.

Vom Rasen tönte das Mauzen eines Katers herauf.

»Ein Hund, der miau macht«, flüsterte Kolk. »Du hast eine Nachtmyopie, du brauchst eine Brille.«

Sie setzten sich wieder und warteten. Das Dunkel machte es leichter, beieinander zu sitzen. Demps tastete sich zum Kühlschrank und griff nach Bier. Er reichte eine Büchse an Kolk, setzte sich und sagte nach dem ersten Schluck besinnlich: »Inge ... ja, Inge. Von der Jugendliebe kommt man nie ganz los ... So lange ist das her, so viele Jahre.«

In der Dunkelheit am Fenster schnitt Kolk eine Grimasse. Ein gerissener Hund. Weil er die Umstände von Inges Tod nicht aus mir herauspressen kann, probiert er die sanfte Tour und legt die Erinnerungsplatte auf. Nutzt den Waffenstillstand und das zeitweilige Zweckbündnis, um mir die Wahrheit abzuluchsen. Also gut, du Heimkehrer, schluck die Wahrheit, das Gift reicht für zwei. Und raunend fing er an zu berichten:

»Inge ging nach dem Abitur zu einer Illustrierten. Ja, bei uns in Ostberlin, wo denn sonst. Zuerst als Volontärin, dann Reporterin. Eine Blitzkarriere. Der Genosse Vater hatte nachgeholfen, kein Problem für einen hohen Funktionär. Sie fuhr viel ins Ausland. Darum haben wir nicht geheiratet, sie verschob es immer wieder. Gib mir noch ein Bier.

Du kennst ja ihren Spitznamen in der Schule, Friedenstaube. Blaue Augen, blaue Bluse, das blaue Band der Romantik. Die Welt sah anders aus. Sie berichtete aus Angola, Kongo, Palästina und sonstwo. Auch aus Vietnam. Dort war der Krieg schon vorbei, sie hat ihn noch mal aufgerollt. Ich sage, laß die Toten ruhn. Das dumme Stück kam vom Krieg nicht los. Sie sagte, Krieg ist unausrottbar, der nächste Holocaust trifft uns alle. Solches Zeug hat sie geredet. Sie untersuchte Folterungen, sie hatte Berichte von den Reisen mitgebracht. Sie sagte, ich könne mir nicht vorstellen, was Menschen Menschen antun. Ich sagte, ich will's mir gar nicht vorstellen. Sie quasselte weiter, manchmal hab ich ihr den Mund zugehalten.

Ich glaube, sie hat zuviel Gewalt gesehn. Kann sein, das ist wie beim Schnaps, jeder hat seinen Grenzwert. Sie ist übers Limit gegangen. Sie war zu dicht dran, sie hat sie wirklich gesehen, die Leiber, von Bomben zerfetzt, sie hat es gerochen, das Blut, die Exkremente. Sie hat die Explosionen gehört, die Schreie, das Heulen. Sie war beim Sterben dabei und ist jedesmal ein bißchen mitgestorben.

Wir sitzen abends beim Essen, die Kiste flimmert. Wirtschaft und Wetter, Luxus und Hunger, Mord und Totschlag, das übliche Menü. Leichen, Kinder, die nur aus Rippchen bestehen. Da gucke ich weg, vielleicht kaue ich langsamer.

Sie sagt, daß du dabei essen kannst. – Ich schalte den Apparat ab und erkläre, daß ich essen muß, aber nicht fernsehn. Sie schaltet wieder ein. Ich schalte aus, sie schüttet mir Bier ins Gesicht, na, wir waren nicht mal verheiratet. Sie aß kaum noch was. Sie wog keine siebzig Pfund mehr. Die Redaktion ließ sie schon lange nicht mehr ins Ausland fahren, sie kriegte ein Gnadenbrot im Archiv. Da lebten wir schon getrennt ... nein, eigentlich auch wieder nicht. Ich ging immer wieder zu ihr, oder sie kam zu mir. Wir schliefen im Doppelbett, nur so, wir hatten schon lange nichts mehr miteinander.«

Niklas' Fingernägel kratzten am Blech der Dose. Schattenhaft bewegte sich sein Oberkörper am Fenster.

»Die Volkspolizei hat dich festgenommen. Warum?«

»Inge ist nachts gestorben, in meinem Bett. Das waren Ehebetten, von Zeulenroda, Modell Rosenkavalier, Exportware, die gab's nicht immer. Die hatte ich besorgt, als ich noch dachte, daß sie und ich ... Ich trank damals viel, ich war ja nicht mehr im Schuldienst. Ich soff wie ein Gaul, wirklich. Verglichen mit damals bin ich heute fast trocken. Die Ärzte haben bei Inge nach der Todesursache gesucht, sie haben nichts Rechtes gefunden. Ihr Herz war schwach, aber gesund, kein ordentlicher Infarkt, es ist nur stehengeblieben. Herzversagen auf Grund des Zustands der Welt – kannst du das in einen amtlichen Befund schreiben? Ich glaube, der Polizei wär's lieber gewesen, ich hätte sie erwürgt, das hätte Hand und Fuß gehabt.«

»Warum haben sie dich verhaftet?«

»Ich lag neben ihr im Bett, ich war voll und weg. Ich hab überhaupt nicht gemerkt, wie Inge nachts ... Ich bin viel später aufgewacht. Inge hielt meine Hand, die Totenstarre war eingetreten. Ich kam nicht los, ihre Finger waren festgeklammert. Ich konnte ihr doch nicht die Finger brechen. Da hab ich gewünscht, ich wär auch tot ... Mit der freien Hand hab ich dann das Revier angerufen. Ich hab sie hochgehoben, sie war ganz leicht. Ich bin mit ihr zur Tür, ich stand halbnackt vor der Volkspolizei, ein Säufer, mit einer Leiche im Arm ...«

Niklas flüsterte, er solle endlich den Mund halten. Sie schwiegen. Dann sah Niklas aus dem Fenster und erklärte: »Die Küche ist dunkel, wir können losgehn. Ich glaube immer noch, daß alles eine harmlose Erklärung finden wird.«

Das könnten sie nur herausfinden, zischte Kolk, wenn sie sich endlich auf die Socken machten.

Sie gingen am Schwimmbecken entlang und blieben an dessen Ende stehen. Kolk witterte nach allen Seiten. Ihm schien, daß die Nacht schwer atmete, wie ein Wesen in Furcht. Aber es war still, nur sein Gehör halluzinierte.

»Sieh mal«, sagte Demps in dem Flüsterton, den sie im dunklen Zimmer benutzt hatten. »Der Pool ist schwarz, der Himmel ist schwarz, auch die Baumkronen da hinten und die Villa – alles schwarz. Schwarzes Gras bis zum Ufer, und der See ist auch schwarz. Lauter verschiedene Schwarz, abgestuft, keins ist wie das andere. Phantastisch. Verstehst du, ich male ein bißchen, als Hobby.«

Kolk fragte, ob des anderen Waffe geladen sei. Niklas zog die Pistole aus der Tasche. Kolk prüfte das Magazin der Glock neun Millimeter. Demps wisperte, er habe, dem Himmel sei Dank, noch nie auf Menschen geschossen.

»Dann wird's höchste Zeit. Aber paß auf, rings um den Pool, das sind nur Statuen, und dort hinten, das ist nur ein Busch.« Er stöhnte. »Mit einem nachtblinden Hobbymaler auf Tour, meine Güte.«

Niklas verbat sich die dummen Sprüche, und Kolk zischelte:

»Ich muß runter ins Becken, unter Wasser bin ich wehrlos. Ich muß mich auf dich verlassen, du bist mein einziger Schutz. Du bleibst hinter dieser Statue. Falls der Mann wieder erscheint, kommt er vom Ufer her. Laß ihn nahe heran. Ziele auf die Körpermitte. Du mußt schon zielen, ehe du ihn anrufst, das ist wichtig! Du befiehlst, daß er sich auf den Bauch legt, Hände hinter den Kopf, Beine gespreizt. Dazu kommt es aber nicht, wenn du einen Profi vor dir hast. Schon beim ersten Wort zieht er die Waffe und feuert. Aber du bist schon in Position und drückst eher ab.«

»Spiel dich nicht auf. Ich weiß selber, was zu tun ist.«

»Ja, du kennst es aus dem Fernsehen, dort gehen die Leichen anschließend in die Kantine. Hier läuft das anders. Also mach genau das, was der Ossi sagt – auch wenn's dem Wessi schwerfällt. Sonst sind beide tot. Um mich wäre es wirklich schade.«

Er öffnete den Beutel, holte die Taucherlampe heraus und streifte das elastische Band über den Kopf. Er nahm den Ring mit dem feinmechanischen Werkzeug, das er Schweinetod abgekauft hatte. Er streifte das Hemd ab und ließ sich, nur mit Schwimmshorts angetan, ins Bassin gleiten.

Am Holm der Einstiegsleiter drückte er sich einen Meter unter die Wasseroberfläche. Im Strahl der Stirnlampe glänzte die kleine Schlüsselöffnung. Er hatte sie entdeckt, als er beim morgendlichen Schwimmen die gekachelten Wände tauchend abgesucht hatte. Der nächtliche Eindringling war im Pool verschwunden und nicht wieder hochgekommen. Unter Wasser mußte es eine Art Durchschlupf geben. Das Schlüsselloch saß in einer Kachelfuge. Sah ein Schwimmer es zufällig und entdeckte auch den schmalen, türartigen Umriß in der Fliesenwand, so mußte das keinen Verdacht erwecken. Es konnte ein Zugang zu Armaturen oder Filteranlagen sein, erreichbar bei gesenktem Wasserstand. Handwerkern, das wußte Kolk, war einiges zuzutrauen, aber sie stahlen sich nicht heimlich auf ein Grundstück, um nächtens Rohrsysteme zu warten.

Der Auftrieb erschwerte die Hantierungen. In Schräglage unter Wasser klammerte sich Kolk mit den Beinen an die Leiterholme. Für das Werkzeug brauchte er beide Hände. Zweimal mußte er auftauchen, um Luft zu schnappen.

Wieder ruderte er hinab und führte die Sonde und den Druckstift in die Kerbung. Diesmal ließ sich der Zylinder des Schlosses drehen. Kolk schickte ein Dankgebet zu Schweinetod, dem alten Spezialisten, der ihm das kleine Einmaleins seines Berufstands beigebracht hatte. Aus der Bassinwand schwang eine Doppelreihe Kacheln auf einem Türblatt aus Kunststoff.

Noch einmal schoß Kolk nach oben und füllte die Lunge. Er glitt wieder hinab und leuchtete in die Öffnung. Vor ihm lag eine wassergefüllte Kammer. Kolk schob sich seitlich durch die schmale Tür. Das Wasser in dem engen Gelaß reichte nicht bis zur Decke. Aufrecht stehend hatte Kolk den Kopf über dem Pegel und konnte atmen. Der Strahl der Lampe wanderte über die gekachelten Wände, über ein Gitter am oberen Rand. Von dort mußte es eine Verbindung zu den Aussparungen in der Überlaufrinne des Bassins geben.

Die linke Seite der Kammer war offen. Der Lichtstrahl tastete in einen Gang.

Zögernd tappt Kolk hinein in den schwappenden Spalt. So eng, daß die Schultern die Wandung streifen. Er merkt, daß er zittert. Vom Wasser halshoch umschlossen, scheint es ihm, daß die Wände zusammenrücken, den nackten Wurm zu quetschen, der es wagt, seine Funzel in die Unterwelt zu heben. Angst befällt ihn, er wehrt sie ab. Sie kommt wieder, verwandelt das Blut in panischen Sud, der in den Kopf steigt. Die Nerven beginnen zu winseln, sie kreischen. Er dreht sich herum, nur hinaus, wieder hinaus! In Atemnot schlägt er um sich, fegt die Lampe vom Kopf. Lichtlos eingekapselt in einen Wassersarg, jault Kolk ins Schwarze. Der Schädel stößt an die Wand, er schluckt Wasser, hustet verzweifelt.

Der Kopf tost, er kann nicht denken, ihm fällt nichts ein. Hustend spuckt er Laute hervor, sinnlose Silben, er hört, wie seine Stimme krächzt, zwei Worte, don't panick. Vaters Spruch aus der New Yorker Fahrschule. Kolk keuchte. Er wiederholte die zwei Worte immer wieder, auch deutsch, sogar russisch. Wahrhaftig, die Panik schrumpfte. Er zitterte noch, ein Rest Angst blieb, aber er zappelte nicht mehr hysterisch herum.

Mit dem Fuß tastete er die Bodenfliesen ab. Im engen Bereich war die Lampe schnell gefunden. In die Knie gehend, tauchte er unter und brachte sie nach oben. Der Schalter funktionierte, die Birne leuchtete auf und strahlte heller als tausend Sonnen.

Aber er hatte den Kanal voll. Er fürchtete sich, noch tiefer vorzudringen. Durch die glucksenden Wasser trat er den Rückzug an. Nach wenigen Schritten zögerte er. Oben stand Niklas, den er zur Wache vergattert und verspottet hatte. Sein Kommentar war voraussehbar, und Kolk war nicht willens, als Feigling dazustehen.

Leise lästernd machte er kehrt und watete wieder in den wassergefüllten Gang hinein, weiter diesmal, noch weiter, noch tiefer, todesmutig und halbtot vor Angst.

Dann, endlich, war der enge Wasserdurchgang zu Ende. Die Zehen trafen auf ein Hindernis, eine Stufe. Eine zweite, eine dritte. Aufsteigend hätte er mit dem Kopf an die Decke stoßen müssen. Sie war aufgewölbt, er konnte Tritt um Tritt aus dem Wasser steigen. Er richtete die Lampe nach oben. Die nahe Decke erwies sich als merkwürdig unglatt, der wippende Lichtstrahl enthüllte Dellen und Höcker, eine bucklige Höhle, die sich verjüngend in Übermannshöhe hob.

Nachdem er noch zwei Stufen genommen hatte, stand Kolk auf einem Absatz über dem Wasserspiegel. Ihn umgab die rätselhaft gebeulte Hülle aus Gips oder Kunststoff, oben endend in einer Aussparung, in die Kolks Kopf ragte wie in einen zu weiten Helm.

Wie Schuppen fiel es ihm von den Augen. Im Hohlraum einer Statue stand er, in einer preußischen Prinzessin, in zweien sogar! Luise und Friederike. Er stand in Schadows klassizistischer Teenagerplastik, einer vergößerten Nachbildung aus Marmorimitat. Ja, so mußte es sein: Vom Pool aus links abknickend, führte der Gang erst unter, dann über Wasser bis hinauf ins Innere des Zwillingsdenkmals, das sich an der Umfassung des Schwimmbeckens am Ende zum See hin erhob.

Wang hatte bei einem Rundgang über die Figuren rings um den Pool geplaudert. Nymphen, Göttinnen, Königstöchter, den Originalen nachempfunden, die im Park von Sanssouci und in Schlössern der Mark standen. Er kannte sie alle bei Namen, ein wenig penetrant war, daß er die Formen der Mädchen mit Helens Figur verglich, die stets gewann. Zwei mecklenburgische Jungfern, außen schwesterlich aneinander gelehnt, gebaren innerlich verborgenen Raum, in den aus der Wasserröhre die Treppe hochführte.

Auf der anderen Seite der Bodenplatte, auf der Kolk stand, führte ein zweites Treppchen hinab in einen Gang, der, vom Wasserpegel getrennt, trocken lag.

Tastend stieg Kolk die Stufen abwärts. Der Gang war schmal und mannshoch wie der wassergefüllte auf der anderen Seite. Aber die Stufen führten auf der spiralig gewundenen Stiege tiefer hinab. Die abgestandene Luft war kühl, er fröstelte.

Am Fuß der Treppe endete der Gang nach wenigen Metern. Kolks Lampe beleuchtete eine metallene Tür. Er verharrte und horchte. Sein Herz hämmerte so stark, daß er abwarten mußte. Er horchte noch einmal. Dann trat er den Rückweg an.

Kolk und Demps standen am Pool neben der Statue. Während Kolk über seine Entdeckung berichtete, behielt er das Seeufer im Auge. In der nächtlichen Stille war ihnen das Wispern schon zur Gewohnheit geworden.

Er wolle herausfinden, flüsterte Kolk, was sich hinter der Tür verberge. »Wozu der aufwendige Maulwurfsbau? Nur für ein paar Armaturen? Nein, da muß noch was sein – aber was? Ich will endlich wissen, was hier vorgeht.«

»Ich komme mit«, wisperte Demps. »Aber wer paßt hier oben auf?«

Das hatte Kolk schon bedacht. Falls der heimlicher Besucher noch käme, durfte es hier oben keine Spuren geben. Sie müßten sich dann unten mit dem Eindringling auseinandersetzen.

Während Kolk letzte Hinweise gab, übernahm er die Pistole von Niklas. Er steckte sie zu den Utensilien in den Beutel und verschnürte ihn.

Sie glitten in das Becken. Kolk schob den anderen durch die Öffnung in der Bassinwand. Erst als er selbst in der Fliesenkammer stand, schaltete er die Stirnlampe ein. In kurzen Zügen atmeten sie die schwere Luft. Kolk schloß die Tür von innen ab. Sollte jemand nachfolgen, so würde die Person vorerst keinen Verdacht schöpfen.

Langsam drangen sie in die Wasser des engen Gangs ein. Das schwarze Element gluckste bis zum Kinn. Leuchtend schritt Kolk voran. Wie er Demps geraten hatte, lagen dessen Hände auf den Schultern des Führers. Demps konnte ein Zittern nicht unterdrücken, er klammerte sich an. Kolk lächelte grimmig. Niklas hatte Angst, abzusaufen. Kolk kannte das Gefühl. Er brachte es fertig, noch langsamer vorzudringen, damit der andere die Panik weidlich auskostete. Demps' Finger krallten in Kolks Schultern. Kolk merkte, wie es um die Oberschenkel warm aufstieg. Niklas pinkelte. Vor Angst ins Wasser! Fast hätte Kolk gejauchzt. Allein für diesen Event hatte sich die ganze Wende gelohnt.

Sie erreichten die Stufen und stiegen aus dem Wasser hinauf zum Sockel der hohlen Prinzessinnen. Das Lampenlicht wanderte über die Ausbuchtungen. Niklas staunte. Kolk flüsterte fachmännisch, er kam sich vor wie ein Museumsführer, der die Exponate von innen erläutert.

Dann tappten sie die Wendelstiege hinab und traten vor die Metalltür. Sie lauschten. Auch diesmal war kein Laut zu hören.

Kolk öffnete den Beutel. Durch die Verschnürung waren nur ein paar Tropfen Wasser gesickert. Demps übernahm die Glock, und Kolk holte seinen Revolver heraus. Behutsam, sehr langsam drückte er die Klinke herunter. Als er den Anschlag erreicht hatte, ging er auf die Knie und zog auch Niklas herab. Er schaltete die Kopflampe aus. Vollkommene Finsternis umgab sie.

Vorsichtig, zentimeterweise öffnete er die Tür. Der Spalt blieb lichtlos wie alles ringsum. In dem Raum, der vor ihnen gähnte, war keine Lichtquelle in Betrieb.

Kolk knipste die eigene Lampe wieder an. Er richtete sich auf und ließ den Strahl über die Innenwand rechts der Türöffnung wandern. Der Schalter saß dort, wo man es erwarten durfte. Er drückte die Kipptaste, summend sprang die Beleuchtung an. Grellweißes Licht schlug in ihre Pupillen, zündete auf der Netzhaut. Geblendet zuckten sie zurück, standen blind im Türrahmen. Hätte ein Feind gelauert, sie wären ihm billig zum Opfer gefallen.

Blinzelnd betrachteten sie, was vor ihnen lag. Die gleißende Helle flutete aus Batterien von Leuchtstoffröhren an der niedrigen Betondecke und enthüllte einen langgestreckten Bunker voller Geräte, eine Art Werkstatt.

»Bleib an der Tür, paß auf«, befahl Kolk und eilte durch den Raum zu der offenen Tür im Hintergrund. Das Verlies, das er betrat, war kleiner. An der linken Wand Stapel flacher

Pakete in gestreiftem Packpapier. Rechts zwei Bettgestelle, doppelstöckig, mit Decken und Kissen. Daneben ein hoher Kühlschrank und ein Küchenteil mit Kochplatte. In der Ecke ein Vorhang, dahinter eine Trockentoilette.

Kolk näherte sich der Tür an der Abschlußwand des Raums. Er öffnete sie, wobei er in Deckung des Türrahmens blieb. Nichts rührte sich. Vorsichtig blickte er um die Ecke. Das einfallende Licht der Neonröhren erhellte einen Gang. Sichernd, mit vorgehaltener Waffe, trat er näher. Schon nach wenigen Schritten stieß er an Erdbrocken und Steine. Der Gang war verschüttet, die Bruchmasse türmte sich bis zur Decke. Aus dem Geröllhaufen löste sich ein Schatten und fuhr auf ihn los. Er feuerte, und das Ding rollte quiekend vor seine Füße. Eine Ratte, riesig. Eine zweite huschte die Halde hinauf und verschwand im Deckenspalt des verschütteten Gangs.

Aus dem vorderen Bunker stürzte Niklas herbei. Angeekelt besah er das tote Tier.

»Der Lageplan ist klar«, flüsterte Kolk. Er kauerte nieder und zeichnete mit dem Finger Linien in den Staub. »Der Gang vor uns führt zum Seeufer, das war der übliche Zugang. Er ist eingestürzt, deshalb müssen die Leute den Notausgang benutzen, gewissermaßen die Feuerleiter unter Wasser, auch für den Zugang. Der Wasserweg über den Sockel, der Weg, auf dem wir gekommen sind. Ohne den zweiten Ausgang säße man hier wie eine Ratte in der Falle.«

Während sie in den großen Raum zurückgingen, meinte Niklas, sie müßten nicht mehr leise reden. »Der Schuß hätte jeden aufgeweckt. Hier unten ist niemand, abgesehen von uns beiden – und dem Monstrum da.«

Sie standen vor der Maschine, die die Mitte des Werkraums beherrschte. Erst jetzt kam Kolk dazu, sie genauer anzuschauen. Den Aufbau umrundend, betrachtete er Gestänge, Rollen, Skalen, Schalter. Das ausladende Gerät ruhte auf Stahlzylindern, die wiederum auf dicke Gummischeiben gelagert waren. Vor ihnen hockte ein Rieseninsekt aus der Gattung Sciencefiction. Noch blieb es reglos. Zu ahnen war, daß es, anspringend, Unheil anrichten würde.

»Verdammt, was ist das?«

»Du erkennst es nicht?«

»Nein, du Trottel, sonst würde ich nicht fragen.«

»Da muß ich dir helfen, damit du den Durchblick kriegst.« Demps klopfte dem anderen gönnerhaft auf die Schulter. »Vor dir steht eine Offsetdruckmaschine, hypermodern, mit Laserscanner und Spezialkamera, ein Wunderwerk der Technik. Kombinierter Tief- und Hochdruck, mehrfarbig. Und dort drüben, ein Gerät zum Papierschneiden, eine Numeriermaschine, Walzen zum Einfärben. Und hier, du stolperst gleich drüber, ein Kanister mit Natronlauge, damit werden Druckplatten gespült. Klingelt's endlich? Und auf dem Tisch dort – na, was ist das? Das hat Klein-Hasso schon mal in unserer Schule gesehen: Ja, bravo, das ist ein Mikroskop, und daneben, das ist eine Präzisionswaage.«

»Eine Druckerei? Wofür? Pornos? Rechtsradikale Schriften?«

Demps tippte an die Stirn. »Dafür mußt du nicht in den Untergrund. Geld, Meister Spürnase. Money, Zaster, Kohle. Cash macht fesch. In Little Sanssouci werden Blüten fabriziert. Wir haben die Ehre, die zentrale Produktionsstätte zu besichtigen.«

Ungläubig wehrte Kolk ab.

»Du spinnst. Für Falschgeld werden Farbkopierer benutzt. Die kannst du in jeden Schuppen stellen, das ist viel bequemer und billiger.«

»Junge, du hast keine Ahnung. Wasserzeichen, Sicherheitsfaden, Farbrelief – das bringt der Kopierer schlecht oder gar nicht, solche Blüten sind billig, da fliegt man leicht auf. Mit Stahlstich, mit richtigem Tiefdruck kannst du fast so gut arbeiten wie in einer amtlichen Druckerei.«

»Woher weißt du das? Kommst du aus der Branche?«

»In meinem Job kennt man sich überall aus. Wir hatten eine Offsetmaschine gemietet, für Dreharbeiten zu einem Kriminalfilm. Fernsehen bildet, Schätzchen, ein Minimum an Intelligenz muß der Betrachter natürlich mitbringen.« Demps zeigte auf den mächtigen Blechschrank, der eine Ecke der Bunkerwerkstatt einnahm. »Ich wette, daß in dem Schrank Farben sind, Lösungsmittel, Chemikalien, vielleicht auch Druckfolien. Und nebenan, die Pakete ...«

Kolk wartete die Voraussage nicht ab. Er eilte in die Nebenkammer und zog eines der Pakete vom Stapel. Er hatte Drogen vermutet, er wollte sie finden, er wollte recht behalten. Er riß die Hülle auf und öffnete den flachen Karton. Kein weißes Pulver, nur weißes Papier.

Niklas war ihm gefolgt und befühlte die Bogen. »Spezialpapier«, sagte er lässig, »meistens aus Baumwolle, aber für Fälschungen wird auch gern Papier auf Holzbasis verwendet. Da sind asiatische Holzsorten stark im Vormarsch ... «

Während Demps weiter erläuterte, ging Kolk in den Druckersaal zurück. Die Doppeltür des ausladenden Metallschranks war nicht abgeschlossen. Kolk öffnete beide Flügel.

Im mittleren Fach standen Büchsen und Gläser, die auf Farben und Chemikalien hindeuteten. Die anderen Fächer enthielten Banknoten. Frische Scheine, akkurat zu Türmchen geschichtet. Aufmarsch von Geld, Parade des Reichtums, dessen chemisches Parfüm betörend in die Nase stieg.

Kolk roch es, saugte es ein mit geblähten Nüstern. O ja! Zugegeben, Frauen rochen herrlich, aber das hier war der Duft der Düfte.

Und das falsche Geld roch nicht nur wie echtes, es war auch von gleicher Augenweide. Kolk nahm ein paar Scheine aus dem Schrank und betrachtete sie ehrfürchtig. Deutsche Mark, Hunderter, und Dollarnoten, Fünfziger. Die Scheine befingernd, hielt er sie gegen das Licht. Sie waren brillant, im alltäglichen Zahlungsverkehr hätte er sie anstandslos akzeptiert.

Demps war zu ihm getreten und begutachtete die Bescherung.

»Im alten China wurde man für Geldfälschung gefoltert und geköpft. Heute erschießen sie dich nur. Hier in Deutschland gibt's höchstens fünf Jahre. Ziemlich günstig, vielleicht sollten wir umsatteln.«

Er zog ein paar Scheine heraus, zupfte prüfend daran und meinte, die Banknoten müßten noch auf gebraucht getrimmt werden. »Das wird eigentlich auch maschinell gemacht, in einer Trommel. Wir haben im Film die Ganoven barfuß drüberlaufen lassen, so mit Scherzen über Fußpilz. Der Zuschauer liebt schlichte Effekte.«

Während Demps weiter schwatzte und in den Fächern stöberte, setzte sich Kolk auf den Drehstuhl vor der Tischplatte mit dem Mikroskop. Noch vor einigen Minuten hatte er an Wangs Verstrickung gezweifelt. Er hatte den kleinen Chinesen ins Herz geschlossen, hatte ihn für integer gehalten. Dabei wurde in jedem Thriller verkündet: Traue keinem! Wer nicht aufs Fernsehen hört, den bestraft das Leben.

Kolk stand auf und wandte sich zum Waschbecken zwischen zwei Arbeitstischen. Er nahm das Handtuch vom Haken und rieb Kopf und Oberkörper trocken. Punkt und basta. Die Würfel sind gefallen, der Zweifel hat ein Ende. Zum zwingenden Ganzen ordnen sich die alten Teile des Puzzles und die neuen. Auf dem Grundstück eines respektablen Medienunternehmers verbirgt sich eine Fälscherwerkstatt. Von Berlin aus reisen Drehstäbe durch Deutschland und in Nachbarländer, auch nach Amerika, nach Asien oder in die Karibik. Schauspieler, Regisseure, Kameraleute, Techniker. Mit großem Gepäck, in dem sich vieles verbergen läßt. Im Team der ahnungslosen Mitarbeiter schwimmt ein Angestellter mit, ein Kurier, der einem stillen Geschäft nachgeht: Blüten verteilen an Kontaktpersonen, die sie weiter verteilen an ein größeres Netz von Leuten, die das Geld in den Zahlungsverkehr tragen. Der Produzent Wang erreicht eine neue Stufe der Kreativität: Während ein Kriminalfilm gedreht wird, während erfundene Täter fiktive Taten begehen, vollzieht sich hinter den Kulissen am Set das wahre Verbrechen.

Vom Schrank kam Demps heran und reichte Kolk Banknoten, die er in einem unteren Fach gefunden hatte. Bedruckt war nur die Vorderseite des Papiers, auf der Rückseite war es noch weiß. Dazu legte er Folienblätter auf den Tisch.

»Schau dir das an, Probedrucke für den Euro. Hier, die Druckplatten. Die experimentieren schon mit den Gravuren, obwohl das neue Bargeld noch gar nicht da ist. Echte Profis, Anhänger einer langfristigen Planwirtschaft.«

»Euro, Euro«, sagte Kolk, »ich war dagegen, ich wußte, das geht schief.«

»Und hier, weißt du, was das ist? Ein Druckstempel für das Hologramm. Da wurde mal ein echter gestohlen, der Fall ging durch die Presse.«

»Das nützt den Ganoven nichts, die Behörden ändern das Ding.«

»So'n Stempel ist trotzdem wertvoll, da lassen sich Erkenntnisse für die Digitaltechnik, für die Matrizen gewinnen. Hier arbeiten erstklassige Wissenschaftler. Ein technischer Wettlauf zwischen den Regierungen und der Fälschermafia. Mensch, das ist toll, ich könnte sofort einen Film drehen!«

Kolk mußte niesen und zeigte ihm einen Vogel. Er besah die neuen Euroscheine, grüne Hunderter und falsche Fünfziger, orange. Sie schon vor der Ausgabe in der Hand zu halten machte die Finger kribbeln. Das Geld leuchtete, die abgebildeten Bauwerke strahlten die märchenhafte Harmonie des Mehrfamilienhauses Europa aus.

Einmal mehr kam Kolk ins Sinnieren über die Phänomenologie des Mammons. Schon als Kleinkind hatte er Geld geliebt; wenn er mit der Mutter einkaufen ging, kroch er unter die Theken von Bäckereien und Fleischerläden und suchte nach Münzen. Später fand er heraus, daß Taschengeld aus Papier günstiger war als Metall. Der Vater hatte die Neigung kritisiert. Was ist eine Banknote gegen eine Bachnote, pflegte er zu fragen, die Antwort erübrigte sich.

Demps zog ihm das Handtuch weg und riß ihn aus der Grübelei. Er trocknete sich ab und schlug mit der flachen Hand auf die mit Filzplatten verkleidete Wand. Es klatschte nicht, der Ton war matt.

»Damit dämpfen sie die Geräusche«, konstatierte er kennerisch. »Dazu dienen auch die Gummischeiben unter der Offsetmaschine. Gebrumm und Vibrationen dringen nicht nach draußen.« Amüsiert schüttelte er den Kopf. »Wenn ich mir das vorstelle: Unten wird Falschgeld gedruckt, oben paddelt ein Ostschnüffler im Pool der Ahnungslosen.«

Gereizt schwang Kolk auf dem Drehstuhl herum.

»Wang ist dein Chef! Du kennst ihn lange, du hättest früher Verdacht schöpfen müssen!«

»Ich bin kein Detektiv«, sagte Demps, seine Stimme troff vor Hohn. »Herumspionieren ist dein Beruf. Ein schmutziger Job. Na, alles 'ne Frage des Charakters. Hast du auch als Lehrer an der Schule gespitzelt?« Er beklopfte Kolks Schulter und warf ihm das nasse Handtuch über den Kopf.

Kolk erhob sich. Er hatte Lust, den anderen zusammenzuschlagen, diesmal gründlich. Demps reckte sich und nahm eine kampfbereite Haltung an. Sie waren beide halbnackt, die Shorts tropften noch. Kolk wandte sich ab. Sich in nassen Hosen vor einem Schrank mit falschem Geld herumprügeln hätte in einen schlechten Film gepaßt. Darin wollte er nicht mitspielen.

»Entschuldige, war nicht so gemeint«, sagte Niklas und streckte ihm die Hand hin. Kolk nahm sie nicht, er zog die Badehose herunter und wies dem anderen den blanken Hintern.

Niklas setzte sich wieder und sagte bedrückt:

»Wie ein Vater war Wang zu mir, streng, immer gerecht. Daß dieser Mann sich für Verbrechen hergibt ... ich kann's nicht fassen.«

»Ja, ein echter Mäzen«, stimmte Kolk besinnlich ein. »Papa Wang hat dich reich beschenkt, er hat dir eine Bombe in den Kopf gelegt, den Code für die Adressen der Falschgeldhändler. Das ist wahre Vaterliebe. Und der bekloppte Sohnemann hat's zu spät gemerkt. Wie geht's nun weiter. Die Kripo wird Wang verhaften, die Mitarbeiter werden verhört. Wie willst du dich verhalten – die Adressen verraten oder verschweigen? Eigentlich unwichtig, für die Hintermänner bist du so oder so ein Risiko. Was werden die tun? Sie werden dich mit einem Eispickel ... nein, Schluß, ich will dir keine Angst einjagen. Jedenfalls hast du ein außergewöhnliches Leben gehabt, vielleicht wird man einen Film darüber drehen. Das wäre das Fernsehen dir schuldig, du armer, vaterloser Bub.«

Mitfühlend strich er ihm über die Haare. Demps stieß die Hand weg und schlug nach ihm. Locker wich Kolk aus und fragte, was das für ein Trumm sei dort oben. Er trat zu dem Schrank, auf dem ein überdimensionierter Seesack lag, eine Riesenwurst aus gelbem Kunststoff.

»Für den Abtransport, ein Sack voll Blüten, was sonst«, meinte Demps. »Steck dir was ein, ihr Ossis seid doch immer knapp bei Kasse.« Er nahm das Handtuch und ging hinüber in den Nebenraum.

Kolk reckte sich hoch und zog mit einem Ruck den langen Reißverschluß auf. Ein Fleischrotgelbes rutschte heraus und pendelte vor seinem Gesicht. Mit einem erstickten Laut prallte er zurück. Die Hand kannte er. Den Finger, der ihr fehlte, hatte er in Flosses Lokal in der Hand gehalten. Inzwischen hatte der Erpresser Nofinger noch mehr verloren. Der Arm, der aus dem Sack schwang, war aufgefetzt bis auf den Knochen, bulettengroße Stücke fehlten.

Aus der Kammer rief Demps, im Kühlschrank seien Eier, Reis und kaltes Huhn, kein Bier, nur Mineralwasser. »Sagt ihr immer noch Broiler?«

Aus dem Nebenraum kam Niklas in die Werkstatt zurück. Er biß in einen Apfel und bot Kolk ein halbes Brathähnchen an. Den Arm erblickend, erstarrte er. Im Sack auf dem Schrank rührte sich etwas, an Nofingers hängendem Arm vorbei rutschte ein blutiger Klumpen heraus und plumpste vor Demps' Füße.

Jetzt war er es, der erstickt Laut gab. Vor ihnen lag Goliath, der Pitbull. Nur wer ihn kannte, erkannte ihn wieder. Aufgerissen die Flanke, streckte er dreie von sich, ein Bein fehlte samt Keule. Eingeweide hingen heraus, auch ein Auge war nicht mehr am Platz. Baumelnd an bleichem Stiel, ähnelte es einer Computeranimation, nur der Geruch sprach gegen einen elektronischen Trick. Eindeutig war, daß sich die beiden im Sack, Mann und Hund, nicht vertragen hatten.

Demps stierte auf das tote Fleisch und flüsterte:

»Ich will raus hier.«

»Ich auch.«

Sie eilten zur Tür. Kolk drückte die Klinke, aber die Tür ging nicht auf. Er zog und rüttelte, bis Niklas ihn wegschob und es ihm gleichtat. Das stählerne Rechteck blieb, wo es war, im Rahmen. Sie probierten es gemeinsam vierhändig, wobei sie einander behinderten. Kolk stemmte einen Fuß gegen die Wand und zog mit aller Kraft. Die Pforte rührte sich nicht.

Erschöpft hielten sie inne. Kolk wollte Werkzeug aus dem Beutel holen, aber er sah, daß es unter der Klinke kein Schlüsselloch gab. Dem Eisen einen Fußtritt versetzend, fragte Kolk giftig, wer die Tür zugeklinkt habe. Demps blickte ihn mörderisch an.

Die zurückgestaute Feindschaft kam hoch, der alte Haß. Sie brüllten Beschimpfungen und wollten endlich tun, was überfällig schien, Reden ersetzen durch Schläge. Daß plötzlich jemand dazwischensprach, eine dritte Person, erschien irreal, sie waren allein. Aber die Stimme war eindeutig zu vernehmen, sie hörten sie beide und erschraken tief. Demps griff die Pistole aus dem Beutel und suchte nach einem Ziel.

Die Stimme klang mädchenhaft jung und sagte Sätze auf chinesisch. Kolk starrte auf den kleinen Bildschirm, der rechts neben der Tür in die Filzverkleidung der Wand eingepaßt war. Auf dem Monitor leuchteten chinesische Schriftzeichen. Die höfliche Mädchenstimme wiederholte die Ansage und brachte sie noch einmal. Kolk zeigte auf eine kleine Box mit Schlitz neben dem Bildschirm.

»Du brauchst es nicht zu übersetzen. Führen Sie die Schlüsselkarte für die Tür ein, oder so ähnlich. Richtig? Du hast nicht zufällig die Karte mit dem passenden Magnetstreifen dabei?«

»Ich habe ein besseres Mittel.« Demps entsicherte die Glock und richtete die Waffe auf die Tür.

»Nein, nicht!« Kolk drückte ihm den Arm nach unten. »Das ist eine Stahltür, die Kugel prallt ab. Schlösser aufschießen funktioniert nur in euren Serien. Im Ernstfall wär nicht das Schloß tot, sondern du.«

Demps warf die Pistole auf den Tisch und ließ sich auf den Stuhl fallen. »Verflucht noch mal, wir sitzen in einem Tresor. Es gibt keinen Ausweg. Sie werden kommen und kurzen Prozeß mit uns machen.«

»Kopf hoch, Jugendfreund.« Kolk schwenkte den Beutel, den er neben dem Mikroskop abgelegt hatte. »Greif zur Telekom, die machen das.« Er zog das Handy heraus und hielt es hoch. »Das hätte mir gleich einfallen sollen. Ich habe einen schnellen Kommissar an der Hand, hier wird es gleich von Sonderkommandos wimmeln.«

Er tippte Schmidts Nummer ein und wartete. Das Gerät war trocken, der Akku war voll, das Display funktionierte: Es teilte mit, daß eine Verbindung nicht herstellbar sei.

Auch Demps warf einen Blick auf die Anzeige.

»Wo bleibt das Einsatzkommando? Mir würde ein Streifenpolizist genügen, ein einziger, der von außen die Tür öffnet.«

Kolk sah hoch zur Decke. Darüber lag die Wanne des Pools, aus Stahl oder Kunststoff, dazu die Bodenfliesen samt Klebung und Dämmung. Und über allem meterhoch Wasser. Damit sollten Geräusche aus der Werkstatt abgeschirmt werden. Aber die mehrschichtige Isolierung behinderte auch den Funkverkehr.

Demps schlug vor, den verschütteten Gang aufzugraben. Sie schätzten die Strecke ab: in gerader Linie waren es fünfzig, sechzig Meter bis zum Seeufer. Zu vermuten war, daß der Gang eine Biegung machte, die die Strecke verlängerte; die versteckte Öffnung mußte an der höheren Uferböschung am Waldstück liegen. Für eine ausgedehnte Grabung war neben dem richtigen Werkzeug auch Stützmaterial erforderlich, sonst drohte neue Verschüttung.

»Verdammt, wie kommen wir hier raus!« Mit beiden Fäusten trommelte Demps auf die Konsole. Er lästerte hemmungslos, wie damals, als sie als Kinder um die Wette fluchten. Je wilder Niklas auf die Tastatur hämmerte, desto lauter johlte Kolk und steuerte wüste Ergänzungen bei.

Fast fiel er vom Stuhl, als Schüsse krachten. Wie auf dem Schießstand stand Demps, und der Monitor war die Zielscheibe. Das Glas zerbarst, aus dem Gehäuse sprühten Funken. Breitbeinig, John Wayne in Badehose, ballerte er in das Gerät und hatte die Neonröhren als Sonne im Rücken. Er leerte das siebzehnschüssige Magazin der österreichischen Kompaktpistole, die gern von Sonderkommandos benutzt wird, die von Neutralität wenig halten. Es knallte und hallte, und Kolk lachte Tränen, weil Demps, der Revolverheld, bei jedem Schuß die Augen verkniff. Dann war wieder Ruhe im Bunker. Demps ließ die Waffe sinken und blickte ernüchtert in das Loch mit dem rauchenden Gekröse.

Ein neues Geräusch sprang auf, ein Summen, das sich zum motorischen Brummen rundete. Verdutzt blickten die beiden Männer auf die Offsetmaschine. Die aber stand still und schien selber zu lauschen auf das, was kommen sollte.

Ein Mechanismus war ausgelöst worden, durch das Ausbleiben der Schlüsselkarte oder durch einen Effekt nach den Schüssen in den Monitor.

Ein Beben lief durch den Bunker, es kam von der Seitenwand und von der Decke, wo die Neonröhren leis erklirrten in den Vibrationen einer unsichtbaren Mechanik. Ein Rumpeln drang von oben herab. Knirschend öffnete sich in der weißen Decke ein Segment, schwarze Sichel, aufklaffend zum halben, zum dreiviertel und schließlich zum vollen Kreis: ein gähnendes Loch vom doppelten Durchmesser eines Straßendeckels der Kanalisation.

Wasser tropfte herab, plätscherte, floß breiter, rauschte stärker. Kam in armdicken Strahlen und mächtigen Bündeln und endlich lückenlos herab, aus einem Guß: brausender Wassersturz, Wasserbombe, Wasserfaust, die wuchtig auf den Betonboden schlug, gläsern zersprang und sich hurtig verteilte.

Wild schäumte die Flut, sprudelte vom Knöchel zum Knie und darüber. Das ist der Pool, ein Glück, daß ich Badehose trage, dachte Kolk und merkte, daß ihm irre ward.

Da wogte die Gischt schon hüfthoch. Stühle und Tische schwammen, das Mikroskop tauchte ab, aus der ertrinkenden Offsetmaschine gurgelten Blasen. Vom Saal schoß die Flut in das Papierlager hinüber, Strudel prallten zusammen, ein Kissen schwamm herein, gefolgt von dem Trockenklo.

Der Beutel mit Kolks Zeug kreiselte vorbei, er hechtete, verfehlte ihn, bekam ihn beim nächsten Versuch zu fassen.

Er hängte die Schnur um den Hals. Er packte Demps an der Schulter und rief ihm gegen das Rauschen zu:

»Abwarten, don't panick! Druckausgleich, wie beim Auto im Fluß!«

»Hatten wir schon in der Notarztserie!« schrie Demps. »Die Autotür klemmte, der Doktor wär fast ersoffen!«

Der Wasserfall tobte, sie verloren den Boden unter den Füßen. Zwischen treibenden Gegenständen lavierend und paddelnd, näherten sie sich der Bunkerdecke. Einige Neonröhren flackerten und verlöschten. Von hinten legten sich Arme um Kolks Schultern. Er ging unter, kam spuckend hoch und keuchte:

»Laß das, schwimm selber!«

Er drehte sich um und hatte ein wächsernes Gesicht vor sich. Die Nase fehlte und ein Stück vom Kinn, aus zerrissenen Lippen hing eine Dollarblüte. Kolk schrie auf und stieß die in der Flut tanzende Leiche weg. Nofingers Kopf kippte und entblößte eine zerfleischte Kehle.

Unaufhaltsam rauschten die Wassermassen aus der Röhre, wallten der Decke entgegen. Ein Meter war noch frei, ein halber. Leuchtröhren knallten, die letzte Helligkeit ersoff in Finsternis.

Fieberhaft wassertretend nestelte Kolk den Beutel auf und zerrte die Lampe heraus. Er schaltete sie ein und streifte das Gummiband über den Kopf. Der Lichtstrahl streifte Niklas, der sich an einer Verstrebung der Decke hielt.

Der Katarakt schien an Dichte zu verlieren. Der Bunker war vollgelaufen, nur in der Röhre konnte die Flut zum Pool aufsteigen. Mit dem Wasser trieben die beiden Männer in dem gurgelnden Tubus aufwärts. Auf ihre Köpfe schlugen schwere Güsse, zwischen denen sie nach Luft japsten. Aus rauschender Schwärze schnitt der Lampenstrahl Demps' Gesicht. In Todesangst war es verzerrt, und Kolk dachte, daß er sein eigenes Spiegelbild vor sich hätte, das Feindbild als letztes Selbstbildnis. Sie krepierten, ein bißchen schon. Zappelnd stießen ihre Knie zusammen, die Fingernägel kratzten am schmierigen Zement der Röhre. Noch ein paar Sekunden, und sie würden, ineinander verklammert, elend ertrinken.

Der Schlag traf sie von unten. Eine gewaltige Luftblase, eingesperrt im Papierlager des Bunkers, kämpfte sich durch zum einzigen Ausweg. Durch die gefüllte Röhre schoß sie hoch und nahm die Männer ein Stück mit. Ihre Schädel prallten an Hartes, sie rutschten in den Strudel zurück und rangen nach Luft.

Kolks Lampe beleuchtete ein Gitter über ihren Köpfen. Das Wasser floß nur mehr über die Ränder ein. Noch stieg der Pegel. Hob er sich über den gegitterten Deckel, ertranken sie. Blieb er darunter, konnten sie atmen.

Dünne Strahlen kamen herab, es rieselte nur noch. Kopf und Schultern blieben über Wasser. Über ihnen lag der Gitterdeckel des geleerten Bassins. Darüber stand die Nacht. Aus zuckenden Augen sah Kolk die Sterne als verwaschene Punkte, und ihm war, als blickte er in den siebenten Himmel.

In der Flut tanzten Papiere. Demps schnappte eine Euronote, pappte sie auf die Stirn und schnaufte: »Gerettet.«

Mit dem Handballen drückte Kolk gegen das Gitter. Es war verschlossen. Auch Demps rüttelte an der eisernen Sperre. Sie mußten wassertreten und stießen wieder mit den Knien aneinander.

Kolk fing wieder an zu fluchen. Demps zischte, er solle leise sein. »Du hast das Werkzeug, wer einbricht, kann auch ausbrechen!«

An den Beutel hatte Kolk nicht mehr gedacht. Manchmal ist es von Vorteil, einen Gegner zur Seite zu haben. Für die Arbeit brauchte er beide Hände.

»Halt mich fest.«

Mit einer Hand griff Demps ins Gitter, den anderen Arm schlang er um Kolks Hüfte. Die nackte Fühlung erbitterte beide. Kolk öffnete den Beutel und holte den Ring mit dem Werkzeug heraus. Er richtete den Lampenstrahl auf den Rand des Deckels. Der flache Metallblock rechts – das mußte das Schloß sein. Aber es besaß innen keine Öffnung. Er schob die Hand durch die Stäbe und ertastete das äußere Schlüsselloch. Knapp mit dem Zeigefinger erreichte er es. Ausgeschlossen, in solcher Position beidhändig mit feinmechanischem Werkzeug zu hantieren.

Sie nahmen die alte Position ein, die Finger ins Gitter geklammert, im Wasser hängend bis zum Hals.

»Wie lange halten wir das durch?«

Sie sagten es gleichzeitig und grinsten. Demps dachte laut, sie könnten um Hilfe rufen. Man würde sie finden – und beseitigen, das war so gut wie sicher. Kolk fragte, was eine Hilfe nütze, die zum Tode führe.

»Ich hoffe«, sagte Demps, »daß Wang früh in den leeren Pool springt und sich das Genick bricht.«

Kolk meinte, das könne auch Helen passieren.

»Nein, dazu ist die zu ausgeschlafen.«

»Hältst du's für möglich, daß sie beteiligt ist, mit Wang unter einer Decke steckt?«

Niklas schnaufte abschätzig.

»Das bestimmt nicht. Eine chinesische Kleinbürgerin, die ist nur auf eins aus: Familie, Sparbuch, Häuschen mit Garten. Sie wollte Kinder, ich nicht – so kam's zur Scheidung. Sie ist im Jahr des Hasen geboren. Das bedeutet, sie ist vorsichtig, ängstlich, die würde sich nie auf ein Verbrechen einlassen. Sonst hätte Wang ihr Videoband ja nicht heimlich präparieren müssen. Ja, sie ist kleinkariert und spießig, aber bestimmt nicht kriminell. Dazu ist sie auch zu blöd.«

Kolk wollte fragen, wie jemand ausgeschlafen und blöd zugleich sein könne. Aber er hörte ein Geräusch. Auch Niklas stutzte, beide lauschten nach oben hin.

»Da kommt jemand«, flüsterte Niklas, »sie haben's bemerkt.«

»Mensch, das Telefon, vielleicht geht's von hier aus!«

Aber Kolk schaffte es nicht mehr, den Beutel aufzunesteln. Oben klirrte Metall, etwas quietschte, das mußte die Leiter am Pool sein. Auf dem gefliesten Boden des Bassins näherten sich Schritte. Durch das Gitter flutete die blendende Helle eines Handscheinwerfers. Im Schloß drehte sich ein Schlüssel, der Gitterdeckel klappte hoch. Den Mann hinter der Lampe konnten sie nicht sehen. In hartem Chinesisch erteilte die Stimme einen Befehl.

»Ich soll rauskommen«, sagte Demps, »du sollst unten bleiben.«

Er zog sich an der Kante hoch und verschwand über den Rand. Kolk hörte dumpfe Schläge und ein Aufstöhnen.

Schritte entfernten sich. Kolk stemmte sich auf und spähte über den Rand in das Becken. Mit erhobenen Armen taumelte Niklas zur Leiter. Hinter ihm ging der junge Chinese, der in Little Sanssouci die Arbeiten eines Hausmeisters und Gärtners verrichtete. Er hielt eine Maschinenpistole.

Mühsam erklomm Niklas die Leiter. Der Chinese blieb im Becken. Ringsum waren die Kandelaber eingeschaltet. An der Leiter wartete David. Hinter ihm thronten die antiken

Göttinnen und preußischen Prinzessinnen wie ein Gerichtshof in Festbeleuchtung.

Der Sumo ergriff den hochsteigenden Demps am Arm und führte ihn weg.

Kolk zerrte an dem Beutel, der voll Wasser gelaufen war. Er bekam den Revolver heraus und richtete ihn auf den jungen Chinesen, der auf ihn zuschnellte. Kolk drückte ab, doch die Stupsnase versagte den Dienst. Der Chinese trat ihm von oben wuchtig ins Gesicht. Kolk prallte mit dem Hinterkopf gegen die Kante, er ging unter, er ruderte verzweifelt, ihm entglitt die Waffe. Er kam wieder hoch, hustete Wasser aus und spuckte mit dem Blut abgebrochene Zähne. Der junge Wächter sprach in gutem Deutsch höflich:

»Verzeihung, Sir, ich hatte Sie gebeten, unten zu bleiben. Jetzt dürfen Sie herauskommen.«

Am Deckelrand aufgestützt, schoß Kolk mit athletischem Schwung aus dem Wasserloch. Er rollte herum und kam auf die Beine. Er hing an seinen Zähnen und hatte sie mit dem Mundschutz durch viele Ringschlachten gerettet. Durch den Tritt eines lausigen Gärtners hatte er jetzt ein paar weniger, das bedeutete, daß der andere ein paar zuviel besaß.

Der junge Mann hielt die Scorpio locker in der Hand. Er blieb auf Distanz, und Kolk zweifelte, daß er nahe genug herankäme, um ihn zu erwischen.

»Ich warne Sie, bleiben Sie stehen! Was haben Sie um den Hals? Werfen Sie es herüber, sonst muß ich schießen.«

Kolk warf den Beutel hinüber. Der Chinese beorderte ihn in die andere Ecke des Bassins. Dann trat er an den Schacht und ließ den Beutel ins Wasser fallen.

»He, Kumpel, das Telefon war teuer.« Kolk sprach mühsam durch die Zahnlücke. »Dafür kriegst du noch ein paar

Monate mehr. Aber bei zehn, fünfzehn Jahren spielt das keine Rolle. So lange im Knast, ohne Pekingente, immer nur preußische Erbsen – hast du dir das mal richtig überlegt? Verstehst du, was ich sagen will? Du könntest mit mir kooperieren, dann sorge ich dafür, daß du mit einer Bewährungsstrafe davonkommst.«

Der junge Asiate hob gebieterisch die Hand und betonte, es sei ein Zeichen von Ausländerfeindschaft, wenn Kolk ihn duze, er verbitte sich das.

Resigniert befolgte Kolk die Weisung, sich auf den Bauch zu legen, Arme und Beine gespreizt, und sich nicht zu rühren. Er leckte das Blut ab und drückte die aufgeplatzte Lippe auf die nassen Kacheln. Sie schwoll an, er lag wie auf einem kleinen Kissen. Mit der Zunge tastete er die Schneidezähne ab, oben war einer abgebrochen, unten auch, daneben fehlte ein ganzer.

Die schwüle Dünstung des Beckens umfing ihn, lullte ihn ein. Wenn sie ihn erschießen wollten, konnten sie es auch im Schlaf tun. Er wagte nicht, den Kopf zu drehen. Erschöpft duselte er weg.

Er wachte auf und stellte fest, daß er sich auf den Rücken gedreht hatte. Er sah die Oberkante des Pools, die Köpfe der Statuen, den Nachthimmel. Er richtete sich auf. Der junge Chinese war nicht mehr im Becken, auch oben am Rand konnte Kolk keine Bewachung entdecken.

Er stand auf, lockerte Muskeln und Gelenke. Er lief zur Leiter und stieg hinauf. Oben wuchs zwischen den Holmen ein Koloß auf. Davids Rundgesicht, sonst ein Symbol buddhistischer Milde, hatte sich in einen kalten Mond verkehrt, starr, unnahbar.

Kolk rutschte zurück und stand wieder auf dem Grund des Beckens. Er konnte zur Wand gegenüber rennen, springen und versuchen, sich über den hohen Rand zu schwingen. Der Sumo wäre mit ein paar Schritten zur Stelle, ein Tritt oder Schlag von ihm könnte den Kopf kosten.

Ein Stück von der Leiter zurücktretend, wandte sich Kolk beschwörend an den Bewacher.

»Hör mich an, David, wir haben uns immer gut verstanden. Eisbein und Bier hab ich dir bezahlt, bei Aschinger, und in Pankow in der Haxe, mehr als einmal. Ice-Bein, ice-leg, verstehst du, mit Sauerkraut, I paid for it, money pinke-pinke. Ich will nicht drauf rumreiten, aber ich war spendabel. Habe ich je die weiße Herrenrasse raushängen lassen? So was gab's bei uns nicht, na ja, das war früher, wir hatten Völkerfreundschaft, verstehst du. David, wir sind Kollegen, Arbeiter, wir müssen zusammenhalten. Laß mich raufkommen. Ich rede mit dem Chef, wir finden eine Lösung ... Na, was ist? Darf ich hochklettern, du brauchst nur zu nicken?«

Oben beugte sich der Sumo über die Leiter und spuckte. Kolk wich aus und schimpfte:

»Du spuckst auf einen Freund? Das ist unhöflich, sehr unasiatisch, das macht man nicht! Wir sind eine Familie. Denk mal nach, denk auch mal an Helen. Du verehrst sie, ich beschütze sie, ich bin ihr Glücksbringer. Wenn mir was zustößt, bedeutet das auch Unglück für Helen. Aberglaube ist eine ernste Sache. Verstehst du, was ich sage? Crime does not pay, du dämliches Schlitzauge, wann lernst du endlich Deutsch, damit man mit dir ...«

David drehte den Kopf. Kolk horchte auf. Ein Klopfen näherte sich.

Tack-tack-tack ...

Auf die Steinplatten stieß eine metallene Spitze. Hart scholl das Klacken in die Stille der Nacht. Kolk lauschte. Ihm wollte nicht gleich einfallen, wo er das Geräusch schon vernommen hatte und warum ihn ein Frösteln überlief.

Aus schrägem Winkel sah er oben einen Hut auftauchen, auffällig sogar in der Modemetropole Berlin: ein Dreispitz. Darunter Wangs gelbes Knittergesicht und, stückweise ins Bild wachsend, eine Spitzenkrause, Uniformrock mit Tressen und Schärpe, ein kurzer Kavaliersdegen. Die umgeklappten Wasserstiefel überraschten nicht mehr, auch so war klar, daß die Kostümierung den größten deutschen König vorstellen sollte.

Wang trat an den Rand des Bassins und hob den Krückstock.

»Hallo, mein Lieber, was macht das Befinden? Ich sehe, es geht Ihnen besser als mir, Sie brauchen keinen Gehstock.«

Mit diesen Worten ließ er sich auf den Gartenstuhl sinken, den David ihm unterschob.

»Wissen Sie noch, was ich Ihnen über meine Filmpläne erzählt hatte? Ein Jammer, ich finde keinen Schauspieler, dem ich den Alten Fritz zutrauen würde. Helen meint, ich solle ihn selber spielen, ich sei deutscher als die Deutschen. Ist das ein Kompliment, ich habe Zweifel.

Jedenfalls habe ich mir das Kostüm machen lassen. Schaun Sie, der blaue Armeerock, mit rotem Plüsch gefüttert, die Hose geflickt, alles fleckig vom Schnupftabak, die Stiefel abgeschabt – wie gefällt es Ihnen? Es war nicht einfach, die originale Schäbigkeit nachzubilden. Als junger Galan war der Kronprinz elegant gekleidet, einen Prachtrock aus grüner Seide hat er selbst entworfen, mit Quasten und silbernen Brandenbourgs. Ja, dereinst, im schönen Schloß

Rheinsberg, da freute er sich am Leben und tanzte ganz flott Menuett.«

Der Alte war aufgestanden, mit seiner Kieksstimme ahmte er das Klimpern eines Spinetts nach und machte ein paar Tanzschritte, die der Sumo erschreckt mit ausgestreckten Händen verfolgte. Wang setzte sich wieder, sein Gesicht war schmerzhaft verzogen.

»Geld fälschen ist ein Verbrechen«, sagte Kolk. »Was würde Ihr berühmtes Vorbild dazu sagen?«

Mit belustigter Geste strich Wang über das schmuddlige Jabot.

»Wer Geld legal herstellen kann, muß es nicht fälschen. Er fälscht, indem er am Wert manipuliert. So macht man's bis heute. Auch der Alte Fritz hat pfiffig seine Zettel drucken lassen. Die Bürger waren sauer, Gold und Silber war ihnen lieber.«

»Sie weichen aus.«

»Nein, warum sollte ich. Was habe ich denn getan. Zu meinem Vergnügen und zur Unterhaltung der Zuschauer wollte ich Filme produzieren. Das erfordert beträchtliches Kapital, Millionen. Wer einem vernünftigen Zweck dienen will, muß sich über Skrupel hinwegsetzen.«

»Nein, Sir. Sie haben kein Recht, sich auf Friedrich den Großen zu berufen!«

Kolk hatte die Stimme erhoben und straffte sich wie ein Ankläger vor Gericht. Ihm schien, daß die Gefangenschaft auf dem Grund eines Schwimmbeckens seine moralische Überlegenheit hervorhob. Auch der Hall von den gekachelten Wänden arbeitete ihm zu.

»Friedrich der Zwote ließ Kriminelle vor ein ordentliches Gericht stellen! Und er hat die Folter abgeschafft. Und Sie,

Herr Wang? Warum wurde der Mann da unten im Bunker so grausam umgebracht?«

»Das geht auf Davids Konto.« Verärgert ruckelte Wang mit dem Stuhl. »Ich hatte nur gesagt, er solle dem Verbrecher eine Lektion ... Nun ja, David betet Helen an, und wer sich an ihr vergreift, den ... tja, so geschah das eben. Und der Pitbull war auch unartig, er hat meine schönen Hunde zerrissen, Thisbe und Amourette, ich hatte sie nach den Windspielen des Königs benannt. Da hat David die beiden, den Mann und den Bull, in den Sack ... gewissermaßen zwei Fliegen mit einer ... Ich räume ein, schön war das nicht, ich habe David abgemahnt.«

Wang nahm den Dreispitz ab, zerrte an seinem Haarschwänzchen und fuhr energisch fort:

»Da fällt mir ein, Sie wollten den Gangster töten, diesen Nofinger. Ja, Sie waren fest entschlossen, ihn umzubringen, weil er Ihren Vater foltern ließ. Das stimmt doch? Nun hat David das für Sie erledigt. Er hat einen Berufsverbrecher beseitigt, einen sadistischen Unhold, dem ein Menschenleben nichts gilt. David hat Sie von einem rachsüchtigen Psychopathen befreit, der Sie weiter verfolgt hätte. Jawohl, mein Lieber, Sie müßten dankbar sein, aber die Eigenschaft fehlt Ihnen.«

Der alte Mann stand auf und trat an den Rand des Beckens.

»Sie haben für mich gearbeitet, ich habe Sie gut bezahlt, sogar beschenkt. Mehr noch, ich gab Ihnen meine Freundschaft. Und was ist der Dank? Sie spionieren mich aus, Sie hintergehen Ihren Arbeitgeber, Ihren Wohltäter, Ihren älteren Bruder. Und Niklas ist von gleichem Kaliber. Was glauben Sie, was der König mit solchen Canaillen gemacht hätte?«

Kolk schüttelte den Kopf. Mit trauriger Stimme sprach der alte Mann weiter.

»Ich hatte Sie in unsere Familie aufgenommen. Leider haben Sie nicht begriffen, was das bedeutet. Die Familie verrät man nicht, mein Herr. Nicht in unseren Kreisen, nicht in Asien. Sie konnten mit mir reden, Sie hätten sich still zurückziehen können. Ein Mann kann die Familie verlassen, aber er darf sie nicht verraten. Niemals, unter keinen Umständen. Auf Verrat steht die höchste Strafe, der ...«

Wang wurde gestört. Um den Pool herum flog eine Weiberstimme heran, mit einer Bugwelle chinesischen Wortschwalls. Helen! Mit gesträubten Zotteln, gereckten Krallen, das Elfenbeingesicht zerspellt von Wut, keifte die junge Frau auf ihn ein.

Wang zuckte zurück, herrschte sie an. Sie zeterte weiter, er fistelte dagegen, kantonesisches Gekreisch eskalierte, fordernd wies Helen immer wieder hinab, auf den halbnackten Mann im Pool. Für ihn, den Todeskandidaten, warf sie sich in die Bresche.

Frech überschrie sie das mürbe Organ des Alten, bis er aufsprang, den Krückstock schwang und zudrosch, aber nicht auf sein Kunstwerk Helen – nein, der Sumo war es, den er stellvertretend prügelte. Der Stock klatschte gegen den Riesen, der verstört den wüsten Zank verfolgte. Die Hiebe beachtete er nicht, mit gluckenhaft gebreiteten Flügeln war er bestrebt zu verhüten, daß Helen versehentlich eins abkriegte, während er mit dem anderen Arm seinen fuchtelnden Herrn davor zu bewahren suchte, in das wasserlose Bassin zu fallen.

Verstummend ging Helen zu Boden, kniend umfaßte sie die Beine des alten Herrn, so daß der, wollte er nicht stolpern, wieder Platz nehmen mußte. Während er weiter auf sie herabzeterte, flehte sie ihn demütig an und bedeckte seine Hände mit Küssen.

Der Gartenstuhl ratschte. Der kostümierte Greis stieß das Mädchen weg, er sprang auf und schlug Helen mit dem Dreispitz ins Gesicht. Mit überschnappender Stimme kreischte er einen Befehl und ging davon. Gebückt wie eine gescholtene Sklavin folgte sie ihm.

Der Sumo blieb an der Leiter stehen. Kolk glaubte körperlich zu spüren, wie der Haß des Riesen in das Becken strömte und ihn zermalmen wollte.

David ergriff den Gartenstuhl, riß den hölzernen Sitz ab und bog die Metallstreben zusammen. Dabei ließ er Kolk nicht aus den Augen. Ausholend wie ein Werfer beim Baseball, schmetterte er das fußballgroße Eisenknäuel in das Becken, wo es neben dem Gefangenen die Fliesenwand zertrümmerte.

Kolk hatte sich nicht gerührt, es ging ihm gegen den Strich zu springen wie eine gefangene Ratte. »Komm runter,« schrie er, »dann gibt's was aufs Maul!«

Er ballte die Fäuste, dabei zitterten ihm die Knie. Er ging in die andere Ecke des Pools und setzte sich auf den Boden. Er sah auf die Uhr. Sie hatte das Bad nicht verkraftet und war stehengeblieben.

In den Nachthimmel blickend, verschwamm ihm wieder das Zeitgefühl. Eine halbe Stunde mochte vergangen sein, als der junge Chinese mit der Maschinenpistole oben erschien. Er trat zu David, sagte ein paar Worte und rief dann ins Becken hinunter, Kolk solle heraufkommen.

Er stieg die Leiter empor, und als er mit dem Kopf über den Rand kam, sah er Helen und Niklas Demps zur Anlegebrücke am See gehen, bei ihnen ein Chinese, in dem er den Koch erkannte. Auch er hielt eine Waffe.

Kolk trat zwischen den Holmen der Leiter heraus, und der Sumo schlug ihm mit der flachen Hand ins Gesicht. Es war eine Ohrfeige ähnlich jener, die der Besitzer des Neufundländers erhalten hatte, und Kolk hatte schwankend den Eindruck, daß sich die Zahl der Sterne am Himmel vervielfachte.

David packte ihn am Oberarm und schob ihn vorwärts. Hinter ihnen ging der Jungchinese. Kolk ließ den Gedanken an Attacke und Flucht gleich wieder fallen. Während er mit den beiden am Pool entlangging, befühlte er mit der Zunge die Zahnlücke und die Lippen, die weiter aufquollen.

Über den Rasen gingen sie auf die Villa zu. Vor der Freitreppe blieb der Sumo wartend stehen, den Zangengriff um Kolks Oberarm hielt er geschlossen.

Kolk blickte zum Seeufer hinüber. Helen und Niklas hatten das Ende des Landungsstegs erreicht und kletterten in das Kajütboot. Der Mann, der sie begleitet hatte, kam zurück und ging auf den Peugeot zu, der neben dem Benz auf dem Vorplatz stand. Der junge Gärtner klopfte dem Sumo verabschiedend auf die Schulter und ging zu dem Landsmann hinüber. Sie stiegen in den Peugeot. Der Wagen rollte davon, die Lichtbalken der Scheinwerfer versanken zwischen den nachtschwarzen Bäumen.

Ein Schiffsmotor sprang an, durch die Entfernung gedämpft. Auf dem Boot wurden Lampen eingeschaltet. Am Steg warf Niklas Demps die Leinen los und sprang zurück an Deck.

Aus dem Eingang des Schlößchens war Wang getreten und blickte dem Schiff nach, das tuckernd vom Steg ablegte. Er war barhäuptig, trug aber noch den blauen Armeerock. In der Hand hielt er ein klobiges Telefon, er hob es wie ein Zepter und rief launig:

»Little Sanssouci ist nicht zu halten, die königliche Order lautet: Rückzug. Herr von Kolk, wenn Sie wollen, dürfen Sie sich von den beiden verabschieden. Beeilen Sie sich, sonst läuft das Schiff außer Reichweite.«

Er warf das Funksprechgerät dem Sumo zu, der es mit einer Hand fing, während die andere um Kolks Arm geschraubt blieb. Während Kolk das Walkie-talkie nahm, hetzte durch seinen Kopf nur ein Gedanke: Helen!

Offenbar war es ihr gelungen, Niklas freizubetteln. Demps durfte abziehen, während Kolk einbehalten wurde. Das konnte nur sein Ende bedeuten. Helen mußte zurückkommen, sie mußte noch einmal mit Wang reden. Es war Kolks einzige Chance, das war sie ihrem Bodyguard schuldig. Er hatte sein Leben für sie eingesetzt, er hatte mit ihr eine wunderbare Nacht verbracht, verdammt noch mal, da konnte die Frau nicht so tun, als wäre nichts gewesen!

Und während ihm das durch den Kopf schoß, drückte er schon die grüne Taste, hob in verzweifelter Hoffung das Gerät ans Ohr und rief: »Helen, hilf mir!«

Aber es war das andere Ohr, in das ihm der Schall fuhr, das Wumm einer Detonation, die losbrach, als hätte er sie per Tastendruck ausgelöst. Nicht großartig laut, eher eine knallige Verpuffung. Gelbrot erglühend und Heck voran sprang das Boot hoch, das Wasserschiff wurde zum Luftschiff. Die Positionslampe auf der Mastspitze flog davon, kleiner Stern, unter dem die Nußschale zerplatzte, ein Feuerwerkskörper, der seine Teile in loderndem Reigen auf das schwarze Wasser regnen ließ. Eine kleine Minute nur, und der Havelsee lag so still wie zuvor. Ein paar Planken verglommen auf dem nassen Grab.

Kolk ließ das Funkgerät fallen. Er taumelte, und ohne Davids Griff wäre er weggesackt.

Herr und Diener platzten gleichzeitig los. Wang kreischte vor Vergnügen, er mußte sich am Türrahmen stützen, um im Lachkrampf auf den Füßen zu bleiben.

»Mörder!« schrie Kolk, »verfluchtes Schwein!«

Da hampelten die beiden Gelben noch mehr, zwei Enthemmte, trampelnd vor Entzücken, fistlig kieksend der eine, dumpf kollernd der Zungenlose. Daß der Gefangene die erhofften Retter in die Luft sprengte, war der finale Mordsspaß in einer tollen Sommernacht.

Unter den Zuckungen lockerte sich Davids Griff um Kolks Arm. Mit einem Ruck riß er sich los, stürmte über den Rasen und sprang die Freitreppe hoch. Fuhr er heute zur Hölle, galt das Ticket für zwei, ein Schlag würde genügen, ein zertrümmernder Haken durch die pergamentene Schläfe des Greises in das Endhirn, den Neokortex, wo die stärkste menschliche Eigenschaft sitzt, die Gemeinheit.

Mit gespitztem Mäulchen erwartete ihn Wang, seine Hand griff hinter den Türrahmen. Kolk hörte das Zischen, er wich aus, aber der Apparat war schneller. Seidig schnappte der Rachen zu, umhedderte ihn, so daß er strauchelte und fiel, wie schon einmal, als Helen die Fangschaltung an ihm exekutiert hatte.

Sein plumper Sturz und das Strampeln im Netz verlängerte die irre Heiterkeit von Herr und Diener. Gemächlich, mit gutturalen Haßgenußlauten stampfte der Sumo heran und riß das Netz aus der Halterung über der Tür. Er schlang die oberen Enden zusammen und verknotete sie.

Wang ging die Treppe hinunter und überquerte die Rasenfläche. Mit einer Hand ergriff der Sumo das mit Kolk gefüllte Netz und folgte ihm, dabei schwang er es im Kreis wie einen Sack Kartoffeln.

Sie erreichten die Sitzgruppe vor dem Schwimmbecken. Wang nahm in einem Gartensessel Platz. David warf das Netz auf den Boden. Kolk lag still, ein gebundenes Schlachttier. Vom Herumwirbeln war ihm schwindlig, die Umgebung drehte sich.

Der Alte sagte etwas. David ergriff den Vernetzten und stauchte ihn auf einen Gartenstuhl. Er drückte ihn in eine sitzende Haltung und blieb, das Netz haltend, hinter dem Stuhl stehen. Wang lächelte sardonisch.

»Vorhin wollten Sie mich umbringen, nicht wahr? Eiei, Herr von Kolk, ein Gentleman tut das nicht selbst, er läßt es von anderen regeln – so wie Sie gerade für mich die Sache auf dem Boot erledigt haben. Bitte machen Sie sich keine Vorwürfe, die beiden haben wenig gespürt: ein Gel aus Phosphor, in Sekunden ist ein Mensch so klein wie eine verkohlter Braten.«

»Sie sind verrückt«, preßte Kolk hervor. Wang gluckste.

»Durchaus möglich. Nach Freuds Erkenntnis ist die ganze Menschheit als Patient zu betrachten.« Wang lachte erneut, dann verzog er das Gesicht und griff sich an die Augen.

»Gott verzeiht, der König nicht. Das ist die Stunde der Wahrheit: Sie werden sterben. Und wenn es Sie tröstet – ich gehe mit Ihnen.« – »Zu schön, um wahr zu sein.«

Kolk quetschte den Spruch mühsam heraus. Das Netz umspannte den Kopf, der Sumo hielt es straff, die Maschen drückten auf Kolks blutenden Mund und zerschnitten auch seine Sprache. Ihm war nicht mehr schwindlig, sein Blick hielt die Dinge wieder fest.

Der Alte zog seinen Königsrock enger um sich, er schien zu frösteln. Seine Zähne klapperten, wie in der Abwehr einer Schwäche entblößte er sein starkes Gebiß.

Er hüstelte und schwieg. Für eine lange Minute schien er mit den Gedanken anderswo zu sein.

»Da ist noch etwas. Die Organisation, der ich verpflichtet bin, verzeiht keine Fehler. Schuster, bleib bei deinem Leisten, sagt ein Sprichwort. Ich hätte mich danach richten sollen. Was meinen Sie, Kolk, gibt es ein Jenseits? Möglich wäre es, das Gegenteil wurde bislang nicht bewiesen. Wie vertreiben wir uns dort die Zeit? Vielleicht ist es wie hier, es gibt ein göttliches Kabel-TV. Ich muß Sie mitnehmen, Kolk, ich brauche jemand, mit dem ich streiten kann, und Ihr verständlicher Zorn auf mich kann unsere Gespräche nur würzen.«

Er beugte sich vor, bohrte den Finger ins Gesicht und drückte das Auge heraus. Er warf es auf den Tisch, zog den kurzen Degen aus der Scheide und schlug mit der Klinge zu. Das Glas sprang weg und flog ins Gras.

Erst jetzt, in die leere Höhlung blickend, begriff Kolk, daß der alte Mann kein Theater spielte. Ihm war es ernst, er wollte abtreten von der Bühne, auf der er gescheitert war.

Die kantonesischen Worte, die er mit sanfter Stimme an David richtete, ließen den Riesen erbeben. Kolk merkte es im Rücken, wo der Sumo zu zittern anfing und sich an die Lehne des Stuhls klammerte. Wang wiederholte die Worte mit Nachdruck. David trat vor seinen Herrn, er verbeugte sich, er weinte. Der Alte stand auf, er herrschte den Diener an und schlug ihm ins Gesicht. Davids Mund stand offen, der Zungenstumpf zuckte, er schluchzte. Erkennbar war, daß er einem Befehl widerstand, daß er ihn verweigerte, sprachlos bittend und klagend.

Dem Drama so nah, vergaß Kolk die eigene Angst. Der Diener wollte seinen Herrn nicht töten. Stoßweise, mit gräßlichen Würgelauten, begehrte er auf, und je heftiger der Alte ihn anschrie und schlug, desto wilder heulte er und schüttelte den massigen Kopf. Da schlug Wang ihn nicht länger, er streichelte die triefenden Wangen und redete weich auf ihn ein. Aber der Riese hatte sich eingeheult in Verweigerung und suchte Deckung hinter Rotz und Wasser.

Enttäuscht trat der alte Mann einen Schritt zurück. Nach kurzem Zaudern nahm er den Kavaliersdegen vom Tisch und setzte ihn an die eigene Kehle. Er schaute den Diener an und wartete. Der Entschluß stand fest, er wollte sterben, niemand würde ihn davon abbringen. Er forderte nicht Gehorsam, er bat darum. Er wartete.

Dem hielt der Sumo nicht stand. Er röchelte und drückte die Faust auf den Mund, die Klage erstickend. Dann verbeugte er sich, tief und tiefer. Er kam schnell hoch, griff nach dem Degen, schleuderte ihn fort.

Er trat hinter Wang, legte die Hände um den bezopften Kopf und kippte ihn drehend zur Seite. Es knirschte. Der Sumo ließ los und trat zurück. Das Haupt des Königs fiel zur Seite, bis das Ohr auf der Schulter lag. Vornüber sank er und glitt ins Gras, als hätte ihn eine Kugel gefällt in lautloser Schlacht.

David bückte sich und hob den Körper auf. In den wulstigen Armen wirkte der Tote schmächtiger als zuvor, ein kostümiertes Kind, eingeschlummert nach langem Spieltag. Feierlich, in einer nur ihm eigenen Prozession, schritt der Riese über den Rasen zur Villa. Einmal verharrte er, schwankend, und drückte die Lippen auf die Stirn seines vergötterten Herrn. Dann stieg er die Freitreppe empor und verschwand unter dem Portikus im Eingang.

Schockartig besann sich Kolk, daß auch sein Ende nahe war. Noch einmal versuchte er, das Netz aufzureißen – wie Messer schnitten die Maschen in die Finger.

Vom Stuhl ließ er sich zu Boden rutschen. Verschnürt wie ein Teppich, kam er nur rollend vom Fleck. Vage hatte er die Richtung erfaßt, in die David den Degen geworfen hatte. Den ganzen Körper als Fühler einsetzend, wälzte er sich über die Wiese. Das Gras stach durch die Maschen in das wunde Gesicht. Bei einer Umdrehung geriet er in einen Maulwurfshügel.

Er spuckte Erde, rollte zur Seite und fühlte einen harten Gegenstand am Rücken. Er schob sich herum und ertastete den Metallkorb des Degengriffs. Er steckte die Finger durch die Maschen, fand das Ende der Klinge und zog die Spitze ins Netz. Die Schneide gegen die Schnüre drückend, vollführte er sägende Bewegungen. Doch so stark er auch preßte – gegen das Nylon focht der stumpfe Theaterdegen auf verlorenem Posten.

Keuchend gab er auf. Ameisen liefen über den halbnackten, schweißigen Körper, es juckte, er konnte nicht kratzen, verzweifelt warf er sich herum.

Er sah Hosenbeine herankommen, Stoffschuhe, doppelt so groß wie Kolks Füße. Der Sumo ging neben dem Gefangenen auf die Knie, er griff mit beiden Händen in das Netz und riß es auf wie Papier. Er streifte es an Kopf und Oberkörper zurück, dabei legte er die andere Hand auf Kolks Brust und hielt ihn in der Rückenlage fest.

Kolks Atem pfiff flach, die Finger krallten ins Gras. Ein leichter Druck nur und ihm brächen die Rippen. Davids andere Hand legte sich an Kolks Hals, er fühlte, wie die bananengroßen Finger nach der Karotis tasteten. Er schluckte. Über ihm glänzte Davids Mondgesicht, noch tränenverschmiert, die mächtigen Backen hängend in Trauer.

Das war's dann. Ich muß mich beeilen, gleich wird die Halsschlagader abgeklemmt, es fließt kein Blut mehr in den Kopf. Der letzte Ka-oh.

Er wußte nicht, ob er es flüsterte oder nur dachte: Mama. Er sieht ihre warmen, aufmerksamen Augen. Daneben Inges unendliches Gesicht, sie lacht ins Irgendwohin. Gesichter von Schülern tauchen auf ... der verletzte Junge im Krankenhaus ... ein kraushaariges Mädchen, wie hieß die gleich, der Kopf verkehrtherum, sie schaut lachend zwischen ihren dürren Beinen hindurch, weil sie beim Schulsportfest wieder den Sprint gewonnen hat ... Er sieht seinen Vater, er hält das Modell eines Kniegelenks. Papa, du wolltest vor mir sterben, ich bin froh, daß du das nicht schaffst, du sollst noch lange leben ... Kalifornien ... weißt du noch, wie wir den Hummer ... Papa, ich liebe dich sehr ...

Davids Finger drückten auf die Halsader. Das Mondgesicht verschwamm, es wurde kleiner, schrumpfte wie der Leuchtpunkt des Fernsehgeräts bei Stromentzug.

Aus.

Schluß.

Tot.

Lärm. Feuer und Rauch.

Durch verkniffene Augen blinzelte er in feurige Schlieren. Es roch brandig. Ah, die Hölle. Kolk war nicht überrascht, um so weniger, als ein Gesicht über ihm erschien, der Beamte Junghähnel. Der also auch, dachte Kolk und empfand Zufriedenheit, daß auch der Westen im Fegefeuer landet.

Des Polizisten sattes Lächeln war noch das gleiche.

»Morjen, Schnüffler. Wieder was auf die Schnauze gekriegt? Toll sehn Sie aus. Da wird jeder Schimpanse neidisch, soll ich 'ne Banane holen?«

Seine Hand kam herab und klopfte auf Kolks Gesicht. Verwundert registrierte er ein Stechen im verquollenen Fleisch. Wieso empfindet ein Toter noch Schmerz? Seine Augäpfel rutschten herum, er sah ein Auto, es war sein alter Volkswagen. Wie kam der hierher, wozu im Jenseits ein Auto?

Er wollte den Polizisten fragen, brachte aber nur ein Geflüster heraus. Über ihm wurde Junghähnel weggedrängt, ein jüngeres, angenehmes Antlitz erschien und ließ die Worte fallen: »Da sind Sie ja wieder. Sagen Sie mir Ihren Namen!«

»Bin ich ...«, murmelte Kolk, und im zweiten Anlauf: »Bin ich in der Hölle?«

»Aber ja doch, was dachten Sie denn!« Das Antlitz pendelte munter. »Die Hölle ist hier auf Erden, herzlich willkommen. Wie heißen Sie?«

Kolk quetschte den Namen hervor. Die Sicht wurde klarer, er nahm den weißen Arztkittel wahr und sah, daß der junge Mann ein Stethoskop herausholte. Er setzte es auf die Brust und horchte.

»Wieso«, brabbelte Kolk, »wieso benutzen Sie ein altmodisches Ding aus Holz?«

Der junge Medikus lächelte überrascht.

»Ich hab's von meinem Vater. Ich arbeite eigentlich in der Geburtshilfe, hab heute nur Notdienst. Die kindlichen Herztöne, das Holz vermeidet Ultraschallwellen. Ich werde Ihnen erst mal ein Mittel ...«

»Nein.« Mühsam richtete sich Kolk von der Trage auf. »Ich brauche ein paar Minuten. Lassen Sie mich erst mal in Ruhe.«

»Wie Sie wollen. Hier, nehmen Sie das, falls Ihnen in der Badehose kühl wird.« Aus dem offenen Notarztwagen zog er einen Kittel und reichte ihn dem halbnackten Mann.

Lärm drang herüber, Zurufe, ein Prasseln und Rauschen. Little Sanssouci brannte. Der Portikus schnob Qualm, Flammen wirbelten aus Fenstern, Rauchfahnen drehten in die fahle Überspannung der sterbenden Nacht. Mittelalterlich behelmte Männer schossen mit Wasserkanonen das glühende Dach in Stücke.

Auf dem Vorplatz standen mit dröhnenden Aggregaten zwei Leiterwagen der Feuerwehr. Zufahrt und Wiese waren besetzt von einigen Funkwagen und anderen Autos. Zwischen den Fahrzeugen liefen Feuerwehrleute, Polizisten und Zivilisten.

Kolk stemmte sich von der Trage hoch und streifte den Kittel über. Neben dem Arztwagen lag eine Plane, darunter ein Bündel, ein menschlicher Körper, klein, schmal. Die Hülse des Kavaliersdegens ragte hervor. Sichtbar auch ein Stück des verkohlten Stulpenstiefels, er hatte sich geöffnet und zeigte ein versengtes Bein.

Dem Wasserschlauch auf der Wiese folgend, ging Kolk weiter zum Pool und schaute hinein. Zwei Spritzenkerle hielten Geschläuch, das in die Röhre am Boden des Schwimmbeckens führte. Eine Pumpe ratterte. Ein herausführender Schlauch war an der Einstiegsleiter oben festgebunden. Stoßweise erbrach das Mundstück Schmutzwasser und Papier.

Er hörte, wie jemand seinen Namen rief. Von der Seite kamen über den Rasen einige Personen heran, darunter ein dunkles Frauengesicht.

Ein Feuerwehrweib, dachte Kolk, rauchgeschwärzt, jetzt nehmen die auch schon Frauen. Aber dann roch er das Parfüm. Die französische Beamtin baute sich vor ihm auf und musterte ihn eisig. Neben ihr zwei Agenten und Kommissar Schmidt, der Kolk teilnahmsvoll zunickte.

Die Beamtin schwenkte ein feuchte Eurobanknote und sagte: »Blüten im Pool. Ich habe viele Fragen. Den Monsieur Wang können wir nicht verhören, er ist tot. Aber Sie sind da. Commissaire Schmidt wird Sie ausquetschen comme un citron. Den Rest werden wir uns vornehmen.«

Sie trat näher, der berauschende Duft bewirkte, daß Kolks Sinne ins Leben zurückkehrten. Sie zischte ihn an:

»Mon Dieu, Sie sehen fürchterlich aus. Das 'ätten Sie sich und uns ersparen können, Sie 'answurst!«

Sie ging mit ihren Begleitern davon. Schmidt hakte ihn unter und zog ihn zu den Gartensesseln am Schwimmbecken. Er drückte ihn in den Bambussitz und schob ihm vorsichtig eine Zigarette in die verquollene Öffnung, wo der Mund zu vermuten war. Auch Schmidt zündete sich eine Zigarette an. Sie machten süchtig ein paar Züge, der Rauch biß in Kolks Lippe. Er betrachtete den Kommissar. Die Kerben neben dem Mund waren tief, er blinkerte wie jemand, der gegen das Einschlafen ankämpfen muß.

»Du bist urlaubsreif«, sagte Kolk.

»Ich habe Bereitschaft, alle sechs Wochen vierzehn Tage. Ständig auf dem Sprung, kein Mangel an Leichen. Sind da unten auch welche?«

»Ein Mann und ein Hund. Und im See eine Frau und ein Mann. Ein Boot ist explodiert, da werdet ihr kaum noch Reste finden.«

Schwerfällig fuhr der Kommissar mit der Hand über das Gesicht, es schien, als wische er alte Bilder weg und die kommenden gleich mit. Er drückte die Zigarette aus und sagte, um einen leichten Ton bemüht: »Da ist noch was. Meine Frau will eine Familienchronik anlegen, für die Kinder. Sie hat tatsächlich eine adlige Linie ausgegraben, einen Freiherrn von Essex-Bleichenrode vom kaiserlichen Hofjagdamt. Klar, sie will angeben. Ich soll dich Sonntag zum Essen einladen. Du könntest dir dein Familienwappen aufs Jackett sticken lassen.«

Kolk sagte gequält, er wolle jetzt nicht lachen. Der Kommissar stand auf und zeigte auf eine Person, die sich von der

Zufahrt näherte. »Ich glaube, da kommt jemand für dich.« Er stiefelte davon, vorbei an der jungen Frau, die über den Rasen heraneilte.

Mürrisch blickte Kolk der Bürohilfe Emma entgegen. Ihm war nicht danach, mit ihr zu reden. Erfreut winkte sie schon von weitem und rief:

»Hallo, Chef! Der Kommissar rief mich an, ich bin gleich los, fürs Taxi habe ich eine Rechnung. Großes Feuerwerk hier, wie ist denn das ...« Beim Blick in Kolks Gesicht stockte sie, »Au«, und meinte aufmunternd, daß sie eine Erfrischung mitgebracht habe. Sie schwang den Rucksack von der Schulter und zog eine Stahlflasche hervor. Sie schraubte die Kappe ab, beim Einschenken klirrten Eiswürfel.

»Halb Gin, halb Tonic – richtig so?«

Widerwillig ergriff Kolk das Glas und führte es vorsichtig an die Lippen. Die Kühlung tat gut. Während er schluckte, erstattete Emma einen Bericht, dessen Telegrammstil sich von selbst ergab. Über die wenigen Aufträge, die der Detektei verblieben waren, gab es nicht viel mitzuteilen. Zum Schluß legte sie einen gefüllten Briefumschlag auf den Tisch. Sie strahlte Kolk an und wartete, daß er fragte, was drin sei. Als er nicht reagierte, sagte sie:

»Dieser Dr. Kreutz, er hatte sich geweigert, das Honorar zu bezahlen, 4789 Mark, Sie erinnern sich? Jetzt haben wir das Geld.« Stolz ihre bescheidene Brust straffend, sah sie ihn so lange erwartungsvoll an, bis er sich zu der Frage aufraffte, wie sie das angestellt habe.

»Meine Freundin Dolores hat ein Auto, wir sind ihm nachgefahren. Jeder Mann hat ein schmutziges Geheimnis, besonders die verheirateten. Sie gehn zu einer Nutte am Savignyplatz oder nehmen sich einen Strichjungen vom Bahnhof

Zoo. Der Kreutz sieht schon so aus, gefärbte Haare, so was nennt sich Doktor. Leider ist er sauber, ein richtiger Langweiler. Dann war er ein paar Tage weg. Als er zurückkam ... ich hab mal in sein Auto geschaut. Da waren Unterlagen, von Banken in Luxemburg. Die Flachzange. Und so ein Wichser will uns die siebentausend Mark vorenthalten.«

»Wieso siebentausend?«

»Ich habe ihn aufgesucht und um die Begleichung des Honorars gebeten. Er sagte, Ihre Observationsberichte über die Grundstückssache seien zu dünn gewesen. Und im Gespräch hätten Sie nach Schnaps gerochen. Unverschämtheit. Ich habe geantwortet, daß heutzutage ein Mensch schnell in falschen Verdacht kommt, zum Beispiel, daß er Schwarzgeld in Luxemburg bunkert. Kreutz wollte mich rauswerfen. Als ich zwei Banken und die Kontonummern nannte, ging er zu seinem Tresor. Ich sagte: 4789 Mark Nachzahlung Honorar, plus 2211 Mark für Zinsen und Verzugsgebühren, insgesamt also siebentausend.«

Emma klopfte auf das Kuvert. Sie nahm Kolks geleerten Becher, goß sich einen Fingerbreit ein und nippte zufrieden.

Kolk sog Luft durch die blutverkrustete Nase und versuchte, gleichmäßig zu atmen. Er sah auf die Villa, die den lodernd bewegten Hintergrund abgab für die Jugend, die vor ihm saß. Der alte Spruch der Jungpioniere *Seid bereit!*, hier gewann er eine neue Antwort: Zu allem bereit.

Er hob die Hand und begann an gespreizten Fingern aufzuzählen: »Einbruch in ein Fahrzeug, rechtswidrige Einsicht in persönliche Unterlagen und als Höhepunkt eine schwere Erpressung. Habe ich etwas vergessen? Sie wandern wieder hinter Gitter, vielleicht ist Ihre alte Zelle noch frei. Aus der Detektei sind Sie entlassen, diesmal endgültig.«

»Verzeihung, Sie können mich nicht rauswerfen, ich bin Ihre Teilhaberin.« Emmas Stimme blieb mild, nur die Eiswürfel rasselten im Glas, das sie in der Hand drehte. »Nein, Herr von Kolk, Sie können mich nicht einfach feuern, aber ich könnte von unserem Vertrag zurücktreten. Ich wäre dazu bereit.«

»Aha. Eine neue Erpressung?«

»Wenn Sie schwören, daß Sie sets nur mit streng legalen Mitteln gearbeitet haben und arbeiten werden, ziehe ich mich zurück. Ich glaube nicht, daß ein Detektiv jeden i-Punkt beachten kann. Die Kripo macht das auch nicht.«

Schlapp entgegnete Kolk, sie solle den Schnabel halten. »Nein«, ächzte er, »das ist wieder so ein verdammter Traum, ich träume, ich bin im Irrenhaus.«

»Bei allem Respekt«, sagte Emma ernst, »Sie stehen noch mit einem Bein in der alten, gemütlichen Zeit. Die ist Geschichte, heute ist Power angesagt. Die Branche boomt, wir müssen expandieren, die Detektei vergößern, nur die Starken überleben. Das klingt gemein, gerade deshalb ist es wahr. Wenn wir es richtig anpacken – Chef, ich wette, in ein, zwei Jahren fahren wir Porsche. Dann können Sie Ihre alte Schüssel verschrotten lassen, mein Wort drauf.«

Kolk betrachtete die Vertreterin der ablösenden Generation. Sie vibrierte, sie war bereit zum Aufbruch in das neue Jahrhundert. Steinalt kam er sich vor, ausgebrannt wie die Ruine von Little Sanssouci. Müde sagte er: »Fast wäre ich draufgegangen.Und das alles für einen Porsche? Liegt darin der Sinn des Lebens?«

Emma ließ die athletischen Schultern vorwärts und rückwärts kreisen, als bedürfe das Problem einer gründlichen Bearbeitung. Sie gab sich einen Ruck und warf den Kopf zurück.

»Wissen Sie was Besseres?«

22

Wieder einmal senkte sich die Dämmerung vorzeitig und wässrig über den Berliner Friedrichshain. Kolk ließ den Wischer über die Frontscheibe streichen und hielt den Wagen vor dem Haus an. Der Vater öffnete die Tür und nahm den Ausstieg in Angriff.

Kolk schwang sich vom Fahrersitz, ging um das Auto herum und wartete, Hilfestellung war verboten. Der Professor zwängte seine langen Gliedmaßen einzeln hervor, setzte die Beine auf die Bordkante, stemmte den Überbau ächzend hoch und brachte das Ganze wieder in eine funktionierende Verbindung.

»Viel zu niedrig für einen normalen Menschen«, grollte er und schlug die Autotür zu.

»Papa«, sagte Kolk mahnend, »ich bitte dich noch einmal, die Tür nicht zu schmeißen. Du hast einen Porsche vor dir und nicht die Russenkuh, auf der du früher durchs gelobte Land geritten bist. Shiguli, das klang schon ab Werk nach Pflegefall.«

»Aber mitgefahren bist du gerne. Und den Getriebeschaden hatte er, als du ihn dir geborgt hattest. Na, lassen wir das. Ja, noch ein Wort zum heutigen Opernabend. Warum will sich Pamina in einer modernen Hotelbadewanne ertränken? Wieso laufen Männer in Manageranzügen auf die Bühne, was sollen Computertische bei Mozart? Und vorigen Monat, in Macbeth die SS-Uniformen. Der arme Verdi. Und über das

Letzte im Deutschen Theater mag ich gar nicht reden. Herr im Himmel, was ist aus unseren Bühnen geworden. Nein, genug. Bitte nur noch Karten fürs Konzert.«

»Wie du willst, Papa.«

»Ins Sprechtheater gehen wir erst wieder, wenn mein alter Freund und Patient Heiner sein neues Stück fertig hat. Shakespeare ist der Maßstab, sagt er, Deutschland ist Shakespeareland, das Land, dem der Umsturz immer nur zur Hälfte glückte, die Konterrevolution dagegen ganz. Er hat mir daraus vorgelesen: Der germanische Gott Wotan, in der Maske von Nelson Mandela, schüttelt die Weltesche Yggdrasil. Aus der Krone fallen ritterliche Blauhelme auf den Berliner Alexanderplatz und befrieden den Aufruhr. Walzermusik erklingt. Kohl schwenkt die Witwe Honecker, Schröder die Genossin Wagenknecht oder sie ihn, Christa Luft hat den Schrumpfgermanen Fischer am Kragen, Strafe muß sein, sagt Heiner, und Mielke dreht Merkel herum. Ziemlich bizarr, wenn du mich fragst, aber so waren seine Stücke ja immer. Er will eine deutsche Harmonie vorgaukeln, um sie dann im obligatorischen elisabethanischen Finale blutig zu ertränken. Der Schluß gefällt mir nicht, aber er läßt sich ja nichts mehr sagen.«

»Gute Nacht, Papa.«

Während Kolk sich wieder ins Auto schob, formulierte er eine lange Verwünschung des Altwerdens. Das Leben war falsch eingerichtet, es täte uns besser, wenn wir als Rentner geboren würden und nach verjüngendem Dasein als Zelle verschwänden.

Sensibel drehte er den Zündschlüssel. Der Wagen war seine Burg, er roch das Leder, das edle Holz, sogar der herbe Duft des Metalls befächelte ihn. Langsam begann er zu rollen. Nur reiche Snobs hetzen einen Porsche dahin. Auch James Dean hatte einen Porsche. Hätte er ihn gemächlich bewegt, könnte er sich heute seine alten Filme ansehen.

Kreuz und quer bummelte Kolk durch das Viertel rings um den Park. Die Ecke, wo er zum erstenmal wagemutig küßte oder geküßt wurde, mit geöffnetem Mund und überwältigter Zunge. Herrjeh, wie hieß die Kleine: Erika, Elvira, Edda gar, etwa Edeltraut?

Eine Querstraße weiter der Jugendklub, den er mit Inge und Niklas und anderen Schülern renovierte. Kolk steht mit dem Pinsel unten an der Leiter, auf dem Kopf ein gefaltetes Neues Deutschland. Auf den Sprossen steht Inge. Sie sagt, er solle stillhalten, sie liest einen Artikel in Kolks Zeitungshelm. Er bewegt sich nicht, an seiner Wange die Wärme ihres Knies.

Wie lange ist das her. Heute sind die Fenster mit Brettern vernagelt, den Jugendklub gibt es nicht mehr. Aber die Straße ist nicht tot, sie lebt, und wie. In Hauseingängen schimmert Fleisch, quillt hervor, dreht sich und wippt. Die Straße ist ein Kaufhaus, angeboten werden Brüste, Lippen, Hände, Schenkel, in allen rassigen Farben, preisgestaffelte Vulven, billige Schnäppchen neben gehobener Ware. Zwei rote Lackstiefel schreiten heran, die Haut Afrikas preßt sich an die Seitenscheibe, Nippel ziehen eine Spur durch den Regenfilm auf dem Glas, hellere Handflächen reiben einladend ...

Zögernd läuft der Wagen weiter. Kolk flucht. Die Detektei floriert, mit Emma beschäftigt er vier Leute, er verdient mehr Geld, als er braucht. Jede Nutte könnte er sich leisten, auch die teuren Modelle in den Luxuswohnungen. Er bringt es nicht fertig, deswegen flucht er.

Vor seinem Wohnhaus stieg er aus und ließ die Autotür weich ins Schloß sinken. Seit Wochen entzückte ihn der weiblich seufzende Laut, und in vollem Bewußtsein, sich kindisch aufzuführen, wiederholte er das Türspiel mehrmals und schreckte erst auf, als auf der Straßenseite gegenüber eine Autotür in Vaters Manier krachte.

Von dem Wagen löste sich eine Gestalt und kam zielbewußt herüber.

Rasch trat Kolk auf den Bürgersteig und steckte die Hand unter die Achsel an den Kolben des Revolvers. Über das niedrige Wagendach hinweg blickte er dem Mann entgegen.

Niklas Demps blieb auf der anderen Seite des Wagens stehen. Er klopfte auf das Porscheblech und sagte:

»Ich fahre nur einen billigen kleinen Japaner. Entschuldige, daß ich einfach so auftauche. Sei gefälligst überrascht, das gehört sich so.«

Kolk strich die Tropfen aus dem Gesicht. Dann sagte er, er habe gedacht, daß die Toten nur im Film wiederkämen. Sie standen einander eine Weile gegenüber und nahmen sorgfältig den Anblick des anderen auf. Der stärker fallende Regen war zwei Jahre tief, das verschwimmende Autodach zwischen ihnen war so breit wie der Fluß Styx.

»Für eine Komödie gab es zu viele Leichen. Auch ich wäre fast krepiert. Was ist mit Helen, lebt sie?«

»Ja, sie lebt. Du wirst alles gleich erfahren. Ich muß eine Erkundigung einziehen, du könntest mir helfen. Vorher brauche ich ein Handtuch. Und nimm endlich die Hand von der Pistole.«

Aus der Küche trug Kolk das Tablett ins Wohnzimmer. Ein großer Gin Tonic für den Hausherrn und für den Besucher ein verziertes Louis-Seize-Glas, flankiert von einer braunen Flasche.

Das Etikett studierend, schnalzte Niklas mit der Zunge. »Oho, der Aristokrat unter den Whiskys.« Mit dem Handtuch rieb er den regennassen Kopf und verbeugte sich vor der vegetativen Ornamentik der Anrichte. »Ein prachtvolles Möbel, hält Jugendstil jung? Hier ist ja alles porsche. Aus deiner Müllhalde ist ein Palais geworden, bringt die Detektei so viel ein?«

»Es geht so, ich kann nicht klagen. Du sagtest was von einer Erkundigung? Ich würde auch gern einiges erfahren.«

Niklas drehte das Glas in der Hand und roch an dem bernsteinfarbenen Drink. »Hast du Eis da? Entschuldige, wenn ich dir Umstände mache.«

Noch einmal ging Kolk in die Küche, und als er mit der venezianischen Vase voll Eiswürfel zurückkam, fing Niklas an zu erzählen, was sich – während Kolk gefangen im Schwimmbecken saß – in der Villa zugetragen hatte.

»Wang hatte meinen und deinen Tod beschlossen, aber Helen gab nicht auf. Sie winselte um Gnade, sie kreischte, sie zerriß ihre Kleidung – es war fürchterlich. Sie schrie, sie würde sich umbringen. Da brüllte er, daß sie eins der beiden Schweine mitnehmen könne, nur eins, dich oder mich.«

»Da hat sie ihren Exmann gewählt.«

»Nein, sie beharrte darauf, daß wir beide ... Wang raste vor Wut, plötzlich gab er nach, du solltest auch am Leben bleiben.«

»Da hat er gelogen. Mein Tod war beschlossene Sache.« Kolk kippte den Drink herunter. Der Gin schmeckte brandig, wie gebeizt vom Rauch der entrückten Schreckensnacht. »Hat David mich gegen Wangs Befehl am Leben gelassen, oder war es nur Glück?«

Niklas hob die Schultern. »Normalerweise war auf David Verlaß.« Er pausierte und blickte Kolk erwartungsvoll an.

In Kolks Kopf rollten Kugeln. Niklas redete weiter, in seiner Stimme wuchs ein blechernes Echo.

»Wir stiegen aufs Boot, fuhren los und stiegen gleich wieder aus. Wir schwammen ans Ufer, das Boot flog in die Luft. Für die Organisation der Geldfälscher bin ich tot, das gedenke ich auch zu bleiben.«

Kolk wollte fragen, warum er noch einmal nach Berlin gekommen sei. Die Zunge versagte den Dienst, sie rührte sich nicht, er brachte nur lallende Laute zuwege. Die Lähmung floß durch den Körper, Arme und Beine verholzten. Niklas klopfte mit dem Finger an Kolks Glas und lächelte kalt.

Diesmal erschieße ich ihn, dachte Kolk. Wenn ich die Vergiftung überlebe, bringe ich ihn, so wahr mir Gott helfe, um.

Niklas zog eine Schnur hervor und streifte Kolks Ärmel hoch. Dabei redete er mit der scheppernden Stimme weiter:

»Helen ... nach der Flucht haben wir wieder geheiratet. Wir haben ein Kind. Ich habe mich bemüht, nicht zurückzurechnen, hab mich lange dagegen gewehrt. Aber es ist stärker, ich muß wissen, ob ich wirklich der Vater ... Helen bestreitet, daß sie mit dir ... Ich kann es mir eigentlich nicht vorstellen: ein versoffner Schnüffler, mit der Visage – nein, es gibt Grenzen. Aber Frauen sind unberechenbar, manche finden Geschmack an fiesen Kerlen. Hörst du mir zu, interessiert es dich?

Damals, in Hongkong ... wir wußten ja, daß die Kronkolonie wieder an China fallen würde. Die Zukunft sah trübe aus, darum wollte ich kein Kind. Wir stritten uns immer häufiger. Aber wenn Frauen mit dem Uterus denken, geht kein Weg rein. Wir ließen uns scheiden. Ja, das Leben steckt voller Überraschungen. Ich entging dem Tod am Wannsee, danach die Flucht mit Helen – ich fühlte mich neu geboren.

Mich überfiel der Kinderwunsch, als ob ich selber Eierstöcke hätte. Ich wollte, daß etwas von mir und Helen weiterlebt. Dabei dachte ich an eine eigene Beteiligung, nicht an einen Arsch im Osten.«

Er hatte den Arm abgebunden, er holte ein Etui hervor und nahm eine Spritze heraus.

»Wir haben die gleiche seltene Blutgruppe, erinnerst du dich? Dein Vater hat's mir gesagt, vor meiner Operation damals. Das gleiche Blut, er meinte, das sei wie eine naturhafte Bekräftigung unserer schönen Freundschaft. Ja, so kann man sich irren.«

Die Nadel stach in die Vene, rubinfarben quoll der Stoff in das Röhrchen.

»Wenn wir sicher sein wollen, muß eine tiefere Analyse gemacht werden. Du mußt dich nicht sorgen, daß der Saft beim Transport verdirbt. Dein Blut ist mir teuer, die Spritze enthält ein Mittel gegen das Gerinnen. Vielleicht nehme ich auch noch Haut für einen Gentest, am besten die Vorhaut, du Sau.« Und mit ausbrechender Wut: »Das fehlte noch, daß ich ein Balg von dir großziehe. Da hätte ich ja gleich im Osten bleiben können.«

In die klirrende Stimme stieß eine zweite, auch sie voll Zorn.

»Was machst du da! Bist du wahnsinnig!«

Kolk konnte sich nicht drehen, um zu sehen, wer ins Zimmer gekommen war. Doch sogar sein pflanzenhaftes Hirn erkannte die Stimme wieder: Helen. Sie rief: »Hast du ihm etwa sein Blut …! Gib ihm sofort sein Blut zurück!« Und Demps, zornrot, entgegnete: »Mit Vergnügen! Ich spritze Luft mit rein, da kratzt er gleich ab, dann ist unser Kind Halbwaise.«

In kleinen Schlucken nippte Kolk den Tee, den Helen zubereitet hatte. Finster verfolgte Niklas, wie sie ihm die Tasse an den Mund hielt. Allmählich wich die Taubheit aus Kolks Körper. Er übernahm die Tasse und trank mit zitternder Hand.

Er war im Bilde, er hatte gehört, was das streitende Paar sich an den Kopf warf. Für einen Fernsehsender in Sydney betrieben sie Recherchen in Europa. Sie waren in Kopenhagen, Niklas mußte für ein paar Tage nach Frankfurt. Sie ahnte, daß er heimlich einen Abstecher nach Berlin machen würde.

»Du belügst mich«, sagte Helen. »Du mißtraust mir, du ziehst über mich sexuelle Erkundigungen ein, das ist sehr ekelhaft.«

Niklas gab zurück, das sei jedem Ehemann zu empfehlen. Unbeirrt sprach Helen weiter:

»Eigentlich, mein Schatz, geht es dich nichts an, mit wem ich nach unserer Scheidung im Bett ... du weißt schon. Ich frage dich auch nicht danach. Bei mir war nichts, im übrigen schlafe ich nicht mit Angestellten. Noch einmal und zum letztenmal: Ich hatte kein Verhältnis mit Herrn von Kolk. Ein Deutscher reicht mir: du. Mein Kind ist auch dein Kind – das ist mein letztes Wort.«

Niklas trank den Whisky aus und sagte:

»Dann mußt du die Blutuntersuchung nicht fürchten.«

»Ich kann dich nicht daran hindern. Nur wirst du keine Gelegenheit haben, mich danach um Verzeihung zu bitten. Ja, mein Herr Demps, eine Ehe beruht auf Vertrauen. Wenn du mich für eine Lügnerin hältst, mich abscheulich verdächtigst, meine Ehre angreifst, dann ... dann ist es aus. Ich werde dich verlassen. Mit meinem Kind. Diesmal wäre es endgültig, das verspreche ich dir.«

Vor dem friderizianischen Tabernakelsekretär stehend, blickte sie herab auf den Gemahl, der das Whiskyglas in der Hand drehte. Sein gespielter Gleichmut fiel ab gegen ihren heiligen Ernst.

Niklas setzte mehrmals zum Widerspruch an, er brach die Versuche wieder ab. Helen stand vor ihm und ließ ihn nicht aus den Augen.

In abklingender Lähmung verfolgte Kolk das stumme Ringen zwischen den beiden. Ihm schien, daß die ringsum placierten Antiquitäten, die er, auf Emmas Anraten, als Geldanlage angeschafft hatte, erstmals eine Funktion erfüllten, indem sie dem alten Kampf der Geschlechter die historische Rahmung verliehen. Noch einmal setzte Kolk zur Wortmeldung an, und mit noch unbeholfener Zunge brachte er die Frage heraus:

»Was ... was für ein Kind? Junge oder Mädchen?«

23

Im dunstigen Morgen lag der Park von Sanssouci, bereit für Besucher, die den wabernden Schleier als den Vorhang der Historie ansehen würden. Und sie glauben, sie verstünden Geschichte, wenn der Vorhang aufgezogen wird.

So spöttelte Kolk, als er an Helens Seite den breiten Mittelweg entlangging. Sie schob den Kinderwagen. Sie spazierten auf das königliche Schloß zu, dessen Kuppel über die vorgelagerten Weinbergterrassen ragte.

Ein Parkwächter rollte auf dem Fahrrad vorbei. Sein Blick schien zu forschen, ob sie in Herrgottsfrühe gekommen waren, um Nasen von Statuen, Krönchen von Prinzessinnen abzubrechen. Als er die Chinesin mit Kleinkind ausmachte, trat er in die Pedale.

Auch Helen ließ sich über die Anlage aus, sie beurteilte sie als mißlungen, weil die ansteigende Terrasse das Bild der fritzischen Sommerresidenz abschnitt. »Halbierte Fenster, amputierte Karyatiden«, mäkelte sie. »Immer mischen sich Machthaber auch in Kunst und Architektur ein, die Dummköpfe in höchsten Ämtern sterben nicht aus.«

Kolks Blick klebte an dem Kind. Das kleine Mädchen blickte ihn gierig an und trommelte mit der Klapper auf den Steg des Wägelchens. Es ähnelte weder ihm noch ähnelte es Niklas. Es sah aus wie eine Milliarde Chinesen, die Kolk nicht auseinanderhalten konnte. Nur Helen würde er immer herausfinden.

Sie hatte sein Grübeln bemerkt, sie zupfte ihn an der Jacke und betonte, es sei lächerlich, wenn Männer über Empfängnis und Dauer der Schwangerschaft Berechnungen anstellten. »Wenn ihr Zyklus hört, denkt ihr an die Börse. Zehn Mondmonate, oder auch mehr, oder auch weniger – was wißt ihr schon davon.«

»Ich weiß noch nicht mal den Namen. Wie heißt sie denn?«

Helen ließ sich Zeit mit der Antwort, sie blickte auf das Kind wie auf den weltgrößten Diamanten und sagte mit drohendem Unterton, der jede Kritik abwies:

»Sie heißt Sanssouci.«

»Sans...?«

»Sanssouci. Niklas nennt sie *Susi*. Susi! Nun ja, deutsch bleibt deutsch, da helfen keine Reisen. Wenn Susi – ich meine, wenn Sanssouci größer ist, gewöhnen wir ihm das ab. Ach, dieser Mann. Es gibt Millionen gute chinesische Männer – warum hänge ich an einem Deutschen.«

Sie zog das Kind aus dem Sitz und stellte es auf den Königsweg, wo es ein paar Schritte machte, unsicher tappend, wie vielleicht der Alte Fritz bei seinen letzten Gängen. Sie ergriff es wieder, drehte sich im Kreise und fing voranschreitend an zu trällern, chinesisch. Die leere Chaise blieb Kolk überlassen, der sie unlustig vor sich her stieß. Eine Frau, sagte Helen lebhaft, ahne in jedem Falle, von wem das Kind sei. Wisse auch, ob es zweitrangig sei, von wem es sei. Aber bei little Sanssouci sei alles richtig, jedenfalls sei sie die Mutter.

Danke sehr, versetzte Kolk, jetzt wisse er, woran er sei.

Helen blieb stehen. Der Sonne, die durch den Dunst brach, hob sie aufjauchzend das Kind entgegen und verkündete: »Lob und Dank den guten Geistern, ich bin wieder schwanger! Dem Nikkel habe ich es noch nicht gesagt, er wird Augen machen.«

»Wirklich? Ich gratuliere.« Kolk zeigte auf das chinesische Teehaus, an dem sie vorbeispazierten. »Er wird wieder mich beschuldigen, daß wir es im Park hinter dem Pavillon gezeugt haben, inspiriert von der Leidenschaft des Alten Fritz.«

»Ach, die Männer«, sagte Helen, »die sind eine Plage. Das Wort *Frieden* ist im Chinesischen zusammengesetzt aus *Frau, unter dem Dach*. Männer sind friedlos, immer wollen sie kämpfen. Nachdem sie genug Porzellan zerschlagen haben, werden sie grau, die Haare fallen aus, sie schlafen beim Fernsehen ein und auch sonst, sie krümeln mit dem Reis, und Blumen haben sie schon lange nicht mehr mitgebracht. Zeit, daß wir abhaun, mit den Ersparnissen, und sie dem Rheuma überlassen. Aber wir tun das nicht, nein, wir bleiben bei ihnen, und deshalb, mein Freund, läßt sich eins mit Sicherheit sagen: Das närrischste Geschöpf unter der Sonne ist eine Frau, die liebt.«

Zwischen Gebüschzeilen kam Niklas hervor. Er war wegen eines Bedürfnisses verschwunden und nestelte an der Hose. Sie blickte ihm entgegen, über das Elfenbein huschte ein rosiger Pfirsichhauch. Auch er sah sie an, als hätte er sie Jahre entbehrt. Ein Fernossi im Glück, dachte Kolk, wer hätte das gedacht.

Sie schlenderten weiter, bis jenseits der großen Wiese Charlottenhof auftauchte. Sie blickten lange auf das Schlößchen, Wangs Little Sanssouci, das am Wannsee verbrannt war. Ein jeder hing eigenen Gedanken nach und behielt sie für sich. Sie schwiegen, bis Kolk meinte, daß sie sich hier trennen sollten.

Niklas trat unschlüssig von einem Fuß auf den anderen und blickte seine Frau fordernd an.

»Wir möchten Ihnen einen Rat geben«, sagte Helen resolut. »Sie sollten auswandern.« Mit einem befreiten »Genau!« hängte sich Niklas an: »Geh fort, verlaß Deutschland. Nimm deinen Vater und mach dich davon, irgendwohin, vielleicht nach Kanada. Nur nicht nach Australien, dort sind wir schon.«

»Augenblick mal, langsam.« Verblüfft musterte Kolk das Paar, das fortfuhr, ihn zu bedrängen. »Warum soll ich auswandern, aus welchem Grund?«

»Vor der Haustür liegt Rußland«, sagte Helen, »eine Zeitbombe, davor hatte ich hier immer Angst.«

Und Niklas: »Wir erleben die größte Völkerwanderung aller Zeiten. Das Ziel heißt Europa, und Deutschland ist der Hauptbahnhof. Millionen sind schon da, und viele werden noch kommen, verzweifelte Menschen, auf der Suche nach Arbeit, auf der Flucht vor dem Elend.«

»Ihr zwei«, sagte Kolk, »seid wieder ausgewandert. Das ist schon mal eine Entlastung.«

Niklas sah in mitleidig an.

»Ich weiß, dir war der soziale Kram immer egal, aber wir stecken alle drin. Der Nationalismus erwacht wieder, auch in Europa, auch hier, besonders hier. Helen und ich sammeln Material darüber, für den Sender in Sydney, wir bereiten eine Filmreihe vor. Wir waren auch in Frankreich, in Spanien und Italien, in Skandinavien. Überall die gleichen Symptome. Menschenskind, merkst du nicht, wie die Spannungen wachsen? Schau dir die Homepages im Computer an: immer mehr rechte Gruppen, die vom Bürgerkrieg reden. Ich möchte vermeiden, daß der Vater meines Kindes in Straßenkämpfen umkommt.«

»Fang nicht schon wieder an!« rügte Helen, und ihr kämpferischer Blick zwang Niklas zu einem »Sorry, Schatz«.

Kolk packte den anderen an den Schultern und zog ihn an sich. Er hielt ihn in der Umarmung fest und zischte an Niklas' Ohr: »Du Hund, wir wollten immer zusammenbleiben. Ich habe dich geliebt, du nimmst unsere Jugend mit.«

Kolks Stimme brach, er kämpfte mit Tränen. Auch Niklas' Wimpern wurden feucht. An Kolks Ohr raunte er: »Sag ehrlich, ob du was mit ihr hattest, ich muß es wissen!«

Ihm in die verschwimmenden Augen blickend, hob Kolk die Hand zum stummen Schwur. Denn zu reden hinderte ihn der innere Aufruhr.

Taktvoll hatte sich Helen ein paar Schritte entfernt. Sie holte eine Kamera aus dem Beutel und knipste das Schlößchen Charlottenhof und mit schnellem Schwenk die Umarmung der Männer.

Die beiden beendeten ihren Abschied. Helen trat noch einmal heran, sie flüsterte, Kolk solle auf sich achtgeben. Sie strich ihm über die Haare und küßte ihn auf den Mund. Ihm schien, daß ihre Zungenspitze zwischen seine Lippen geriet, und ihm kam der umwerfende Gedanke, daß sie immer nur auf eines aus gewesen war: ihren Nikkel zurückzuholen.

Niklas ergriff den Wagen, sagte: »Grüß deinen Vater von mir. Ich bin ihm dankbar.« »Darauf kann er verzichten.« »Sag es ihm trotzdem.«

Das Paar mit dem Kinderwagen ging schnell davon.

Gern hätte Kolk das schwarzäugige Kind einmal berührt. Er hätte die Nase betupfen und die winzige Hand halten können. Nun war es zu spät. Helen und Niklas hoben gehend die Hand und winkten, sie drehten sich nicht um. Dann waren sie mit dem Kinderwagen zwischen den Bäumen verschwunden.

Leer wie nach einem Boxkampf ließ sich Kolk auf eine Bank fallen. Vor ihm dampften die Parkwiesen. Unter dem Portikus von Little Sanssouci bewegte sich jemand, eine Gestalt löste sich von den Säulen und lief in Zeitlupe auf ihn zu. Das hätte länger dauern müssen, aber im Handumdrehen setzte sich Inge neben Kolk. Einmal mehr traf ihn sein eigenes Herz wie eine Kugel, warf ihn gegen die Lehne der Parkbank, er stöhnte auf, Schmerz und Freude schüttelten ihn, er flüsterte ihren Kosenamen.

Das zwitschernde Handy holte ihn zurück. Der Professor sagte, er wolle den Sohn erinnern, daß morgen die Demonstration stattfinde. Kolk erwiderte, ihm sei das gleichgültig .

»Sehr bedauerlich«, schnarrte der Vater. »Womöglich ist meinem Herrn Sohn noch nicht aufgefallen, daß ich nicht mehr gut zu Fuß bin. Was einen Orthopäden besonders belastet. Ich hatte gehofft, daß du mir zur Seite stehst, notfalls. Aber in dieser Gesellschaft trocknen die familiären Beziehungen aus. Gottlob, zu uns kommen auch mehr junge Leute, da wird sich einer finden, der mir unter die Arme greift. Allerdings wissen meine Genossen, daß ich einen Sohn habe, der zumindest körperlich auf der Höhe ist. Sie wären verwundert, ja, es könnte beschämend wirken, wenn du mich im Stich ...«

»Papa«, rief Kolk, »du sollst mich nicht erpressen! Du kannst die Menschen nicht zum Guten zwingen, das ist schon einmal schiefgegangen.«

»Wie denn sonst? Glaubst du, jemand würde Steuern zahlen ohne Zwang?«

Während Kolk nach der ein für allemal niederschmetternden Antwort suchte, sagte der Vater:

»Einmal, im Mai, vor vielen Jahren, hast du die Fahne getragen. Ich gebe nichts auf Fahnen, aber du sahst gut aus.«

»Ich wollte Inge eine Freude machen.«

»Sehr gut sogar.«

»Papa!«

»Wer nicht für soziale Gerechtigkeit kämpft, ist nur ein halber Mensch.«

»Keine Sorge, meine Hälfte fühlt sich durchaus wohl.«

»Ich fürchte, du wirst es erst begreifen, wenn du selber Kinder hast. Aber daraus wird wohl nichts mehr. Hat ein Detektiv keine Zeit dafür? Was habe ich von Enkeln, wenn ich tot bin. Ja, und das noch: Wir erwarten, daß viele Leute die Kundgebung aufsuchen, das Thema brennt auf den Nägeln. Hasso, wenn du kommst, stelle bitte den Porsche ein Stück weg in einer Seitenstraße ab, unseren einfachen Menschen sind diese Luxusautos der neureichen Angeber ein Dorn im Auge.«

Kolks zornige Entgegnung hallte ins Leere, der Professor hatte schon aufgelegt.

Er stieg in den Wagen und fuhr in die Stadt zurück.

Er schaute zu den Frauen auf den Trottoirs und versuchte, sich abzulenken. Aber der Vater ging ihm nicht aus dem Sinn. Der Alte gehörte in seinen Ohrensessel und nicht auf die Straßen von Berlin. Falls die Demo in Krawall mündete, konnte es schlimm für ihn enden.

Bei dem Gedanken, daß er gezwungen war, den Vater zu begleiten, sank Kolks Laune tiefer. Den Ablauf konnte er sich vorstellen. Sie erreichen den Platz der Kundgebung. Der Professor begrüßt die halbe Bevölkerung der Stadt und stellt ihn wildfremden Leuten vor. Er kennt sogar Abgeordnete des Parlaments, deprimierend. Bei der Vorstellung hakt er den Sohn unter oder legt den Arm um seine Schulter. Schon als

Kind mochte es Kolk nicht, wenn ihn der Vater beim Überqueren der Straße bei der Hand nahm.

Jäh mußte Kolk am Alexanderplatz auf die Bremse treten, eine Frau mit Fahrrad lief über die Straße. Sie warf eine Flut fuchsiger Haare zurück und drohte mit einer Luftpumpe.

Er fuhr weiter, und ihm fiel ein, daß er noch nie mit roten Haaren Umgang gepflogen hatte. Imitate gab es häufig, die echten Roten waren selten. Auf stark besuchten Kundgebungen waren bestimmt welche anzutreffen, vermutlich auch Jahrgänge, die noch nicht an der Erstürmung des Petersburger Winterpalais teilgenommen hatten.

Kolk lächelte still. Er stellte sich vor, wie er auf der Kundgebung nach roten Rothaarigen Ausschau hielt. Er würde eine ansprechen. Mit dem alten Herrn an der Seite würde es seriös wirken. Er würde sich über die Kundgebung auslassen, krittelnd, westversnobt, aber irgendwie auf sympathische Art schüchtern und weltoffen. Er mußte sich nicht verstellen, er war unreif, an ihm blieb viel zu tun, der Vater würde es lebhaft bestätigen.

Kolk ertappte sich, daß er am Lenkrad zu summen begann. Anschaun kostet nix, sagte er laut. Er trat aufs Gas, und der Porsche machte auf der Karl-Marx-Allee einen mutwilligen Satz.